1e de la série

Désinence

Licornéum

PASCALE DUPUIS DALPÉ

Série : Désinence

Volume 1 : Licornéum
Volume 2 : Paradium
Volume 3 : Consortium
Volume 4 : Délérium
Volume 5 : Epsilum

Information : www.pascaledupuisdalpe.com
Illustration graphique : Lios-Art – www.lios-art.com

Cet ouvrage est une œuvre de fiction; toute ressemblance avec des personnes ou des faits réels n'est que pure coïncidence.

Sauf à des fins de citation, toute reproduction, par quelque procédé que ce soit, est interdite sans l'autorisation écrite de l'auteure ou de l'éditeur.

Dépôt légal – Bibliothèque et archives nationales du Québec 2024
Dépôt légal – Bibliothèque et archives Canada 2024

ISBN : 978-2-9818130-3-9

À ma mère qui m'a légué l'amour des mots
À mon père qui m'a appris la valeur du silence
À mes parents qui ne m'ont jamais tourné le dos
À eux deux qui m'ont inculqué leurs sciences

À mon fils qui m'a supportée et soutenue
Tout au long de cette grande aventure
À Chantal qui a suivi au fur et à mesure
Les élucubrations de mon imagination
Et à mon beau-frère, François
Qui m'a apporté le soutien technique
Afin de rendre l'aventure crédible

TABLE DES MATIÈRES

Personnages principaux

Équipe Québécoise

- ✓ Samuel Lorion « Sam », 38 ans, paléontologue
- ✓ Sylvain Dubois, 38 ans, historien
- ✓ Roxane Dupuis, 34 ans, archiviste
- ✓ Équipe de géologues
- ✓ Joseph Ezra, 41 ans
- ✓ Mina Vaslov, 36 ans
- ✓ Stephen Lewis, 39 ans

Équipe de Protection

- ✓ Alex Carvi, 33 ans, spécialiste des communications
- ✓ Christopher Evans, 28 ans
- ✓ Erik Gustavson, 52 ans, chef d'expédition
- ✓ John Mitchell, 47 ans, tireur d'élite
- ✓ Kevin Carvin, 25 ans
- ✓ Matthew Ford, 34 ans
- ✓ Mike Dyers, 42 ans
- ✓ Nathan Taylor, 32 ans
- ✓ Nick Cooper, 45 ans

Personnel de la RDAI

- ✓ Clyde Owen, 53 ans, PDG de la RDAI
- ✓ Ismaël Nadir, 58 ans, physicien
- ✓ Maximillian Jakobsson, 49 ans, mathématicien

PROLOGUE

— Mettez les ossements à l'abri ! cria le professeur Denis Dupré.

Des nuages noirs chargés de pluie couvraient rapidement le ciel qui, un instant auparavant, était dégagé et promettait une journée ensoleillée et propice aux fouilles sur le terrain. Le groupe de chercheurs se trouvait à un peu plus d'un kilomètre de leur camp de base et ils s'empressaient tous de protéger, avec de grandes bâches de plastique, les ossements mis à jour depuis le début des travaux.

L'orage fut soudain et violent. Le tonnerre grondait et les éclairs éclataient à travers la lourdeur du ciel. La pluie martelait la terre rapidement détrempée par la virulence d'un de ces orages dont le parc National des Badlands était fréquemment victime.

Denis Dupré était un professeur titularisé en paléontologie de l'Université de Montréal. Chaque été, il sélectionnait parmi les candidats au doctorat les étudiants les plus prometteurs et il les amenait travailler sur différents chantiers de recherches sur l'ensemble du continent nord-américain. Cette année, il avait choisi de les conduire dans le Minnesota, où un de ses amis dirigeait les fouilles sur des ossements de carnassiers datant du miocène.

Samuel Lorion, l'un de ses protégés, était resté derrière les autres. Il avait dû, à la toute dernière seconde, revenir sur ses pas pour fixer correctement une des bâches qui s'étaient libérées de ses attaches. Il courait pour essayer de rejoindre le campement qu'il

11

distinguait à peine à travers le rideau de pluie. Ses pieds dérapaient et s'enfonçaient dans la boue, l'entraînant dans une glissade vertigineuse vers le fond d'une profonde crevasse qu'un éboulement venait d'élargir. Ses doigts tentaient de s'agripper à quelque chose de solide, mais ils ne rencontraient que la terre molle et gluante qui dévalait inexorablement la pente avec lui.

Il avait toujours cru qu'à l'heure de sa mort, il verrait défiler les images de sa vie, adoucissant la peur provoquée par sa fin imminente. Mais à cet instant précis, tout ce qu'il avait en tête était de trouver un moyen de s'accrocher à quelque chose avant la chute définitive qui l'entraînerait dans les profondeurs abyssales d'un trou boueux.

Alors que Samuel appréhendait sa fin, ses doigts rencontrèrent une matière dure à laquelle il s'agrippa désespérément, tandis que le glissement de terrain continuait sa course inéluctable. La vase coulait sous lui, mais il se cramponnait de toutes ses forces à la seule chose qui l'empêchait de poursuivre sa descente vers la mort.

« Faites que ça tienne ! Mon Dieu, faites que ça tienne ! » priait-il en s'accrochant à deux mains à ce qui ressemblait à une épaisse racine.

La pluie cessa aussi brusquement qu'elle avait commencé. Sam se retenait toujours en hurlant pour obtenir de l'aide. Il se sentait glisser le long de l'abrupte falaise, entraînant sous son poids la pièce de bois qu'il ne lâchait pas. Il se mit à labourer la terre de ses pieds, essayant d'y trouver un appui, mais la boue s'écroulait sous lui dès qu'il tentait d'y déposer le pied.

Sam continuait de frapper avec l'énergie du désespoir, quand il buta sur un objet enterré profondément dans la paroi. Il parvint enfin à glisser son pied dans ce qu'il identifia comme un enchevêtrement de racines et stabilisa un peu sa position. Il profita de ce court sursis pour s'accrocher plus solidement à une nouvelle prise. En plongeant sa main gauche dans la terre molle, ses jointures se cognèrent contre un morceau de bois légèrement effilé. Il s'y agrippa avec vigueur avant de recommencer à appeler à l'aide.

C'est avec un immense soulagement qu'il vit apparaître, une quinzaine de mètres au-dessus de lui, le visage des autres assistants de recherche.

— Sortez-moi de là ! leur cria-t-il. Je ne sais pas combien de temps encore tout ça va tenir !

Linda, l'une des étudiantes de sa promotion, resta sur place pour le soutenir moralement alors que ses collègues avaient disparu en courant.

— Tiens bon, l'encourageait-elle.

Sam n'avait aucunement besoin de ses encouragements inutiles. Sa vie dépendait de sa capacité à rester accroché à la paroi et il avait la ferme intention de ne pas la lâcher.

— Rends-toi utile ! lui cria-t-il. Trouve quelque chose pour m'aider !

— Les autres sont partis chercher de l'équipement. Ne lâche surtout pas !

Sam appuya sa tête contre la terre de la falaise. Fermant les yeux un moment, il plongea sa main droite un peu plus profondément, jusqu'à ce qu'il découvre une nouvelle prise encore plus solide que la précédente.

Il entendait toujours la voix de Linda, qui arrivait difficilement jusqu'à lui, mais bien qu'elle soit lointaine, ce son avait quelque chose de rassurant. Il avait eu une courte aventure avec elle, lors d'une fête trop arrosée. La fille était jolie, certes, mais aussi beaucoup trop opportuniste pour lui. Elle l'avait laissé tomber comme une vieille chaussette dès qu'elle avait réalisé qu'il ne pourrait en rien faire avancer sa carrière. Sam avait du succès avec les femmes. Son air assuré et son apparence d'aventurier, que lui conférait une pilosité faciale naissante, attiraient les autres étudiantes de son cursus. Linda avait, bien entendu, rapidement succombé à son charme. Ses yeux bruns, toujours rieurs, et sa tenue soigneusement étudiée entre le style chic et celui décontracté le faisaient passer pour un élève de bonne famille, ce qui n'était nullement son cas.

Alors qu'il était plongé dans ses pensées, en haut, on se préparait à lui descendre un harnais. Linda l'encourageait en lui expliquant comment on s'activait pour le sauver.

— Dès que tu seras attaché, nous te remonterons.

Sam vit Linda envoyer l'équipement de sécurité le long de la falaise et atterrir à quelques mètres au-dessus de lui. Sous le poids du harnais, la corde s'enfonçait dans la boue molle, freinant sa progression. Avec régularité, Linda s'emparait du câblage qu'elle secouait énergiquement. Chaque fois, elle provoquait des éboulements de terre qui aveuglait Sam, avant de finir sa course au fond du trou.

De sa position précaire, Sam relevait la tête pour tenter de déterminer où se trouvait le harnais. Quand il regardait vers le haut, il recevait des amoncellements de débris qui l'obligeait à se protéger les yeux, rendant sa situation encore plus dramatique. Ses mains, maintenant moites de sueur, le soutenaient avec de plus en plus de difficulté. Il risqua un regard vers le sommet de la falaise et parvint à voir que l'équipement ne se trouvait plus qu'à un ou deux mètres au-dessus de lui.

— Faites vite ! cria-t-il.

Une pluie de terre humide déboula sur lui, suivit immédiatement par le harnais qui le frappa en plein visage. Il relâcha la prise la moins solide et attrapa l'équipement. De nouveaux débris tombèrent sur lui. Dès que ce fut fini, il glissa sa jambe libre dans le harnachement et en sangla solidement la courroie. Il remonta la main jusqu'à la corde et l'agrippa fermement. Il tenta de retirer son pied de la paroi, mais celui-ci restait coincé dans l'enchevêtrement de racines qui le soutenait sur place. Peu importait l'effort qu'il y mettait, son pied refusait systématiquement de bouger.

— Je suis bloqué, cria-t-il.

— Accroche-toi à la corde, lui répondait la voix de Linda. Nous allons te tirer de là !

Sam suivit ses conseils et relâcha sa prise droite, toujours profondément enfouie dans la paroi. Le poids de son corps balancé sur l'équipement fit s'écrouler un énorme tas de boue qui s'effondra vers le sol, le percutant durement au passage. Il tomba sur près d'un mètre de haut. Son hurlement résonna en écho. L'amas de terre avait frappé sa jambe, le libérant de la falaise, provoquant un mini éboulement à sa hauteur. Pendant mollement dans le vide, un profond renfoncement s'était formé devant lui. Il sentit soudain qu'on le hissait.

— Arrêtez ! Arrêtez ! criait-il.

On stoppa immédiatement de tirer. Sam fixait le trou où se trouvait un tas d'ossements. Il se balança pour tenter d'atteindre l'anfractuosité et s'agrippa au rebord terreux. Un nouveau bloc de boue se détacha et alla choir quelques mètres plus bas, libérant un peu plus les vestiges qui y étaient enfouis. Le crâne d'un équidé était facilement reconnaissable, mais le plus surprenant, c'était la protubérance sur le sommet de ce crâne et qui ressemblait à une corne.

— Qu'est-ce qui se passe ? cria Linda.

— J'ai trouvé quelque chose, ici, dans la falaise !

— Qu'est-ce que c'est ?

Sam ne lui répondit pas. Il ne savait absolument pas quoi lui dire. Comment pourrait-il expliquer ce qu'il observait ? Une licorne… c'était une chose impossible.

CHAPITRE 1

Samedi 5 décembre 2015

Aux petites heures du matin, Erik Gustavson n'arrivait pas à retrouver le sommeil. En ouvrant les yeux, il regarda le cadran de la chambre d'hôtel qui affichait 3 h 33. « Quelque part, quelqu'un pense à moi », se dit-il en observant les nombres identiques s'aligner en rouge sur l'écran numérique.

Il savait qu'il ne parviendrait pas à se rendormir, il en était toujours ainsi les matins quand il se préparait à partir en mission, surtout que cette mission était de loin la moins banale qu'il ait jamais effectuée.

Il ferma à nouveau les yeux dans une dernière tentative pour récupérer les quelques heures de sommeil restantes. Il se revoyait environ deux mois plus tôt, assis autour de la table dans la cuisine avec Nancy, sa femme et leurs trois fils. C'était un rituel dominical depuis qu'il avait quitté l'armée, voilà une dizaine d'années, de bruncher en famille.

Depuis que Liam, son aîné, avait atteint l'âge de seize ans, tous les dimanches matin ils partaient tous les deux s'entraîner une heure entière au Gold's Gym, situé sur Hampton Drive, à quelques minutes seulement de la maison dans le quartier de Venice en Californie. Mais ce dimanche-là, il avait aussi emmené Sean, son fils cadet dont on avait fêté les seize ans la veille.

17

Tandis que les deux garçons parlaient avec animation de la matinée d'entraînement, le benjamin restait renfrogné d'être ainsi laissé à l'écart. Pourtant, Erik se souvenait lui avoir à nouveau expliqué ce jour-là que son tour viendrait bientôt. Mais cela n'avait rien changé, Michael, qui n'avait pas encore onze ans, déclarait l'événement comme un affront à son jeune âge et trouvait injuste d'être toujours mis de côté.

— Mais papa, quand je vais être assez âgé pour y aller à mon tour, mes frères vont déjà être partis à l'université.

— Vois les choses autrement, mon grand. Dis-toi que tu m'auras pour toi tout seul, essaya Erik pour le consoler.

— Oui, mais toi aussi tu vas être trop vieux !

Erik éclata de rire. L'argument était venu tellement spontanément qu'il n'y avait vu aucune offense, tandis que Nancy regardait son fils d'un air sévère.

— Ton père n'est quand même pas encore si vieux, voyons ! Excuse-toi tout de suite, dit-elle.

Avant qu'Erik n'ait le temps de riposter que ce n'était pas grave, le téléphone retentit et Michael se précipita pour répondre, évitant ainsi les réprimandes de sa mère.

C'était Clyde Owen, le PDG de la RDAI (Research, Development & Application International) qui appelait directement chez lui pour fixer un rendez-vous avec Erik l'après-midi même au sujet d'une question confidentielle.

Erik avait travaillé une quinzaine de fois pour le compte de la RDAI auparavant, mais n'avait jamais rencontré personnellement le PDG de la firme. Son recrutement s'était toujours fait par l'intermédiaire de l'agence de John McFarey, son ancien sergent-instructeur à l'académie militaire. Celui-ci avait créé une boîte de protection pour les personnalités devant voyager à l'étranger. John

McFarey avait appelé Erik aussitôt qu'il avait appris que ce dernier avait pris sa retraite de l'armée, voilà de cela un peu plus de dix ans.

John McFarey était une personne assez rigide, qui n'apprécierait pas particulièrement que ses hommes passent au-dessus de lui pour s'octroyer des contrats auprès de ses propres clients, à moins que ce soit lui-même qui leur ait remis leurs coordonnées. Par contre, que le PDG soit entré en communication directement avec Erik, surtout un dimanche, l'avait suffisamment intrigué pour annuler la journée dominicale afin de se rendre au siège social de l'entreprise.

En montant dans sa voiture pour aller à son rendez-vous, Erik avait emprunté la I-10E. Il se rappelait que l'autoroute en direction inverse qui menait vers Santa Monica était bondée et avait pensé qu'il devrait retarder son retour jusqu'à la fin de l'après-midi pour éviter les embouteillages. Pour se rendre au centre-ville, il avait profité d'une circulation fluide. Il avait mis moins de quarante minutes pour effectuer le trajet jusqu'au siège social de la RDAI. Étant arrivé un peu plus de trente minutes à l'avance, il avait donc pris le temps de s'arrêter au Starbucks qui était situé sur la Sixième rue Ouest.

Il s'était installé à une table au fond de la salle et sirotait tranquillement un café allongé en feuilletant les nouvelles du matin, lorsqu'il vit entrer Mina Vaslov. Mina était une géologue qu'il avait accompagnée, quelques années auparavant, pour le compte de la RDAI lors d'une expédition au Congo. Il se baissa derrière son journal pour essayer de passer inaperçu, car il n'avait pas l'intention d'entreprendre avec elle une de ses interminables conversations concernant l'égalité des sexes.

Il avait gardé une très mauvaise impression de cette petite bonne femme à la chevelure flamboyante. On ne pouvait manquer de la remarquer quand elle entrait dans une salle, car elle irradiait une assurance qui frisait l'arrogance. Mais il devait avouer que c'était une très jolie femme, surtout ce matin, juchée sur des talons aiguilles de quatre pouces avec une élégante robe d'été blanche aux bretelles

19

effilées qui mettait en valeur la finesse de sa taille. En la regardant à cette distance et ainsi vêtue, elle semblait beaucoup plus grande qu'elle ne l'était en réalité, car elle ne dépassait pas les cinq pieds de plus d'un ou deux pouces.

Alors qu'il l'observait à la dérobée, elle se tourna vers lui et le gratifia d'un sourire joyeux. Quand elle souriait, ses lèvres pleines s'ouvraient sur des dents blanches parfaitement alignées et ses yeux noisette pétillaient de joie. Il lui fit un léger signe de tête un peu sec qui, espérait-il, ne l'inciterait pas à pousser plus loin cette rencontre fortuite.

Elle avait eu un moment d'hésitation, avant de finalement se diriger vers la sortie du café, sans un regard derrière elle. Peut-être s'était-elle rappelée, à ce moment-là, d'avoir menacé Erik de son arme, alors qu'il l'avait enjointe à se cacher avec les autres scientifiques, la poussant devant les hommes, pendant qu'ils subissaient une attaque menée par une d'une bande de guérilleros dans la jungle africaine.

— Mon p'tit bonhomme, lui avait-elle dit d'un ton de reproche. Sachez que le fait que je sois une femme ne justifie pas que vous me traitiez comme un être plus faible que les spécimens mâles ici présents.

Erik en était resté sans voix. Rapidement, Alex Carvi, l'un de ses hommes, s'était interposé entre les deux, en abaissant l'arme que tenait Mina. Alex, en bon diplomate, l'avait alors accompagné dans un lieu sûr, en prenant bien soin de faire passer les autres membres masculins de l'équipe scientifique devant elle.

Environ quinze minutes plus tard, après être sorti du Starbucks, un gardien de sécurité introduisit Erik dans l'immeuble de Hill Street et le dirigea vers le dernier étage. Il entra dans l'ascenseur et appuya sur le bouton du dixième. Il n'avait fait aucun arrêt, car le bâtiment entier était vide, en ce beau dimanche d'octobre. Lorsque les portes s'ouvrirent, il pénétra dans un grand vestibule décoré avec un goût très sûr qui mettait en valeur des lambris de bois en acajou d'un marron rougeâtre, le tout tempéré par un mobilier dans les teintes de crème. Le cadre ambiant était conçu pour apaiser les occupants, contrairement à d'autres entreprises où il était passé et dont le décor se voulait imposant dans le seul but d'intimider les visiteurs.

Une réceptionniste était assise à un bureau en acajou massif avec des pattes sculptées représentant le brin d'ADN. Dès qu'Erik entra dans la pièce, elle se leva et l'accompagna au fond d'un large couloir. Le corridor était longé de locaux dont les vitres noires indiquaient l'absence d'occupants. Elle s'arrêta finalement devant la dernière porte, qui était située à l'extrémité du passage. Aucune fenêtre ne permettait de deviner ce qui se trouvait de l'autre côté du mur, donnant une impression d'importance à cette pièce particulière. Elle l'invita à s'asseoir dans l'un des fauteuils adjacents à l'entrée et pénétra dans le bureau, laissant la porte entrouverte.

Il ne réussissait pas à entendre ce que la réceptionniste disait, son ton de voix était plutôt doux et réservé, mais il comprit très bien ce que son interlocuteur répondit.

— Faites-le entrer et apportez-nous du café s'il vous plaît, Brenda.

La voix était celle d'un homme habitué à donner des ordres et aussi à se faire obéir. Il supposait qu'elle appartenait à Clyde Owen, le PDG de l'entreprise. Il se leva avant même que Brenda ne soit ressortie du bureau, pressé de connaître la raison de cette convocation.

— Comment prenez-vous votre café, monsieur Gustavson ? lui avait-elle demandé avant de lui faire signe d'entrer.

— Noir, tout simplement. C'est bien aimable, merci !

En passant la porte, Erik fut surpris de découvrir un salon dont les murs entiers étaient couverts de lattes de bois ouvragées. Au centre de la pièce, on trouvait deux confortables causeuses de tissu ivoire et une table basse aux motifs anciens, disposée entre les deux fauteuils, sur un grand tapis persan beige qui recouvrait en grande partie le plancher de bois. Face à l'entrée trônait un foyer derrière lequel on devinait l'espace de travail du PDG.

— Veuillez vous asseoir ! Une voix lui parvenait derrière une seconde porte à demi close. Je suis à vous dans un petit instant.

Erik prit place face à la porte d'où provenait la voix. Lorsqu'il vit Clyde Owen en sortir, se frottant les mains sur une serviette blanche brodée du logo de l'entreprise, il le reconnut aussitôt. L'homme était âgé d'une cinquantaine d'années et avait un léger embonpoint, mais celui-ci était moins évident qu'il ne le semblait sur les photos des journaux où il l'avait aperçu quelques fois.

Ce que les photographies en noir et blanc de mauvaise qualité des tabloïdes ne laissaient pas paraître, c'était son regard perçant d'où brillait l'intelligence. À travers son épaisse tignasse noire coupée avec soin, ne transparaissaient que de rares traces de gris. Elle était enviée des hommes comme Erik, dont la coiffure s'était rapidement clairsemée en laissant de plus en plus d'espace aux cheveux grisonnants.

Le PDG s'avança vers lui d'un pas assuré en lui tendant la main d'une manière amicale. Il prit place sur la causeuse face à Erik, relevant légèrement son pantalon beige qui laissait percevoir une paire de bas blancs. Erik sourit en les voyant, il avait lu dans un journal à potins que l'homme qui ne portait que des costumes de marque arrêtait toute coquetterie lorsqu'il s'agissait de ses bas. Il avait même été cité dans l'un de ces journaux qu'il agençait la couleur de sa chemise, qui était inévitablement blanche, à la couleur de ceux-ci.

— Bonjour ! Monsieur Gustavson, je suis heureux que vous ayez pu répondre aussi prestement à mon invitation.

— Je dois avouer que la curiosité y a été pour beaucoup M. Owen.

Erik avait l'habitude de s'exprimer brièvement et directement. En homme d'action, il était peu versé à l'art du badinage.

— Voilà qui va droit au but, Erik. Vous permettez que je vous appelle Erik ? avait-il demandé pour la forme. Appelez-moi Clyde, ce sera moins formel ainsi.

On frappa alors discrètement à la porte qui s'ouvrit sans attendre la réponse. Ils virent Brenda apparaître en tenant un plateau de bois contenant deux tasses de café fumant ainsi qu'une assiette de biscuits aux amandes. Elle déposa le tout sur la table basse. Clyde Owen, qui n'avait pas dit un mot depuis son entrée, attendit qu'elle eût terminé de servir avant de poursuivre.

— Merci beaucoup, Brenda, vous pouvez nous laisser maintenant. Je vous revois demain matin.

— Merci monsieur, avait-elle répondu avant de quitter le bureau.

Clyde Owen prit la tasse placée près de lui et avala une petite gorgée du café fumant.

— J'adore boire mon café alors qu'il est encore brûlant, dit-il. Je crains qu'avec les années, mon système ne se soit accoutumé à cette sensation de brûlure.

Il but une seconde gorgée avant de déposer sa tasse.

— Allons droit au but Erik, le sujet de ma demande est un peu délicat et très confidentiel, avait-il commencé. Si j'ai pris contact directement avec vous, c'est justement pour cette raison, car, moins de gens seront au courant du travail que j'ai à vous proposer, mieux ce sera pour tout le monde.

— Vous aiguisez ma curiosité, monsieur Ow... Clyde, se reprit Erik.

— Le moment et le lieu de la mission doivent pour l'instant rester confidentiels, mais dans les grandes lignes, j'ai besoin d'une équipe de protection pour une expédition dans des contrées sauvages. Quatre de nos scientifiques doivent y effectuer des recherches et nécessitent une garde rapprochée.

— Vous désirez donc un garde pour chacun d'eux !

— Comme je viens de vous le dire, il s'agit de contrées très sauvages. Je pensais plutôt au recrutement d'au moins deux hommes pour chaque membre de mon personnel. De plus, vous devrez avoir accès à un expert en communication, car le système en place est inexistant.

— Oh ! Et vous ne pouvez pas m'en dire plus ? Qui seront nos guides ? Quelles sont les exigences pour le pays en question ?

— Vous n'en aurez aucun. Cette région est, disons… hors des zones de peuplement. La durée de l'exploration ne devrait pas excéder deux ou trois jours. La rémunération est très substantielle, n'ayez aucune inquiétude pour ça. Évidemment, monsieur McFarey ne sera pas laissé pour compte.

— Et quand serons-nous mis au courant du reste des données ?

— Aussitôt que vous aurez accepté d'être le responsable de l'expédition et que vous aurez signé l'accord de confidentialité. L'information ne doit pas sortir du cercle de notre équipe, et ce, sous aucun prétexte.

— Et vous ne pouvez pas me dire à quelle date nous devrons partir.

— Dans un mois ou deux, le temps que vous rassembliez vos hommes et que tout l'équipement nécessaire soit prêt.

— Et quel est le montant dont vous me parliez à l'instant ?

— Nous avons prévu une rémunération de 10 000 $ pour chacun de vous, et ajoutez 5 000 $ chacun par jour sur le terrain et le double pour vous en tant que chef d'équipe. L'expert en communication touchera un supplément de 1 000 $ par jour. Mais si l'information s'ébruite, des poursuites seront intentées dans le seul but de mettre le coupable à la rue.

— J'ai une entière confiance aux hommes avec lesquels je travaille, là-dessus je n'ai aucune inquiétude quant à leur discrétion.

Clyde Owen se pencha alors au-dessus de la table basse pour ouvrir le tiroir qui faisait face à Erik et en sortit un document de cinq pages contenant les clauses relatives au contrat offert. Il saisit un stylo plume Mont-Blanc en or rouge dans la poche de son veston et le posa en évidence juste à côté de la liasse de papier.

— Je vous laisse prendre connaissance de ceci, je dois faire un appel durant ce temps. Si vous avez des questions, je pourrai y répondre à mon retour.

Erik prit le temps de lire l'ensemble des clauses et n'y vit rien d'inusité. Il ressemblait dans les grandes lignes à tous les autres contrats qu'il avait signés jusqu'à ce jour. Seul l'accord de confidentialité contenait des formulations plus pointues qu'à l'habitude, mais rien de particulier n'attira son attention.

Ce métier comportait des risques, ce qui le rendait très lucratif, mais ce contrat était de loin le plus payant qu'il avait eu à exécuter jusqu'à maintenant. Avant que Clyde Owen ne soit revenu s'asseoir au salon, Erik avait déjà initialisé chacune des pages et apposé sa signature au bas de la dernière page du document.

CHAPITRE 2

Erik repoussa d'un geste brusque, les lourdes couvertures en regardant le réveil, 3 h 59.

« C'est assez ! » se dit-il, « aussi bien commencer la journée ! »

Il s'assied sur le bord du lit en se passant les mains sur le visage. Il observa son reflet dans le grand miroir qui trônait au-dessus de la commode et poussa un soupir en apercevant ses cheveux coupés en brosse dont la teinte argentée remplaçait de plus en plus la couleur autrefois foncer. S'il laissait allonger sa barbe naissante, il pourrait passer pour un vieux sage tant le gris y était prédominant, mais ses traits étaient encore fermes, ses pattes-d'oie profondes lui donnaient un air plus sympathique qui contrastait avec la sévérité des sillons qui lui parcouraient le front.

Il se leva et se dirigea vers la salle de bain en laissant tomber son pantalon de pyjama sur le plancher avant de sauter sous la douche. Le jet chaud de l'eau glissait sur son corps ferme et bronzé pendant qu'il se savonnait avec un pain de savon au parfum d'aloès fourni par l'hôtel.

Il ferma le robinet d'eau chaude et termina de se rincer sous l'eau froide. Quand il eut fini, sa peau était parcourue de chair de poule.

Aussitôt sa barbe rasée de près et ses dents brossées, il ramassa son pantalon de pyjama qu'il plia avec soin avant de le glisser dans son sac à dos. Sur la causeuse se trouvaient ses vêtements pour la journée, qu'il avait posés là la veille, bien ordonnés. Il s'habilla rapidement et fit le tour de la chambre afin de s'assurer qu'il n'avait rien oublié. Le réveil affichait seulement 4 h 30, trop tôt pour le restaurant de l'hôtel.

Lorsque le gardien de nuit de la RDAI lui ouvrit la porte de l'immeuble, la montre d'Erik indiquait 4 h 48.

— Bonjour ! Monsieur Erik, vous êtes bien matinal, lui dit-il. Vous venez retrouver monsieur Max en bas ?

— Max est déjà là ! À cette heure ! s'exclama Erik.

— Monsieur Max est ici depuis bientôt deux heures. Il a dit devoir exécuter un travail important aujourd'hui.

— Merci, Hector, je descends le rejoindre tout de suite. Passez une bonne journée.

Et sans attendre, Erik s'engouffra dans l'ascenseur avec son sac de voyage sur l'épaule. Qu'est-ce qui pressait tant Max, surtout si près de l'heure du départ.

Il avait rencontré Max deux mois auparavant, c'était Clyde Owen qui les avait mis en contact aussitôt après avoir signé les papiers d'engagement. Clyde Owen lui avait proposé de le suivre pour lui présenter la personne à l'origine de cette mission. Ils étaient alors descendus au second sous-sol de l'entreprise qui donnait sur le stationnement des employés. Clyde Owen avait utilisé une clé qui donnait accès à la porte opposée de l'ascenseur. Elle s'ouvrait sur une grande pièce blanche où était alignée une série de cubicules[1] sur tout un côté. Les panneaux de séparation ne dépassaient pas quatre pieds afin de permettre à chacun de communiquer aisément les uns avec les autres et, au fond de la salle, se trouvait une longue table de conférence qui pouvait accueillir facilement une douzaine de

---

[1] Espaces de bureau au Québec

personnes. Cette table partageait l'espace avec un coin-cuisine et un tableau blanc qui remplissait la moitié du mur.

Au centre de la pièce se tenait un homme, debout devant un petit instrument qui ressemblait à un appareil photo sur son trépied. Il était concentré sur son travail et ne portait pas attention à l'arrivée de Clyde Owen et d'Erik.

— J'espère que tu nous as rapporté quelque chose à manger cette fois, dit-il en relevant la tête. Ah ! Clyde, je croyais que c'était Mina qui revenait enfin. J'imagine que vous êtes Erik Gustavson !

Erik avait eu un léger mouvement de surprise, mais Clyde semblait tout aussi étonné, sinon plus.

— Vous vous connaissez ?

— Pas du tout, mais Mina m'a raconté l'avoir croisé au Starbucks tout près. Elle a donc supposé, avec raison comme d'habitude, que c'était lui que vous vouliez nous présenter.

— Ah oui ! c'est vrai, avait dit Clyde Owen, faisant face à Erik en éclatant de rire. J'avais oublié que vous aviez déjà travaillé avec Mina.

Erik n'appréciait pas vraiment le sous-entendu, mais s'il avait gardé en mémoire l'événement du Congo, elle aussi devait se le rappeler.

— Laissez-moi me présenter, Maximillian Jakobsson. Je suis celui qui rendra votre retour possible.

Erik se tourna à nouveau vers Clyde Owen, attendant une explication de sa part.

— Pas si vite, Max ! Erik n'est pas encore au courant des détails.

On entendit la porte de l'ascenseur qui s'ouvrait, attirant le regard des trois hommes sur Mina qui entrait dans la pièce.

— Bingo ! réagit-elle quand elle découvrit la présence d'Erik. Je l'avais bien dit que ce serait lui que Clyde choisirait comme chef d'équipe. Avoue au moins, Max, que j'ai toujours raison.

Mina se retourna vers Erik.

— Bonjour Erik, contente de te revoir.

Mina se dirigea vers la table où elle déposa ses sacs. Elle commença à déballer leurs contenus, soit deux bols de soupe dans des contenants en styromousse, deux emballages renfermant des sandwichs et deux cafés dans des tasses en carton aux couleurs de Starbucks.

Max rejoignit Mina. Il devait mesurer un peu moins de six pieds, mais avec Mina à ses côtés on aurait pu le croire plus grand. Erik avait remarqué que Max était bel homme, mais en comparaison de la chevelure flamboyante et de l'allure pimpante de Mina, ce dernier paraissait effacé.

— Allez hop ! les hommes, dit Mina en s'asseyant. Si j'ai bien compris, Erik ne sait rien encore !

Chacun prit place autour de la table à l'exception d'Erik qui resta debout, hésitant sur l'attitude à adopter face à Mina.

— Pas de chichi avec nous, Erik, lui envoya Mina. Je t'assure que tu as intérêt à t'asseoir pour entendre ça.

Tandis qu'Erik s'installait, Clyde Owen s'était levé pour allumer un projecteur. Sur le grand tableau blanc apparut l'image d'une immense prairie où le blé doré était bercé par le vent, on pouvait apercevoir en arrière-plan la silhouette des hautes montagnes qui remplissaient l'écran.

— C'est l'endroit où nous devons aller, dit Max en souriant, les yeux pétillants d'excitation en regardant l'image.

— Et où est-ce exactement ?

— Oh, Erik ! s'enthousiasma Mina qui finissait d'avaler une bouchée de son sandwich. C'est quelque part en Amérique du Nord, mais on ne peut pas dire précisément où…

— Au diable le « où », avait renchéri Max. Quand ! Voilà ce que vous voulez savoir, rien d'autre n'est plus important que ça !

En disant cela, on avait vu surgir à l'écran, en pleine prairie, un mammouth. Erik s'était enfoncé dans son siège en découvrant la bête. Il avait souvent écouté des documentaires sur les animaux préhistoriques, mais il ne comprenait pas où tous voulaient en venir. Mais l'idée d'un « Parc jurassique » à la Michael Crichton l'avait effleuré. Mais on était ici dans la vraie vie et avec la technologie cinématographique disponible aujourd'hui, il était facile de montrer n'importe quoi sur un enregistrement.

— Et vous pouvez me dire à quel moment se situe ce « quand » ? avait-il fini par demander.

Ils n'attendaient que ça pour poursuivre, car ils se mirent tous à parler en même temps et Erik, qui ne comprenait rien à leur cacophonie, trouvait leur enthousiasme évident. Il resta assis patiemment jusqu'à ce qu'ils s'aperçoivent qu'il ne les écoutait plus et au bout d'une dizaine de minutes, il se racla la gorge pour attirer leur attention.

Cela nécessita un peu de temps avant que le calme ne revienne et c'est Clyde Owen qui prit le premier la parole enjoignant les autres au silence d'un simple signe de la main.

— Bien ! Ce que nous essayons de vous faire comprendre c'est que le point crucial de l'expédition n'est pas l'endroit, mais bien le temps.

— Vous parlez de la température ? demanda Erik, incertain de bien saisir la portée des paroles qui venaient d'être prononcées.

— Pas vraiment, même si c'est un facteur important. Clyde faisait plutôt référence à une époque, dit Max en jubilant.

Erik ouvrit grand les yeux, la bouche entrouverte, il n'arrivait pas à émettre un son. Les trois complices restaient muets, laissant à Erik le loisir d'assimiler cette nouvelle information.

— Vous voulez dire que vous allez nous faire voyager à travers le temps ! ironisa-t-il.

— Exactement, répondit Clyde avec sérieux.

Clyde Owen était adossé dans son siège, l'air satisfait de l'effet qu'il venait de produire sur Erik.

— En réalité, nous parlons d'environ cent dix à cent vingt mille ans avant aujourd'hui, ajouta Max sur le ton de la confidence.

Erik observait tour à tour Clyde, Max et Mina, s'attendant à tout moment à les voir éclater de rire. Pourtant ils ne semblaient pas prendre la chose à la légère et une atmosphère d'excitation planait au-dessus de chacun d'eux. Ils regardaient Erik sans rien dire, lui laissant le temps d'absorber ce qu'ils venaient de lui annoncer.

Après quelques secondes de silence qui parut durer de longues minutes pour Erik, Clyde Owen reprit la parole.

— Si nous avons opté pour cette période, ce n'est pas par pur hasard. Nous devions déterminer une datation qui ne vous plongerait pas en pleine ère glaciaire, mais nous ne pouvions pas prévoir avec certitude la température lors de votre arrivée là-bas. Nous supposons qu'elle sera néanmoins relativement clémente.

Erik hocha lentement la tête en signe de compréhension, mais son visage montrait encore des signes de consternation.

— Vous êtes réellement sérieux !!? parvint-il à articuler.

Il avait la bouche sèche et pâteuse, son cerveau n'arrivait pas à concevoir la possibilité que ce soit réel. Il allongea le bras et prit la tasse de café de Mina qu'il approcha doucement de ses lèvres tant pour s'assurer de la température de celui-ci que pour se donner une contenance. Il se rendit compte que sa main tremblait légèrement. Il prit une longue gorgée et grimaça, lorsque la saveur sucrée lui remplit la bouche.

Mina éclata de rire.

— Désolé, Erik, j'aime bien que mon café soit assez sucré !

Il réalisa alors qu'il venait de boire dans la tasse de Mina.

— Nous avons de l'eau au réfrigérateur, vous en voulez, offrit Max en étirant le bras vers la porte du frigo.

Max lui tendit une bouteille d'eau froide de l'autre côté de la table, en poursuivant d'un ton qu'il espérait rassurant.

— Je sais que cela semble incroyable, mais laissez-moi vous expliquer comment nous en sommes arrivés là.

Il entreprit une longue explication sur la physique spatio-temporelle ainsi que sur les découvertes qui leur avaient permis de mettre au point un appareil capable d'effectuer physiquement des bonds dans le passé.

— Les recherches et la conception du dispositif de transport se chiffrent en milliards de dollars, ajouta Clyde Owen, et nous devions trouver une manière de rentabiliser tous les frais encourus pour développer cette nouvelle technologie.

— Et pourquoi vous projeter aussi loin dans le temps ? demanda Erik.

— Parce que, nous devons prendre en compte les répercussions d'une incursion dans l'histoire humaine, poursuivit Max, comme si la réponse était évidente.

Erik écoutait attentivement les explications du mathématicien. Bien qu'il ne saisisse rien à la physique spatio-temporelle, il comprenait le concept général.

— Ce dispositif nous permet de relier un point GPS dans un lieu précis de notre présent avec celui d'une époque passée, et ce, en croisant les coordonnées d'un trou noir que nous créons. En intégrant les paramètres d'inclusion d'un espace clos contenant des objets animés ou inanimés, la machine active, par l'intermédiaire de l'énergie négative du trou noir, l'absorption de la matière pour la propulser à l'endroit et au moment désiré.

Le premier test que nous avons effectué, a été d'envoyer l'appareil dans le laboratoire, à seulement quelques secondes dans le passé. La première expérience s'est mal passée puisque les deux dispositifs se sont retrouvés exactement au même endroit au même moment. L'atterrissage de la machine du futur a détruit celle du présent, changeant par la même occasion les données de notre nouvelle réalité. L'appareil du futur disparut aussitôt en s'évaporant dans un nuage de vapeur verte et il n'est resté qu'un tas de morceaux de métal irrécupérables de notre équipement.

Nous avons alors fabriqué un second dispositif spatio-temporel et quand il a été opérationnel, nous avons choisi de l'envoyer à l'extérieur du bâtiment, pour éviter de répéter la même situation. Quelqu'un était à l'extérieur pour le réceptionner et nous avons fait un bond de deux minutes dans le passé. Cette fois, tout a très bien fonctionné.

Il était plus compliqué d'effectuer des contrôles sur des périodes plus éloignées dans le temps. On a donc modifié l'appareil pour y ajouter un programme de retour spontané. Cela nous a pris quelques semaines pour pouvoir tout automatiser et recommencer à examiner les résultats sur un laps de temps plus rapproché. Ce n'est qu'après ces dernières expériences que nous avons pu expérimenter des essais d'une plus grande portée, en utilisant un terrain qui était vacant à la date où la machine était envoyée. Comme nous ne pouvions pas savoir si les nouveaux tests fonctionnaient réellement, nous avons installé une webcam sur le dispositif. Par la suite, il rapportait chaque fois des images que nous pouvions comparer avec celles du site d'aujourd'hui ainsi que celles des voyages précédents.

Sauf que la programmation de retour, pour fonctionner, doit être établie sur une position GPS précise alors que sur un des essais, la machine n'est jamais revenue. Tout ce que nous savons n'est que supposition. Nous pensons qu'il a dû être emporté soit par un animal, soit par un humain, mais nous ne l'avons jamais retrouvé.

Par la suite et après avoir construit un nouvel appareil, nous avons toujours effectué des tests de très courte durée afin de nous assurer que l'équipement n'ait pas le temps d'être déplacé avant son retour. Nous avons choisi comme site d'atterrissage, un terrain vague situé à Bel-Air, à l'endroit exact où Clyde avait fait bâtir sa maison en 1999.

Nous avons commencé par envoyer le dispositif au 10 octobre 1997, date à laquelle Clyde s'était porté acquéreur du terrain. L'engin est revenu avec trente secondes d'images d'herbes folles, l'opération a ainsi été répétée le dixième jour de chaque mois. En mai 1999, les travaux de construction avaient débuté et à partir de ce jour-là, nous avons suivi le chantier quotidiennement sur des tranches de trente secondes sur une période d'une vingtaine de jours.

Le vingt-troisième jour, soit le 29 mai 1999, l'appareil est réapparu couvert de sang. Il était impossible de voir quoi que ce soit sur l'enregistrement qui est resté totalement noir durant toute la durée des trente secondes, probablement à cause de la quantité du liquide poisseux qui obstruait l'objectif de la caméra.

Afin de comprendre ce qui s'était passé là-bas, nous avons fait des recherches dans les journaux locaux des jours suivant la date de l'événement. Nous avons finalement découvert qu'un enfant était mort, transpercé du sommet du crâne jusqu'à la plante des pieds. La victime s'était trouvée sur la trajectoire de l'appareil spatio-temporel au moment de son atterrissage et l'énergie émanant du transfert avait laissé un trou béant sur toute la longueur du jeune garçon.

— Vous avez été encore chanceux que cette machine n'ait pas traversé un avion, renchérit Mina, qui entendait cette histoire pour la première fois.

Max se tourna vers Clyde Owen avec un regard navré, laissant ce dernier poursuivre le récit.

— Le plus étrange, ce fut le moment où j'ai découvert le nom de mon fils de dix ans sur le journal. J'ai été assailli par le souvenir de son décès, comme si l'accident venait juste de se produire. En même temps que les souvenirs de sa mort s'imposaient, des images floues de lui vivant qui avait grandi et était devenu adulte, se superposaient dans mon esprit.

Ces dernières images s'estompaient comme lorsqu'on se réveille d'un mauvais rêve qui s'efface dans les brumes de l'inconscient.

J'ai brusquement quitté le bureau et j'ai sauté dans ma voiture pour me rendre chez moi et puis, à mi-chemin, je me suis immobilisé. Je n'habitais plus la maison de Bel-Air, en fait, nous n'y avions jamais aménagé ma femme et moi. Je savais que nous avions deux autres enfants, des filles âgées respectivement de douze et quinze ans. Pourtant je n'arrivais pas à fixer leurs visages dans mon cerveau, non plus que celui de leur mère.

Je possédais dorénavant un appartement dans le centre de Los Angeles où je vivais seul. Mon épouse m'avait quitté environ deux ans après la mort de notre fils et était partie refaire sa vie dans l'est du pays. Donc, mes filles n'avaient jamais vu le jour.

Je suis alors revenu en ville et j'ai directement rejoint l'équipe de recherche. Nous avons utilisé l'appareil pour nous envoyer un message le matin même de l'expérience afin de ne pas effectuer le test du 29 mai 1999.

Maintenant, le cours de nos existences a repris sa place d'avant l'accident, quoique je garde vaguement en mémoire le décès de mon fils et les répercussions que cela aurait pu avoir sur ma vie actuelle.

C'est comme un cauchemar qui m'a paru tellement réel que je n'arrive pas à l'effacer complètement de mon esprit et seuls les gens présents dans cette pièce se souviennent de cet événement.

Cet incident nous a permis de comprendre les risques inhérents au voyage spatio-temporel ainsi que toutes les conséquences possibles sur notre réalité et sur celle des autres, quoique nous soyons les seuls à en avoir conscience.

— Oui, mais vous avez pu remettre les choses en place facilement, l'interrompit Erik.

— Imaginez ça autrement, Erik ! Si c'était moi qui étais mort plutôt que mon fils. Est-ce que l'autre PDG de l'entreprise aurait accordé le budget pour ce projet de recherche ? Si cela n'avait pas été le cas, la machine n'aurait probablement jamais été conçue et il aurait alors été impossible de corriger l'événement. Si nous allons plus loin dans le temps et que nous modifions quoi que ce soit de relatif à l'histoire, cela pourrait faire en sorte que n'importe lequel des membres de cette équipe aurait pu disparaître, tout simplement parce qu'accidentellement nous aurions tué un de ses ancêtres. Pouvons-nous, dans ce cas, être certains que l'appareil pourrait exister à notre époque ?

— Mais pourquoi poursuivre ces travaux, si comme vous le dites, le risque est aussi énorme ?

— C'est une question de rentabilité. Maintenant que nous sommes conscients des dangers, nous l'utilisons avec un maximum de prudence et en tenant compte de tous ces facteurs. C'est la raison pour laquelle nos sauts sont autant éloignés dans le temps. Selon tous les archéologues, il y a plus de cent mille ans, l'homme n'existait pas sur le continent américain pas plus que sur aucun autre d'ailleurs.

— Et comment pouvez-vous être certains que votre technologie ne tombera pas entre de mauvaises mains ?

— C'est une information que je ne peux pas divulguer, mais sachez qu'il n'existe actuellement qu'un seul appareil spatio-temporel et qu'il en sera toujours ainsi. Max et moi, nous en sommes assurés.

Max hocha la tête en signe d'assentiment.

— Et comment pouvez-vous garantir notre retour ?

Max regarda Erik avec un grand sourire.

— C'est moi votre assurance. Je peux programmer la machine de n'importe quel endroit pour vous ramener au moment désiré. Vous n'avez aucune inquiétude à avoir de ce côté.

CHAPITRE 3

En entrant dans le laboratoire, Erik remarqua tout le barda qui traînait au centre de la pièce. La majeure partie de l'équipement nécessaire au voyage avait été apporté la veille en vue du départ imminent. Il s'y trouvait des caisses de bois contenant assez d'armes et de munitions pour tenir plusieurs jours : des boîtes entières de repas lyophilisés pour les nourrir durant plus de deux semaines, à raison de trois repas par jour ; les sacs à dos de chacun des membres de l'expédition ainsi que l'équipement d'escalade de trois d'entre eux ; les instruments de communication ; ainsi que la grande tente, qui était rangée dans une boîte de toile étanche et aussi des hamacs, pour le confort des hommes. John avait même insisté pour qu'on ajoute une caisse de grenades en plus des armes, « on ne sait jamais ce dont on pourrait avoir besoin » avait-il dit pour justifier sa demande. Tout ce matériel remplissait la moitié de l'espace central du labo.

Il vit Max qui était installé dans un des cubicules et Erik alla le rejoindre aussitôt.

— Bonjour Max, tu es vraiment très matinal ! Est-ce qu'il y a un problème avec ta machine ?

Erik venait de remarquer que l'appareil était sur l'unité de travail du mathématicien. Le boîtier était grand ouvert devant lui et ce dernier le manipulait à l'aide d'outils de précision. Il ne voulait pas courir le risque d'effectuer un saut dans le passé avec une machine défectueuse, surtout que leur retour dépendait de cet instrument. Si le moindre doute subsistait sur la fiabilité de l'engin, ils devraient tous retarder leur départ, le temps que de nouveaux tests soient exécutés.

— Non, aucun problème Erik, le rassura Max. Mais cette nuit, une idée m'est venue. Je ne comprends pas comment personne n'y avait pensé auparavant.

— Est-ce que je peux savoir de quoi tu parles ? demanda Erik, vraiment intéressé.

— Je parle d'une balise de localisation implantée dans l'appareil spatio-temporel. S'il arrivait quoi que ce soit là-bas, la machine pourrait être retrouvée facilement grâce à l'antenne de communication.

Joignant le geste à la parole, Max indiqua à Erik l'espace utilisé pour installer un petit dispositif soudé à l'intérieur du boîtier.

— Voilà qui pourrait nous être utile, avoua Erik.

— Et toi, tu parles de moi, mais il est un peu tôt pour toi aussi.

— L'énervement du grand départ, j'imagine ! J'étais réveillé et j'en avais marre de tourner en rond dans mon lit.

— C'est parfait, il me semble que je serais mûr pour un bon café.

Erik éclata de rire devant l'esprit pratique de Max.

— T'as raison, j'aurais dû y penser. Tu veux autre chose avec ça ?

— Si les muffins sont frais, apportes-en plusieurs ! Je suis certain que d'ici une heure les autres vont déjà commencer à arriver.

Erik se retrouva accoudé au comptoir du Starbucks à attendre que le commis sur place prépare sa commande. Le jeune homme ne devait pas être là depuis longtemps, car il avait beaucoup de difficulté à s'exécuter, peu importait la tâche qu'il accomplissait.

« L'armée l'aurait mis au pas » se dit Erik. La nonchalance des jeunes d'aujourd'hui était un sujet problématique pour l'avenir du pays. Il pensa à ses fils qui, grâce à l'éducation qu'ils leur avaient donnée sa femme et lui, étaient des adolescents débrouillards et travaillants.

Il se souvint d'Alex Carvi, une jeune recrue qui était entrée à l'académie parce que ses parents ne savaient plus quoi faire de lui. Le père d'Erik, qui lui enseignait n'avait jamais réussi à l'intéresser à quoi que ce soit. Il était indiscipliné et arrogant et si la chance lui ouvrait la porte, il n'hésitait pas à fuguer pour s'offrir une virée en ville et traîner avec les filles.

Erik avait rencontré ce dernier la première fois lors d'une fête de Thanksgiving où le garçon avait été convié à la maison par son père. Il était le seul étudiant de sa promotion à rester à l'académie pour le long week-end. Erik était arrivé chez ses parents alors qu'il était avachi sur le fauteuil du salon pendant que toute la maisonnée s'affairait à aider aux derniers préparatifs. Les femmes s'activaient dans la cuisine tandis que les hommes discutaient en installant de grands panneaux de bois sur des tréteaux afin d'en faire des tables capables d'accueillir tout ce monde.

Erik avait laissé son épouse Nancy aider sa mère et ses amies et il s'était dirigé au salon, s'asseyant sur le sofa face au garçon. Il était resté ainsi à le regarder sans dire un seul mot. C'était vraiment un beau spécimen aux cheveux et aux yeux foncés et il semblait croire que son sourire charmeur lui ouvrirait toujours toutes les portes. Mais d'après ce qu'il avait entendu, ça fonctionnait quand même assez bien pour lui. Même certains des hommes de l'académie, son père le premier, étaient tombés sous son charme.

Alex était un grand gaillard d'un peu plus de six pieds avec une musculature avantageuse et un teint naturellement tanné, ce qui ajoutait à son charisme. Mais quand il lui décrocha un de ses sourires charmeurs, Erik comprit. Son sourire était naïf et communicatif, sa belle dentition d'une blancheur éclatante mettait en valeur son teint foncé et ses yeux d'un brun vif qui reflétaient la confiance en lui.

41

Il avait alors commencé à discuter avec lui. Alex s'était montré très intéressé par le genre de mission qu'Erik effectuait. Depuis ce jour, il l'avait pris sous son aile et chaque fois qu'il en avait l'occasion, il passait le voir. Quand Alex avait enfin atteint l'âge d'entrer dans l'armée régulière, il rejoignit l'armée de terre et fut rapidement muté dans l'unité d'Erik, à sa propre demande, bien entendu. Il avait encore réussi à faire jouer son charme avec le personnel d'attribution, ce qui n'était pas pour surprendre qui que ce soit qui le connaissait. Erik s'était tout de même demandé à cette époque, qui était la femme, dans ce département, la plus susceptible de lui ouvrir la porte de l'unité qu'il désirait.

Quand plus tard Erik avait pris sa retraite de l'armée, il n'avait pas fallu plus de deux ans avant qu'Alex le rejoigne dans l'entreprise de protection de John McFarey. La discipline y étant moins rigide, Alex avait laissé libre cours à sa coquetterie et portait depuis des mèches blondes dans ses cheveux bruns et une boucle d'oreille en diamant qu'il exhibait fièrement à l'oreille gauche.

— Souvenir d'une nuit mémorable, lui avait-il confié un jour sans vouloir en dire plus.

Dès le lundi suivant sa rencontre avec Clyde Owen, Erik s'était présenté chez Alex. Ce dernier connaissait tous les trucs de communication, aussi archaïques fussent-ils. C'était l'homme dont il avait besoin pour l'accompagner dans cet endroit et celui-ci accepta avant même d'avoir été mis au courant des détails de la mission. Mais Alex voulait discuter de son jeune frère, Kevin.

— Qu'est-ce qu'il a fait cette fois ? lui demanda Erik.

Erik avait entendu parler de Kevin par son père qui avait enseigné aux deux frères. Ce dernier avait été un étudiant modèle qui s'était démarqué tant dans les tests physiques de l'académie que par son intelligence et sa loyauté. Aussitôt qu'il fut entré dans l'armée, sa discipline s'était mise à faire défaut. Kevin était trop intelligent et ne se gênait pas pour faire comprendre à ses supérieurs la bêtise de certaines de leurs décisions.

— Il a été définitivement renvoyé, lui dit Alex, en baissant la tête. Pour manquement à l'honneur et insubordination, ajouta-t-il après un instant d'hésitation.

— C'est drôle, mais je n'en suis pas vraiment surpris. Il était trop intelligent pour n'être qu'un simple soldat, mais pas assez malin pour savoir se taire.

— McFarey a refusé de l'engager, il croit qu'il peut être un facteur de perturbation parmi ses groupes.

— Qu'est-ce que l'armée lui reproche précisément ? demanda Erik, étonné par le refus de McFarey d'embaucher un aussi bon élément.

— Il a quitté le camp sans aucune autorisation durant tout un week-end et il l'a passé avec l'épouse d'un officier supérieur.

Un léger sourire avait éclairé le visage d'Alex en expliquant la vraie raison du renvoi de Kevin.

— Et l'officier supérieur n'était nul autre que Victor McFarey, ajouta-t-il aussitôt.

Erik éclata de rire, Vic, le frère cadet de John McFarey, était un imbécile doté d'une épouse certes magnifique, mais tout aussi infidèle. Il était certain que le charisme méditerranéen du jeune homme n'était pas passé inaperçu aux yeux de cette femme volage. Kevin, contrairement à Alex, possédait un charme enfantin qui donnait aux personnes du sexe opposé l'envie de le protéger. Il portait ses cheveux foncés, assez longs pour laisser ses boucles lui encadrer le visage et ses yeux sombres étaient bordés par d'épais cils noirs, ce qui accentuait son regard pénétrant. Son corps d'athlète n'était pas en reste, il était un bon coureur, ce qui lui conférait une musculature plus fine que la majorité des hommes qui passaient leur temps à s'entraîner avec des haltères et de plus, il savait comment se faire aimer par son caractère habituellement conciliant et serviable.

— Et tu crois que mon épouse est en sécurité si je l'engage avec nous dans cette expédition !

Alex sourit, il savait que Kevin serait du groupe. Il se promit de l'avertir qu'il devrait apprendre à tenir sa langue. Les scientifiques qu'ils escortaient étaient certainement brillants dans leurs domaines respectifs, mais dans ce qui avait trait à la vie courante, on pouvait trouver qu'ils étaient de purs crétins.

* * *

Erik fut ramené à la réalité par le serveur qui lui tendait sa commande.

— Un café noir et un cappuccino, deux douzaines de muffins variés ainsi que deux autres de scones, lui énuméra le commis.

— Ainsi qu'un grand thermos de café noir rempli à ras bord ! ajouta Erik.

Le jeune serveur bredouilla des excuses et rapporta le thermos une minute plus tard. Erik paya la facture et quitta l'établissement. En sortant, il tomba nez à nez avec Mina.

— Erik ! Déjà préposé aux cafés à ce que je vois, dit-elle en regardant ses bras chargés. D'habitude, c'est moi qu'on envoie et pour une féministe comme moi je pourrais m'en offusquer, mais je crois que c'est plus pour mon amour de la caféine que pour ma condition féminine que j'y suis affectée.

Erik sourit en lui tendant le thermos qu'il tenait gauchement à travers les sacs et les tasses de café qui l'encombraient. L'atmosphère entre Mina et lui s'était grandement améliorée depuis le début de l'entraînement. Il soupçonnait Alex d'y être pour quelque chose, mais jamais il ne poserait la question, ni à Alex et encore moins à Mina.

Ils marchèrent tranquillement dans la rue jusqu'au bâtiment de la RDAI, bavardant de tout et de rien, comme deux collègues se rendant au travail un matin comme les autres. Si les rares passants qu'ils croisaient avaient une idée de ce qui se tramait dans leur belle ville des anges, ils en frissonneraient d'effroi.

Quand ils pénétrèrent dans la salle du deuxième sous-sol, Erik fut surpris d'y trouver Alex en grande conversation avec Max. Du coin de l'œil, il observa Mina qui ne démontrait aucun étonnement.

Il était déjà passé six heures du matin lorsque les autres membres commencèrent à arriver. Joseph Ezra fut l'un des derniers à franchir les portes de l'ascenseur. Erik avait eu des doutes sur la capacité de ce dernier à participer à un tel voyage.

Joseph Ezra était né de parents israéliens qui avaient réussi à fuir le Moyen-Orient lors de la Seconde Guerre mondiale. Ils s'étaient alors réfugiés aux États-Unis pour s'installer dans la communauté juive de la ville de New York. Il y était né et y avait grandi, ne quittant cette grande ville que pour la troquer contre une autre, quand un musée réputé de Los Angeles l'avait convié à se joindre à leur équipe en tant que géologue, spécialisé dans les pierres rares.

Joseph était petit et paraissait chétif, ce qui expliquait probablement pourquoi il ne s'était jamais donné le mal de travailler sur le terrain, comme la majorité de ses confrères. Erik fut surpris de trouver chez cet homme, durant la période d'entraînement, une force d'endurance qu'il ne lui aurait jamais soupçonnée.

Clyde Owen l'avait engagé dans cette mission parce qu'il avait un don particulier pour reconnaître la valeur d'une pierre qui aurait semblé banale à n'importe quel autre géologue expérimenté. Il disait ressentir la vibration de la roche.

Mina, qui était spécialisée dans les pierres précieuses et particulièrement dans les diamants, avait tenté de le tester à plusieurs reprises au cours du dernier mois. Une fois, Erik la vit apporter deux gros cailloux relativement similaires qu'elle remit à Joseph. Dans chacune de ses mains, il les soupesa, les tâta et goûta même l'une d'elles du bout de la langue pour finalement tendre à Mina la plus petite des deux.

— Joseph, comment fais-tu ça ? J'aimerais vraiment comprendre.

— Prends une pierre dans chacune de tes mains et tu verras que la plus petite est plus lourde.

Mina obtempéra. Elle les déposa au creux de ses deux paumes et les jaugea. Maintenant que Joseph lui faisait la remarque, elle détectait la différence qui était si infime qu'elle ne l'aurait pas remarquée autrement.

— Ensuite, concentre-toi sur la sensation de chaleur qui émane d'elles. Ressens-tu leur vibration ? Reconnais-tu celle du diamant ?

— Non ! s'écria Mina en plaçant sèchement les deux pierres sur la table. Tu veux me faire croire que tu as deviné qu'il s'agissait de diamant ou tu dis ça en sachant pertinemment que c'est ma spécialité !

Joseph se lança alors dans une explication ésotérique sur les différentes vibrations des minéraux de toutes sortes. Mina secoua la tête de dépit.

— Tu parles comme les charlatans qui te vendent des pierres en prétextant qu'elles vont affecter ton corps et ta santé.

— Garde l'esprit ouvert Mina, répondit calmement Joseph. Ils n'ont peut-être pas étudié les pierres comme nous, mais ils peuvent être sensibles aux vibrations de celles-ci. Ce n'est pas parce que tu ne les ressens pas qu'elles n'existent pas !

* * *

Clyde Owen fut le dernier à entrer dans le laboratoire. Il était toujours vêtu d'un de ses éternels costumes trois-pièces, se

46

démarquant à travers les sarraus blancs des scientifiques et les pantalons treillis et sweat-shirts que portaient les membres de l'expédition. Il marcha directement vers Erik qui se trouvait au fond de la salle.

— Est-ce que tous vos hommes sont présents ? lui demanda-t-il.

Clyde Owen était nerveux. La veille au soir, il avait feuilleté, une nouvelle fois, les informations de chacun des éléments de l'équipe de sécurité. Tout était en ordre, mais il s'était quand même demandé s'il n'aurait pas dû augmenter le nombre de gardes à trois soldats par géologue. Il savait bien qu'il était trop tard pour y penser, mais il ne pouvait se débarrasser du mauvais pressentiment qui le taraudait. Il mettait cela sur le compte de la nervosité qui précède un événement extraordinaire, mais ça ne l'empêchait pas d'être fébrile.

Au cours des derniers jours, Clyde s'était assuré que tout l'équipement nécessaire était fonctionnel et en quantité suffisante. Il avait augmenté la quantité des vivres afin d'anticiper une absence prolongée et aussi tripler le nombre d'armes et de munitions dans le cas où l'équipe devrait faire face à des situations auxquelles ils n'auraient pas pensé. Il avait fait monter, démonter et remonter la grande tente au moins six fois, de telle sorte que les hommes avaient fini par lui dire que c'était suffisant et que d'ici leur départ elle ne subirait pas de dommage. Même Alex Carvi l'avait vertement remis à sa place quand il s'était ingéré sur le type d'équipement de communication qu'il avait choisi pour l'expédition.

— Clyde, calmez-vous ! lui répétait Erik. Tout ira bien, nous avons tout vérifié et revérifié depuis un mois maintenant. Tous les membres de l'équipe se sont entraînés et ils sont en bonne condition physique, même vos scientifiques le sont.

Clyde Owen sourit à Erik en essayant de paraître plus détendu. Le plus long transfert spatio-temporel qu'un homme avait jusqu'à présent effectué n'avait pas dépassé une période de quelques jours. Cette fois, il était question de milliers d'années.

Il savait que l'appareil fonctionnait. Ils avaient effectué des tests avec des animaux qui étaient revenus intacts à l'intérieur de leur cage. Il n'en restait pas moins que là-bas, c'était une terre étrangère où la technologie n'avait pas sa place.

Il gratifia Erik d'un sourire et partit rejoindre l'équipe de techniciens qui travaillait avec Max pour effectuer les derniers tests de surveillance.

— Alors, qu'en est-il de notre zone d'atterrissage ? leur demanda Clyde Owen.

Pour le moment, nous n'avons détecté aucune forme de danger dans les parties rapprochées de la prairie, lui répondit Max. Néanmoins, le secteur le plus tranquille et le plus sûr est la zone 3 où aucun troupeau n'a été aperçu, de plus elle est à bonne distance de la forêt. Vous savez comme moi que les pires prédateurs se servent souvent des bois pour créer des embuscades, c'est la raison pour laquelle nous avons choisi cet endroit pour l'atterrissage.

— Oui, je confirme, ajouta Victor, un des techniciens. Je crois que ce secteur est adéquat pour les recevoir. Ils pourront y monter le campement en toute sécurité, car nous avons rarement aperçu des animaux dans cette partie de la prairie.

— De toute façon, une fois qu'ils seront installés, la présence de la tente et celle du feu devraient tenir les bêtes à distance, poursuivit Max. Enfin, nous l'espérons.

— C'est parfait, exécute un dernier relevé de la zone pour les cinq minutes suivant leur arrivée pour plus de sécurité, reprit Clyde Owen.

— C'est déjà fait ! dit Max.

Comme Max partait aussi, il était très consciencieux sur les normes de sécurité à suivre.

— Eh bien ! Il vous reste du temps. Alors ! Augmentez le temps de surveillance de quinze minutes.

Max lança un regard à Ismaël, le physicien qui avait permis de donner une vie physique à ses formules mathématiques. Ce dernier haussa les épaules. Ismaël Nadir travaillait pour la RDAI depuis plus de vingt ans, il était là bien avant l'arrivée de Clyde Owen. Physicien de renom, l'ancien PDG de l'entreprise l'avait débauché d'une compagnie irakienne pour l'amener avec lui en Amérique. La qualité de son travail n'avait jamais été remise en question à cette époque, mais depuis l'arrivée de Clyde Owen à la tête de la RDAI, il avait eu à faire face à des projets auxquels il n'aurait jamais eu l'audace de penser.

Pour lui, Clyde Owen était un visionnaire qui n'avait pas peur de s'aventurer dans des sentiers jusqu'alors inconnus. Il voyait d'emblée les possibilités économiques d'une technologie et il avait la capacité de se remettre en question afin de conserver les intérêts de l'entreprise, tout en tenant compte des valeurs fondamentales d'intégrité inhérentes à de nouvelles découvertes.

Quand Clyde lui avait présenté les conclusions mathématiques de Max, Ismaël avait tout d'abord ébauché un sourire narquois. Le voyage dans le temps était un concept éculé dont la physique avait depuis longtemps réduit les possibilités à néant. Mais la configuration des formules de cet homme avait néanmoins une certaine élégance, assez pour vouloir savoir comment ce dernier en était arrivé là.

Il avait recherché sur internet des informations sur Maximillian Jakobsson et y avait trouvé la photo d'un homme dans la force de l'âge aux cheveux châtain clair et aux yeux bleus, il portait une barbe naissante et arborait un sourire avenant.

Le mathématicien était né en 1967 et il mesurait presque six pieds. Il était divorcé et sans enfant et avait fait ses études en mathématique avancée à Cambridge au MIT. Né en suède, il était arrivé aux États-Unis à l'âge de neuf ans avec ses parents. Son père était assistant consulaire à l'ambassade suédoise à Washington, il était resté en poste une vingtaine d'années avant de retourner prendre sa retraite en Suède. Maximillian avait donc grandi dans la banlieue de Washington et s'était fait de nombreux amis tant dans le milieu politique que parmi le voisinage. Il avait rencontré Darlène son épouse durant ses années universitaires à Cambridge et l'avait épousée dès sa sortie de l'école où il avait été reçu avec mention.

Aussitôt son diplôme en main, il avait été embauché par la NASA où il avait établi sa thèse de doctorat sur les mathématiques spatiales et les calculs de probabilités des trous noirs. C'était à partir de ces recherches que lui et trois autres collègues de la NASA s'intéressèrent particulièrement à ces phénomènes et par des formules mathématiques sophistiquées, essayèrent de déterminer précisément le point central de ceux-ci.

C'est ainsi que germa l'hypothèse que l'axe basal du trou noir menait dans un espace-temps que leurs calculs pouvaient cibler. Le projet fut présenté à la NASA qui le rejeta d'emblée. Le comité consultatif prétexta qu'il s'agissait de pure spéculation digne des romans de science-fiction et que leur proposition ne démontrait aucun intérêt viable.

Contrairement à ses collègues, Maximillian ne s'arrêta pas là. Il présenta le projet auprès de plusieurs institutions privées qui œuvraient dans le domaine des technologies novatrices. La seule entreprise qui fit suite à sa prétendue élucubration fut la RDAI dont Clyde Owen était déjà à cette époque le PDG.

Ismaël était impressionné par la thèse de Max et il porta une attention nouvelle à ses calculs en tentant de les relier avec la physique quantique pour déterminer s'il était envisageable de rendre le projet de voyage dans le temps réalisable. Il vit alors les possibilités émanant des formules mathématiques présentées par Max et en les jumelant à l'énergie des trous noirs, pensa que cette idée pourrait peut-être devenir viable.

Le plus gros problème auquel Ismaël avait été confronté, c'était la distance à laquelle se trouvait le trou noir le plus près de la Terre. Le temps que prendrait l'énergie de celui-ci pour atteindre notre planète se chiffrait en nombres d'années, ce qui rendait son utilisation inconcevable. Ils durent trouver un moyen de créer leur propre trou noir, chose qu'ils purent réaliser en utilisant un accélérateur de particules. La seconde embûche était la dimension trop volumineuse et le poids trop lourd de ce nouvel équipement pour être portable dans le passé et assurer leur retour.

L'équipe de techniciens travailla d'arrache-pied avec Ismaël afin de réussir à concevoir un accélérateur de particules assez petit pour être intégré directement dans l'appareil spatio-temporel. Le trou noir ainsi créé était d'une dimension raisonnable et donc plus facile à contrôler. De plus, l'énergie qui en émanait était suffisante pour permettre le voyage dans le temps et ils purent enfin effectuer le premier saut dans le passé.

* * *

Lorsque midi sonna, Clyde Owen fit descendre des plateaux de nourritures commandées chez le traiteur que l'entreprise sollicitait habituellement pour les événements spéciaux. La table se remplit de mets variés, allant des entrées de fruits de mer jusqu'aux simples sandwichs de fantaisie. Par contre, aucun alcool ne fut toléré.

Chacun venait remplir leurs assiettes à tour de rôle et retournait aussitôt vaquer à leurs préparatifs. L'excitation était à son comble, même parmi ceux qui ne partaient pas. Erik et Kevin effectuaient une dernière check-list de l'équipement, s'assurant que tout se trouvait bien à l'intérieur du périmètre de lancement.

Max et Ismaël installaient l'appareil spatio-temporel sur son trépied. Tous les calculs de transfert avaient été effectués et programmés. Ils purent ensuite prendre le temps de s'asseoir avec le reste de l'équipe pour profiter du festin qui s'étalait devant eux. Petit à petit, les autres vinrent les rejoindre, au fur et à mesure que leurs tâches étaient terminées. Finalement, on dut récupérer des sièges dans les cubicules afin que tout le monde puisse s'asseoir.

Les conversations allaient bon train et l'atmosphère était à la fête, tout le personnel était fébrile à l'idée du départ imminent. Même Clyde Owen qui était nerveux à son arrivée se laissait gagner par l'ambiance de joie qui régnait autour de lui.

Mina et Alex discutaient discrètement ensemble pendant que Kevin et Christopher étaient en grande conversation avec Mike. Erik avait remarqué, au cours du dernier mois, l'amitié qui s'était formée entre Kevin et Christopher qui étaient les deux plus jeunes membres du groupe, considérant que c'était ce qui les avait probablement rapprochés. Christopher n'avait rejoint l'entreprise de McFarey que l'année précédente, mais Erik avait déjà effectué deux missions auxquelles il avait participé et avait rapidement constaté ses qualités.

Christopher était un exemple de discipline et d'obéissance, car il ne remettait jamais en question les ordres donnés par ses supérieurs. Malgré tout, cela ne l'empêchait pas d'avoir sa propre opinion sur certains détails. Il avait décidé de quitter l'armée l'année précédente, après que son supérieur lui eut demandé d'exécuter un ordre contestable. Lors d'une mission en Irak, son capitaine lui avait ordonné d'installer des dispositifs explosifs commandés à distance et cela près d'une maison située dans une banlieue résidentielle qui devait servir de base à un groupe de terroristes qu'ils surveillaient depuis des mois. Une demi-douzaine de bombes devait être placée autour de la demeure, de manière à éradiquer la menace qui devenait imminente. Quand Christopher s'était rendu sur place, il avait constaté la présence de plusieurs familles qui vivaient à proximité. Alors, au lieu d'installer les dispositifs explosifs aux points stratégiques à l'extérieur de la demeure, ce qui aurait causé des dégâts majeurs aux maisons avoisinantes, il avait réussi à se faufiler, à ses propres risques, à l'intérieur au cours de la nuit et il avait déposé les bombes à des endroits qui réduisaient les ravages à la seule habitation visée.

Cette opération lui avait valu un blâme sévère de son capitaine ainsi qu'une surveillance serrée de tous ses agissements, comme si ce dernier cherchait toutes les raisons valables d'entacher son dossier militaire. Christopher s'était résolu à exécuter les tâches les plus avilissantes sans rechigner. Il s'était résigné après une année complète à ce que la situation ne s'améliore pas. Il avait donc quitté l'armée, mais pas sans s'assurer de laisser derrière lui une surprise de taille à son supérieur.

À l'aide d'un ami qui travaillait en informatique, il était parvenu à pirater le compte « Facebook » personnel de son caporal. S'assurant ainsi que tous les membres du corps de l'armée américaine, et ce, sans exception, reçoivent simultanément les conversations salaces que ce dernier entretenait en privé avec différentes femmes qui n'étaient pas son épouse.

Mike et Christopher racontaient à Kevin la dernière mission de protection qu'ils avaient accomplie ensemble en Colombie. Ils devaient protéger un groupe de quatre chercheurs qui effectuaient des recherches sur des plantes locales et au cours de leur exploration ils étaient tombés sur une plantation de cocaïers.

— Et l'un de ces imbéciles a eu la brillante idée d'en ramasser un peu pour son usage personnel, lança Christopher.

Il a littéralement chié dans ses culottes quand il a vu deux jeeps remplies d'hommes armés s'élancer vers nous, ajouta Mike en souriant à ce souvenir. Lorsqu'on a réussi à les sortir tous de là, l'odeur était infecte. Il avait de la merde jusque dans ses chaussures de marche.

En plus, il voulait qu'on s'arrête pour pouvoir se changer et nous, on continuait d'avancer en lui disant : « Ce n'est pas le moment, on doit continuer », ajoutait Christopher.

Erik sourit à l'évocation de cette histoire, bien que sur le moment elle n'ait pas été aussi drôle qu'aujourd'hui. Il vit John s'approcher des trois hommes pour essayer de savoir de quelle expédition ils parlaient.

— Tu n'y étais pas John, intervint Mike. Nous étions trois en plus d'Erik comme chef d'équipe, c'est Nathan qui était avec nous là-bas.

Nathan qui était en conversation avec Stephen Lewis, le troisième géologue du groupe, se tourna vers les autres en entendant son nom cité dans la conversation.

— Vous êtes encore à raconter l'histoire d'la plantation de coca, constata-t-il en souriant.

Nathan Collins était un homme discret. Erik était au courant de son histoire pour avoir consulté son dossier militaire, mais le reste de l'équipe ne connaissait rien de lui, car jamais il ne racontait d'anecdotes sur leurs expéditions ou sur sa vie en dehors du travail. Il l'avait un jour questionné à savoir pourquoi il était aussi secret et ce dernier lui avait simplement répondu :

— J'suis pas un bon conteur, j'aime mieux écouter les autres parce que c'est comme ça que j'apprends.

Nathan avait grandi dans le ghetto noir de New York et il était passé de foyer d'accueil en foyer d'accueil. Il avait rejoint l'armée autant pour y trouver une famille que pour sortir du monde de la rue. À l'âge de 17 ans, il avait été arrêté, une seconde fois, pour vol de voitures et le juge de la jeunesse lui avait donné le choix entre l'armée ou la prison. Ayant déjà été dans un centre correctionnel pour adolescents, il avait rapidement accepté l'opportunité de se sortir d'un milieu malsain et n'avait par la suite jamais regretté ce choix.

Il avait été l'un des premiers hommes à rejoindre McFarey dans son entreprise de protection privée. Ce dernier avait été comme un père pour lui depuis qu'il avait intégré la base militaire de Fort Bening et quand John McFarey lui avait proposé de le suivre, Nathan avait accepté sans poser de question. Il avait suffi qu'il sache que John avait besoin de lui pour qu'il saute le pas. Maintenant sa famille c'était eux et sans condition, il donnerait sa vie pour n'importe lequel d'entre eux tout simplement parce qu'il était comme ça. Cette abnégation faisait en sorte qu'il lui était impossible de devenir chef d'expédition, car il lui serait plus facile d'effectuer lui-même une tâche dangereuse que de la déléguer à quelqu'un.

Erik regarda l'heure et vit qu'il était déjà passé deux heures, ils avaient prévu de partir légèrement après le diner, mais les conversations allant bon train, personne n'avait fait attention au temps qui s'écoulait, pas même Erik.

Tout le monde se mit rapidement à quitter la table en vérifiant une dernière fois que leur équipement personnel était bien en place. Max, pendant ce temps, jeta un ultime coup d'œil à l'appareil afin de s'assurer que tous les paramètres étaient correctement configurés. Ils atterriraient 112 000 ans avant aujourd'hui durant la saison printanière, vers le début du mois de mai. Malgré la période de l'année qui avait été choisie, tout le monde s'était équipé de vêtements chauds. L'appareil qui avait filmé des moments de cette période semblait indiquer une température clémente, mais comme c'était une époque inconnue, ils avaient voulu parer à toutes les éventualités.

On avait installé les équipements de façon à créer un cercle à l'intérieur du périmètre de déplacement, on s'assurait ainsi que le personnel serait le plus près possible du centre de lancement. Quand enfin Clyde Owen demanda à Max si l'appareil était prêt, ce dernier ouvrit grand les yeux et dit :

— Attendez ! J'ai oublié mon téléphone cellulaire.

Ils éclatèrent tous de rire. Ils étaient certains que celui-ci pensait pouvoir recevoir des appels une fois rendus sur place. Malgré les rires de chacun, Max sortit du périmètre de transport et se précipita dans son cubicule. Dans sa hâte, il heurta une des boîtes contenant une partie de leurs vivres et celle-ci renversa son contenu sur le sol.

— Désolé, je m'excuse, répétait Max en allant ramasser son téléphone intelligent qu'il avait laissé sur son poste de travail.

Erik avait poussé un soupir de désapprobation. Si l'un de ses hommes avait agi ainsi, le téléphone cellulaire de ce dernier n'aurait pas été récupéré. Pourquoi s'encombrer d'équipements inutiles ? se demanda-t-il. Mais par expérience, il savait que plusieurs personnes y conservaient des photos qu'ils aimaient avoir avec eux lorsqu'ils partaient loin de chez eux.

Max revint avec son téléphone et deux piles de recharge pour ce dernier. Il inséra le tout dans les poches de son pantalon treillis qu'il s'était acheté exprès pour le voyage. Erik haussa les épaules, tous ses gars gardaient uniquement des appareils de survie sur eux, mais Max n'était pas un soldat, il réagissait comme n'importe quel civil inexpérimenté l'aurait fait. Il l'aida à réintégrer le cercle de protection en s'assurant qu'il ne ferait plus rien tomber et attendit que ses hommes aient terminé de ramasser le contenu de la boîte et qu'ils l'aient remise en place.

— Tout le monde est fin prêt ? demanda Erik en regardant tout autour de lui.

Max lui dit que pour lui tout était prêt, Mina, Joseph et Stephen, les trois géologues hochèrent la tête en signe d'assentiment alors qu'Alex, Kevin, Nick, Matthew, Nathan, John, Mike et Christopher levèrent le pouce pour confirmer que tous étaient là.

— Max, je crois que vous pouvez commencer la procédure, dit Clyde Owen à l'extérieur du cercle de déplacement, debout à côté d'Ismaël.

Max activa la barrière de sécurité de l'appareil spatio-temporel et l'on vit apparaître un dôme translucide de couleur verte qui englobait, dans un rayon de sept mètres, tous les membres de l'expédition ainsi que leurs équipements. On s'assura que rien ne gênait la trajectoire de la coupole avant de mettre en marche le programme de transfert.

Durant les expériences passées, ils s'étaient aperçus que si le dôme était entravé par un quelconque objet, celui-ci était tranché lors du lancement temporel et la direction du déplacement se trouvait déviée dans le temps et dans l'espace. Quand l'accident s'était produit, c'était l'un des assistants de Max qui devait atterrir sur un terrain vague au Nevada, seulement quelques heures avant le moment du transfert et qui s'était retrouvé dans le désert à environ une heure de Las Vegas, trois jours avant la date programmée. Il avait fait de l'auto-stop jusqu'à Vegas d'où il s'était offert quelques jours de vacances avant de rentrer en communication avec les bureaux de la RDAI. Quand tout le monde sur place comprit pourquoi le lancement avait mal fonctionné, on rectifia l'erreur en s'assurant que rien n'entraverait le voyage. Le Victor et l'appareil du passé disparurent aussitôt, comme si le transfert n'avait jamais eu lieu.

Mais le Victor d'aujourd'hui conservait en mémoire sa virée à Las Vegas comme s'il l'avait vécue en rêve. C'était ainsi chaque fois qu'un membre du personnel était envoyé avec l'appareil et que l'on modifiait les paramètres de lancement. Le changement temporel faisait en sorte que les cellules mémorielles conservaient en mémoire des souvenirs flous des événements qui finalement n'avaient pas eu lieu.

Aussitôt le dôme sécurisé, Max activa la procédure de transfert. La coupole s'opacifia graduellement et le personnel à l'extérieur vit l'équipe d'expédition disparaître sous le dôme devenu opaque. L'opération ne dura pas plus de trente secondes et tout le monde retenait son souffle. C'était la première fois qu'un groupe de personnes était envoyé dans une époque où l'homme n'avait jamais existé.

En aussi peu qu'une fraction de seconde, le dôme avait disparu et il ne restait plus qu'un espace complètement vide à l'intérieur de la grande salle. Clyde Owen laissa échapper un soupir de soulagement et tourna la tête vers Ismaël qui était toujours immobile à sa droite et lui dit :

— Ça y est Ismaël, tout s'est bien passé, ils sont partis ! Je crois que vous pouvez lâcher mon bras maintenant.

CHAPITRE 4

112 000 ans avant aujourd'hui

À l'intérieur du périmètre de transfert, les membres regardaient le dôme perdre graduellement de son opacité et même à travers les brumes vertes qui les entouraient, le spectacle était saisissant. Une grande plaine de graminées s'étendait à perte de vue et à l'horizon on distinguait vaguement une forêt de conifères.

Lorsque le bourdonnement du dôme cessa, ils furent assaillis par les effluves d'un air d'une pureté exempt de toute pollution. Joseph s'assit, la tête entre les jambes. L'effet du calme et des odeurs qui régnaient autour d'eux lui donnait la nausée. Jamais il n'avait entendu un silence aussi oppressant. Il n'y avait pas le moindre pépiement d'oiseau qui résonnait dans la plaine. Même s'ils avaient visionné à maintes reprises les vidéos de surveillance, rien ne les avait préparés à cet environnement aux couleurs pures où tout semblait plus clair et plus intense.

Mina fit signe du revers de la main à ses deux voisins. Kevin et Christopher se tournèrent pour regarder dans la même direction qu'elle. Ils virent alors un troupeau de bêtes brouter à un peu plus d'un kilomètre de leur position. L'étrange animal aurait pu être confondu à un cheval ou encore à un âne, n'eût été ses membres antérieurs plus longs que ceux postérieurs, ce qui lui donnait une drôle de démarche sur un terrain plat comme l'était la plaine.

Les deux jeunes mercenaires attrapèrent leurs armes, plus par réflexe que par crainte, car le troupeau paraissait paisible. Ils pouvaient observer plusieurs animaux dans la steppe, mais toutes les bêtes conservaient une certaine distance avec leurs positions, ce qui les rassurait. Ils distinguaient la bordure de la forêt, au nord de l'endroit où ils étaient, près de laquelle plusieurs troupeaux semblaient préférer se tenir. Les cônes qui tombaient des sapins devaient servir de nourriture pour plusieurs d'entre eux.

Chris, regarde dans les bois, chuchota Kevin, les yeux toujours rivés sur la lisière de la forêt, à proximité du premier troupeau qu'ils avaient vu.

Même en murmurant, le son de sa voix semblait retentir à travers le silence qui régnait, ce qui attira l'attention des autres membres de l'équipe. En voyant Kevin et Christopher, l'arme à la main et l'œil aux aguets, chacun imita leurs gestes en attrapant leurs propres équipements de sécurité et en observant dans la même direction. Ils découvrirent soudain que le troupeau se précipitait vers l'ouest dans un mouvement d'affolement et juste derrière eux, bondit un tigre à dents de sabre qui se jeta sur une des bêtes, choisissant celle qui était la plus éloignée des autres. D'un seul bond, le félin sauta sur le dos de l'animal qui s'effondra au sol au moment où il sentit les crocs acérés pénétrer dans sa gorge. Ils étaient tous subjugués par le spectacle. L'attaque avait été rapide et efficace. Ici, c'était la loi du plus fort. Ils se sentaient un peu plus rassurés avec leurs armes à la main, mais ils savaient qu'ils devaient rester sur leurs gardes.

Au moment où la proie était immobilisée, sans vie, le prédateur pouvait se repaître de sa chair. Il tournait le dos à la forêt et mordait à belles dents dans la viande fraîche. Un mouvement parmi les arbres attira à nouveau l'attention des hommes. Ils virent surgirent des bois, une espèce de bête immonde qu'ils ne reconnaissaient pas. C'était une sorte de cochon préhistorique, probablement un ancêtre du sanglier dont le groin était plus allongé et surtout dont la mâchoire se terminait en pointe de chaque côté de sa tête, comme si celle-ci était trop proéminente pour tenir entièrement dans sa gueule. L'étrange bête courait rapidement vers le tigre qui ne le voyait pas approcher, et d'un énorme coup de tête, il projeta le félin à quelques mètres plus loin de son repas.

Les deux prédateurs s'affrontèrent férocement. Le sanglier, qui était le plus grand, prit le dessus et le second s'enfuit sans demander son reste. Ils étaient tous sidérés de voir à quelle vitesse cette espèce de cochon avait fait fuir un animal tel qu'un tigre à dents de sabre. Le sanglier se retourna vers la proie qui gisait sur le sol et commença à dévorer la chair sanguinolente. À l'aide de jumelles, Erik constata la forte mâchoire de l'animal dont la large dentition se tournait vers l'extérieur de sa gueule et il se dit alors que cette mission ne serait pas finalement aussi facile qu'il y paraissait au départ.

Kevin, Nick, Nathan et Chris, continuez de surveiller les alentours pendant que nous allons installer le campement, demanda Erik tout bas. Avertissez-nous si vous voyez une bête s'approcher, même les animaux les plus innocents peuvent nous attirer des problèmes, comme on vient de le constater.

Alors qu'Erik, aidé de John et de Mike, montait la grande tente, Matthew se fit seconder par Joseph et Stephen pour préparer le feu qu'on devait installer devant l'entrée.

Il nous faut du bois pour entretenir le feu, leur dit-il. Essayez de nous en trouver, mais surtout, restez à proximité du campement.

Joseph et Stephen n'avaient nullement l'intention de s'éloigner. Les deux hommes étaient habitués à vivre en ville et là-bas, quand vous voulez du bois, vous allez l'acheter ou vous le faites livrer. Malgré son statut de citadin, Stephen était ingénieux et il savait comment arriver à ses fins en effectuant le moins d'effort possible. Dans sa vie, il en avait toujours été ainsi. Lorsqu'il fréquentait l'Université de New York, il avait rapidement découvert qu'il était beaucoup plus facile d'entretenir de bonnes relations avec les intellos qu'avec les gens populaires. De plus, avec les bolés[2], il s'assurait des meilleurs résultats, car ils étaient constamment prêts à l'aider dans ses travaux.

Étant un homme de belle prestance, Stephen avait toujours remporté du succès avec les femmes. Il portait ses cheveux, d'un brun foncé, juste assez longs pour exhiber leur brillance et ses yeux d'un vert profond le rendaient mystérieux et très attirant auprès de la gent féminine. Depuis qu'il était enfant, il savait comment se montrer agréable et en grandissant il avait développé ce don qu'il considérait comme inestimable. Il devait bien plus son engagement dans cette expédition pour la RDAI à ses contacts (majoritairement féminins tels que l'épouse d'un des membres du conseil d'administration de l'entreprise) qu'à ses connaissances.

Alors que Joseph essayait de trouver un peu de bois à proximité du campement, Stephen regardait autour de lui, cherchant ce qui pourrait bien lui servir. Il ne lui fallut que quelques minutes pour lorgner les caisses contenant l'armement.

Matthew, qui s'était occupé à désherber et à creuser un peu la terre pour libérer un espace près de la porte de la tente afin d'y préparer du feu, fut sidéré de voir Stephen apporter du bois coupé en planches.

D'où est-ce que ça vient ? s'étonna-t-il.

Je l'ai pris juste là ! Je ne pense pas que nous ayons vraiment besoin de ces caisses maintenant que nous sommes arrivés sur place, répondit candidement Stephen.

Matthew regarda dans la direction que lui indiquait Stephen et il fut estomaqué de voir que les boîtes en bois, contenant leur équipement, avaient été éventrées et que leur contenu avait été étalé

---

[2] Argot québécois

sur le sol. Il fut choqué sur le moment, mais quand il vit l'air innocent dans les yeux du géologue, il réalisa qu'il ne pouvait s'en prendre qu'à lui-même. Leur sécurité était primordiale et le scientifique s'était contenté d'exécuter ce qu'il lui avait demandé, c'est-à-dire de trouver du bois sans s'éloigner du campement.

Alex et Max, de leur côté, évaluaient l'environnement afin de déterminer quel serait le meilleur emplacement pour installer l'antenne de communication. À environ cinq cents mètres à l'est du campement, une légère remontée du terrain permettrait une plus grande diffusion des émissions radio. Ils allèrent chercher la caisse contenant le matériel radio et furent surpris de découvrir que tous les instruments de communication étaient étalés pêle-mêle sur le sol. Alex commença à maugréer, pestant qu'on ait osé toucher à son équipement. Il espérait que tout serait toujours en état, autrement quelqu'un devrait s'en tenir pour responsable. Ils ramassèrent l'antenne portable qui était encore dans son étui et se mirent à chercher sur le sol le reste de l'équipement de communication ainsi que les radios, souhaitant qu'elles fonctionnent toutes correctement.

Kevin et Christopher furent mandatés pour les accompagner, afin de sécuriser le périmètre autour du site durant l'installation. L'antenne, à proprement parler, nécessitait un montage relativement facile et rapide. C'était la base qui était plus complexe, mais celle-ci rendait possible une meilleure transmission en permettant d'atteindre une hauteur d'une trentaine de mètres, balayant ainsi une plus grande surface pour en augmenter le gain[3].

Mina, seule dans son coin, s'occupait de répertorier tous les équipements afin de les installer dans la tente. Elle regarda Alex s'éloigner du camp avec une certaine inquiétude. Elle reporta un moment son attention sur l'étrange sanglier « tueur » et s'aperçut que

---

[3] Pouvoir d'amplification d'une antenne.

ce dernier avait disparu. Elle s'approcha de Nick et Nathan pour savoir où était passée la bête.

Elle est retournée vers la forêt, elle ne s'est pas intéressée à nous, lui répondit Nathan.

Mais les deux hommes restaient néanmoins à l'affût. Même si la bête était repartie d'où elle était venue, rien ne pouvait leur assurer qu'elle ne reviendrait pas dans la plaine à un moment ou à un autre.

Le plus dangereux, pour l'instant, c'est la carcasse qui pourrait attirer d'autres prédateurs ou des charognards. On ne connaît pas vraiment les animaux qui vivent à cette époque et on ne peut pas prévoir comment ils vont réagir à notre présence. Alors, restons vigilants, ajouta Nick.

Nick, qui avait grandi dans les montagnes du Colorado, avait appris à chasser dès son plus jeune âge. Il savait l'importance de connaître son environnement ainsi que ses habitants, mais ici, ils étaient tous en terrain inconnu. Ils avaient passé un mois complet à s'entraîner physiquement et une autre partie du temps à visionner les courts films pris par l'appareil spatio-temporel. Mais absolument rien, dans tous ces entraînements, ne les avait préparés à cet animal complètement inconnu. À combien de créatures étranges auraient-ils encore à faire face ? Le plus important était de diminuer au minimum le temps qu'ils devaient passer sur ces terres inexplorées.

Être si près de chez soi et en même temps si loin, avait dit Nick, le regard tourné vers les lointaines montagnes au sud.

Il ne fallut pas plus d'une demi-heure à Alex pour installer l'antenne, selon les recommandations de Max qui se contentait de lui donner le matériel au fur et à mesure. Ensuite, ils commencèrent rapidement à arranger le système de communication à l'intérieur de la tente et à tester le bon fonctionnement de chacun des appareils.

Une fois l'installation terminée, Max s'isola des autres et, au grand amusement d'Alex, sortit son téléphone cellulaire. Le spécialiste radio se dit qu'il fallait bien un geek[4] pour trouver le temps de s'amuser avec un portable dans un endroit comme celui-ci. Le mathématicien ne se préoccupait aucunement de ce que les autres pouvaient penser de ses occupations. Il continua ses vérifications sur son téléphone afin de s'assurer que la balise de localisation, qu'il avait installée sur l'appareil spatio-temporel, était bien détectée par l'antenne de communication et que son cellulaire recevait correctement la diffusion de l'information transmise. Il cliqua sur l'icône de géolocalisation. Le logiciel prit quelques secondes à localiser l'antenne-relais et il vit apparaître sur l'écran un clignotement de grande intensité. En sortant de la tente, il dirigea son téléphone dans différentes directions pour repérer l'ampleur des ondes en fonction de l'orientation dans laquelle il pointait l'appareil.

Tu crois qu'il va réussir à capter un signal, ricana Kevin en s'adressant à Christopher.

Peut-être sait-il quelque chose qu'on ne sait pas, répondit Christopher philosophiquement.

Quand le soleil commença à descendre dans le ciel, le campement était entièrement installé, tous les lits et les hamacs avaient été montés sous la tente ainsi que l'équipement de recherche et celui des communications. Un grand feu brûlait à l'entrée, leur permettant de se réchauffer. La température se rafraîchissait rapidement au fur et à mesure que le soleil disparaissait et ils durent tous, malgré la chaleur des flammes, enfiler des pulls pour se tenir au chaud. Une grosse bouilloire remplie d'eau embouteillée fut installée au-dessus du brasier. Stephen pensa aussitôt qu'un bon café chaud les aiderait bien à se réchauffer.

John distribua à chacun des repas lyophilisés composés de bœuf et de pommes de terre pour le souper. Joseph et Stephen, qui n'étaient pas habitués à ce genre de nourriture, regardaient leurs sachets en se

---

[4] Terme familier désignant quelqu'un de passionné pour la technologie.

demandant comment organiser leur lunch. N'osant pas avouer leur ignorance, ils attendirent de voir ce que les autres faisaient des leurs et les imitèrent. Déçu que l'eau bouillie soit utilisée pour le repas, Stephen n'en copia pas moins ses compagnons en ajoutant la portion du liquide chaud dans son contenant. Il serait toujours temps par la suite d'en faire bouillir encore.

J'espère que quelqu'un a pensé à apporter du café, dit Mina. Avec le froid qui s'installe, on en aurait bien tous besoin.

Ne t'inquiètes pas Mina, on s'est assuré que tu obtiennes ta dose de caféine journalière, rigola Max. On ne voudrait surtout pas que tu te trouves en manque.

Le repas se passa avec animation. Chacun parlait de ses impressions sur l'endroit, sur ce que ces grands espaces leur faisaient ressentir et ce à quoi ils s'attendaient pour le lendemain. Seul Joseph écoutait en silence, ne participant à la conversation que lorsque quelqu'un s'adressait directement à lui et encore, il se limitait à un simple hum, hum.

Erik voulait que les équipes soient prêtes à partir tôt le matin et il enjoignit tout son monde à aller profiter de quelques heures de sommeil.

Je vais prendre le premier tour de garde, annonça-t-il. Alex, tu me remplaceras et ensuite Mike, tu le relayeras. Les autres, profitez bien de votre nuit de sommeil, vous aurez probablement une longue journée demain. J'aimerais que tout le monde soit prêt pour le départ à sept heures du matin.

Qui va nous accompagner ? demanda Mina en observant Alex du coin de l'œil.

Erik crut remarquer une œillade complice entre Alex et Mina, mais il ne voulut pas y prêter attention. L'endroit était mal choisi pour discuter des conséquences d'une romance sur le terrain et bien qu'il ne s'attende à rien de la part de la géologue, il espérait qu'Alex, qui connaissant les risques encourus dans une telle situation, saurait se tenir correctement tout au long de la mission.

Ça va être simple, commença Erik, un vétéran et un plus jeune formeront les équipes de protection. Nick et Kevin, vous allez accompagner Joseph, vous prendrez la direction de l'ouest. John et Nathan, vous deux allez suivre Stephen en direction de l'est, Matthew et Christopher, vous allez escorter Mina vers le sud.

Erik jeta un regard à Mina et ajouta :

Mike, Alex et moi resterons au camp pour la protection de Max. J'aimerais autant que possible que vous n'alliez pas trop au nord, indiqua Erik en repensant à l'attaque dont ils avaient été témoins plus tôt. Et tant qu'à émettre des mises en garde, évitez aussi de vous approcher des zones forestières si ce n'est pas indispensable.

Erik, qui avait pris le premier tour de surveillance, commençait à ressentir les affres du sommeil l'assaillir. Il observa l'heure sur sa montre, mû par un vieux réflexe d'une vie plus moderne et vit 3 h 33 s'afficher. Il repensa au matin même à l'hôtel, c'était si près et en même temps si loin. Il réalisa qu'il y avait déjà vingt-quatre heures qu'il n'avait pas dormi. Il se dit qu'il était temps d'aller réveiller Alex pour qu'il prenne sa relève, lorsqu'il vit Joseph sortir de la tente et s'approcher de lui.

Joseph, qu'est-ce que vous faites là ? s'étonna Erik. Vous avez une longue route à faire demain. Retournez vous coucher.

Je m'excuse Erik, mais je n'arrive plus à dormir. Je pense encore à cette bête que nous avons vue aujourd'hui, cette espèce de sanglier préhistorique ne semblait avoir aucune crainte et j'avoue réellement que ça me fiche une trouille bleue.

Il n'y a aucune honte à ça, c'est la peur qui nous conditionne à la prudence. Si vous n'aviez pas peur, c'est moi qui serais inquiet.

Mais c'est plus que la simple peur, j'ai l'impression que tout ce qui se trouve ici n'attend que le moment opportun pour nous avaler.

On dirait que la noirceur veut nous cacher tous les mystères de ce monde, même le silence qui règne semble vouloir nous engloutir. En ville, il ne fait jamais complètement noir et il y a toujours du bruit quelque part alors qu'ici, c'est comme si on nous faisait croire que tout est endormi.

Vous angoissez et c'est normal. Vous êtes dans un environnement totalement différent de ce que vous avez l'habitude de vivre. Ne vous inquiétez pas, mes hommes ne laisseront rien vous arriver. Nick est un soldat qui a une longue expérience des situations dangereuses et Kevin, malgré sa jeunesse, peut faire face aux imprévus avec intelligence. Je ne vous ai pas octroyé ces hommes par pur hasard, ils sont un mélange de compétence et de vivacité.

Joseph se rapprocha du feu en frissonnant. Ce n'était pas le froid qui le faisait grelotter ni ce qui le forçait à s'approcher des flammes. Erik était inquiet, qu'adviendrait-il en cas de danger ? L'affolement de Joseph pourrait mettre la vie des autres en danger. Durant un instant, il se demandait s'il serait plus sage au matin de n'envoyer que deux équipes accompagnées chacune par trois hommes et ainsi garder Joseph au campement.

Seriez-vous plus rassuré de rester ici, demain ? lui proposa-t-il après un moment de réflexion.

J'imagine que la lumière du soleil dissipera un peu mes peurs, mais plus rapidement nous aurons terminé notre mission et plus vite nous pourrons rentrer. Il me tarde déjà d'entendre le bourdonnement de la ville, ce sera dorénavant un doux murmure à mes oreilles. Je vais essayer de dormir, merci Erik, lui dit Joseph avec une sincère reconnaissance.

Pourriez-vous réveiller Alex et me l'envoyer avant d'aller dormir, s'il vous plaît ?

Joseph entra sous la tente et Erik en profita pour raviver le feu, le temps qu'Alex prenne sa relève.

CHAPITRE 5

Au matin, aux alentours de 6 h 30 selon le cadran solaire que Max avait construit la veille avec l'aide de Mina, tout le monde au campement était réveillé et avait pris son petit-déjeuner. On avait réparti pour chacun des groupes assez de nourriture et d'eau pour tenir une journée entière. Kevin et Christopher avaient ramassé assez de bois dans les alentours pour nourrir le feu durant au moins deux jours et de l'eau bouillante avait été mise dans les thermos pour la préparation des plats lyophilisés.

Max avait retiré la caméra de l'appareil spatio-temporel et filmait les préparatifs. Il fut entendu que chacune des équipes devait se rapporter par radio à la base toutes les demi-heures en indiquant leur direction si celle-ci devait changer.

Alex s'installa au poste de communication et commença à transmettre un message répétitif pour s'assurer que toutes les radios recevaient correctement les messages. Après cinq minutes, il attendit les confirmations des trois équipes avant de ressortir de la tente.

Au cours des premières heures, ils se rapportèrent au campement de base régulièrement, comme prévu. L'équipe de Stephen fut la première à annoncer avoir détecté un site prometteur pour une exploitation diamantaire, qui était à un peu moins de trois heures de marche au nord-est du camp. Mina dut marcher trois quarts d'heure de plus dans la direction du sud avant de trouver des traces d'or au sol. Elle et ses deux gardes s'approchaient des montagnes qui s'élevaient au loin. S'ils poursuivaient leur marche encore quelques heures, ils parviendraient à les atteindre et peut-être à y découvrir quelque chose de plus significatif. Mais Erik leur demanda de revenir aussitôt que les échantillons de sol seraient prélevés. S'ils devaient s'aventurer dans les montagnes boisées, il préférait y envoyer une équipe de plus grande envergure.

Joseph n'avait toujours rien découvert d'intéressant, mais un large bosquet d'arbres s'étendait à l'ouest devant eux. Il pensa qu'il pourrait être plus sage de rester dans la plaine, mais c'était à Erik de déterminer à quel moment ils devraient revenir et ce dernier leur avait demandé de continuer s'ils estimaient qu'il n'y avait aucun danger.

Il y avait presque cinq heures qu'ils avaient quitté le campement quand un léger tremblement de terre se fit sentir au camp de base.

Alors que Mike, Erik et Max se levaient pour observer l'affolement parmi les troupeaux dans la plaine, Alex, de son côté, entra sous la tente et s'installa au poste de communication. Le séisme avait poussé les animaux à fuir loin du campement des hommes et Erik fut soulagé de voir qu'aucun des troupeaux ne se dirigeait dans leur direction. Aussitôt après la fin du tremblement, Mike alla examiner l'antenne, son arme à la main à l'affût de tout danger. Il voulait être sûr que la structure à la base de celle-ci n'avait subi aucun dommage.

Alors qu'Alex s'apprêtait à entrer en communication avec les groupes en expédition, il ressentit un profond grondement remonter sous ses pieds. Sans prendre le temps de réfléchir plus longuement, il s'empara de la radio et de l'appareil spatio-temporel avant de sortir précipitamment hors de la tente.

Max, qui s'était approché d'Erik au début du tremblement de terre, sentit celui-ci l'attraper par le bras en l'entraînant vers l'ouest. C'était la même direction que prenaient les animaux dans leur panique. Tout en courant, ils devinaient que le sol s'effondrait derrière eux. Le bruit était assourdissant, on aurait cru que la terre était engloutie par un énorme raz de marée et que ce dernier s'approchait d'eux plus rapidement qu'ils n'arrivaient à s'en éloigner. À un moment, ils sentirent le sol se raffermir sous leurs pieds, leur permettant d'arrêter leur course. Max était à bout de souffle tandis qu'Erik lui tenait toujours fermement le bras. Dans l'affolement, Erik avait dû lâcher son arme pour attraper Max et l'entraîner avec lui.

Ils se retournèrent enfin pour constater l'ampleur des dégâts. Un énorme trou béant s'étendait à perte de vue, partant loin au nord jusqu'au sud de leur position. Le gouffre s'étirait sur plus de deux cents mètres de largeur et avait englouti la tente et tout ce qu'elle contenait. Leurs provisions de nourriture, leurs réserves d'eau potable ainsi que tout l'armement incluant les surplus de munitions avaient disparu dans le précipice.

Max suivit Erik qui s'approchait avec précaution du bord du gouffre en regardant attentivement vers le fond du trou. Il recherchait quelque chose quand l'écho d'une voix retentit au loin, leur redonnant un peu d'espoir. Max comprit alors qu'Erik cherchait la présence de ses hommes, mais tout ce qu'ils voyaient au fond du précipice, c'était une eau boueuse et bouillonnante qui entraînait dans son sillage des débris de la forêt.

Ils scrutaient attentivement le bord de la falaise quand ils entendirent à nouveau des cris. Max releva la tête et aperçut Mike debout de l'autre côté de la faille. Ce dernier gesticulait pour attirer leur attention. Erik le vit aussi et regarda autour de lui pour essayer de déterminer si Alex était avec lui.

Mike tentait de leur dire quelque chose, mais à travers le bruit de l'eau, ce qu'il disait restait incompréhensible. Il criait en pointant la rivière qui coulait entre eux et s'agitait de façon désordonnée, semblant vouloir expliquer une chose qu'Erik ne comprenait pas.

— Je crois qu'il essaie de nous dire ce qui est arrivé à Alex, dit Max en regardant Erik du coin de l'œil.

* * *

L'équipe de Mina avait fortement ressenti les deux tremblements de terre. Étant partis en direction du sud, ils étaient seulement à quelques kilomètres à l'est de la fissure. Ils observèrent un troupeau de mastodontes affolés qui s'enfuyait vers le sud-est faisant vibrer encore plus la terre sous leurs pas. Il se passait quelque chose et il était certain que cela se passait à l'ouest de leur position.

— Mina, je crois que nous avons assez d'échantillons pour le moment, dit Matthew. Il serait temps de prendre la route vers le campement. Je n'aime vraiment pas ce qui se passe.

Mina acquiesça et avec l'aide de Christopher, rangea tous les échantillons dans leurs sacs à dos. Ils prirent aussitôt la direction du nord-ouest qui les ramènerait vers le camp de base.

* * *

Le groupe de Stephen s'était déjà mis en route pour revenir vers le campement lorsque les tremblements se firent sentir. John ouvrit sa radio aussitôt qu'une seconde secousse les ébranla. Cette dernière était plus puissante que la première et il voulait s'assurer que tout allait bien, mais la transmission ne passait plus. Nathan et Stephen observaient l'énervement parmi les animaux qui fuyaient aux alentours et se tenaient prêts à toute éventualité. Après cinq minutes de tentatives infructueuses, John s'adressa aux deux autres :

— C'est peut-être simplement l'antenne qui a subi des dommages suite à la secousse, mais il vaudrait mieux de retourner rapidement au camp.

* * *

Joseph et les siens, qui étaient plus loin vers l'ouest, n'avaient ressenti qu'un léger tremblement. Ils observaient des attroupements d'animaux venant de l'est qui s'élançaient dans leur direction en traversant le mince bosquet d'arbres qu'ils avaient franchi une quinzaine de minutes plus tôt. L'affolement des bêtes se sentait dans leur manière désorganisée de se déplacer.

Soudain, le sol se mit à vibrer de plus en plus intensément. C'était comme si un énorme troupeau se dirigeait dans leur direction. Nick sentit aussitôt la menace et regarda autour de lui pour trouver un abri. Il vit un gros rocher sur leur droite. S'ils devaient se cacher, c'était le seul endroit susceptible de les abriter dans cette grande prairie.

— Joseph ! cria-t-il. Allez derrière ce rocher, tout de suite.

Joseph se précipita vers l'abri improvisé, tandis que Nick essayait d'attirer l'attention de Kevin qui avançait vers le tumulte grandissant, le regard fixé dans la direction de la forêt. Les vibrations devenaient de plus en plus intenses et s'y ajoutait maintenant le bruit mat de plusieurs martèlements sur le sol. Kevin semblait hypnotisé par le vacarme et ne portait aucune attention à Nick. Ce dernier lui lança un dernier cri avant de rejoindre Joseph derrière le rocher et épaula rapidement son fusil d'assaut. Ils virent apparaître un troupeau de chevaux qui galopaient, affolés, directement vers leur position.

Il était trop tard pour que Kevin ait le temps de se mettre à l'abri et même s'il l'avait voulu, il ne pouvait détacher son regard du troupeau qui avançait vers lui dans une course effrénée. Il les voyait charger dans sa direction, tels des étalons à la fourrure épaisse. Ils étaient plus petits que les chevaux modernes et ne possédaient qu'une courte crinière, mais à la stupéfaction de Kevin, ils arboraient fièrement une longue corne qui pouvait s'avérer mortelle lorsqu'ils fonçaient sur un ennemi à cette vitesse.

— Des licornes ! Ce sont des licornes ! murmurait Kevin sans arrêt.

Kevin prit rapidement son fusil d'assaut et tira un salve dans les airs afin d'effrayer les animaux pour les faire dévier de leur folle course, mais le bruit de la détonation ne donna pas l'effet escompté. Les bêtes en première ligne tentaient de réfréner leurs élans, mais les chevaux derrière les poussaient vers l'avant. Pour contrer la panique qui les gagnait, elles baissèrent leurs têtes, prêtes à abattre le premier obstacle venu. Joseph se mit à crier à son tour à Kevin de les rejoindre, mais il était trop tard et de toute façon, ce dernier ne les entendait pas à travers le brouhaha que produisaient les sabots des animaux. Nick se positionna avec son fusil, mais il hésitait à faire feu, il pouvait n'en mettre qu'un seul au sol avant que le troupeau ne soit sur Kevin.

Dans un mouvement conditionné par un réflexe de survie, Kevin lâcha son arme et se campa solidement sur ses pieds en tournant son corps latéralement par rapport à la charge des licornes, comme pour encaisser le choc imminent que produirait l'arrivée des bêtes sur lui. Il ferma les yeux en priant intérieurement pour que la fin soit rapide et indolore et deux secondes avant que le troupeau ne l'atteigne, il entendit une détonation dans son dos. Au même moment, les licornes fondaient sur lui.

CHAPITRE 6

2e jour dans le passé

Alors que les licornes avaient atteint la position de Kevin et qu'elles s'approchaient de leur refuge, Nick vit arriver derrière les bêtes surgissant du bosquet d'arbres, l'espèce de sanglier qu'ils avaient observée la veille. La bête courait moins vite que le troupeau et devait espérer attraper une proie moins rapide. Nick se positionna pour viser l'animal avant que ce dernier soit sur eux, mais la bête avait déjà trouvé une autre proie plus accessible. Kevin, toujours debout, tournait le dos au prédateur tant il était fasciné par le troupeau qui l'avait contourné en passant de chaque côté sans même l'effleurer.

Nick s'apercevait bien que Kevin ne voyait pas l'énorme bête approcher. Il visa rapidement l'animal qui s'élançait sur son ami, mais il ne voulait pas le blesser en tentant d'abattre le dangereux prédateur. Il n'avait qu'une seule chance de l'atteindre avant qu'il ne fonce sur le jeune homme. Une détonation explosa à nouveau, et sous l'impact de la balle, l'animal fit un écart de côté avant de s'écraser mollement sur le sol.

Kevin sentit la balle passer à moins d'un mètre de lui. Devinant que quelque chose s'était effondré tout près de lui, il se retourna et aperçut cet horrible prédateur qui tentait de se relever. Il regarda autour de lui pour rattraper son arme qu'il avait laissé tomber au sol, mais il ne la voyait nulle part. Il pensa rapidement à son pistolet qui se trouvait dans sa ceinture et s'empressa de l'attraper lorsqu'il entendit le second coup de feu. L'animal gisait désormais à ses pieds, la moitié du crâne arraché par l'impact de la seconde balle. Deux mètres plus loin, une belle licorne au pelage d'un blanc éclatant était écrasée sur le sol, une coulée de sang tachait la blancheur de sa fourrure juste sous sa corne, s'écoulant finement entre ses yeux.

Kevin, qui tenait son arme de poing, braqua celle-ci sur l'animal mort. Ses mains tremblaient, mais il ne pouvait se résoudre à lâcher l'horrible bête des yeux. C'était Nick qui, en le rejoignant, lui avait pris l'arme des mains et ce fut à ce moment-là qu'il parvint enfin à relâcher sa respiration. Il s'effondra, assis sur le sol, le corps secoué de tremblements. Nick retira sa parka et la passa sur les épaules de Kevin qui l'attrapa aussitôt pour s'en envelopper entièrement.

— Merci, dit-il d'une voix faible.

Tandis que Nick aidait Kevin à retrouver son calme, Joseph demeurait tapi derrière le rocher, encore effrayé par les événements, la respiration haletante et les mains toujours crispées sur la roche glacée. Il n'arrivait pas à effacer de sa mémoire l'immonde créature qui avait foncé sur son jeune protecteur. Subitement, il réalisa qu'il était seul, trop écarté des autres et il se sentit épié, comme si un regard froid se posait sur sa nuque. Il frissonna et fit volte-face, le dos appuyé contre la roche, parcourant la plaine des yeux, essayant de voir ce qui l'observait.

La peur le clouait sur place. Tel qu'il était là, sans aucune défense, il était une proie facile pour n'importe quel prédateur se terrant dans la plaine. Les herbes dansaient allègrement au gré du vent, l'empêchant de déterminer avec précision d'où arriverait la menace qu'il sentait imminente. Terrorisé, il n'osait pas s'éloigner du rocher, certain qu'aussitôt qu'il se mettrait à découvert l'attaque surgirait, provenant probablement derrière lui.

Tout à coup, il aperçut du coin de son œil gauche, dans sa vision périphérique, une forme fondre sur lui. Il se recroquevilla et mit sa tête entre ses bras pour se protéger et hurla. Son hurlement était tellement perçant qu'une nuée d'oiseaux s'envola, traversant les branches du boisé.

Nick venait d'apparaître à côté de lui, tentant de deviner ce qui effrayait le géologue. Il recula d'un pas en réalisant qu'il était la cause de cette frayeur disproportionnée.

— Joseph, lui dit-il doucement en posant sa main sur son épaule, d'un geste rassurant.

Le hurlement cessa aussitôt et Joseph s'étala de tout son long dans l'herbe, inconscient. Kevin qui s'était rapidement levé en entendant le cri de Joseph vit Nick se pencher sur ce dernier.

— Ça va ! lui cria Nick. Il s'est seulement évanoui.

Kevin s'avança vers eux, un léger sourire sur les lèvres. En marchant, son pied heurta un objet métallique et il découvrit son arme, complètement déformée par le martèlement de sabots du troupeau. Il la ramassa et glissa la bandoulière sur son épaule avant de s'approcher de Nick qui, penché au-dessus de Joseph, tentait de le ranimer.

Joseph sentit son corps secoué et se surprit à penser qu'il était toujours vivant. À travers les brumes de l'inconscience, il entendait des voix et, en soulevant les paupières, il vit le visage de Nick dont les traits habituellement durs laissaient transparaître de l'inquiétude.

— Joseph ! Est-ce que ça va aller ? lui demanda Nick dès qu'il ouvrit les yeux.

Tout ce que Joseph parvint à répondre fut un léger hochement de tête en signe d'acquiescement. Kevin, qui venait de les rejoindre, s'accroupit à ses côtés en l'aidant à s'asseoir, un sourire nerveux toujours accroché aux lèvres.

— Hé l'ami ! Nick t'as foutu une sacrée frousse, lança-t-il joyeusement. On va en avoir long à raconter quand on rentrera.

Le ton joyeux de Kevin aidait Joseph à sortir de sa léthargie. Il était maintenant assis et prenait appui sur la roche pour se relever.

Pas trop vite, l'avertit Nick. Vous pourriez retomber. Prenez le temps de respirer quelques minutes.

Nick et Kevin lui parlaient doucement, le laissant ainsi reprendre contact avec la réalité. Ils l'aidèrent ensuite à se relever et retournèrent, en se tenant de chaque côté du géologue pour le soutenir, à l'endroit où gisaient les animaux morts.

Autant l'une des deux bêtes leur semblait tout droit sortie d'un conte de fées, autant l'autre était une vision de leur pire cauchemar. Joseph ne voulut sous aucun prétexte s'approcher de l'ignoble créature. À sa seule vue, il recommençait à trembler de tout son être.

— Vous savez, les gars, finit-il par leur dire, j'ai un peu honte d'avoir réagi de la sorte. J'aurais cru avoir plus de contrôle sur mes émotions.

— Arrête l'ami, ce n'est pas quelque chose qu'on peut contrôler. Même moi, avec tout mon entraînement de combat, je n'ai pas réagi assez vite. Si Nick n'avait pas gardé son sang-froid, je ne serais plus là pour le raconter, dit Kevin en lançant un regard reconnaissant à Nick.

Joseph s'accroupit au-dessus de la licorne et commença à flatter sa fourrure, comme s'il essayait de l'amadouer.

— Son poil n'est pas dru comme le crin du cheval, on dirait plutôt la texture de la crinière des lions. Probablement que si sa fourrure était brossée, elle serait plus douce et plus soyeuse.

Il continuait son examen, tout en flattant l'animal, cherchant ainsi à sentir les formes de son ossature.

— Vous saviez qu'ils ont déjà découvert les ossements d'une licorne en Sibérie, poursuivit-il. Mais cette dernière avait plus de points communs avec le rhinocéros qu'avec le cheval. Celle-ci, par contre, a une ossature beaucoup plus analogue aux équidés.

Il continua son examen en passant les mains sur les longues pattes de l'animal et s'arrêta un moment sur ses sabots. Il prit quelques secondes de réflexion avant de poursuivre.

— Il me semble avoir lu quelque chose dernièrement sur une licorne découverte en Amérique du Nord, peut-être au Canada, je ne me rappelle pas très bien. Je me souviens que c'était il y a environ deux ans, car j'étais en plein déménagement pour Los Angeles, Licorneum Americus… Voilà ! Je crois que c'était comme ça qu'ils l'avaient appelée, mais je n'ai jamais eu l'occasion d'examiner ces ossements.

Joseph apposait, au même moment, ses mains sur la corne de l'animal. Il ressentit une étrange vibration provenant de celle-ci, une vibration qui lui était inconnue.

— Kevin, je peux emprunter votre couteau un moment s'il vous plaît.

Kevin sortit le poignard de son étui et le passa à Joseph, s'assurant de lui tendre l'arme par le manche. Joseph entreprit alors d'insérer la lame dans la cavité laissée par la balle de Nick. Elle était très près de la base de la corne et il tentait d'en faire le tour lentement et délicatement. Il espérait l'extraire pour la ramener au camp avec eux.

Après avoir incisé la peau tout autour de la corne durant quinze longues minutes, Joseph mit une légère pression sur la lame afin de l'enfoncer plus profondément entre le crâne et la protubérance osseuse, mais le couteau était maintenant coincé entre les os de l'animal. Kevin vint lui prêter main-forte et manipula le poignard pour pousser la corne hors de sa cavité. Elle ne bougea pas, ce fut la lame du couteau qui céda en laissant un morceau de sa pointe à l'intérieur de la structure osseuse de la licorne.

— Eh shit ! s'exclama Kevin en voyant l'état de son poignard.

Il manquait un morceau d'au moins un centimètre à la lame du couteau que son frère Alex lui avait offert lors de sa remise de diplôme, à l'Académie. Il avait une signification sentimentale pour lui et maintenant il était fini. Peut-être arriverait-il à le faire réparer à leur retour à la maison.

— Nous aurions besoin d'une scie, dit Joseph en soupirant.

Il regarda les deux autres, semblant hésiter à poursuivre.

— Vous pensez qu'on pourrait l'amener avec nous, demanda-t-il, le regard implorant. Je suis convaincu que la corne pourrait posséder une certaine valeur, mais j'ai besoin de l'examiner en profondeur pour me prononcer avec certitude.

Nick réagit aussitôt.

— Impossible, avec l'odeur de sang et de chair morte, ça pourrait attirer d'autres animaux, tant des prédateurs que des charognards. Je ne crois pas que mettre nos vies en péril inutilement soit une idée géniale en ce moment.

— Oui, je suis d'accord avec toi, ajouta Kevin. Mais le but de cette mission n'est-il pas justement de découvrir des matériaux de valeur ?

Nick regarda Kevin un instant et reporta son attention sur Joseph. Il crut un moment qu'à l'idée de risquer de se faire à nouveau attaquer il changerait d'idée, mais ce dernier gardait le silence, attendant la décision de Nick.

— Bon... finit-il par dire. Deux têtes brûlées inconscientes, mais vous avez quand même raison. Sauf que ce n'est ni à moi ni à l'un de vous de prendre cette décision. C'est Erik qui est le responsable de la mission et c'est à lui de trancher. Kevin, appelle-le au campement.

Kevin sortit la radio de son sac pour rentrer en communication avec la base. Il fit quelques essais, mais la radio s'entêtait à rester muette.

— C'est probablement les arbres qui nous empêchent de capter les ondes, estima Joseph.

— Donc il va nous falloir traverser à nouveau de l'autre côté du bosquet, acquiesça Nick.

— On pourrait construire rapidement un brancard pour transporter la licorne avec nous, insista Joseph. Comme ça, si Erik nous dit de la ramener avec nous, ce sera toujours ça de fait.

Ils partirent à la recherche de quelques branches assez longues sur lesquelles ils pourraient coucher la bête afin de la traîner derrière eux.

Pendant que Kevin liait ensemble les morceaux de bois pour fabriquer une civière, Nick prenait quelques instants pour montrer à Joseph comment se servir de son arme de poing. Joseph ne se sentait pas très à l'aise avec un pistolet, mais il s'appliqua néanmoins à suivre les instructions de Nick.

— C'est vous qui allez nous ouvrir la route Joseph et je veux que vous puissiez réagir si jamais il advenait quoi que ce soit, lui dit Nick.

Avant de se mettre en route, Nick et Kevin s'approchèrent du prédateur qui gisait non loin de la licorne et observèrent la structure de l'animal.

— Je déteste cette bête, de près elle est encore plus laide que ce que mon esprit gardait en mémoire, dit Kevin.

Tous deux observaient les crocs de la bête et du bout du pied ouvrirent sa gueule pour voir plus attentivement sa mâchoire proéminente. La terminaison de sa mâchoire saillait à l'extérieur de sa boîte crânienne comme si sa tête était trop petite pour contenir de tels crocs. C'est ce qui lui donnait cet air aussi terrifiant.

— J'aurais bien aimé avoir le cellulaire de Max en ce moment, nous aurions pu au moins rapporter des photos, dit Kevin avec résignation.

— Regarde comment ses dents pointent vers l'extérieur de la mâchoire. Imagine seulement les dommages qu'elles doivent causer. Je suis certain qu'il doit être capable de broyer des os avec ça.

Joseph les écoutait parler en restant à distance. Il tentait de se concentrer sur la licorne pour ne pas penser à cette affreuse créature. Il n'avait qu'une envie et c'était de s'en éloigner le plus rapidement possible. Il avait toujours été attiré par les bêtes préhistoriques, mais à cette époque-là, il n'était question que d'ossements, la réalité était toute autre chose.

CHAPITRE 7

Au campement, Mike tentait de faire comprendre à Erik qu'Alex avait disparu dans le glissement de terrain.

— Il… faut… courir… Alex parvint à entendre Erik.

Il comprenait la réaction de Mike, car lui aussi aurait voulu retrouver le corps d'Alex. Ne jamais laisser un homme derrière… telle était leur devise, malgré tout, il devait penser à ceux qui étaient toujours vivants.

Mike était un homme d'honneur et un meneur. Combien de missions avait-il dirigées par le passé, il ne saurait le dire avec certitude. Quand Erik l'avait approché pour participer à cette mission, ce dernier avait hésité, sachant fort bien que Mike avait l'habitude de diriger ses propres expéditions depuis plusieurs années. Mais l'idée d'une telle aventure lui avait finalement plu et de travailler à nouveau avec Erik n'avait pas été pour lui déplaire, car ils avaient déjà vécu quelques bons épisodes dans le passé.

Mike n'avait jamais perdu d'hommes auparavant et il savait que pour des meneurs de leur trempe, cela représentait un échec. Il était de dix ans plus jeune qu'Erik et son expérience au sein de l'armée l'avait amené à affronter des situations des plus périlleuses. Ayant passé ses années militaires en célibataire, il avait plus souvent été envoyé dans des missions difficiles, voire parfois impossibles, mais il ne rechignait jamais à partir, c'était un « vrai ».

Ce fut sa rencontre avec Émilie qui mit fin à sa carrière au sein de l'armée. Elle n'avait que vingt-huit ans au moment de leur mariage et lui en avait déjà trente-neuf. Elle lui avait clairement spécifié que jamais elle n'épouserait un militaire. Émilie, contrairement à Mike, était enjouée et câline. Elle adorait passer ses soirées à se tirailler avec lui. Évidemment, il la laissait le dominer un moment avant de la maîtriser et alors elle riait aux éclats. C'était une femme superbe, avec une longue coiffure auburn et des yeux d'un vert éclatant tandis que Mike avec ses cheveux châtains et ses yeux gris semblait et était une personne plus tempérée.

Erik les avait observés dans la piscine lors d'une fête donnée chez McFarey. En les regardant ensemble, on aurait pu croire à la fragilité d'Émilie qui était tellement menue, comparativement à Mike, qui était bâti comme un bœuf. Il semblait la manipuler avec délicatesse, comme s'il avait tenu une poupée de porcelaine alors que dans son travail, il était rude à la besogne.

Max le ramena à la réalité.

— Le courant est trop fort, Erik. Son corps doit déjà être loin et encore, c'est s'il n'est pas enseveli sous la terre au fond de la rivière. On a, pour le moment, plus important à penser.

— De quoi est-ce que tu parles, Max ? demanda Erik intrigué.

— On doit impérativement réparer l'antenne.

— L'antenne ? Erik regarda Max avec surprise. La radio émettrice a disparu avec le campement, elle ne nous sert plus à rien maintenant. Impossible de maintenir les communications avec les autres sans ces équipements.

Max sortit son appareil cellulaire de sa poche et le pointa vers Erik.

— Tu te souviens de la balise de localisation que j'ai installée sur l'appareil spatio-temporel hier matin ?

— Oui, oui bien sûr, je me rappelle bien ! A-t-elle un rapport avec l'antenne ?

— Eh bien, elle en a besoin pour émettre. Pas d'antenne… pas de signal. Pas de signal… alors on est coincé ici à vie.

Erik observa le téléphone que lui tendait Max et réalisa enfin son empressement à l'emporter avec lui.

— Max, tu es un génie ! Quelle chance que tu aies pensé à tout !

Erik se tourna dans la direction de Mike pour lui expliquer qu'il devait avant tout réparer l'antenne. Mike n'était pas d'accord, il trouvait que le corps d'Alex aurait dû être une priorité, mais quand il comprit la raison de cet empressement, il cessa de s'obstiner et marcha vers elle.

Alors que Mike s'occupait de réparer l'antenne, en suivant à la lettre les instructions de Max, Erik s'affairait à allumer un grand feu qui permettrait aux autres groupes de retrouver plus facilement leur position. De plus, il leur servirait de protection contre d'éventuels prédateurs. Mike avait toujours son arme d'assaut avec lui, mais Erik avait laissé tomber la sienne lorsqu'il avait agrippé Max pour l'entraîner dans sa course. Il possédait encore son pistolet qui était limité aux douze balles contenues dans le chargeur.

Lorsque l'antenne fut opérationnelle, Max alluma le cellulaire et cliqua sur le logiciel de localisation qui lui indiquerait la direction à suivre, un peu à l'instar d'un radar. Cela lui permettait de savoir où se trouvait approximativement l'appareil.

— Alors Max, qu'est-ce que ça dit ? demanda Erik avec anxiété.

Max gardait le silence, concentré sur les informations que lui retournait la balise de localisation. Après un court instant, il leva les yeux vers Erik en souriant.

— L'antenne détecte la présence de l'appareil au sud-ouest, elle est seulement à quelques kilomètres d'ici.

— Et quelques kilomètres, ça représente quoi plus précisément ? insista Erik.

— J'opterais pour une distance approximative de cinq à dix kilomètres de notre position, compte tenu de la force du signal.

— Tu ne peux pas être un peu plus précis ? s'impatientait Erik.

— Compte tenu de notre équipement, non. Mais plus nous approcherons de l'appareil et plus le signal prendra de l'ampleur.

Erik réfléchit un long moment avant de demander à Max :

— Mais si l'appareil reste immergé dans l'eau trop longtemps, est-ce qu'il sera toujours utilisable ? L'électronique et l'eau, il me semble, ne font pas vraiment bon ménage.

Ne t'inquiète pas Erik, l'appareil a été conçu dans des alliages dont les principaux éléments sont le titane et le palladium, de plus il est complètement étanche. Rien n'arrivera à éroder ces métaux-là. Même les soudures sur la carte maitresse sont constituées de palladium. Quand on voyage dans le temps, l'érosion est un facteur primordial.

— Donc tu es sûr que l'appareil fonctionnera toujours.

— Au cours des tests que nous avons effectués pour trouver où vous envoyer, il y en a eu quelques-uns où l'appareil s'est retrouvé immergé directement dans l'océan. Pourtant, au retour, il fonctionnait encore, alors cesse de t'inquiéter avec ça.

Mike, de l'autre côté de la faille, inventoriait ce qu'il lui restait sur lui. Il répertoria dans son équipement, son arme d'assaut, son pistolet ainsi que son poignard, une boussole au fond d'une poche, des allumettes et deux petites briquettes pour faciliter le démarrage du feu, de la ficelle, deux barres nutritionnelles, une trousse minimaliste de premiers soins, une lampe de poche, la photo d'Émilie avec le sifflet en argent qu'elle lui avait offerts lorsqu'il était parti pour sa première mission.

— Ainsi, tu pourras toujours indiquer ta position quoiqu'il arrive, lui avait-elle dit en le lui offrant.

Il déposa un baiser sur la photo d'Émilie et poursuivit son inventaire. Il sortit les deux bouteilles d'eau de sa parka, des filtres à eau de type Katadyn ainsi que des pastilles pour purifier l'eau. Finalement, nous en aurons peut-être besoin, pensa-t-il. Deux bâtons luminescents, un mini-kit de couture, un petit miroir de localisation, des feuilles d'aluminium, ses papiers d'identité qui ne serviraient absolument à rien ici et un chargeur supplémentaire pour son arme de poing.

Il replaça le tout à l'intérieur de ses poches, à l'exception d'une bouteille d'eau et d'une barre nutritionnelle qu'il ouvrit immédiatement. Il but quelques gorgées d'eau et mangea la moitié de la barre de céréale avant de les remettre dans ses poches. Il était préférable d'économiser les vivres étant donné qu'il ne savait pas dans combien de temps ils pourraient retourner à leur époque.

Il sortit son sifflet et siffla trois longs coups, tentant ainsi d'attirer l'attention d'Erik qui était en grande discussion avec Max autour du feu.

— Je vais partir en excursion pour essayer de trouver un endroit où nous pourrions traverser, leur cria-t-il.

Le courant de l'eau au fond du gouffre s'était calmé, ils arrivaient enfin à s'entendre un peu plus facilement. Erik n'aimait pas l'idée que Mike parte seul. Il aurait préféré attendre le matin, mais ce dernier lui fit comprendre qu'il voulait jeter un coup d'œil afin de voir s'il ne pouvait pas retrouver le corps d'Alex en cours de route.

— D'accord Mike, mais ne t'éloigne pas trop. Si tu ne trouves pas un endroit où traverser d'ici un ou deux kilomètres, tu reviens aussitôt.

— D'accord, ne vous inquiétez pas, je serai de retour bien avant le coucher du soleil.

* * *

Joseph ouvrait la marche devant Kevin et Nick, mais comme ils entraient dans la lisière boisée, il faisait très attention de rester seulement à quelques pas devant. Tirer la licorne derrière eux n'était pas de tout repos, elle devait peser dans les 500 kg. Ils avaient attaché leur équipement sur celle-ci afin d'alléger leur charge. On leur avait demandé de ne laisser aucun objet de leur époque derrière et l'arme endommagée devait être rapportée au camp. Évidemment, les douilles utilisées pour tuer les bêtes étaient restées sur place, mais ils ne crurent pas que cela causerait un quelconque préjudice dans plus de 100 000 ans.

Dans le bosquet d'arbres, la végétation était abondante et masquait en grande partie la lumière du jour. L'atmosphère y était plus lourde et avec le brancard qu'ils transportaient, la progression était plus lente. Le boucan qu'ils faisaient en traînant leur fardeau couvrait les bruits de la forêt. Ils devaient constamment rester aux aguets, conscients que leur présence ne passait pas inaperçue auprès de la faune locale.

Joseph, qui avançait au même rythme que les autres, tournait frénétiquement la tête de chaque côté, l'arme toujours pointée devant lui, essayant de rester à l'affût des bruits et craquements environnants. Soudain, une espèce de hululement court et répété se fit entendre plus loin parmi les arbres. Rien de comparable au long hululement émis par les hiboux, mais ressemblant plutôt à un appel bref, comme un cri de ralliement. Le plus effrayant c'était qu'il semblait y avoir aussi des réponses.

Les cris se poursuivaient de façon irrégulière, se répercutant parmi les bois et provenant de différentes directions, quand ils aperçurent enfin l'orée de la forêt, ils pressèrent le pas afin de sortir le plus rapidement possible de cet endroit.

En atteignant la lisière du bois, les bruissements et les craquements de plus en plus rapprochés leur firent comprendre que ce n'était pas les bruits du brancard qui frottait sur le sol. Ils se précipitèrent hors de la forêt aussi vite que leur chargement le leur permettait, mais comme ils commençaient à avancer en terrain dégagé, ils virent apparaître parmi les branchages, trois bêtes ressemblantes à des hyènes et qui se mirent à ricaner avec excitation.

Nick remarqua l'hésitation des bêtes à sortir hors du couvert des arbres et il en profita pour attraper son arme. Il savait que l'odeur de la licorne morte les attirait. En détaillant la physionomie de ces hyènes préhistoriques, Nick réussit à distinguer un corps robuste muni d'une longue queue. Il vit aussi que leurs fourrures étaient parsemées de rayures tel un zèbre. Mais la tête de la bête était de couleur unie et son cou semblait plus court que son crâne et son museau étroit était beaucoup plus long que celui qu'il avait déjà vu chez les hyènes modernes.

Nick, qui possédait leur unique arme d'assaut en état de marche, se mit en position de tir. Il attendit de voir comment agiraient les prédateurs, prêt à défendre leur position. Alors que deux des bêtes s'engageaient dans la plaine, la troisième restait sur place, lançant à nouveau des cris courts et constants comme si elle appelait d'autres membres de son espèce à la rescousse.

Sans plus attendre, Nick lança quelques tirs dans la direction des deux bêtes et en toucha une des deux mortellement. La seconde freina aussitôt son élan et retourna rapidement en direction du couvert des arbres. Elle était blessée et sa démarche était plus incertaine qu'au moment où elle courait vers eux.

Les hommes, qui croyaient que les bêtes avaient compris le danger qu'ils représentaient, reprirent le brancard et poursuivirent leur route en prenant soin de ne pas lâcher les animaux des yeux.

— Non, s'écria Joseph qui reculait pour bien voir la position des bêtes dans la forêt.

— Quoi ? dirent Kevin et Nick en se retournant rapidement du côté des arbres.

Elles étaient maintenant cinq bêtes à se tenir à l'orée de la forêt, elles hésitaient encore à se lancer à leur poursuite. Elles avaient senti le danger qui les attendait si elles attaquaient. Mais les hommes n'étaient pas certains que ce serait suffisant pour les tenir longtemps à distance.

Un nouveau groupe de trois bêtes se joignirent aux autres, quatre d'entre elles s'avançaient prudemment hors du couvert des arbres, toujours hésitantes à attaquer.

— Désolé Joseph, dit Nick sur un ton de résignation. Nous devons leur abandonner la licorne. Avec un peu de chance, elles ne nous poursuivront pas si nous leur laissons cette proie à se mettre sous la dent.

Dès qu'ils déposèrent le brancard sur le sol, les hyènes préhistoriques s'élancèrent vers leur proie, sans leur donner le temps de récupérer leurs équipements. Nick tira une nouvelle salve qui en abattit deux autres, ce qui ralentit encore une fois l'attaque des bêtes, mais cette fois-ci, elles ne reculèrent pas. Prenant leurs jambes à leur cou, les trois hommes se mirent à courir pour s'éloigner des prédateurs, montrant ainsi qu'ils leur laissaient la dépouille de la licorne.

Quand ils furent assez loin, ils jetèrent un regard en arrière et virent que les charognards avaient rapidement atteint leur dernière position. À l'aide de leurs gueules terrifiantes, elles tiraient leur proie vers la forêt où elles se sentaient plus en sécurité qu'à découvert dans la plaine.

Les hommes continuèrent d'avancer, jetant régulièrement des coups d'œil derrière eux pour s'assurer que les bêtes ne les poursuivaient pas.

CHAPITRE 8

Sam avait un sommeil de plomb. Après avoir passé la nuit à écumer les bars de la ville jusqu'au matin, enfilant les verres de bière l'un après l'autre, il n'avait gardé aucun souvenir de la fin de sa soirée, ni de comment il était revenu à la maison. Il était pourtant certain qu'il avait été bien incapable de conduire la voiture, bien que cela ne l'eût jamais empêché auparavant.

À cet instant précis, il n'avait aucune envie de soulever les paupières, surtout si c'était pour subir le regard désapprobateur de Roxane. C'était ces yeux qui l'avaient attiré dès leur première rencontre, son regard presque noir, auparavant si doux et enjoué, avec sa frange blonde qui lui tombait sur le front, lui donnant un air enfantin. Ses lèvres pulpeuses vous faisaient rêver de l'embrasser, car elles ne pouvaient que rendre ces baisers. À une époque, il aurait tout abandonné pour se réveiller à ses côtés, et ce, pour le restant de ses jours.

Aujourd'hui, à quoi bon se lever dans un monde où toute sa vie avait été anéantie, par-dessus tout, il n'arrivait toujours pas à s'expliquer comment les choses en étaient venues là !

Pour Sam, il n'y avait plus de distinction entre la réalité et la fiction. Il vivait dans un rêve permanent, espérant qu'il finirait par se réveiller, mais en attendant ce moment-là, il buvait, et il buvait encore. Roxane ne pouvait pas le comprendre, elle qui était si cartésienne, elle le regardait comme s'il était un raté de la pire espèce. Ses doux yeux noirs étaient devenus sévères et froids et sa bouche qui ne souriait presque plus, lui rappelait chaque jour sa déception. Qu'est-ce qu'elle avait ce matin à vouloir le réveiller à tout prix ?

— Sam, lève-toi ! Il est six heures… du soir, ne me dis pas que tu ne t'es pas encore levé ?

— Laisse-moi dormir, j'ai aucune envie de bouger d'ici pour le moment. Je ne sais même pas à quelle heure je suis rentré.

— Ah, tu n'étais pas encore là quand je suis partie travailler ce matin. Tu vis ta vie la nuit maintenant, on ne se voit plus, on ne se parle plus.

— Arrête ! Tu rapportes toujours tout à toi. Tu ne fais que te plaindre depuis quelque temps.

— Me plaindre ? Comment pourrais-tu le savoir ? Tu n'es certainement pas là pour les entendre, mes plaintes. De toute façon, quand tu es ici, tu dors.

— Tu sais que ce n'est pas facile pour moi en ce moment. Tu le sais pourtant, t'étais là, il me semble.

— Oui, je sais Sam, mais ça fait déjà quatre mois. Ça ne peut plus continuer, tu dois te secouer. Reviens dans la réalité, affronte ce qui s'est passé ! Je suis là moi aussi et j'y suis pour toi.

— Ben oui, t'es comme une spectatrice dans un one-man-show. C'est moi qui dois tout supporter, rétorqua Sam en ouvrant enfin les yeux.

Roxane regardait les yeux de Sam rougis de fatigue et d'alcool. Elle haussa les épaules l'air découragé. Elle avait peur qu'il n'arrive jamais à reprendre le dessus, jamais elle n'aurait cru qu'il baisserait les bras comme ça, aussi facilement.

— Sam, écoute-moi…

94

— Laisse-moi tranquille. Tu me fatigues-là. Si t'es pas contente, va voir ailleurs si j'y suis, dit Sam en refermant les yeux.

Le regard que lui lança Roxane lui fit bien comprendre qu'elle en avait assez de lui. Il savait qu'elle avait raison, il n'était plus rien aujourd'hui. Il n'était plus qu'une pauvre loque sans volonté.

— Arrête Sam. C'est aussi chez moi ici. Arrête de faire l'imbécile, tu dois te reprendre, ça fait quatre mois que ça dure. Je ne peux pas continuer comme ça. Je veux que tu me reviennes.

— Fous-moi la paix ! Tu ne penses qu'à toi ! Tu ne peux pas comprendre toi et ta petite vie bien rangée. Tu me fais chier, comprends-tu ?

Roxane avait reculé d'un pas, elle ne reconnaissait pas son Sam. Lui qui prenait toujours tellement soin de lui. Maintenant, ses cheveux étaient devenus longs et en bataille, ses yeux qui la regardaient avant avec amour n'étaient plus que deux billes noires enfoncées dans leurs orbites sous des cernes dus à une trop grande consommation d'alcool. Comment en étaient-ils arrivés là ? C'était comme recevoir un coup de poignard dans le cœur.

— Tu souhaites que je parte ? lui demanda-t-elle soudain d'un ton plus doux.

— Fais c'que tu veux, ça m'est égal. T'es une grande fille, tu trouveras bien un autre raté à aider quelque part dans cette foutue ville.

— Mais est-ce que c'est ce que toi tu veux ? dit-elle en élevant elle aussi la voix.

— J'veux juste que tu me foutes la paix, t'as compris ? Sacre ton camp et ramasse tes affaires comme ça j'vais enfin être tranquille.

Sam détourna la tête pour ne pas voir la réaction qu'il avait suscitée chez celle qu'il aimait. Elle ne comprendrait probablement pas, mais c'était pour elle qu'il agissait ainsi.

Les genoux tremblants et les idées embrouillées, Roxane tourna le dos à Sam et quitta doucement la chambre en ravalant ses larmes. Elle ne voulait pas lui montrer à quel point elle était blessée. Elle serra les poings et se raidit, le dos bien droit.

Une fois hors de la chambre, elle enfila ses chaussures et sa veste et sortit de l'appartement les yeux remplis de larmes, sans ajouter un mot. Ce ne fut que lorsqu'elle se sentit tranquille et isolée dans sa voiture qu'elle laissa sa peine et sa rage s'exprimer. Elle lança le moteur de sa Civic blanche et sortit du stationnement, mais elle ne savait pas dans quelle direction aller. Où se rendre et surtout à qui se confier ?

Finalement, elle décida de prendre l'autoroute en direction des Laurentides, où seule son amie Chantal serait capable de l'écouter sans la juger et surtout, sans le juger lui non plus. Elle lui avait toujours tout raconté auparavant, mais ces derniers mois, elle ne disait plus rien, ni à son amie ni à personne. Peut-être arriverait-elle à y voir plus clair si elle en parlait enfin.

* * *

Quatre heures plus tard

Roxane était de retour à l'appartement. Elle était restée quelques heures avec son amie et en avait profité pour se vider le cœur. Elle avait tout raconté à Chantal sans rien omettre. Celle-ci l'avait laissée parler sans l'arrêter, elle l'avait juste encouragée à continuer jusqu'à ce qu'elle n'ait plus rien à dire.

— J'avais bien senti que quelque chose n'allait pas depuis un moment, mais je ne croyais pas que c'était devenu aussi si grave, dit finalement Chantal. Et que penses-tu faire maintenant ?

— Merde ! Je l'aime, mais…

— Mais, tu ne veux pas couler avec lui !

— J'en peux plus de me battre avec lui. En fait, ça, c'est quand on se voit et qu'il est un peu sobre. T'as raison, il faut que je pense à moi.

— Roxane, tu sais ce qu'il te reste à faire.

— Oui, je le sais, mais c'est dur. C'est vraiment dur. Si seulement il me disait qu'il m'aimait encore, qu'il voulait que je reste, n'importe quoi pour me faire comprendre qu'il a besoin de moi.

— Et tu crois vraiment qu'il ne t'aime plus ? demanda Chantal

— Parfois oui, mais plus souvent non. Il est dur, il est froid, on dirait qu'il me reproche ce qui est arrivé. T'as raison, je dois le quitter.

— Fais ce que tu crois être le mieux pour toi, la chambre d'amis est prête si tu le veux.

En partant de chez son amie, Roxane avait décidé de déménager, mais en réalité, elle espérait que Sam lui demande pardon et que de la voir s'en aller le réveillerait enfin.

Elle entra dans l'appartement avec des cartons dans les bras, Sam était assis sur le canapé, une bière à la main à écouter le hockey. Cinq bouteilles vides traînaient déjà à côté de lui.

— T'étais où ? demanda Sam. J'ai commandé une pizza, si t'en veux, y'en reste.

Roxane le regarda incrédule. Il agissait comme si rien ne s'était passé alors qu'elle était encore bouleversée. Se pourrait-il qu'elle ait seulement imaginé une partie de la conversation qui avait eu lieu un peu plus tôt ?

— Je suis partie chercher des cartons ! C'est bien ce que tu voulais, non ? L'espoir persistait dans la tête de Roxane. Peut-être qu'il lui demanderait pardon, qu'il lui demanderait de rester.

Sam se retourna vers elle, l'air abasourdi. « Qu'est-ce qui lui prenait tout à coup ? Aurait-elle rencontré quelqu'un ? Ou elle trouve simplement elle aussi que je suis un raté… aussi bien qu'elle parte avant que je ne l'entraîne avec moi », pensa-t-il.

Surtout, n'oublie rien, faudrait pas que tu sois obligée de revenir, lui rétorqua-t-il finalement d'un ton froid et distant.

— T'inquiètes, tu n'auras pas à me revoir.

C'est une Roxane résignée qui entra dans la chambre et commença à vider les placards de ses vêtements, ensuite la salle de bain où elle s'assura de ne rien laisser derrière elle. Elle s'affairait avec concentration en essayant de ne pas penser à Sam et surtout, à ne pas écouter ce qu'il lui disait. Elle l'entendait marmonner, mais elle restait sourde afin d'éviter de nouvelles insultes et de nouvelles souffrances.

Finalement, de retour au salon, elle ramassa toutes les photos qui étaient accrochées aux murs et qui représentaient les bons moments qu'ils avaient partagés ensemble. Pas question qu'elle lui laisse une seule photo sur laquelle elle apparaissait, elle n'aurait qu'à s'en débarrasser plus tard. Elle ne tenait pas particulièrement à conserver des souvenirs qui pourraient lui rappeler ces moments.

Après avoir apporté à la voiture une dizaine de cartons, elle refit le tour de l'appartement et ramassa son portable et son cellulaire. En sortant, elle entendit Sam lui crier quelque chose, mais ne voulait pas porter attention à ces nouvelles insultes, même si ça la frappait en pleine figure.

* * *

Jeudi 5 mai 2016

Les mégots remplissaient le cendrier alors que Sam fumait cigarette sur cigarette. Il avala une longue gorgée de sa bière maintenant chaude, la cendre de sa cigarette tomba sur le plancher, mais il ne le remarqua même pas.

Depuis le départ de Roxanne, il n'arrivait plus à trouver ses repères, elle était son point d'ancrage qui l'empêchait de couler complètement.

Dans l'appartement, tout lui rappelait son départ. Sur les murs blancs et vides, on pouvait encore distinguer les traces des photos qu'elle avait apportées et l'odeur de son parfum était imprégnée dans les draps froissés. Il ne lui restait que ces maigres souvenirs, car elle n'avait rien omis derrière elle qui pourrait la lui rappeler.

Sur le comptoir s'entassaient les corps morts de ses beuveries, mais même l'effet de l'alcool n'arrivait plus à engourdir le vide qu'elle avait laissé.

Ça faisait trois jours qu'il ne s'était pas lavé et qu'il traînait en pantalon de pyjama toute la journée. Ses cheveux étaient longs et sales et ses ongles auraient fait désespérer n'importe qui. Mais son cellulaire restait toujours branché dans l'espoir qu'elle appelle, mais elle n'avait pas téléphoné et il savait qu'elle ne le ferait pas.

Il n'avait pas été là pour elle, il l'avait négligée, il l'avait abandonnée. Il avait ses raisons, elle aurait pu comprendre et être patiente. Il avait tout perdu, mais non, il n'avait pas encore tout perdu, maintenant oui. Elle n'avait rien laissé derrière elle qui pourrait lui donner une raison de l'appeler sans devoir s'excuser.

S'excuser ! Ça jamais ! Il ne pouvait s'avouer qu'il avait eu tort. Si elle l'avait aimé, elle serait restée, elle aurait compris ce qu'il vivait et elle l'aurait soutenu dans toute cette affaire. Au contraire, elle l'avait poussé dans ses derniers retranchements en le mettant face à face avec sa réalité à elle.

L'autre jour, alors qu'il était dans la rue près de la maison, il l'avait aperçue. Elle était en voiture, mais elle ne l'avait pas vu. Elle était toujours aussi belle que dans son souvenir, peut-être même plus encore. Si seulement elle l'avait regardé ce matin-là, avec ses yeux magnifiques et son sourire enjôleur. Il lui aurait fait signe de s'arrêter et lui aurait dit qu'il l'aimait et qu'il s'en voulait d'avoir été affreux avec elle. Il aurait été jusqu'à lui promettre la lune pour qu'elle revienne, pour qu'elle l'aime à nouveau.

Qu'est-ce qu'il lui restait maintenant ? Dans une semaine, il devait libérer l'appartement qu'il n'arrivait pas à payer, son téléphone était sur le point d'être coupé, sans parler de l'électricité. Il n'aurait qu'à rejoindre les sans-abris, ceux que la vie avait abandonnés. Et dire que seulement deux ans avant, tout lui souriait.

* * *

Roxane observait une araignée au plafond, une tasse de café encore fumante sur la table du salon. Assise sur le fauteuil, elle ne quittait pas la progression de la bestiole. Comment s'en débarrasser sans qu'elle lui tombe dessus ? Cette simple idée la fit frissonner d'effroi. Elle savait très bien que ce n'était qu'une minuscule araignée et que celle-ci ne pouvait pas lui faire de mal, mais ça ne l'empêchait pas d'avoir un sentiment de répulsion pour ces bestioles.

À une époque, Sam se serait moqué gentiment de cette phobie. Il l'aurait taquinée un peu et s'en serait finalement occupé, mais c'était dans un passé si lointain, ces petits amusements ne faisaient déjà plus partie de leur quotidien.

Il y avait trop longtemps qu'elle vivait seule, même avec lui, le désir ne se reflétait plus dans ses yeux tant il était obnubilé par ses ennuis. Il ne recherchait plus de solutions, mais l'oublie dans un verre d'alcool.

Elle avait essayé de le soutenir, de l'encourager, de le pousser, mais il la repoussait, ou pire encore l'ignorait complètement. Ce jour-là, il avait arrêté de s'aimer et de l'aimer, elle aussi.

Ce fut si difficile de le quitter, il était assis là, à la regarder empaqueter ses affaires et à lui répéter.

— Surtout, n'oublie rien, parce que t'existes plus pour moi.

Même si elle faisait des efforts énormes pour ne pas comprendre ce qu'il lui disait, ses mots lui martelaient sans cesse la tête. Quand elle eut passé la porte, il lui avait crié à travers celle-ci qui se refermait :

— T'étais rien pour moi, juste un bon coup à tirer.

Comme il l'avait blessée ce jour-là. Il y avait trop longtemps qu'il la rendait triste, mais ces dernières paroles étaient tellement hargneuses et cruelles qu'elle ne pouvait les oublier. Elle avait beaucoup pleuré et il lui arrivait encore de pleurer, mais maintenant elle s'était familiarisée à sa peine. Elle avait cru innocemment, durant quelques jours, qu'il s'excuserait, qu'il l'aimait toujours, mais il était resté silencieux.

Un jour, alors qu'elle se rendait à la gym en voiture, il était là, sur la rue et comme il faisait frais ce matin-là, il portait une tuque et sa grosse veste de cuir. Elle retrouvait l'apparence de son Sam, celle d'avant le drame. Mais quand il avait levé les yeux vers elle, elle avait paniqué et avait détourné la tête pour qu'il pense qu'elle ne l'avait pas vu. Elle avait quand même eu le temps de remarquer un air de surprise sur son visage lorsqu'il avait regardé dans sa direction.

Elle s'était promis cette journée-là que plus jamais elle ne pleurerait pour lui ni pour personne d'autre et que la prochaine fois qu'elle le verrait, elle ne détournerait pas le regard.

Mais elle ne pouvait oublier comment c'était avant, il n'y avait pas plus de deux ans. Depuis le jour où ils s'étaient rencontrés, depuis le moment où il avait pris sa main dans la sienne, elle avait su au plus profond d'elle-même qu'il n'y aurait plus jamais que lui.

CHAPITRE 9

2 ans plus tôt

— Roxane, je suis sûr que tu connais la découverte du squelette de la licorne qui a été déterré dans les Badlands du Dakota du Sud par le docteur Samuel Lorion ! intervint Joseph, le directeur du Musée de Pointe-à-Callière à Montréal.

— Oui, bien entendu, ça a fait la une des journaux durant des semaines et en fait, c'est la « Licorneum Americus ». Pourquoi ?

— Cet été, nous allons présenter l'exposition sur le Parc national des Badlands, incluant le squelette de la licorne. Je vais avoir besoin du cursus universitaire du docteur Lorion ainsi que le sujet de sa thèse. En fait, un résumé de sa thèse.

Joseph sourit à Roxane en lui remettant les documents concernant la nouvelle exposition et ajouta :

— J'aurais besoin de ça pour hier ! Et il quitta le bureau de Roxane en riant aux éclats.

Roxane observa les documents laissés et feuilleta les premières pages à la recherche des dates de l'exposition.

— Merde, il ne rigolait pas, s'exclama-t-elle en se passant la main sur la nuque, ébouriffant légèrement ses cheveux courts.

Ils ne leur restaient que deux mois pour tout préparer, c'était un peu juste pour qu'elle puisse s'en occuper toute seule, évidemment. En continuant le survol des papiers qu'elle avait en main, elle constata que Joseph avait déjà monté une équipe entière sur le projet. Son travail à elle se concentrait uniquement sur la Licorneum Americus et sur le docteur Lorion.

— Salut !

Roxane leva les yeux de la documentation et vit, dans l'embrasure de la porte, Marc, appuyé nonchalamment contre l'encadrement comme s'il était le centre de son univers.

— Je peux faire quelque chose pour toi ? demanda-t-elle froidement.

Marc ne releva pas le ton distant avec lequel il était reçu et arbora un grand sourire.

— On va travailler ensemble sur le projet de la licorne, le sais-tu ? On va devoir trimer pour arriver dans les temps. Sûrement travailler tard, aussi.

— Je sais très bien ce que je dois faire, Marc. Elle lui rendit son sourire en ajoutant : « Je te ferai un compte rendu régulier de mon avancement dans mes rapports, tu n'as pas à t'inquiéter, nous n'aurons pas besoin de nous voir souvent. »

Marc lui lança un sourire enjôleur.

— On pourrait commencer par en discuter ce soir devant un verre, ça te dirait ?

Marc était le directeur financier du projet, ce qui lui donnait l'opportunité de suivre le travail de l'ensemble de l'équipe et aussi de déterminer la portion budgétaire attribuable à chacun des éléments de l'exposition.

— Laisse tomber ! On ne remettra pas ça, nous deux, c'est de l'histoire ancienne, lui lança Roxane d'un ton sérieux.

— Tu ne me pardonneras jamais, alors ? demanda Marc un peu triste.

— Je n'ai pas à te pardonner. On est collègues et ça va rester comme ça. Nous n'aurions jamais dû aller plus, loin de toute façon.

Elle l'observa tristement. Marc était un très bel homme et il le savait, les cheveux châtains toujours bien peignés, des yeux d'un bleu profond et perçant, un menton autoritaire. Il portait des vêtements de marque qui mettaient sa silhouette athlétique en valeur. Personne dans le musée n'était indifférent à son charme, pas même Roxane.

Quand elle était arrivée au Musée à l'automne dernier, il avait aussitôt flirté avec elle et c'était très flatteur pour elle qui ne connaissait encore personne dans le bâtiment. Ils avaient alors commencé à se fréquenter très rapidement, après un verre ce fut un souper et ensuite ils avaient couché ensemble. Il était prévenant et romantique en plus d'être un amant exceptionnel.

Mais Marc étant égal à lui-même, aussitôt qu'une nouvelle fille entrait au musée, il ne pouvait s'empêcher de flirter avec celle-ci. Tout à coup, il était moins disponible pour Roxane et surtout, plus souvent au travail. Et quand elle lui reprochait de n'être jamais présent pour elle, il lui remettait sous le nez toutes les personnes avec qui elle parlait, comme si elle courtisait tous les hommes qui l'entouraient, même son patron.

Quand Roxane s'était rendu compte de son manège, elle s'était retirée de cette relation qui devenait invivable, avait versé quelques larmes sur ses espoirs déçus et avait recommencé à vivre normalement comme si rien n'était jamais arrivé.

— Je te propose seulement d'aller parler du projet en dehors du musée, tu ne dois pas te mettre martel en tête pour si peu, réitéra Marc avec désinvolture.

— Tu as de la documentation pour moi ? lui demanda-t-elle comme s'il n'avait rien dit.

— Justement, j'aimerais te mettre au parfum avant que tu ne commences à travailler sur le projet. Que tu comprennes bien les restrictions budgétaires qui y sont attribuables.

— Et tu veux aller où ? demanda Roxane.

— Que dirais-tu du Nelligan, ce sera parfait pour discuter.

Le Nelligan était une terrasse située au 5e étage rue Saint-Paul, tout près du musée. C'était l'endroit où ils s'étaient retrouvés la première fois et encore souvent par la suite au cours de leur courte relation.

— Aucun problème Marc, je vais communiquer l'endroit à toute l'équipe et comme ça, tu n'auras pas besoin de répéter tes directives à chacun d'entre nous séparément.

— Ah, Roxane ! tu es vraiment dure avec moi, lui lança Marc en quittant la pièce d'un air boudeur.

Roxane sourit en le regardant s'éloigner. « On dirait que la réunion de travail tombe à l'eau », pensa-t-elle. Elle ouvrit ensuite son cellulaire et ajouta la réunion d'équipe de 9 h pour le lundi matin.

Le lundi matin suivant, Joseph entra dans la salle de conférence et d'un coup d'œil discret autour de la pièce s'assura que toute l'équipe était bien présente. Chacun parlait, soit de sa fin de semaine soit du projet qu'il se préparait à entamer.

— Euh ! Mesdames, messieurs ! Vous êtes tous prêts pour le projet Badlands ? demanda Joseph.

Un brouhaha de bruit de chaises se fit entendre dans la salle, alors que tout le monde se retournait vers le directeur en s'installant autour de la table de conférence.

Toute l'équipe est là ce matin, nous allons commencer par travailler l'idée générale de l'exposition ensuite, nous répartirons chaque portion du travail par équipe, dit Joseph.

Après plusieurs heures de discussions, d'échanges et de propositions, les grandes lignes de l'exposition furent arrêtées. Joseph proposa de commander le repas du midi dans la salle afin qu'ils puissent poursuivre leur travail. Évidemment, tous étaient d'accord pour dîner aux frais du musée et à l'unisson, ils s'entendirent pour faire venir des plats orientaux et des pichets d'eau furent apportés dans la salle.

La réunion dura jusqu'à tard dans l'après-midi. Toutes les équipes furent établies avec leurs fonctions respectives. Roxane se retrouva seule avec la tâche de préparer la présentation de la « Licorneus Americus ». L'ensemble des autres sites des Badlands furent attribués chacun à un membre de l'équipe. Bien entendu, Marc devait superviser le budget de chacune d'elles en fonction de l'importance de chacun des sites.

— Roxane, le docteur Samuel Lorion doit arriver à Montréal ce vendredi. Est-ce qu'il te serait possible d'aller l'accueillir à l'aéroport, au nom du musée ? demanda Joseph. Comme c'est toi qui t'occupes de sa découverte, je pense que tu es la mieux placée pour cette tâche.

— Aucun problème Joseph, tu n'as qu'à me transmettre son heure d'arrivée sur mon cellulaire. J'ai déjà commencé à lire sa thèse qui porte justement sur sa découverte. Je pourrai en discuter avec lui pour éclaircir les points nécessaires pour poursuivre mon travail, répondit Roxane d'un ton professionnel.

— Excellent, rétorqua Joseph. De l'aéroport, vous viendrez directement au musée où nous pourrons lui présenter toute l'équipe et les lignes directrices de l'expo.

Le vendredi suivant, l'alarme réveilla Roxane à 4 h 30 du matin. L'avion du docteur Samuel Lorion devait atterrir à Montréal à 8 h et Roxane voulait partir assez tôt pour éviter les embouteillages, elle alla donc rapidement sous la douche pour être prête à sauter dans sa voiture avant six heures. Dans les recherches qu'elle avait effectuées au cours de la semaine, elle avait trouvé des photos du paléontologue. Ce dernier ressemblait plus à un aventurier qu'à un docteur en paléontologie. On lui avait néanmoins offert un poste permanent de professeur à l'Université de Montréal, ce qui était assez rare pour un chercheur dans la mi-trentaine.

Elle choisit finalement de porter un léger gilet de laine crème avec une jupe de type tailleur de couleur chocolat, le tout accompagné d'un veston assorti. Elle agrémenta sa toilette avec des escarpins blancs cassés qui la grandissaient de trois pouces. Son seul bijou fut une fine chaîne en or nantie d'une croix et de son jonc de baptême. Elle s'observa une dernière fois dans le miroir, se mit une légère touche de rouge à lèvres et s'enveloppa d'un effluve d'un parfum.

Lorsqu'elle démarra sa Civic, il était déjà six heures du matin passées. Elle ouvrit la radio à 730 AM afin d'écouter les informations sur la situation routière à Montréal et elle sortit du stationnement. La radio n'annonçait aucune congestion sur l'autoroute 13, elle opta donc pour cette direction pour atteindre l'aéroport international Pierre-Eliott-Trudeau le plus facilement possible.

À 7 h 15, Roxane était en ligne devant le Tim Hortons, seul restaurant déjà ouvert à cette heure à l'aéroport, afin de se commander son premier café matinal. La file était longue et l'unique serveuse ne semblait pas des plus empressée, la file avançait dans une lenteur désespérante. C'était une chance qu'elle ait prévue d'arriver en avance.

En allant regarder la liste des arrivées, elle constata que le vol de Londres n'affichait aucun retard. Donc s'il atterrissait à huit heures comme supposées, le temps de passer aux douanes et ensuite attraper ses valises, il ne devrait pas sortir avant environ neuf heures. Elle avait le temps pour un second café en attendant et même de potasser un peu son dossier sur le sujet de la licorne.

À 8 h 45, plusieurs personnes stationnaient devant la porte de sortie. Roxane portait un carton avec le nom de Samuel Lorion, au cas où elle ne le reconnaîtrait pas. Elle scruta néanmoins attentivement toutes les personnes qui sortaient essayant de remarquer un signe distinctif du jeune docteur.

Lorsqu'elle le vit enfin, elle eut le souffle coupé. Elle reconnaissait ses traits, elle les avait observés sur les photos, mais sa barbe rasée de près et ses cheveux raccourcis lui donnaient une apparence beaucoup plus séduisante, mature et sérieuse. Elle sourit et leva son carton plus haut afin qu'il ait une chance de l'apercevoir.

* * *

Au même instant de l'autre côté de la porte d'arrivée, Samuel Lorion poussa un soupir de satisfaction.

— Enfin à Montréal, pensa-t-il.

Il n'était pas revenu dans sa ville natale depuis l'obtention de son doctorat. Il avait passé deux étés complets au Parc national des Badlands à travailler sur la découverte des ossements de la Licorneum Americus. Le reste du temps, il peaufinait la rédaction de sa thèse qui comportait justement la licorne comme sujet principal.

Cette licorne était une grande découverte pour lui, en fait c'était l'unique squelette de cette sorte à avoir été mise à jour jusqu'à maintenant en Amérique. D'autres chercheurs en Russie avaient déjà découvert une prétendue licorne en Sibérie, mais celle-ci était beaucoup plus près du rhinocéros que du cheval, alors que la sienne était le portrait presque identique de celles des légendes. Il avait passé deux années complètes en Europe afin de présenter sa découverte dans plusieurs musées à travers le continent. Le dernier à avoir exhibé les vestiges de l'époque du miocène trouvé dans les Badlands était le British Museum à Londres où il était resté plus de six mois.

Alors qu'il s'apprêtait à passer les portes de l'aéroport, il lança un regard général sur la foule de personnes qui attendait les arrivants.

Le directeur du musée de Pointe-à-Callière lui avait dit avoir envoyé une personne le prendre ce matin.

— Ce n'est pas nécessaire, je peux très bien attraper un taxi de l'aéroport et je vous retrouverai au musée dès demain matin, avait-il expliqué.

— Non, vraiment. C'est un réel plaisir de vous accueillir de nouveau chez vous, avait avancé le directeur du Musée. Vous pourrez ainsi vous passer directement au Musée pour une rapide présentation de toute notre équipe.

Il avait finalement accepté l'offre devant l'insistance du directeur, bien qu'il ne se réjouisse pas à l'idée de se rendre immédiatement au musée. Après les heures de vol et le décalage horaire, il aurait préféré reporter la visite d'une journée ou deux. Il pourrait toujours se reposer quelques jours après avoir rencontré les gens du musée.

En observant les gens qui attendaient les passagers, il aperçut dans la foule une jolie femme au sourire contagieux qui essayait de se faire remarquer. Chose assez facile, car elle rayonnait parmi cette foule qui s'impatientait face à la lenteur des douanes. Ou bien était-ce simplement parce qu'elle levait à bout de bras un carton blanc où était écrit... Sam fronça les sourcils pour tenter de lire le carton. C'était son nom, c'était elle que le musée avait mandatée pour venir le prendre. Soudainement, sa fatigue avait disparu et il sourit à Roxane en lui envoyant la main pour qu'elle s'aperçoive qu'il l'avait vue.

Une fois les portes franchies, Sam se dirigea directement vers elle en jouant des coudes parmi la foule. Ses deux valises et son portable sur l'épaule ne l'aidaient pas à se faufiler jusqu'à elle.

— Bonjour docteur Lorion, je suis envoyée par le Musée. Roxane Dupuis, je suis technicienne aux expositions, lança-t-elle en souriant.

Sam lui rendit son sourire en lui tendant la main.

— Enchanté ! Vous pouvez m'appeler Sam.

Et moi, Roxane, rétorqua-t-elle. Je suis votre chauffeuse aujourd'hui, est-ce que vous voulez vous rendre directement au musée ?

J'aimerais bien aller manger quelque chose avant, la nourriture dans l'avion laisse à désirer et il y a un petit restaurant dans le Vieux-Montréal où je rêve de retourner, s'il existe toujours évidemment. Est-ce que ça vous irait ? demanda Sam.

Roxane observa l'heure sur son cellulaire, 9 h 30, il était encore tôt.

— Ce sera avec plaisir.

Arrivé à la voiture, Sam engouffra ses valises et son ordinateur portable dans le coffre arrière de la petite Civic. Ils quittèrent l'enceinte de l'aéroport et Roxane emprunta l'autoroute pour se rendre en direction du Vieux-Montréal.

— Ça ne vous ennuie pas que nous laissions la voiture au Musée ? Le stationnement y sera plus facile et nous pourrons aller au restaurant à pied, proposa Roxane, les yeux toujours fixés sur la route.

— Aucun problème, ça fait longtemps que je n'ai pas marché dans le Vieux Montréal. Mais est-ce que ce serait possible de se tutoyer ? Nous aurons à travailler ensemble durant les prochains mois, ce sera plus convivial.

— Vous avez… Tu as parfaitement raison, répondit Roxane rougissante.

Le regard de Sam se promenait de Roxane au paysage montréalais qui lui avait tant manqué. Il ne pouvait s'empêcher de trouver que cette femme était belle, elle était tellement souriante et enjouée qu'il en oubliait complètement de porter attention à ce qu'elle lui racontait.

— Désolé, je n'ai pas entendu ce que tu disais, s'excusa Sam. J'étais trop occupé à regarder le paysage, ça fait environ deux ans que je suis parti. Je ne m'étais pas rendu compte à quel point Montréal me manquait.

— Je parlais de la licorne, je te demandais pourquoi l'avoir appelée « Licorneum Americus ».

— Oh, c'est très simple, commença à expliquer Sam. Des ossements appartenant à la famille des équidés, mais avec une corne sur la tête, un peu comme celle du rhinocéros, mais plus fine, le nom allait de soi. Tu savais qu'à l'époque du miocène, les équidés faisaient partie des périssodactyles parmi lesquels a également évolué la famille des rhinocérotidés. Disons que ma licorne est la jonction entre ces deux familles. Mais pourquoi est-ce le seul vestige de cette race ? Je ne pourrais l'affirmer avec certitude.

— Oui, j'ai feuilleté ta thèse sur le sujet et si je me rappelle bien, les périssodactyles sont des mammifères ongulés qui possèdent un nombre impair de doigts. Ai-je bien appris mes leçons, professeur ? rétorqua Roxane avec un grand sourire.

Sam éclata de rire. Comme il était beau quand il riait, tout son visage reflétait le bonheur. Roxane l'observait du coin de l'œil tout en gardant les yeux sur la route, elle se surprenait à le trouver séduisant. Depuis sa malencontreuse aventure avec Marc, elle s'était promis de ne plus jamais s'éprendre d'un collègue de travail. Mais ce Sam possédait quelque chose d'irrésistible, c'était dans ses yeux quand il souriait, elle ne pouvait s'empêcher de le regarder.

Le trajet jusqu'au musée dura un peu plus d'une heure et demie, le trafic sur l'autoroute Ville-Marie était intense à cette heure de la matinée, surtout avec toutes les constructions qui avaient déjà commencé.

Une fois la voiture stationnée, ils partirent à pied sur la rue de la Commune et marchèrent jusqu'à la Taverne Gaspard qui était située environ à 400 mètres du musée et offrait une terrasse avec vue sur le parc linéaire de la Commune.

Dès qu'il fut installé à la terrasse, Sam se commanda une casserole au porc braisé avec une bière blonde. Le serveur prit la commande sans sourciller à la demande d'une bière avec le menu du petit-déjeuner, mais Roxane regarda Sam avec surprise.

— Désolé, s'excusa Sam en souriant. Pour moi, il est déjà tard en après-midi.

— C'est vrai que tu dois encore fonctionner sur le fuseau horaire de l'Angleterre. Donc il est quelle heure là-bas ?

— Il est quinze heures, répondit Sam en regardant sa montre. Je devrais peut-être la remettre à l'heure d'ici.

Au cours du petit-déjeuner, Sam et Roxane discutèrent longuement des expositions où la licorne avait déjà été présentée ainsi que des différentes villes qu'il avait eu la chance de visiter durant cette période.

Après le déjeuner, Sam proposa d'aller marcher un peu dans le Vieux Port. Il voulait poursuivre sa discussion avec Roxane, bien qu'il ne l'avouât pas directement.

La matinée devint donc un après-midi. Il ne ressentait plus la fatigue du décalage horaire. En début de soirée, il offrit à Roxane d'aller manger un morceau. Comme il était maintenant trop tard pour aller au musée, Roxane devrait rendre des comptes le lendemain matin.

Comme la soirée était douce, ils dégustèrent un simple sandwich sur une terrasse et le temps passa rapidement.

— Nous devrions retourner au musée, je dois aller prendre ma voiture. Je peux te ramener chez toi tout de suite après, tu dois être fatigué à cette heure, dit Roxane en regardant l'heure sur son cellulaire.

— Oui, je vais avoir besoin de reprendre quelques heures de sommeil pour être frais et dispo demain.

En marchant vers le musée, Sam jeta un coup d'œil à Roxane à la dérobée, comme il la trouvait belle. Ce n'était pas seulement son apparence, mais sa personnalité, son intérêt pour ce dont elle parlait. Dans un élan impulsif, Sam la prit par la main, il regretta son geste aussitôt, mais il avait agi sans réfléchir. Étrangement, elle ne la retira pas.

Ils marchèrent ainsi jusqu'à ce qu'ils aient rejoint la voiture dans le stationnement. Une fois arrivés, ils poursuivirent leurs discussions durant au moins une heure avant que Sam ait le courage de se pencher vers elle pour l'embrasser. Roxane lui rendit son baiser comme s'ils étaient seuls au monde. Ils retournèrent s'asseoir dans le parc situé près du musée où ils se regardèrent dans les yeux et s'étreignirent. Il était presque 21 heures. La discussion devint plus générale sur leurs vies respectives, leurs attentes et leurs désirs.

Soudain, un vigile s'arrêta près d'eux.

— Il est 23 h 15, le parc est fermé, avertit le vigile.

— Désolé, nous partons, répondit Sam un peu confus.

Il s'était passé deux heures qui n'avaient semblé durer que quinze minutes pour Sam et Roxane. Ils se relevèrent en se souriant. De retour à la voiture, Roxane suivit les indications de Sam pour le reconduire à l'appartement qu'il avait récemment loué. Avant de quitter la voiture, il l'embrassa tendrement, ramassa ses bagages et jeta un dernier coup d'œil vers elle en ouvrant la porte de l'immeuble.

Roxane alla emprunter l'autoroute métropolitaine afin de retourner à Laval. Elle ressassait dans sa tête les événements de la soirée sans penser à surveiller sa vitesse.

CHAPITRE 10

En ouvrant les rideaux ce matin-là, Roxane observait la première neige de l'hiver qui couvrait le sol et les voitures stationnées dans la rue. Il tombait une légère couche de flocons qui s'amoncelait lentement. Elle souriait à cette vision, c'était les prémices de l'hiver qui étaient à nos portes et déjà les décorations de Noël illuminaient les maisons et les rues. Elle s'empressa de s'habiller, sans réveiller Sam pour sortir pendant qu'il était toujours tôt. Toute la rue était endormie et personne n'avait encore laissé de traces dans la neige. Elle voulait être la première ce matin à marcher sur le manteau blanc de ce mois de décembre.

C'était un samedi matin, comme elle ne travaillait pas ce jour-là, elle pouvait aller se balader dans les rues environnantes et même pousser jusqu'au parc à quelques pâtés de maisons de chez elle. Sam ne l'accompagnait jamais dans ses promenades matinales. Il était du genre lève-tard les jours de congé et il préférait grandement les marches nocturnes, lorsque le soleil était couché et que les rues et les parcs étaient beaucoup plus tranquilles.

Elle chaussa ses bottillons d'hiver beiges qu'elle utilisait pour la randonnée, elle les avait justement sortis la semaine précédente en prévision des neiges à venir. Ils étaient bien assortis à son manteau de plume d'oie que Sam lui avait donné au début de l'automne. Il l'avait commandé par internet, car il trouvait que la couleur et la coupe lui siéraient bien. Jamais, auparavant, un petit ami ne lui avait offert un présent sans que ce soit justifié par un anniversaire quelconque.

Pendant qu'elle poursuivait sa promenade dans la fraîcheur des premiers jours d'hiver, elle repensait à sa vie avec Sam. Cela faisait déjà plus d'un an qu'ils avaient emménagé ensemble, il avait même poussé le compromis jusqu'à venir s'installer à Laval avec elle. Endroit qu'il n'aurait jamais envisagé avant, il était Montréalais dans l'âme et la banlieue… très peu pour lui. Depuis qu'ils partageaient leur vie, elle était idyllique. Ils avaient poursuivi leur fréquentation durant une grande partie de l'exposition de la Licorneum Americus. Ils n'avaient pas réussi à attendre que ce soit terminé et que Sam ait commencé à occuper son poste de professeur à l'Université de Montréal pour dévoiler ouvertement leur relation.

Chaque soir, quand Sam était à la maison, ils préparaient tous les deux le souper, lavaient la vaisselle ensemble et finissaient immanquablement la soirée assis au salon où il écoutait de la musique tandis qu'elle s'appuyait contre lui pour lire un roman. Ensuite, ils allaient se coucher en même temps, toujours collés l'un contre l'autre, qu'ils aient ou non fait l'amour.

En entrant dans le parc, elle remarqua les traces de pas d'une personne accompagnée d'un chien. Le matin, c'était courant que les propriétaires canins environnants amenaient leurs animaux se dégourdir.

L'atmosphère du parc était féérique ce matin-là. À partir du sentier principal, elle bifurqua dans un autre couvert d'arbres dont les branches ployaient sous le poids de la neige et où aucune trace de pas n'apparaissait. De là, elle respira à pleins poumons l'air frais du début de la saison hivernale.

Elle poursuivit sa promenade jusqu'à l'étang. Elle avait apporté un peu de pain au cas où il y aurait encore des canards. Il y en avait trois qui pataugeaient dans l'eau et aussitôt qu'ils la virent ils se dirigèrent vers elle. Ils étaient habitués à être nourris par les randonneurs, car ils ne montraient aucune frayeur lorsqu'ils s'approchèrent à ses pieds pour ramasser le pain qu'elle leur donnait.

Après être restée près de deux heures à l'extérieur, Roxane était de retour à l'appartement les pieds glacés et le nez rougi. Elle n'avait qu'une envie en ce moment, c'était de rejoindre Sam au lit et de se blottir contre lui. Il adorait se faire réveiller doucement le matin par ses caresses.

En entrant dans la chambre à coucher, elle s'aperçut que Sam n'était plus au lit. Il était plutôt rare qu'il se lève avant 9 h les matins de fin de semaine. Elle alla vérifier dans la salle de bain, mais personne n'était là.

— Sam ? s'écria Roxane pour déterminer où il était.

Aucune réponse à son appel. Elle aperçut alors un message aimanté sur le réfrigérateur.

« Appel d'Europe, doit partir ce soir pour Paris. Rejoins-moi au musée ».

Roxane s'empressa de se doucher et de s'habiller pour aller retrouver Sam. Le ton utilisé dans le message n'augurait rien de bon, car habituellement il prenait le temps de lui ajouter un petit mot plus personnel, cette fois le ton semblait pressant.

En se versant un café dans sa tasse thermique, Roxane s'aperçut que Sam n'avait même pas pris le temps de s'en préparer un avant de partir, il avait vraiment dû quitter l'appartement en urgence. Qu'est-ce qui pouvait presser à ce point ce samedi matin ? se demanda-t-elle.

Une idée surgit dans sa tête et elle alla directement vérifier le porte-clés à l'entrée de l'appartement.

— Ah zut ! s'exclama-t-elle. Je vais devoir le rejoindre en métro, j'en ai pour presque une heure.

Presque une heure plus tard

Alors que Roxane s'apprêtait à entrer dans le musée, Sam de son côté, accompagné de Marie-Noëlle, la technicienne en restauration du musée, recevait sur l'ordinateur les copies numérisées des rayons X effectués sur le squelette de la Licorneum Americus par le Musée d'archéologie nationale à Saint-Germain-en-Laye, situé à un peu moins d'une heure à l'ouest de Paris.

Le temps que prit Roxane pour découvrir où se trouvait Sam, il avait déjà reçu et imprimé toutes les copies des documents que le Musée de Saint-Germain lui avait fait parvenir. Il était penché avec Marie-Noëlle sur certaines photographies afin d'étudier les anomalies relevées par ses collègues européens.

— C'est insensée Marie-Noëlle, cette marque que vous voyez sur la photo ici n'a jamais été là, s'exclamait Sam tandis que Roxane entrait dans la pièce.

Elle s'approcha doucement, sans s'ingérer dans la conversation en tentant de comprendre de quoi il était question entre eux deux.

— Écoutez Sam ! Tout ce que je peux vous proposer, c'est sortir les photos que nous avons nous-mêmes effectuées sur la Licorneum Americus au moment de l'exposition, suggéra Marie-Noëlle. Mais nous n'atteindrons jamais le même niveau de détail que là-bas, nous n'avons jamais ressenti le besoin de passer les ossements aux rayons X !

Sam vit Roxane approcher et la prit à témoin.

— Roxane, regarde bien cette photo de ma licorne et dis-moi si tu as déjà remarqué cette marque ici, juste à la base de la corne.

Roxane s'approcha du document qu'elle observa avec attention. Elle fronça légèrement les sourcils et tendit la main vers une loupe 8X de Kaiser afin d'agrandir la section de l'image exposant la corne.

— C'est vrai que je n'ai aucun souvenir d'une marque quelconque sur cette corne, dit Roxane. On dirait un petit trou. Est-ce que les ossements auraient été endommagés dans le transport ?

— C'est la première supposition qui a été aussi émise en France lorsqu'ils ont remarqué cette trace. C'est la raison pour laquelle ils ont fait passer une série de rayons X.

C'est donc pour cette raison que tu dois te rendre là-bas ? demanda Roxane.

— Écoute, j'en sais encore très peu. Ils m'ont fait parvenir ces photos, mais je n'ai vu que ces rayons X qu'ils ont effectués. Ils nous donnent des informations partielles, ils m'exhortent à me rendre là-bas le plus rapidement possible.

— Ils t'exhortent !!! s'étonna Roxane.

— Disons simplement que leur attitude est un peu étrange et cachotière. De toute façon, je n'ai pas le choix, je dois découvrir ce qui est arrivé.

— À quelle heure est ton vol ?

— Je dois être à l'aéroport vers seize heures cet après-midi.

— Et qu'est-ce qui va se passer avec tes cours ici ?

— Un chargé de cours s'en chargera en mon absence. Je ne peux pas ne pas m'y rendre. De toute façon, je ne crois pas être parti pendant très longtemps, deux ou trois jours au maximum, exposa Sam après une légère réflexion.

— Okay, dit Roxane en réfléchissant. Nous gardons les documents de l'exposition aux archives, je vais aller chercher tout ce que nous avons sur la Licorneum Americus, ainsi nous pourrons comparer.

119

Sans laisser à quiconque le temps de s'interposer, Roxane quitta rapidement la pièce pour se rendre aux archives où elle passa l'heure suivante à retrouver tous les documents, photos et examens relatifs à la licorne.

Parmi toute la documentation récupérée dans les archives, aucune d'entre elles ne donnait une description ou une image susceptible de comparer la marque découverte en France. Si une telle anomalie avait été visible à l'époque de l'exposition montréalaise, une série de photos et de documents explicatifs aurait été produite à ce moment-là.

Malgré cela, Roxane copia consciencieusement chacun des documents et remit en place les originaux aux archives. Elle rangea les copies dans des chemises en fonction des informations contenues. Il n'était pas question que Sam se rende en France sans être bien préparé.

Ce fut donc vers seize heures cet après-midi-là que Sam arriva à l'aéroport international Pierre Eliott-Trudeau. Il n'enregistra qu'une seule valise, car il ne prévoyait pas de rester longtemps en France, mais avec lui, il gardait son ordinateur portable ainsi que toutes les copies que Roxane avait soigneusement préparés pour lui. Après avoir traversé les douanes sans encombre, il se dirigea directement vers le Salon V.I.P. et présenta sa carte World Master Card afin d'y accéder.

Une fois installé dans l'un des confortables fauteuils du salon, Sam prit soin de brancher son ordinateur portable ainsi que son téléphone cellulaire. Il se connecta alors sur le wifi et effectua en ligne la location d'une voiture à partir de l'aéroport Roissy Charles de Gaulle à Paris.

* * *

Pendant ce temps, au Musée d'archéologie nationale de Saint-Germain-en-Laye, l'équipe de travail avait mis au point sa stratégie pour retirer la Licorneum Americus de l'exposition. Les journalistes attendaient les représentants du musée qui avaient convoqué les médias pour une conférence de presse de dernière minute, prévue en milieu de soirée, ce qui était assez inhabituel.

— L'exposition débute dans deux jours, toute la publicité fait état de la présence de la Licorneum Americus dans l'exposition ! explosa le directeur du musée. Comment peut-on expliquer l'absence de celle-ci sans avoir l'air complètement incompétent ?

— À moins de laisser la licorne dans l'exposition et passer sous silence notre récente découverte ! rétorqua le responsable de l'exposition. Aucun des autres musées n'a jamais fait mention de cette anomalie, nous ne serions pas les premiers.

— Impossible, je m'y refuse formellement.

Tous les deux se retournent vers Gustave, l'expert en paléontologie qui avait découvert l'anomalie.

— Si nous passons sous silence cette anomalie ainsi que les résultats de mes examens, c'est moi qui perds toute crédibilité, poursuivit Gustave. Cette histoire finira par sortir un jour et il n'est pas question que j'en paie les frais pour le musée.

— Écoutez, le docteur Lorion atterrit demain matin à l'aéroport de Paris, il serait peut-être préférable de l'attendre…

— Pourquoi attendre ce charlatan ? poursuivit Gustave. Toute sa renommée est basée sur une arnaque et très mal ficelée en plus. C'est totalement impossible qu'il ne soit pas au courant de ce trou dans la base de la corne et non plus des traces de métaux qui y ont été trouvées. Je n'arrive pas à concevoir comment il a réussi à installer une corne aussi crédible sur la tête de ce cheval, mais il est certain que cet animal est mort beaucoup plus récemment que l'existence de cette supposée licorne.

— Vous suggérez que c'est lui qui a monté ce canular ? demanda le directeur, sidéré.

— Bien entendu ! Et le terme canular est très mal approprié, c'est carrément une fraude scientifique majeure.

Gustave, qui travaillait au musée depuis plus de vingt ans, n'avait jamais été un homme de terrain. Entré au musée après ses études, il n'avait jamais publié d'articles ni découvert quoi que ce soit qui aurait pu le faire connaître dans la communauté scientifique. Mais lorsqu'il s'agissait d'examiner les découvertes avant les expositions au musée, il se montrait méthodique et minutieux.

La découverte de cette supercherie lui vaudrait assurément une certaine reconnaissance de la part de ses pairs.

— Écoutez-moi ! Je crois qu'il faut avertir les médias le plus rapidement possible, renchérit Gustave.

— Mais comment expliquer tout ça sans ternir l'exposition complète ? demanda le directeur.

— Tout simplement en exposant clairement la supercherie ! Il nous suffit de dire que toute l'exposition a été minutieusement vérifiée et que seule la découverte du docteur Lorion est mise en cause. Ce sera à lui de se justifier et non à nous et nous devons l'annoncer avant qu'il arrive ici.

— Vous proposez donc de convoquer les médias ce soir ?

— Tout à fait ! Nous expliquons simplement que le docteur Lorion s'est monté une réputation sur une fraude, que nous l'avons mise à jour grâce à notre expertise en matière de paléontologie. De cette manière, le musée en retirera le prestige d'être le seul musée à avoir découvert la supercherie alors que d'autres plus grands musées dans le monde n'y ont vu que du feu.

* * *

L'avion de Sam atterrit à Paris à sept heures du matin, heure de France. Il n'avait pas vraiment réussi à dormir durant le vol, car il ne cessait de ressasser les problèmes que le musée lui avait transmis à propos de sa licorne. Pourtant, il n'arrivait pas à trouver l'erreur, jamais aucun trou n'avait été détecté auparavant près de la corne, ni lui ni aucun autre musée n'avait fait mention d'un tel problème et les ossements avaient été soigneusement étudiés.

Le temps de quitter l'appareil et de passer les douanes, il était déjà presque huit heures du matin. Sa voiture de location était réservée pour huit heures, c'était parfait. Il n'avait qu'une hâte, c'était d'arriver au musée et de constater par lui-même toute cette histoire. La seule explication plausible qu'il avait réussi à élaborer, c'était que les ossements avaient été endommagés durant le transport ou encore que le personnel du musée avait accidentellement malmené le squelette.

En passant devant un kiosque à journaux, le regard de Sam fut attiré par un grand titre dans Le Figaro, le plus gros quotidien parisien.

LA *Licorneum Americus,* LE PLUS GROS CANULAR SCIENTIFIQUE

Le québécois Samuel Lorion, paléontologue renommé grâce à sa découverte des ossements d'une licorne dans les Badlands, dans l'état du Dakota du Nord aux États-Unis, vient d'être démasqué par les experts du Musée d'archéologie de Saint-Germain-en-Laie.

La Licorneum Americus, qui devait être présentée au public lors de l'exposition des vestiges des Badlands, sera retirée de l'exposition. En effet, au moment de l'examen approfondi des ossements de la Licorneum Americus, les experts du musée ont mis à jour une anomalie relative à la corne de l'animal. Une légère fissure à la base de la corne cachait des traces de métaux récents. Les examens laisseraient supposer qu'une substance aurait été introduite dans les ossements afin de faire tenir en place cet appendice considéré comme magique dans la mythologie.

Le musée s'est montré outré qu'une telle fraude n'ait pas été mise à jour auparavant. Ce qui démontre que les examens précédents sur les ossements n'avaient pas été effectués avec le sérieux qu'ils auraient mérité.

En ce qui a trait à l'implication du docteur Samuel Lorion, il ne plane aucun doute sur son implication dans cette fraude. Il est le seul à en avoir bénéficié grâce à une renommée non négligeable auprès de la communauté scientifique.

Sam poursuivait sa lecture, les mains tremblantes et le cœur battant la chamade. Selon l'article, il était parfaitement clair que leur source n'était nul autre que le musée. Pourquoi ne l'avaient-ils pas attendu avant de sauter à ces conclusions erronées ?

Le musée l'accusait d'avoir volontairement fait croire à l'existence des licornes qui ne serait, selon eux, qu'une supercherie inventée de toute pièce par lui, Samuel Lorion, dans le but de se bâtir une réputation.

Soudainement, Sam eut la nausée. C'était un cauchemar, il devait être sur le point de se réveiller dans son lit aux côtés de Roxane. Tout semblait tellement irréel, l'aéroport, les gens et même ce foutu journal qui pesait une tonne entre ses mains tremblantes. Il sentit un frisson lui parcourir la nuque, suivi d'une bouffée de chaleur qui l'envahit. Il se dirigea rapidement vers les toilettes les plus proches.

CHAPITRE 11

2e jour dans le passé

Mike longeait la falaise que le tremblement de terre avait provoqué, observant attentivement les alentours, son arme d'assaut à la main. Il s'assurait que sa vie n'était pas menacée, tout en scrutant le cours d'eau qui coulait au fond de la faille. Il espérait trouver des vestiges de leurs équipements, ou même, s'il était chanceux, une trace du corps d'Alex. Il aurait aimé pouvoir le ramener à leur époque, pour ses parents et aussi pour son frère. Il était toujours plus facile de traverser le deuil d'une personne dont on a vu le corps reposer en paix.

La faille suivait la même direction indiquée par Max pour retrouver l'appareil. Bien entendu, sans le logiciel de localisation, il lui était impossible de savoir s'il s'en approchait ou non. Il espérait que ce dernier soit resté coincé dans la tente, il serait plus aisé de détecter une grosse masse de tissu qu'une boîte de la grosseur d'un appareil photo.

Après avoir marché durant un peu moins d'une heure, il commençait à désespérer de trouver découvrir que ce soit. La faille se poursuivait aussi loin que portait son regard et de plus, rien n'avait encore attiré son attention. Alors qu'il s'apprêtait à faire demi-tour, il s'approcha un peu plus du bord abrupt et distingua une légère crevasse qui s'ouvrait dans le sol, mais au pied de la falaise, cette fissure semblait s'élargir. Mike fut persuadé de voir le corps d'Alex, qui était coincé dans un tas de débris qui s'étaient accumulés dans l'ouverture.

— D'accord, pensa-t-il à haute voix.

Il évalua la hauteur de la falaise, le fait de ne pas avoir de corde était un problème majeur. Il n'arrivait pas à se résigner à partir sans au moins essayer de voir s'il pouvait, d'une quelconque manière, atteindre la rivière. Il évalua ses options.

« Non, sauter dans la rivière relèverait du suicide. »

Il écarta aussitôt cette option. Il était bon alpiniste, mais il avait toujours grimpé avec l'équipement approprié alors que là, il ne disposait que de ses bras.

Il déposa son arme au sol et se coucha à plat ventre afin d'évaluer les possibilités de descendre et aussi de remonter. Il voyait des anfractuosités le long de la falaise dans lesquels il lui serait possible de s'accrocher. Dans cette position, il n'arrivait pas à bien évaluer les distances entre chacune d'elles.

« Si je me retrouve coincé en bas et dans l'incapacité de remonter, il se pourrait que personne n'arrive à me retrouver » pensa-t-il avec logique.

De sa position, il scrutait l'amoncellement de débris en tentant de déterminer ce qu'il avait aperçu juste avant.

— Oui, c'est lui, dit-il à haute voix en distinguant clairement un morceau de parka dans le tas de branches. C'est bien beau, mais comment le remonter, même si j'arrive jusqu'à lui ?

Il pensa à la ficelle qu'il avait mise dans sa poche un peu plus tôt. Il savait pertinemment qu'il lui serait impossible de le remonter avec ça, il pourrait malgré tout s'assurer que le corps d'Alex reste sur place. Mais encore là, il ne savait pas si la bobine de fil serait assez longue pour couvrir la hauteur de la falaise. Il regarda à nouveau en bas en estimant qu'elle devait mesurer environ vingt-cinq mètres, peut-être même un peu plus. Il sortit de sa poche la bobine et lut sur l'étiquette qu'elle contenait plus de cinquante mètres de fil. Voilà qui était suffisant pour s'exécuter, restait à voir la possibilité de descendre et de remonter sans trop de risque.

Il remit la bobine dans sa poche et effleura du doigt la photo d'Émilie qu'il ne put se retenir de retirer de son parka.

— Émilie, toi si sage, tu me dirais de ne pas y aller. Mais, dis-moi ! Si c'était moi qui gisais au fond de l'eau, tu n'aimerais pas qu'on te ramène ma dépouille ?

Mais évidemment, Émilie ne pouvait lui répondre. Elle lui aurait probablement répondu, avec la sagesse dont elle usait toujours, que risquer de mourir pour retrouver le corps d'un mort était une perte de vie totalement inutile. Que s'il mourait dans l'aventure, le corps d'Alex ne serait pas ramené à ses proches, mais le sien resterait aussi sur place à jamais !

— Voilà qui est sagement dit, merci, Émilie.

Il embrassa la photo avant de la glisser à nouveau dans sa poche, sa décision était prise. S'il pouvait rapatrier le corps plus tard avec l'aide des autres, il n'hésiterait pas, mais pour le moment, c'était un risque totalement inutile.

— Sauf si la balise est dans la poche de son parka !

Alors qu'il s'apprêtait à se relever, il entendit un feulement derrière lui. Le bruit d'un animal approchait. Mike déplaça tranquillement sa main vers son arme qu'il avait déposée au sol, mais au moment où il commença à bouger, il entendit le rugissement de l'animal qui bondissait vers lui.

Ses muscles réagirent rapidement. Il s'élança par-dessus la falaise et sauta sur une petite plate-forme qu'il avait aperçue quelques instants auparavant. Il estimait que c'était la seule action que le temps qui lui était imparti lui permettait, autrement c'était la mort assurée.

Il atterrit durement sur la roche à une dizaine de mètres plus bas et se rattrapa de justesse aux rochers afin de ne pas passer par-dessus l'étroite plate-forme sur laquelle il avait atterri. Ses mains étaient éraflées et sa jambe l'élançait terriblement. Il s'assit au bord de la roche, le dos appuyé contre le mur pour assurer sa position et examina son état.

Son pantalon était imbibé de sang et il releva le tissu qui adhérait à sa chair avec précaution, ce qui le fit grimacer de douleur. Une fois la chair libérée du tissu, il vit que le sang coulait à flots de ses blessures, assez pour ne pas arriver à distinguer correctement l'état de sa jambe. Avec beaucoup de précautions pour ne pas tomber de son perchoir, il attrapa la bouteille d'eau entamée qui était dans la poche de sa parka et, après en avoir bu une gorgée, en versa presque la totalité sur sa blessure.

Une intense sensation de brûlure lui fit monter les larmes aux yeux. Néanmoins, il eut le temps d'apercevoir les dégâts infligés à sa jambe. Trois longues et profondes lacérations, probablement dues aux griffes de l'animal, avaient entaillé la peau. Il sortit alors son couteau et déchira délicatement le bas de son pantalon afin de libérer complètement sa jambe et il retira difficilement sa ceinture de pantalon. L'opération s'avéra ardue, surtout dans sa position précaire, mais aussitôt que ce fut réalisé, il l'utilisa pour fabriquer un garrot.

Il sortit de sa poche la trousse de premiers soins et fouilla son contenu à la recherche de produits pouvant lui être utile. Il y trouva des petits tampons désinfectants qu'il utilisa pour nettoyer ses blessures et il appliqua ensuite les trois morceaux de gaze qui s'y trouvaient. Il prit finalement une feuille d'aluminium pour l'appliquer sur la gaze. Un long bandage lui permit de faire tenir le tout en place. Pour le moment, c'était le mieux qu'il pouvait faire. Il remit la trousse presque vide dans sa poche et but le reste de l'eau contenue dans sa bouteille qu'il replaça dans une autre.

Alors qu'il croquait dans la barre nutritionnelle qu'il avait entamée plus tôt, il porta attention aux bruits de pas de l'animal, encore posté au-dessus de lui. Ce dernier semblait déçu d'avoir laissé échapper sa proie. Pour Mike, l'animal avait trouvé de quoi s'occuper, car il l'entendait gruger quelque chose plus haut.

— Lâche mon arme, espèce de salaud, hurla-t-il de dépit.

Il lui restait malgré tout son pistolet et son poignard, mais il se serait senti plus en confiance avec son fusil d'assaut dans ce milieu inhospitalier. Toutefois, sa position lui permettait, pour le moment, une certaine sécurité.

* * *

Mina et son escorte venaient de croiser la faille d'où ils voyaient s'écouler la rivière. Ils avaient repris la route aussitôt après avoir tenté vainement de joindre le camp de base. Il ne leur avait pas fallu plus d'une heure et demie de marche avant d'atteindre le bord de cette falaise.

— Êtes-vous certains que nous n'avons pas marché trop loin à l'ouest ? demanda Mina, surprise, devant cet obstacle insurmontable.

— Absolument sûr, lui répondit Matthew. Vous voyez cet arbre qui forme un genre de coupe avec ses trois grosses branches, un peu plus loin de l'autre côté du trou ?

— Oui, je vois, mais après ? demanda Mina.

— Eh bien ! Quand nous sommes passés là plus tôt, nous avons bifurqué au sud-est à cet endroit précis. J'ai pris justement cet arbre comme point de repère.

— Tu veux dire que cette crevasse s'est formée après notre passage ? s'étonna Christopher.

— Exactement et sans le moindre doute. Voilà ce qu'a causé le tremblement de terre que nous avons ressenti.

Ils se mirent alors à longer la faille en direction du nord. Ils ne devaient pas être à plus de deux heures de marche du camp quand ils prirent le temps de s'arrêter pour manger. Leur déjeuner remontait déjà à plus de six heures et le manque d'énergie dû à la faim ralentissait leur marche, tout au moins celle de Mina, car la barre nutritionnelle qu'elle avait mangée quelques heures plus tôt était depuis longtemps digérée.

Durant cet arrêt, Matthew avait tenté à nouveau de rejoindre le camp de base à l'aide de sa radio, mais ses appels étaient restés infructueux.

— Je donnerais cher en ce moment pour un téléphone satellite, dit-il en rangeant la radio dans son sac.

— Tu pourrais me commander un bon cappuccino avec une double portion de crème fouettée, poursuivit Mina, rêveuse.

Christopher éclata de rire. Depuis qu'il connaissait Mina, il la voyait presque toujours avec un café à la main. Et quand ce n'était pas un café, elle sortait d'une de ses poches, quelque chose à grignoter. Et même en ce moment, malgré l'inquiétude qui régnait, son esprit restait accroché aux besoins et aux envies de son estomac.

— J'aimerais bien comprendre comment tu fais pour ingurgiter autant de nourriture et rester aussi mince, lui envoya-t-il.

— Je n'en ai aucune idée, je mange quand j'ai faim, mon organisme s'occupe du reste.

Matthew interrompit leur conversation.

— Vaudrait mieux ne pas trop traîner. Ce n'est probablement rien de grave, mais je n'aime vraiment pas la tournure que prennent les événements.

Matthew était un grand gaillard à l'allure calme. Il était bâti comme un bulldozer et pouvait en impressionner plus d'un, mais c'était un homme sensible et cette sensibilité pouvait, à certains moments, se refléter dans ses yeux. Il montrait un visage sérieux, plutôt fermé et enfonçait toujours sa casquette sur ses cheveux foncés coupés très ras devant ses yeux noirs, de manière à masquer son regard. Il était difficile de savoir réellement ce qu'il pensait.

Mina se rappelait qu'Alex lui avait raconté avoir été reçu une fois dans la famille de Matthew et que son attitude lorsqu'il était avec les siens était joyeuse et enjouée.

Matthew avait été marié avec une femme très belle qui l'avait quitté, disparaissant avec leurs deux enfants. Ce n'est qu'une année plus tard que la police avait communiqué avec lui, les enfants avaient été abandonnés dans une crèche d'État à l'autre bout du pays. Par chance, quelqu'un était tombé sur l'avis de recherche et avait reconnu le portrait du plus vieux des deux garçons qui était alors âgé de cinq ans.

Bien entendu, Matthew était parti aussitôt récupérer ses fils et depuis ce temps, il vivait avec eux chez sa mère. Pour souligner ces retrouvailles, celle-ci avait acheté à chacun d'eux une chaîne en titane. Pour l'aîné, elle était accompagnée d'une breloque représentant la corne d'abondance, soulignant la chance qu'il avait eue et pour le plus jeune, du signe de l'infini, indiquant qu'ils seraient dorénavant toujours ensemble. Maintenant, la mère de Matthew s'occupait d'élever les petits, et lui, il subvenait aux besoins de toute la famille.

À part ces confidences qu'Alex lui avait révélées sur l'oreiller, elle ne savait rien de Matthew. Il n'était pas le genre d'homme à se laisser facilement approcher.

Ils avaient repris leur route depuis presque une heure lorsqu'ils aperçurent au loin quelque chose d'étrange accroché sur la falaise, un peu plus à l'est. Christopher, qui était intrigué, sortit ses jumelles afin d'observer de plus près ce que ça pouvait être et il reconnut Mike qui se levait avec difficulté sur une petite plate-forme rocheuse, se tenant face au mur.

— C'est Mike, réalisa-t-il aussitôt. Qu'est-ce qu'il fait là ?

Matthew attrapa les jumelles et regarda dans la même direction.

— On dirait qu'il essaie de nous crier quelque chose, dit-il en le voyant gesticuler tant bien que mal dans leur direction.

Matthew observa avec attention la position de Mike et aperçut le bandage sur sa jambe.

— On dirait qu'il est blessé, il ne doit pas être capable de remonter, ajouta-t-il.

Mina attrapa les jumelles à son tour et essaya de lire sur les lèvres de Mike, mais son discours semblait décousu et le seul mot qu'elle distingua fut le mot « danger ».

— Vite les gars, il faut aller l'aider, les pressèrent-elle.

Étant certains que ce dernier avait escaladé la falaise après s'être arraché à la rivière, ils se mirent à courir rapidement dans sa direction. L'urgence de la situation leur fit négliger la prudence qu'ils avaient jusqu'alors affichée.

Mina, qui était la moins rapide d'entre eux, traînait à quelques mètres derrière. Pour le tigre à dents de sabre qui était tapi non loin dans les hautes herbes, elle était une proie facile et légèrement isolée.

Les deux hommes, qui étaient maintenant assez près pour discerner les cris de Mike, accéléreraient le pas. Ils voulaient arriver au bord de la falaise avant que ce dernier ne rechute dans la rivière, au risque, cette fois, d'y laisser sa peau.

Mike, assis sur son perchoir, se demandait comment il pourrait réussir à remonter. L'animal qui l'avait attaqué était le moindre de ses soucis pour le moment. Il savait qu'avec son arme de poing il pourrait facilement s'en débarrasser, mais sa jambe blessée empêchait l'escapade de la falaise.

Alors qu'il se levait sur son autre jambe pour essayer de voir ses meilleures chances, il perçut des sons que le vent du sud portait vers lui. Il ne pouvait pas comprendre ce qui se disait, mais il savait que c'était des voix humaines. En regardant vers le sud, il crut apercevoir Matthew et Christopher et en y regardant plus attentivement, il pouvait distinguer la chevelure flamboyante de Mina. Des hommes venaient du sud et ce ne pouvait être qu'eux.

Tout de suite, il pensa à l'animal qui l'avait attaqué et qui devait encore traîner dans les parages. Il l'avait entendu gratter le bord de la falaise à peine quelques minutes plus tôt. Il sortit son sifflet et se mit à gesticuler en sifflant à pleins poumons afin d'attirer l'attention de ses amis, il devait à tout prix les avertir du danger qui les guettait.

Il les vit s'arrêter et aperçut un reflet de lumière rayonner sur un objet de vitre. Il comprit qu'ils avaient pris les jumelles pour voir ce qui se passait. Il lâcha le sifflet et se mit à crier pour les prévenir. Il savait qu'à cette distance, il ne pouvait pas l'entendre, mais il espérait qu'ils arrivent à lire sur ses lèvres qu'un danger les guettait.

— Attention, vous êtes en DANGER ! criait-il en mettant l'emphase sur le mot « danger ». En restant sur leurs gardes, ils pourraient ainsi contrer l'attaque de l'animal, espérait-il.

Mais à sa grande déception, ses cris eurent l'effet contraire. Il les vit courir dans sa direction sans faire attention à ce qui les entourait. Il continua de crier, espérant que le son finirait par se rendre jusqu'à eux.

Il vit les deux hommes prendre de l'avance sur Mina qui, probablement à cause de sa petite taille, courait moins vite qu'eux. La situation n'était vraiment pas bonne, en continuant de crier, il essayait de s'accrocher au bord de la roche pour grimper. S'il parvenait à atteindre le bord de la falaise avant que l'animal n'attaque, il pourrait peut-être réussir à aider ses amis.

La douleur était insupportable chaque fois qu'il mettait une pression sur sa jambe blessée, il sentait le sang couler à nouveau tout le long de sa peau et courir jusque dans ses chaussures. En serrant les dents, il tenta de passer outre sa douleur et continua son ascension. Il n'avait pas vu la bête qui les guettait, mais il savait qu'elle était très dangereuse par la blessure qu'elle lui avait infligée, les marques de griffures que l'animal lui avait laissées étaient longues et profondes.

Matthew, qui courait derrière Christopher, entendit Mike crier. Ils avaient presque atteint sa position lorsqu'il discerna les mots « bête » et « féroce ». Au moment où il tournait la tête en direction de la plaine, il eut juste le temps d'entendre Mina pousser un hurlement avant de voir apparaître un énorme fauve au pelage roux tacheté de noir, qui surgissait des hautes herbes et s'apprêtait à sauter sur elle. La gueule grande ouverte, le tigre laissait découvrir deux longues canines et de grosses pattes aux griffes acérées qui labouraient la terre en s'élançant dans sa direction.

Mû par des réflexes conditionnés par des années d'entraînement, Matthew s'élança vers Mina et il eut tout juste le temps de la pousser hors de la trajectoire de l'animal, que la bête fondait déjà sur lui.

Le temps qu'il atteigne le poignard à sa ceinture, il sentit les crocs de l'animal s'enfoncer dans sa chair. Il entendit le bruit de sa peau qui se déchirait sous l'assaut féroce du fauve et il sentit le sang chaud se mettre à couler le long de son cou. Il perdit conscience.

Mike entendit le cri de Mina au moment où il atteignait le bord de la falaise. Il eut le temps de voir Matthew s'élancer sur elle avant que la bête ne l'atteigne et rapidement, mû par son expérience du danger, il retira son arme de sa ceinture et tira sur l'animal qui était déjà sur sa proie.

Christopher, surpris par les événements, fut plus lent à réagir. Son arme d'assaut à la main, il n'osait tirer de peur de blesser son ami. Il courut vers lui. L'animal gisait en travers du corps de Matthew. La balle de Mike l'avait atteint dans les organes vitaux et la bête agonisait. D'une seule balle, il acheva le fauve et le roula sur le côté. Mina s'approchait d'eux encore à quatre pattes sur le sol, le corps de son sauveur baignait dans son sang, une plaie béante au travers de la gorge avait rapidement eu raison de lui.

Mina se mit à sangloter, son corps était parcouru de soubresauts. Elle réalisait que sans Matthew, c'est elle qui serait étendue morte au sol. Elle n'arrivait pas à arrêter de pleurer et même si elle avait voulu paraître forte et courageuse, elle ne se maîtrisait plus. Mike les rejoignit en boitant et en s'approchant de Mina, il mit ses bras autour d'elle en lui chuchotant des mots apaisants à l'oreille. Il avait reconnu dans sa réaction le stress post-traumatique. S'il pouvait parvenir à la rassurer et à la calmer assez rapidement pour qu'elle reprenne ses esprits, ce serait déjà un bon point pour eux. Son état n'était pas vraiment approprié dans leur situation, mais il savait qu'elle ne pouvait pas le contrôler.

— Qu'est-ce qu'on fait de son corps ? demanda Christopher qui n'avait pas encore dit un mot.

— On va le ramener avec nous, évidemment, répondit Mike comme si la réponse ne se posait pas.

En pensant au corps de Matthew qu'il devait ramener au camp, Mike songea à celui d'Alex qui gisait au pied de la falaise. Il entreprit donc d'expliquer à Christopher ce qui était arrivé au campement, tout en continuant de bercer Mina entre ses bras. Quand il raconta comment Alex avait disparu dans l'éboulement et que son corps était juste ici, dans l'eau au pied de la falaise, Mina se remit à pleurer de plus belle.

Soudain, Mina cessa de pleurer aussi vite qu'elle avait commencé, elle repoussa les bras de Mike pour essayer de s'approcher du corps de Matthew. Mike tenta de la retenir, mais elle repoussa fermement son bras. Elle était bien décidée à s'occuper du mort et personne ne pourrait l'en empêcher.

Sans dire un mot, elle passa sa main dans les cheveux du pauvre homme, comme s'il s'était agi d'un bébé qu'elle voulait rassurer. En se penchant vers lui, elle déposa un baiser sur son front avant de lui murmurer quelques paroles à l'oreille que les deux autres ne comprirent pas.

Elle utilisa ensuite la totalité de l'eau contenue dans sa bouteille pour nettoyer le sang qui commençait à coaguler par endroits et nettoya la plaie dans son cou avec soin avant d'y appliquer de la gaze et un pansement pour tenir le tout en place.

— Mina, insistait Mike qui tentait de la relever. Tu sais que ça ne sert plus à rien.

Mina se dégagea avec raideur et lança un regard de colère à Mike.

— Il n'est pas question que nous laissions les insectes infester sa blessure. Lorsque nous le ramènerons à notre époque, je tiens à ce que ses enfants retrouvent leur père tel qu'il était dans leurs souvenirs.

Mike recula de deux pas en boitant avec difficulté, il crut préférable de laisser Mina continuer sa tâche, car elle éprouvait un certain réconfort dans ce rituel. Christopher, de son côté, était parvenu à trouver un long bâton assez solide pour servir de béquille à Mike qui en aurait grand besoin pour retourner au campement.

CHAPITRE 12

Alex sentit le sol se dérober sous ses pieds. Il tenait alors dans la main gauche l'appareil spatio-temporel et dans la droite le récepteur radio. Il leva les deux mains dans les airs pour essayer de protéger les deux appareils alors qu'il sentait ses pieds s'enfoncer dans la terre qui devenait moins dense. Dans son esprit, il pensait « Je vais être enterré vivant », mais il savait que la survie des appareils était essentielle. Il avait l'impression que ses pieds étaient coulés dans du béton et son corps entier s'enfonçait, l'empêchant de bouger.

Sa chute parut durer plusieurs minutes au lieu de quelques secondes. Il sentait la terre et la roche le recouvrir de plus en plus, comme si elles tentaient de prendre le dessus sur lui durant sa chute. Il finit par être immergé dans une eau boueuse et visqueuse qui lui remplissait la bouche et les narines. C'est la température glaciale de l'eau qui lui permettait de garder ses esprits en alerte.

Le poids de ses vêtements, qui étaient déjà gorgés d'eau, l'attirait irrémédiablement vers le fond. Il battait des pieds le plus fort et le plus vite qu'il le pouvait, mais c'était à peine si cela faisait une différence. S'il voulait survivre, il devait parvenir à se débarrasser du poids d'une partie de ses vêtements, mais les appareils dans ses mains entravaient ses mouvements. Il se résigna à laisser tomber le récepteur radio qui chuta dans la boue. De sa main libre, il parvint à glisser son bras hors de sa parka, ses pieds battant l'eau, tentant de ralentir sa descente vers le fond de la rivière. Finalement, il réussit à retirer complètement son lourd pardessus qui fut emporté au loin par le courant. Alex, qui avait toujours le dispositif spatio-temporel en main, parvint après quelques secondes de combat dans l'eau vaseuse, à remonter assez longtemps à la surface pour prendre une grande bouffée d'air. Mais l'eau qui bouillonnait autour de lui s'infiltrait dans sa bouche alors qu'il tentait de respirer. Il toussa pour expulser l'eau qu'il venait d'avaler et se limita à ne prendre que de courtes respirations. Il sentait ses membres s'engourdir dans l'eau glacée et il lui fallut des efforts de concentration immense pour ne pas se laisser couler doucement dans le confort de l'inconscience.

Les images de Mina et de son frère lui donnaient le courage de combattre encore un peu. Il savait que s'il n'arrivait pas à sauver l'appareil, c'était à un sort pire que la mort qu'il les condamnait. Il parvint à le glisser dans une poche de son treillis, ce qui libéra sa seconde main, qu'il put enfin utiliser pour sortir à nouveau la tête hors de l'eau. Mais ce combat semblait perdu d'avance, la rivière continuait à l'attirer vers le fond malgré tous ses efforts.

Se rappelant ses cours de survie en milieu aquatique, il prit position sur le dos en plaçant les pieds dans le sens du courant et il se laissa entraîner avec lui. Il parvint un moment à respirer encore un peu et en profita pour tenter de retirer ses énormes bottes de randonnées. Il réussit à en enlever une, mais son besoin d'air était urgent. Il reprit son combat contre la noyade et parvint à remonter un court instant. C'est à ce moment qu'un énorme morceau de bois vint percuter sa tête juste avant qu'il ne soit à nouveau aspiré vers le fond. L'arbre qui venait de le frapper lui offrait une nouvelle chance de survie. S'agrippant à ses branches, il se hissa à la force de ses bras jusqu'au tronc et réussit à s'octroyer un répit assez long pour reprendre son souffle.

Il savait que si la noyade n'avait pas raison de lui, c'était l'hypothermie qui le guettait. Il utilisa alors ses dernières forces pour grimper entièrement sur l'arbre et se plaça entre les branches brisées qui sillonnaient le tronc afin de s'assurer une position plus stable. Il ferma les yeux un moment, le courant de la rivière semblait vouloir se calmer et les rayons du soleil réchauffaient son corps transi de froid.

Alors que le froid avait engourdi son corps et que son combat l'avait vidé de ses dernières forces, il revit le visage de Mina qui lui souriait. Elle déposait un baiser sur ses lèvres et la chaleur de son corps chaud l'enveloppait. Il était conscient qu'il rêvait, mais il se laissait bercer par le courant pendant que les images des moments récents passés avec elle affluaient dans sa tête.

Tout avait commencé en Afrique après la mission de protection dont elle était l'une des scientifiques qu'il devait protéger. Mina, qui était une femme sûre d'elle, lui avait clairement fait comprendre qu'elle l'attendrait au cours de cette dernière nuit à l'hôtel avant leur rapatriement aux États-Unis. Il connaissait les risques qu'il encourait si cela venait à se savoir, sa place au sein de l'équipe de McFarey en serait compromise, mais pour l'aventurier qu'il était, cela ne faisait que rajouter de l'attrait à l'aventure.

Ils avaient passé des heures à faire l'amour et à discuter. Autant Mina était une femme de tête dans sa vie, autant au lit elle était sensuelle et sexy. Un peu avant quatre heures du matin, il avait regagné sa chambre et le lendemain, ils avaient fait comme si rien ne s'était passé entre eux. Il n'avait jamais revu Mina, pas avant l'engagement récent pour la RDAI, mais quand il la revit, ils s'étaient aussitôt donné rendez-vous la nuit suivante.

Alex était un homme à femmes et il n'avait pas l'intention de s'attacher à l'une plus qu'à une autre. Mais avec Mina, tout était simple et ce qui avait commencé par un désir purement physique s'était développé au cours de leur entraînement. Chaque nuit, ils se retrouvaient dans sa chambre et il ne la quittait que quelques heures plus tard jusqu'à ce qu'une nuit, après un entraînement très intense, ils se soient endormis dans les bras l'un de l'autre. Ce matin-là, ils avaient pris le temps de déjeuner ensemble et ce fut à partir de ce moment que leur relation avait pris une tournure plus intime.

Durant les deux semaines qui suivirent, ils se voyaient tous les soirs après l'entraînement et revenaient le matin chacun de leur côté. Alex s'était bien gardé d'en parler à qui que ce soit, même son frère Kevin n'était pas au courant de ce qui se passait entre Mina et lui. La promiscuité entre les membres de l'équipe de protection et les clients pourrait être mal interprétée par certains collègues qui diraient que cela influerait sur sa concentration.

Le matin du départ, alors qu'ils se rendaient ensemble au Starbucks, ils avaient vu Erik qui attendait au comptoir. Mina s'était aussitôt tournée vers lui et lui avait dit d'un ton empressé :

— Vite, bouge d'ici !

Voilà exactement ce qu'elle lui dirait en ce moment si elle le voyait se laisser aller par l'engourdissement. Il entendait sa voix résonner dans sa tête.

— Vite, bouge d'ici…

C'est cette image d'elle, tournant en boucle dans sa tête, qui le poussa à remuer. Il pensa à l'appareil qui était dans sa poche et qui représentait son retour à elle dans un monde civilisé. Il se dit qu'il n'avait pas le droit de la laisser tomber, qu'elle voudrait qu'il se batte pour les ramener tous.

La chaleur du soleil, qui avait plombé sur lui toute la journée, avait fait sécher ses vêtements et réchauffé son corps endolori. Il se sentait maintenant prêt à affronter la situation. Il ouvrit les yeux et s'aperçut que plusieurs heures s'étaient écoulées depuis sa chute, le soleil était sur son déclin et seule la faible lueur du crépuscule qui pénétrait dans le gouffre où il était, lui permettait de distinguer son environnement. Le sapin sur lequel il était juché s'était échoué contre la falaise. Un amas de branches d'arbres et autres détritus apportés par le courant s'étaient amoncelés autour de lui. Il reconnaissait parmi ces amas de déchets, des restes qui provenaient du campement. Ceux-ci étaient trop loin de lui et il n'osait pas bouger de son arbre, de peur de tomber à nouveau dans l'eau glacée.

Il prit précautionneusement une position assise sur le tronc, laissant ses pieds s'immerger dans l'eau froide et un frisson parcouru son corps. Il devait essayer d'évaluer ses options pendant que la faible luminosité le lui permettait encore.

Il n'arrivait pas à distinguer la profondeur de l'eau et il savait fort bien que s'il y replongeait, l'eau glaciale aurait raison de lui sans la chaleur du soleil pour le réchauffer.

Il fit un rapide tour d'horizon. Les murs de pierres, à sa gauche comme à sa droite, étaient trop lisses pour pouvoir y grimper aisément. Même s'il en avait été autrement, il n'était pas certain que le fort courant de l'eau lui permettrait de nager jusqu'à eux. Le mur face à lui était, à première vue, sa meilleure option. La paroi rocheuse semblait être remplie d'aspérités, mais il devrait faire bien attention de ne pas être aspiré par la rivière qui coulait à l'intérieur du gouffre souterrain.

Il prit conscience de sa position précaire, l'arbre s'était coincé sur le bord d'une grotte où la rivière poursuivait sa course. Il devait se considérer chanceux de ne pas avoir été aspiré à l'intérieur des parois rocheuses durant son sommeil, car c'était l'amoncellement de bois échoué contre les branches de son arbre qui l'empêchait d'être avalé par la falaise.

Il essaya de voir comment il pourrait gravir ces parois, mais l'obscurité grandissante ne lui permettait pas de s'assurer du meilleur endroit pour entamer son escalade.

« Attends demain matin. » se dit-il. « L'empressement est l'ennemi de la sagesse. »

Il fouilla dans les poches de son treillis dans l'espoir d'y trouver quelque chose à manger. Il ne se berçait pas d'illusions, c'était à l'intérieur de sa parka qu'il conservait toujours une ou deux barres nutritionnelles, ses poches de pantalon ne contenaient rien qui pourrait apaiser sa faim.

Dans ses cours de survie, on lui avait appris à tromper sa faim en mastiquant un quelconque objet, cela permettait de faire croire à l'estomac, durant un moment, qu'on lui fournissait réellement de la nourriture. À l'aide de son poignard, il coupa donc un morceau de racine et commença à le mastiquer. L'eau imbibée dans celle-ci le soulagea temporairement et il finit par sombrer à nouveau dans le sommeil, rêvant aux merveilleux déjeuners qu'il partageait les dimanches matin à la maison de ses parents.

* * *

Joseph tenait toujours à la main l'arme que Nick lui avait remise dans la plaine. Depuis qu'ils s'étaient tous éloignés de la licorne et des hyènes préhistoriques, aucun d'entre eux ne se sentait rassuré. Ils n'osaient pas lâcher leur seule arme de défense contre ces bêtes imprévisibles. Régulièrement, ils se retournaient pour marcher à reculons, scrutant la plaine qui s'étendait derrière eux, mais depuis un long moment, rien ne laissait supposer qu'ils étaient suivis.

Le silence régnait tout autour et ils étaient fatigués. Même Joseph n'osait pas demander de prendre une pause malgré ses pieds endoloris. Il sentait la chaleur de ses semelles lui brûler la plante des pieds et le cuir de ses chaussures lui entaillait les chevilles. Mais sa peur était plus forte que la douleur. Ils avaient mangé une barre nutritionnelle en cours de route, sans oser s'arrêter de marcher. Ce fut Kevin qui fut le premier à briser le silence.

— Regardez là-bas ! s'exclama-t-il en indiquant la direction de l'est où l'on pouvait apercevoir un long nuage de fumée monter vers le ciel.

La vue de la fumée leur donna du cœur au ventre, ils savaient qu'ils approchaient du campement où les autres devaient les attendre.

Depuis qu'ils étaient partis, ils avaient à maintes reprises tenté de rejoindre le camp par radio, mais les ondes étaient toujours restées silencieuses. Ils avaient craint le pire, ce qui expliquait leur grand soulagement.

— Finalement, on s'est inquiétés pour rien, ajouta Nick. Un simple problème technique, comme on aurait dû s'en douter.

— À moins que ce ne soit les restes du feu de ce matin, dit Joseph sur un ton défaitiste.

— Non, depuis le temps que nous sommes partis, il ne resterait pratiquement plus rien, des braises tout au plus, ajouta Nick avec un sourire plein d'assurance.

Ils pressèrent le pas autant qu'ils le purent, laissant la chance à Joseph de rester auprès d'eux puisqu'il n'avait pas l'habitude des longues marches en milieu accidenté et qu'il marchait beaucoup moins rapidement. Ils savaient que la hâte de rejoindre la sécurité du camp ne devait pas prévaloir sur la protection de Joseph pour laquelle ils avaient été engagés.

Quand ils aperçurent enfin les flammes du feu qui montaient au-dessus des hautes herbes, Nick lança un regard sombre à Kevin. Ils ne voyaient aucune trace de la tente qui normalement aurait dû être visible à cette distance.

Sans qu'un mot ne soit prononcé, Kevin comprit les inquiétudes de Nick. Lui aussi resta silencieux dans le but de ne pas inquiéter Joseph qui montrait de plus en plus de fatigue à l'approche du campement.

— Ne devrions-nous pas déjà apercevoir la tente du camp, demanda soudainement Joseph.

Bien qu'aucun des deux autres n'aient dit un mot, Joseph savait que quelque chose n'allait pas. Il y avait maintenant des heures qu'ils marchaient et chacun de ses pas était une torture pour ses pieds endoloris. Il repensait à la proposition qu'Erik lui avait faite la nuit dernière et regrettait de ne pas avoir accepté de rester au campement. Plus jamais, se promit-il, je ne quitterai la quiétude du musée.

Joseph n'était pas un aventurier, il ne l'avait d'ailleurs jamais été, mais quand on lui avait proposé cette incursion dans un monde étrange et fantastique, il avait pensé qu'il était temps pour lui d'envisager de vivre une grande aventure. Chaque fois qu'il se retrouvait en société avec des collègues, ceux-ci racontaient toujours des anecdotes intéressantes concernant leur travail sur le terrain et cela captivait les gens, alors que lui écoutait sagement, n'ayant rien de tel qui le mettait en valeur. Les femmes aussi ne se souciaient jamais de lui, il était brillant, certes, mais auprès d'elles cela semblait ne pas avoir la même valeur que celui des personnes plus aventureuses.

Il avait été une fois en relation avec une femme, cela avait duré un peu plus d'une année, mais elle l'avait finalement trouvé trop casanier. Cela avait été sa plus longue relation et si cela n'avait tenu qu'à lui, il aurait passé le reste de sa vie avec elle. Mais elle lui avait préféré un homme plus beau, plus intrépide et moins intelligent. Il savait qu'il ne possédait pas un physique à faire rêver les femmes. Il ne s'était jamais considéré comme un apollon, loin de là et de plus, il était plutôt chétif. Son visage trop long et émacié lui donnait plus l'apparence d'un condor que celui d'un aigle, bien que son nez ait pu lui être comparable. Mais comme n'importe qui, il avait toujours espéré pouvoir trouver une personne qui apprécierait ce qu'il avait à offrir, mais en ce moment, il doutait qu'un jour il puisse rencontrer qui que ce soit. Seul l'espoir de survivre à cette néfaste aventure lui permettait de continuer sa route et l'inconnu de ce qui les attendait ne lui souriait guère.

Ce fut la répercussion d'un cri lointain qui le sortit de sa rêverie. Sa première pensée fut que les bêtes les avaient rejoints et il fit brusquement volte-face pour regarder derrière lui, l'arme levée en direction de l'horizon, prêt à tirer sur la menace qui les guettait. Il ne vit rien et crut entendre son nom parmi les cris qui provenaient de l'est. C'est avec soulagement qu'il reconnut, un peu plus loin, debout auprès du feu, la silhouette de Max qui criait dans leur direction.

— Dieu merci, ils sont vivants, pensa-t-il à haute voix.

Mais Kevin et Nick ne semblaient rien avoir entendu. Il ressentit le soulagement des deux hommes lorsqu'il leur fit remarquer la présence de Max.

Quand Kevin aperçut le mathématicien, les bras levés, qui gesticulait pour se faire remarquer, il pensa aussitôt à son frère. Il savait que lors de ce type de missions, on devait rester concentré sur son environnement et surtout sur ses dangers, mais il n'avait pas cessé de s'inquiéter pour Alex qui ne répondait pas à ses appels répétés. Il avait imaginé le pire, il avait vu quels étaient les dangers qui les guettaient dans ce monde préhistorique. Quand Alex était venu le voir, accompagné d'Erik, pour lui proposer une mission de surveillance, jamais il ne se serait attendu à faire face à un endroit aussi étrange.

Dans l'armée, l'ennemi le plus dangereux qu'il ait jamais croisé, c'était simplement des hommes comme lui, mais mû par des convictions différentes des siennes. Même en sachant qu'ils se retrouvaient à une époque extrêmement reculée, jamais il n'aurait pensé rencontrer autant d'ennemis inconnus. Les prédateurs semblaient tellement nombreux et il était impossible de comprendre leurs comportements puisque ceux-ci n'avaient aucune peur de la présence des humains. Il aurait refusé de se lancer dans une telle aventure s'il avait dû faire face à des animaux aussi dangereux que les dinosaures, mais ces animaux étaient éteints depuis déjà fort longtemps. Ici, les prédateurs étaient une combinaison de la férocité des animaux de la préhistoire et de l'intelligence des bêtes modernes, ce qui les rendait d'autant plus redoutables, car ils étaient imprévisibles. De nos jours, l'homme est l'un des plus dangereux prédateurs, il a façonné son environnement à ses besoins. Ici, à cette

145

époque, l'homme n'était qu'une proie facile pour ces animaux à la taille et à la force incroyables. La seule chance de survie pour eux c'était la cohésion d'un groupe plus nombreux et mieux armé que ces ennemis.

Il aurait bien aimé se mettre à courir en direction de Max. Retrouver d'autres personnes civilisées et surtout mieux équipées l'aurait rassuré. Muni de sa seule arme de poing dans laquelle il ne devait pas rester plus de deux ou trois balles, il ne se sentait pas en sécurité. Même le fusil d'assaut de Nick ne pouvait plus permettre de se défendre contre une seconde attaque des bêtes sauvages de la contrée. Joseph, qui tenait le pistolet de Nick, ne s'était pas rendu compte que son arme ne contenait plus de balles lorsqu'ils s'étaient enfuis dans la plaine. Si les hyènes préhistoriques les avaient poursuivis, elles auraient eu raison d'eux en très peu de temps.

Maintenant, ils pourraient refaire le plein de munitions et surtout s'armer correctement. Il avait fait le décompte des caisses d'armes et de munitions avec Erik avant leur départ et il savait qu'ils étaient équipés pour tenir à distance une horde de bêtes sauvages durant une longue période.

Nick fut surpris d'apercevoir Max ainsi au loin, criant en gesticulant. Il sut aussitôt que quelque chose d'anormal était survenu. Normalement, chacun aurait dû vaquer à ses occupations et le fait d'être aux aguets à surveiller leur retour était de mauvais augure.

Au moment où Erik avait pris contact avec lui pour lui proposer de le seconder dans une aventure de grande envergure, Nick s'était montré curieux. Le fait de travailler avec Erik était un point intéressant, étant maintenant tous deux chefs d'expédition, ils n'avaient plus l'occasion de collaborer de nouveau sur le terrain. Mais à de nombreuses reprises depuis, ils avaient travaillé en collaboration à la préparation de certaines expéditions, utilisant l'expertise de chacun pour mener à terme des opérations réussies, mais leur participation s'arrêtait là.

Mais dans cette aventure, Erik avait manqué de prudence, car il était habitué à œuvrer dans des situations où la plus grande menace provenait toujours des hommes. Lui, il savait que dans un milieu étranger, tout devenait sujet à danger. Ses aventures, dans l'Arctique particulièrement, lui avaient appris qu'un environnement hostile était un ennemi non négligeable et ici le milieu était plus qu'hostile. Il s'était alors donné pour mission d'en apprendre plus sur l'époque dans laquelle ils allaient s'aventurer. Ce que tous les documentaires et études qu'il avait pu trouver lui avaient enseigné, c'était que si les animaux de cette époque ne brillaient pas par l'intelligence ou par la ruse, ils en étaient d'autant plus féroces et plus dangereux. De plus, tous s'entendaient à dire que la quantité de prédateurs surpassait en grand nombre celle que l'on pouvait rencontrer de nos jours. Ces prédateurs n'avaient pas ou peu d'ennemis naturels.

Nick avait donc insisté fortement auprès d'Erik et de Clyde Owen pour que l'armement apporté avec eux soit aussi important. Ceux-ci avaient trouvé que Nick exagérait, mais ce fut la condition qu'il avait posée pour accepter de les accompagner. Ils avaient ainsi triplé la quantité de fusils d'assaut et de munitions dont ils auraient eu besoin en temps normal.

Erik avait ordonné à Max de rester tout près du feu. Il voulait s'assurer que celui-ci soit en sécurité, le temps d'aller voir ce qui se passait avec Mike. Ce dernier aurait dû être de retour depuis un long moment déjà, mais l'inquiétude le poussait à aller un peu plus avant pour essayer de comprendre ce qui pouvait s'être produit. Il n'osait pas trop s'éloigner de peur de laisser Max seul et de plus, il ne lui restait plus que son arme de poing, mais l'inactivité et l'incertitude le rongeaient.

Il venait à peine de s'éloigner quand il fut alerté par les cris de Max. Pensant qu'il se passait quelque chose de grave, il accourut au-devant de lui, l'arme à la main, prêt à toute éventualité. À son grand soulagement, en s'approchant du feu, il comprit que Max faisait signe à un groupe de trois hommes qui ne pouvaient être autres que le groupe de Nick. À cette distance, il voyait bien qu'ils étaient tous sains et saufs, mais il perçut, dans la façon prudente avec laquelle ils observaient régulièrement derrière eux, que quelque chose était arrivé. Il aurait bien aimé les accueillir avec quelques hommes bien armés, mais pour le moment tout ce qu'il pouvait leur offrir c'était la sécurité précaire d'un grand feu de camp.

Max, quant à lui, était surexcité. Enfin, quelque chose de positif arrivait dans cette journée qui ne finissait pas. Il savait que tout ce qui était arrivé était de sa faute. Il était le cerveau de cette malheureuse aventure et il aurait dû penser à vérifier l'état des lieux bien plus loin qu'une quinzaine de minutes après leur arrivée. La vérité était qu'il n'avait pensé qu'à la présence d'animaux sur place, limitant les dangers de cet endroit à la seule existence des bêtes sur un territoire qui leur était inconnu. Pourtant, même de nos jours, l'environnement se défend de toute sorte de manières contre l'invasion de l'homme. Il pensait que c'était jouer de malchance que d'avoir décidé d'atterrir sur le lieu précis où un séisme, qu'il aurait pu et aurait dû prévoir, allait survenir. Maintenant, un homme était mort dans l'accident et un deuxième était porté disparu. Probablement mort aussi par on ne sait quelle malchance d'un destin qui s'acharnait sur eux. Et l'incapacité de communiquer avec les membres des autres groupes n'aidait pas la destinée à leur être favorable.

Mais de voir certains d'entre eux revenir vers le camp l'encourageait. Si le sort cessait enfin de leur être contraire, qui sait ce qui pourrait arriver de positif. Plus ils seraient nombreux à partir à la recherche de son appareil et plus les chances de le retrouver étaient grandes. Ils pourraient alors tous, ou presque tous, se rapatrier au XXIe siècle.

CHAPITRE 13

Stephen, John et Nathan avaient pris le chemin du retour depuis un moment, quand ils s'étaient retrouvés coincés à l'est d'une large rivière qui coulait au fond d'un profond canyon. Certains de ne pas avoir emprunté la même voie pour l'allée, ils discutèrent de la bonne direction à prendre.

— Nous sommes trop loin à l'ouest, c'est la seule possibilité que je puisse envisager, annonça John.

— Et pourquoi donc ? Peut-être sommes-nous seulement un peu trop au sud ou trop au nord tout simplement, ajouta Stephen avec logique.

— Nous avons suivi la route vers l'est en nous tenant à une bonne distance de la forêt qui se trouve au nord et celle-ci est toujours au nord de notre position. Si nous arrivons à cette rivière, c'est que nous avons dépassé le camp. C'est évidemment la seule explication acceptable, renchérit John, rejetant les arguments du géologue.

— Oui, mais si, comme tu le dis, nous étions passés tout droit, nous aurions dû voir la tente ou la fumée du feu, s'entêta Stephen en regardant vers l'est.

— À moins qu'il se soit passé quelque chose au campement et que ni l'une ni l'autre n'aient été visibles de loin, ajouta Nathan qui n'avait pas encore dit un mot.

— Non, ils ne seraient pas partis sans nous. En tout cas, pas sans nous donner la chance de les rejoindre, ça j'en suis convaincu.

Mais l'inquiétude perçait dans la voix de Stephen en prononçant ces derniers mots. Si quelque chose était advenu en leur absence et qu'ils n'aient pas eu d'autres choix que de quitter rapidement les lieux, est-ce que le fait de laisser trois hommes ou plus derrière eux serait explicable à leur retour ? Ou encore, si seul Max avait survécu à un malheureux événement et que dans la panique il avait actionné l'appareil pour sauver sa propre vie au détriment de ses collègues. Ce dernier n'était assujetti à la protection d'aucun d'eux, son contrat ne stipulait peut-être que le retour de l'appareil sans autre spécification pour les hommes partis avec lui.

Alors que Stephen continuait d'envisager les pires scénarios imaginables, John et Nathan devisaient sur les événements qui auraient pu survenir et qui les empêcheraient de trouver leurs positions de départ.

— Okay, dit John. On va s'arrêter rapidement et prendre le temps de manger un peu, notre dernier repas remonte déjà loin. On aura l'esprit plus clair avec l'estomac rassasié.

Il fut finalement décidé qu'ils se contenteraient des barres nutritionnelles, pour ne pas perdre de temps à préparer un feu pour chauffer de l'eau pour les repas lyophilisés.

— Il sera toujours temps de faire un feu plus tard si on ne retrouve pas les autres avant, ajouta John. On appréciera un bon repas au matin avant de repartir à leur recherche.

Ils s'entendirent pour reprendre la route vers l'est en se dirigeant plus au sud de la position par laquelle ils étaient venus.

* * *

Mike et Christopher essayaient de voir comment ils pourraient ramener le corps d'Alex en haut de la falaise. Ils avaient récupéré assez de corde pour descendre jusqu'en bas, mais le problème était que seul Christopher était en état d'effectuer la descente et que Mike et Mina ne suffiraient pas à le soutenir.

— Pourtant il doit bien y avoir un moyen d'assurer ces foutues cordes à quelque chose de solide, coléra Mike.

Ils scrutaient les alentours à la recherche d'un rocher susceptible de maintenir un homme au bout de la corde. Leurs regards s'arrêtèrent sur les corps de l'énorme bête et de Matthew qui gisaient tous les deux au sol.

— Noooon ! dit Mike d'une voix incertaine.

— Tu vois une autre solution, lui demanda Christopher.

Quand ils commencèrent à ligoter la bête et l'homme ensemble, Mina écarquillait les yeux, se demandant ce qu'ils essayaient de faire. Elle comprit enfin leur intention, elle se secoua et alla les rejoindre pour leur prêter main-forte.

Il ne fut pas facile de ligoter le gros félin qui devait peser près de trois-cent-cinquante kilos et ils ne furent pas trop de trois pour réussir à glisser les cordes sous son corps massif. L'homme et la bête, à eux deux, jumelaient un poids supérieur à quatre-cents kilos, ce qui devrait être suffisant pour maintenir le poids de Christopher qui était inférieur à cent kilos.

Une fois que tout fut prêt, Christopher et Mike testèrent la solidité de l'ancrage. Bien que rien ne bougeait, l'opération leur paraissait incertaine, mais comme ils n'avaient d'autre choix que celle-là, Christopher s'apprêta à descendre doucement le long de la falaise.

Mike, de son côté, faisait pression sur la corde pour tenter d'améliorer sa résistance au choc que causerait la descente de Christopher. Avec sa jambe blessée, il s'était assis sur la bête et avait enfoncé solidement son pied valide profondément dans le sol. Au premier bond effectué, Christopher atterrit lourdement sur la plate-forme rocheuse, la même plate-forme sur laquelle s'était tenu Mike plus d'une heure auparavant. Christopher fut surpris par l'impact, car sa descente aurait dû être plus douce, mais au premier saut, il avait senti la corde se relâcher. Il tira avec précaution sur celle-ci, la tension semblait pourtant bonne. Il se préparait à effectuer un second saut lorsqu'il vit apparaître Mina au-dessus du vide qui lui criait d'arrêter.

— T'es trop lourd, arrêtes !

— Qu'est-ce qui s'est passé ? lui demanda-t-il.

Mike n'arrive pas à soutenir ton poids, si tu continues, on va tous tomber en bas avec toi. Tu dois remonter, mais accroche-toi à la paroi autant que tu le peux.

Christopher remonta en prenant soin de se soutenir à chaque anfractuosité qui se présentait, pour se maintenir contre la roche afin de ne pas tirer sur la corde. Par chance, il n'était pas trop loin du haut de la falaise et son expérience d'escalade lui fut d'un grand secours.

Une fois accroché contre le bord du précipice, il regarda Mike qui était assis par terre, le dos contre le tigre et qui tirait sur la corde au fur et à mesure qu'il y grimpait. Mina n'était pas en reste, elle s'était assise de l'autre côté de l'animal et avaient appuyé ses pieds contre le dos de Matthew afin d'utiliser son poids pour contrebalancer celui de Christopher.

Il se hissa sur le sol et se laissa tomber par terre tout près d'eux. Il voyait bien qu'un poids lourd avait été traîné contre la terre sur une distance de plus de deux mètres. S'il avait poursuivi sa descente, Mina avait raison, il aurait fini par tomber au fond du gouffre en emmenant le corps de Matthew et celui de l'animal dans sa chute.

— Merci, articula-t-il en poussant un long soupir. Mais qu'est-ce qu'on fait maintenant ?

— C'est moi qui vais descendre, décida Mina.

— Pas question, s'interposa Mike.

Il semblait que la question avait déjà été discutée quelques minutes auparavant.

— Je suis beaucoup plus légère que Chris et en plus, à vous deux vous allez réussir à me soutenir.

— C'est trop dangereux ! Nous sommes venus ici pour ta protection et j'ai bien l'intention de m'y tenir, quand bien même je devrais laisser Matthew et Alex derrière nous.

Christopher, qui suivait leur débat en silence, se demandait intérieurement qui avait raison entre les deux. Chacun, selon son point de vue, pouvait faire valoir son opinion, mais la question qui se posait à ce moment-ci c'était plutôt de savoir s'ils étaient prêts à laisser le corps d'Alex croupir au fond de cette rivière. Alex n'était pas seulement un collègue de travail, il était aussi un ami qui l'avait quelques fois sorti de situations assez embarrassantes. Le métier qu'ils effectuaient les amenait à voir les autres comme une famille, ils étaient plus que des frères quand les situations dangereuses qu'ils affrontaient ensemble les obligeaient à compter uniquement les uns sur les autres.

— Mina a raison, je peux la maintenir tout le long de la falaise. Comme ça, il n'y aura pas de contrecoups sur la corde et la descente sera contrôlée et sécuritaire.

— Oui, mais, une fois rendue dans l'eau, elle n'a aucun moyen de se défendre. On ne peut pas savoir ce qu'il y a dans cette rivière.

— Alors, prêtez-moi une arme, c'est aussi simple que ça. Je sais m'en servir.

Cette fois, les deux hommes se regardèrent.

— Non. Je veux bien te prêter mon arme, mais pas question que tu mettes un pied dans cette eau, refusa catégoriquement Christopher.

Mina acquiesça.

— Je n'ai personnellement aucune envie de m'y plonger, si c'est ce qui vous inquiète. Je vais juste me contenter d'attacher la seconde corde autour du corps d'Alex et vous me remonterez aussitôt après.

CHAPITRE 14

Sam était seul, il ne possédait plus rien. Tout l'argent qu'il lui restait avait été dépensé en boisson, entre autres choses. Il en était réduit à la soupe populaire. La nuit, il courait les abris et au matin, il se précipitait en direction du musée pour apercevoir Roxane alors qu'elle entrait travailler. Ensuite, il traînait, quémandant de l'argent aux passants dans l'espoir d'en ramasser assez pour se payer quelque chose à boire.

Quelle chance que ses parents ne soient plus de ce monde, se disait-il, chaque fois qu'une vitrine lui retournait son reflet. Quelle aurait été leur déception de voir à quelle bassesse en étant réduit leur fils unique. De toute façon, il n'y avait personne en ce monde pour s'inquiéter de lui et il avait fait en sorte que la seule personne qui le croyait encore s'éloigne irrémédiablement de lui.

Il y avait maintenant environ trois matins de cela, il l'avait vu. Il l'avait aperçu, sa Roxane qui sortait du musée en compagnie de Marc. Cette espèce de bellâtre lui avait toujours tourné autour, même lorsqu'ils étaient ensemble. Il ne lui avait pas fallu longtemps pour parvenir à ses fins, une fois que Sam avait disparu du décor. Ce soir, Sam avait quitté les lieux avant la fin de la journée de travail de Roxane. Il ne voulait pas être témoin d'un tête-à-tête qu'il ne pouvait pas supporter.

Il était rapidement parti déambuler dans le Vieux-Montréal et avait trouvé, au Pub Saint-Paul, un employé qui lui échangea quelques bouteilles de bière contre des petits services. Il lui arrivait parfois de trouver des restaurateurs ou des bars prêts à lui offrir un repas ou de l'alcool contre des services quelconques. Sam s'y prêtait volontiers, son orgueil avait été depuis longtemps piétiné alors ça ne changeait plus rien.

Ce soir-là, il avait bu plus que de raison, assez pour s'engourdir et pour oublier. Mais le problème avec la boisson c'était que le lendemain tout était à recommencer.

* * *

Roxane déambulait dans les couloirs du musée, Marc, toujours sur ses talons, était prêt à lui rendre le moindre service qui lui permettrait de passer un moment avec elle. Elle n'arrivait plus à trouver l'énergie de le repousser constamment, alors elle tentait simplement d'éviter de se retrouver dans la même pièce que lui.

L'autre soir, il avait insisté pour la raccompagner à sa voiture, utilisant comme prétexte la nouvelle exposition sur les galeries souterraines de la ville de Montréal. Naïvement, elle avait cru à son excuse, mais aussitôt qu'ils s'étaient retrouvés tous les deux dans le stationnement, il s'était empressé de l'inviter à manger dans leur restaurant favori.

— Tu es toute seule depuis trop longtemps, Roxane ! Je suis l'homme qu'il te faut et tu le sais, lui répéta-t-il encore une fois.

— Arrête avec ça Marc ! Qu'est-ce que ça va prendre pour que tu me laisses tranquille !

— Tu sais, tout le monde parle dans ton dos au musée…

— Et pour dire quoi ? l'interrompit-elle.

— À propos de Sam, tu le sais bien. Nous voir ensemble ferait taire les mauvaises langues.

Roxane le regarda perplexe. Se pouvait-il que les ragots sur son implication dans l'affaire de la licorne courent encore dans les couloirs ?

— Et puis quoi ? Tout a été dit il y a déjà plusieurs mois. Il n'y a que toi pour remettre tout ça sur le tapis.

La douleur de sa rupture avec Sam lui revenait en mémoire. Elle avait toujours soutenu, auprès de ses pairs, qu'il n'était pour rien dans toute cette histoire. Elle était même passée à deux doigts de perdre son poste au musée. Elle avait dû se défendre devant le conseil d'administration de n'avoir jamais été au courant d'une quelconque malversation dans les tests effectués ici lors de l'exposition de la licorne.

Elle n'en avait jamais parlé avec Sam, il en avait déjà assez sur le dos sans cette histoire. Même aujourd'hui, elle ne pourrait pas lui reprocher ce qui était arrivé. Quand elle rentrait du travail, elle tentait toujours d'afficher un sourire comme si tout allait bien. Là encore, ce n'était pas suffisant, il lui reprochait d'avoir encore un emploi alors que lui n'en avait plus.

Elle leva la main devant Marc qui poursuivait ses insistances.

— Je rentre chez moi maintenant, salut.

Elle monta dans la voiture et démarra à toute vitesse. Aussitôt sortie du stationnement, elle se mit à sangloter.

— Pourquoi fallait-il qu'il me parle de ça ? Et ce soir en plus, se dit-elle à haute voix en reniflant bruyamment. Elle tendit la main vers le siège arrière, tentant d'attraper la boîte de papier mouchoir qui y traînait.

Le feu de circulation passa au rouge, la forçant à s'arrêter tout près du Pub Saint-Paul. En essayant de trouver la boîte derrière elle, elle aperçut un homme qui marchait en sens contraire. Sa posture et sa démarche lui rappelèrent Sam et les larmes se remirent à couler de plus belle.

— Aujourd'hui, ça aurait été notre troisième anniversaire.

Un coup de klaxon l'avait ramenée à la réalité. Elle passa la vitesse en première et s'empressa de rejoindre le flot de voitures plus loin devant elle en laissant derrière elle l'image fugace qu'elle avait eue de Sam.

Quand elle entra dans la salle de conférence le lundi matin suivant, elle remarqua que le silence s'était installé dès son entrée. Un court moment de malaise se fit sentir, presque aussi palpable que la poignée de la porte qu'elle tenait à la main. Et tranquillement, les conversations recommencèrent de bons trains comme s'il ne s'était rien passé. Mais elle sentait des regards se tourner vers elle avec suspicion.

— Tu te fais des idées ma vieille, se sermonna-t-elle silencieusement.

Marc était assis au bout de la table et lui souriait comme s'il voulait lui faire comprendre que c'était exactement ce dont il lui avait parlé l'autre soir.

Après la réunion, elle s'avança vers Marie-Noëlle qui était en conversation avec Pierre, un collègue qui travaillait à l'archivage. Les deux se tournèrent vers elle pour prendre de ses nouvelles, mais un sentiment de malaise flottait entre eux. Roxane pensa que c'était les paroles de Marc qui lui faisaient voir des choses où il n'y avait probablement rien, mais c'était suffisant pour qu'elle décide de quitter la salle de conférence rapidement.

En traversant les couloirs qui la menaient à son bureau, elle remarqua que les conversations s'arrêtaient à son approche. Elle ne pouvait plus douter qu'il se passait quelque chose, bien qu'elle aurait préféré se fermer les yeux, elle devait se rendre à l'évidence.

Elle rebroussa chemin et se rendit directement au bureau de Joseph. Le directeur du Musée avait toujours été aimable avec elle. Même quand tout le monde doutait d'elle, il l'avait soutenue et encouragée quand il voyait qu'elle était sur le point de flancher. Mais il n'était pas à son bureau, il devait s'être attardé après la réunion, sûrement était-il lui aussi au courant de ce qui se disait sur elle au musée.

Elle le vit apparaître au tournant du couloir, accompagné de Marc. Impossible de faire demi-tour, les deux hommes l'avaient déjà aperçue.

— Bonjour la belle Roxane, lança Marc, aucunement intimidé par la présence de son patron.

— Bonjour, Marc, Joseph ! répondit-elle, sur un ton un peu guindé.

— Marc, nous reprendrons cette conversation plus tard si tu veux bien. J'ai à m'entretenir avec Roxane pour le moment.

Joseph serra la main de Marc, le congédiant poliment. Ce dernier fut déçu de ne pas pouvoir participer à leur conversation. Il se serait fait un malin plaisir à lui tourner le fer dans la plaie s'il l'avait pu, arguant toujours qu'il serait pour elle un bien meilleur parti que Sam ne l'avait été.

Roxane pénétra dans le bureau de Joseph tandis qu'il la suivait en débitant les politesses d'usage. Elle répondit à ses questions et prit même le temps de lui retourner ses gentillesses. Elle voulait bien lui laisser le temps de s'installer et de trouver l'angle par lequel il allait attaquer.

Elle s'assit dans le fauteuil face au bureau de son patron, croisa sa jambe droite sur celle de gauche et déposa ses mains croisées sur son genou. Elle le regarda s'installer, accrocher son veston à sa patère, placer son pantalon avant de s'asseoir afin de ne pas le froisser. Il poussa même jusqu'à aligner les papiers qui jonchaient son bureau, chose qu'il ne faisait que lorsqu'il était mal à l'aise.

Donc le sujet était grave, sinon pourquoi être aussi gêné d'aborder un sujet qui normalement aurait dû être clos depuis des mois ? Si de nouvelles preuves s'étaient présentées au sujet de l'imposture de Sam, cela pourrait expliquer un malaise, mais pas à ce point. À moins qu'ils aient reçu des informations récentes qui l'impliqueraient directement, là vraiment ça justifierait tout ce cirque. Elle se redressa sur son siège, prête à recevoir l'attaque et à se défendre, mais l'idée que Joseph puisse croire qu'elle soit pour quoi que ce soit dans cette histoire la blessait plus qu'elle n'aurait pu le dire.

— As-tu eu des nouvelles de Sam ? lui demanda Joseph.

Il recommençait le badinage, ne sachant probablement pas par où commencer.

— Joseph, ça suffit ! Arrête de tourner autour du pot et va directement au cœur du sujet. Je sais qu'il se passe quelque chose, mais je ne sais pas de quoi il s'agit. Alors s'il te plaît, épargne-moi tes condescendances. Et tu sais très bien que je n'ai plus entendu parler de lui depuis des mois déjà.

— Roxane, tu fais erreur. Je m'inquiète pour toi et je ne suis pas le seul.

— J'imagine que tu penses à Marc en disant ça ?

— Laisse-le faire celui-là. Non, je parle de tout le monde. On a reçu des nouvelles aujourd'hui qui pourrait… disons… qui pourrait remettre en question tout ce qui s'est dit sur la licorne de Sam.

— De nouvelles preuves contre lui ? Ou contre moi ?

— Ni l'un ni l'autre ! Disons qu'il est question d'un autre cas de fraude, mais bien plus ancien.

— Tu veux dire que ça pourrait disculper Sam ? demanda-t-elle avec espoir.

Je ne pense pas que ça change grand-chose pour Sam directement, mais pour tous ceux qui l'ont connu et apprécié, oui, probablement.

Roxane se sentait soudainement tout excitée, elle avait hâte de savoir ce qu'il en était, elle pressa Joseph de poursuivre.

— Tu te rappelles les ossements presque complets du smilodon, celui qui est exposé au musée d'histoire naturelle de New York ?

— Oui, bien sûr ! Ça doit faire plus de trente ans qu'il est exposé là-bas.

Roxane ouvrit de grands yeux.

— Nonnnn, c'est impossible. Une fraude aurait été mise à jour bien avant ça.

— C'est justement la raison qui explique qu'ici, au musée, ça nous rappelle l'histoire avec Sam. Ceux qui ne connaissaient pas Sam pouvaient croire qu'il était un habile arnaqueur, mais pour nous qui le connaissons, nous savons qu'il était un homme bien.

— Qu'est-ce qui leur fait croire que c'est une fraude ?

— Ils auraient découvert un morceau de titane à l'intérieur d'un des ossements.

— Comment est-ce qu'ils l'ont trouvé ?

— Disons simplement qu'un employé maladroit a fait tomber l'un des crocs de l'animal et qu'il s'est brisé. Tu sais à quel point les ossements aussi vieux peuvent être fragiles.

— Et le titane était inséré à quelle profondeur ?

— Plutôt en surface, disons qu'il était incrusté sous une couche de calcification.

— Et quelle est la grosseur du morceau découvert ?

— Disons qu'il était de la grosseur d'un petit pendentif.

— Un pendentif, c'est trop gros pour être accidentel, non ?

— Surtout si tu tiens compte du fait que le métal est à 99 % purs et qu'il a été façonné.

— Façonné ?

— Il a la forme très nette d'une corne d'abondance.

Roxane resta sans voix. Elle cherchait dans sa mémoire, essayant de se rappeler à quel endroit les ossements du smilodon avaient été découverts, mais ses souvenirs étaient beaucoup trop flous. Elle avait visité le musée d'histoire naturelle de New York il y avait plusieurs années, à la fin de ses études universitaires. Elle demanda à Joseph :

— Tu sais à quel endroit ont été découverts ces ossements.

— Dans les Badlands…

— Je peux consulter la documentation sur le sujet ?

Joseph lui remit un dossier contenant une cinquantaine de pages.

— J'ai pensé que tu aimerais vérifier toutes les informations sur ces ossements, alors j'ai demandé qu'on te prépare ça.

— Merci, murmura-t-elle, émue.

Elle s'empressa de quitter le bureau du directeur pour se rendre directement au sien. Elle était tellement pressée de feuilleter le dossier que Joseph lui avait remis qu'elle ne remarquait même plus les chuchotements de couloir sur son passage. Elle avançait d'un pas rapide, obnubilée uniquement par la pile de papiers qu'elle tenait à la main.

Elle passa la journée entière dans son bureau à lire la totalité de la documentation qu'elle avait en main. Elle effectua ensuite plusieurs recherches sur internet et découvrit que le professeur qui avait mis à jour les ossements du smilodon ne pouvait se défendre, étant mort depuis déjà plus de dix ans. C'était la raison pour laquelle la fraude n'avait pas encore été éventée dans les médias.

Elle prit un bloc-notes et se mit à inscrire toutes les similitudes avec l'histoire de la licorne. À l'exception du lieu de récupération des ossements et de l'incongruité de la fraude, elle ne voyait pas vraiment ce qui pouvait les rapprocher.

Soudain, une idée germa dans son esprit. Si la trace de métal découverte à la base de la corne de la licorne dissimulait autre chose, quelque chose impliquant une interaction humaine dans une époque et un lieu où l'homme n'était pas censé avoir existé. Voilà quelque chose qui changerait l'histoire de l'humanité telle que nous la concevions.

Elle rassembla tous les papiers et se précipita vers le bureau de Joseph. Elle savait que les ossements de la licorne avaient été rapportés à Montréal deux mois plus tôt et elle voulait convaincre Joseph d'en faire de nouvelles expertises, cela devait se faire au plus vite. Mais elle se heurta à une porte close, ce qui lui fit remarquer qu'elle n'avait croisé personne dans les couloirs. Elle regarda sa montre et s'aperçut qu'il était déjà passé 19 h passé.

— Okay, je vais attendre à demain, soupira-t-elle.

Elle aurait bien aimé rentrer à la maison pour mettre Sam au courant des nouveaux développements.

— Oui, bien entendu.

Elle avait enfin trouvé une raison de rentrer en communication avec Sam. Elle rebroussa chemin pour récupérer son téléphone cellulaire et ses clés dans son bureau et quitta l'enceinte du musée.

Assise dans sa voiture, elle inséra la clé dans l'allumage et la tourna juste assez pour activer la connexion Bluetooth de sa Civic. Elle appuya sur la touche « appeler » et entendit l'ordinateur lui demander.

— Après le « bip », dites le nom de la personne que vous désirez rejoindre.

— Sam, dit-elle à l'ordinateur.

Elle vit apparaître le nom et le numéro de Sam à l'écran et, quelques secondes plus tard, elle entendit la tonalité de composition du numéro. Aucune sonnerie ne se fit entendre et un message lui répondit.

— Il n'y a pas d'abonné au numéro que vous avez composé. Vérifiez le numéro et essayez de nouveau.

Elle prit son téléphone portable dans ses mains et elle vérifia parmi ses contacts. C'était bien le numéro de Sam, elle ferma la clé de contact et composa le numéro directement sur son cellulaire. Son cœur battait la chamade, il ne pouvait pas avoir changé son numéro de téléphone, sauf s'il voulait être certain qu'elle n'arrive plus à le joindre.

Elle démarra la voiture et prit la route dans la ferme intention de se rendre à leur ancien appartement. S'il ne voulait plus lui parler, elle ne lui donnerait pas le choix de l'écouter. Si elle avait raison et que Sam n'était pour rien dans la fraude de la licorne, il pouvait très bien être arrivé la même chose pour le smilodon. Quelqu'un semblait s'amuser habilement à trafiquer des trésors paléontologiques. Mais qui ? Et surtout, dans quel but ?

Après trente minutes de route, elle était seulement à quelques rues de l'endroit où ils avaient vécu. Elle roula prudemment sur le boulevard de la Concorde en direction de l'est, attrapant presque tous les feux de circulation au rouge. Elle était impatiente de revoir Sam, mais en même temps elle était inquiète de l'accueil qu'il lui réserverait. Elle ne doutait cependant pas que la nouvelle qu'elle lui apportait, preuve à l'appui, ne pouvait que rendre leurs retrouvailles plus faciles.

En entrant dans le rond-point, elle remarqua que l'espace de stationnement leur étant dédié était vacant. C'était normal, Sam n'avait jamais développé d'intérêt à posséder une seconde voiture et il avait horreur de conduire en ville. Elle engagea donc la Honda dans l'espace réservé à l'appartement et coupa le moteur. Elle prit une grande respiration avant de sortir de la voiture pour trouver un peu de courage. Aucune lumière ne brillait dans l'appartement, c'était impossible que Sam dorme déjà à cette heure.

Elle hésita sur la marche à suivre. Elle possédait encore les clés de l'appartement ! Est-ce que ce serait une intrusion d'entrer en son absence ? Mais elle n'arrivait pas à se résoudre à rebrousser chemin, elle décida donc de commencer par vérifier s'il était réellement absent.

Après avoir sonné à trois reprises sans recevoir de réponse, elle pénétra dans le vestibule de l'immeuble à l'aide de son ancienne clé. Devant la porte, elle tendit l'oreille pour vérifier si elle n'entendrait pas des bruits. Peut-être l'avait-il vue arriver ? Il pouvait très bien ne pas répondre pour éviter de la recevoir. Mais aucun son ne lui parvenait. Elle frappa discrètement, attendant, l'oreille aux aguets. Après quelques secondes qui lui parurent une éternité, elle cogna à nouveau avec plus d'insistance.

Finalement, elle sortit sa clé et l'inséra tranquillement dans la serrure, espérant toujours que la porte s'ouvre d'elle-même. En la tournant, elle entendit le déclic caractéristique du verrou qui se déclenche. Elle prit le temps d'attendre encore quelques secondes avant d'ouvrir et comme rien ne se passait de l'autre côté, elle se décida à entrer.

La première chose qui la frappa en entrant fut l'odeur nauséabonde des sacs de poubelle. Trois sacs étaient alignés devant la porte d'entrée et ils semblaient être là depuis un bon moment, car des petits vers blancs y étaient agglutinés.

Elle étira la main pour allumer le plafonnier du vestibule, mais sans résultat. Elle avança prudemment vers l'interrupteur de la cuisine pour ne pas se blesser, mais celui-ci ne fonctionnait pas plus. Elle décida d'allumer la lampe qui trônait sur le meuble du couloir et à sa grande surprise, elle n'y trouva ni le meuble ni la lampe.

Elle utilisa, en désespoir de cause, son téléphone en guise de lampe de poche et s'étonna de l'état des lieux.

« Merde, Sam, qu'est-ce que tu as fait ici ? » se demanda-t-elle.

Une épaisse couche de poussière s'était incrustée sur les meubles, enfin sur les meubles encore là. Tout ce qui pouvait facilement être vendu avait disparu, soit Sam s'était fait voler, soit il s'était procuré de l'argent en vendant ses propres biens.

Elle traversa l'appartement pour se rendre compte que c'était la même chose dans toutes les pièces. Le bruit de la porte d'entrée qui s'ouvrait la fit sursauter. Enfin, c'était Sam.

— Qui est là ? demanda-t-on.

Mais ce n'était pas la voix de Sam. Elle s'avança dans la pénombre et aperçut le concierge dans l'embrasure de la porte.

— Oh ! Antoine, ce n'est que moi, Roxane ! Désolée de vous déranger, mais que s'est-il passé ?

— Ça doit faire près d'un mois que personne n'est entré ici, madame Dupuis. On se préparait à venir inspecter les lieux, les voisins se sont plaints de mauvaises odeurs provenant de votre appartement.

— Vous voulez dire que Sam ne vit plus ici ?

— Ça fait trois mois que le loyer n'a pas été payé. Normalement, monsieur Lorion évitait de répondre quand je venais frapper à la porte, mais depuis un bout d'temps je l'ai plus revu.

— Est-ce qu'il est parti en voyage ? demanda-t-elle avec un faible espoir qu'il pourrait la renseigner. Il n'y a plus de service sur son téléphone.

— J'pourrais pas vous dire, il a disparu complètement de la circulation. Le proprio y'arrête pas d'me harceler pour que je collecte le loyer, mais j'peux rien faire si y'a personne qui répond.

Roxane sortit son chéquier de son sac à main. Elle s'empressa de faire un chèque qui couvrait la totalité des trois mois de loyer impayés.

— Je vais envoyer quelqu'un faire le ménage cette semaine et vous débarrasser des meubles qui sont encore ici. Vous croyez que vous pourrez le sous-louer avant la fin du mois ?

— J'vais vous accommoder avec plaisir, madame Dupuis. Vous z'avez toujours été une locataire ben correcte.

— Je vous laisse mes coordonnées pour que vous puissiez me joindre s'il y a le moindre souci. Mais j'aimerais vous demander de m'aviser, si jamais Sam passait par ici, s'il vous plaît.

Avant de quitter l'appartement, Roxane ramassa les sacs poubelles qui traînaient par terre pour les sortir à l'extérieur. Elle retourna à l'intérieur et trouva l'eau de javel, bien rangée à sa place dans la salle de lavage, et elle entreprit de nettoyer avec dédain les traces laissées sur le sol par les sacs poubelles. Le pire fut de se débarrasser des vers blancs qui étaient restés agglutinés sur le plancher, mais elle ne pouvait pas quitter les lieux et laisser l'appartement dans cet état. En partant, elle sortit le balai et le porte-poussière avec lesquels elle avait ramassé les asticots.

Le lendemain matin en entrant au musée, elle se dirigea directement au bureau de Joseph. Elle lui fit une demande pour faire effectuer une étude approfondie du crâne de la licorne. Ensuite, elle alla s'enfermer dans son bureau et entreprit de contacter toutes les personnes qu'elle connaissait et qui seraient susceptibles de la renseigner sur Sam.

Après le travail, elle quitta le musée et fit la tournée des bars du centre-ville. Elle répéta ses recherches tout au long de la semaine, fouillant différents secteurs de la ville, mais en pure perte. Aucun moyen de savoir où elle pouvait trouver Sam, il avait peut-être quitté le pays et si c'était le cas, elle n'avait aucune chance de le découvrir.

Alors qu'elle recherchait activement des informations sur Sam, celui-ci l'observait à distance, tous les matins et tous les soirs qu'elle entre ou qu'elle sorte du musée. Il avait remarqué que ces derniers jours, elle semblait plus heureuse. Il pensa alors qu'elle avait peut-être finalement trouvé une personne pour le remplacer, autant cette pensée lui faisait plaisir pour elle, autant elle était douloureuse pour lui.

CHAPITRE 15

2e jour dans le passé

Mina avait presque atteint le niveau de la rivière et sur sa gauche, elle apercevait très bien une partie du tissu de la parka d'Alex. Elle devait déployer des efforts surhumains pour retenir son envie de sauter à l'eau pour le rejoindre.

Quand elle fermait les yeux, c'était son visage souriant qu'elle revoyait, celui-là même qu'il lui avait montré pas plus tard que la veille au matin. Elle était tombée amoureuse de lui en Afrique, lorsqu'il était venu prendre la relève d'Erik avec qui elle avait eu une petite confrontation. Elle avait vu dans ses yeux une lueur d'amusement mêlée d'admiration devant son obstination à tenir tête au chef de l'expédition, alors que leurs vies étaient en danger.

— Jamais vu une femme comme vous m'dame, lui avait-il dit avec l'accent traînant du sud.

Elle avait éclaté de rire et s'était aussitôt mise à penser que la vie avec un homme comme lui devait être simple et agréable. À leur retour en ville, elle avait poussé l'effronterie à l'inviter à la rejoindre dans sa chambre d'hôtel. Elle n'était pas certaine qu'il tiendrait compte de sa proposition, mais après la sonnerie de minuit, il était apparu dans l'embrasure de la porte et lui avait souri. Ensuite, sans qu'un seul mot eût été prononcé, il avait refermé la porte et s'était avancé vers son lit, tranquillement, comme si le temps n'avait plus d'importance.

Quand il s'était penché vers elle pour l'embrasser, elle distinguait à peine son visage faiblement éclairé par la lumière de l'enseigne qui traversait le fin rideau de sa chambre, jamais elle n'oublierait la sensation de ce premier baiser.

— Vers la gauche, entendit-elle en écho.

Mike qui l'observait du haut de la falaise venait de la ramener dans son cauchemar, celui où Alex ne l'embrasserait plus jamais, celui où il gisait dans l'eau, sans vie. Elle suivit néanmoins ses indications. Elle était tout près de la fosse où s'était amoncelé le tas de branchages et d'autres détritus. Le corps d'Alex était trop éloigné du bord de la falaise, elle ne parviendrait pas à l'atteindre sans s'avancer dans l'eau.

— Donnez-moi plus de corde, je vais vérifier la profondeur de l'eau.

— C'est trop dangereux, reçut-elle en réponse.

Elle étira le pied et tenta d'attirer vers elle une branche qui lui semblait assez longue pour lui servir de perche, mais qui, malgré ses efforts répétés, lui offrait trop de résistance. Celle-ci était coincée parmi le tas de bois. Elle réussit alors à en attraper une plus petite, mais celle-là était trop courte pour lui être utile. Avec persévérance, elle parvint finalement, à force de remuer les branchages à l'aide de son pied droit et du tesson de bois, à attraper une nouvelle branche de plus d'un mètre.

Elle élança le bout de son bâton vers le corps d'Alex. En touchant l'eau avec force, on entendit un grand « plouf ». Elle tira la branche vers elle en appuyant vers le bas, de façon à remorquer le corps dans sa direction. La branche glissa sur le tissu rendu poreux par l'immersion prolongée dans l'eau et Mina dut répéter l'opération à plusieurs reprises.

Elle tourna son visage vers le ciel et cria à Mike qu'elle avait besoin de plus de corde pour réussir à attirer le corps vers elle. Elle entendit en retour le cri de Mike qui se répercutait en écho.

— Tire !

Soudain, Mina fut tirée vers le haut et, sous le coup de la surprise, sa main glissa, la laissant échapper sa prise sur la corde. Elle se retrouva pendue par la taille, la tête en bas. Elle vit s'approcher la gueule béante d'un crocodile. Son corps se raidit en tentant de se mettre à l'abri des crocs acérés, avant de se sentir à nouveau soulevé, se retrouvant hors de portée du gros reptile. Elle avait senti le souffle de la bête juste avant que les hommes l'arrachent au danger. L'animal, en retombant à l'eau, fit remuer le tas de bois et Mina vit la parka s'enfoncer dans les remous de la rivière et réapparaître quelques mètres plus loin, portée lentement par le courant.

Elle se laissa hisser par les deux hommes, n'offrant aucune résistance, les yeux rivés sur le morceau de tissu qui disparaissait graduellement à sa vue en suivant la course de la rivière.

— Vite, s'écria-t-elle aussitôt qu'elle eût atteint le bord de la falaise. On doit suivre le corps d'Alex.

* * *

John, Nathan et Stephen avaient marché plus d'une heure en direction de l'est avant de décider de s'arrêter. Ils étaient sûrs d'avoir à nouveau raté le campement. Tandis que Stephen s'inquiétait de ne jamais retrouver les autres, John et Nathan étaient plutôt préoccupés par la disparition du camp.

L'heure était déjà assez avancée et ils devaient penser à leur sécurité. Auraient-ils le temps de marcher encore longtemps avant que la nuit ne tombe ?

— On va revenir vers l'ouest et si on ne voit toujours aucune trace des autres, on va s'installer pour la nuit, proposa John.

171

Stephen ne voyait pas d'un très bon œil l'idée de dormir à la belle étoile, mais la proposition de John ressemblait plus à une explication de ce qui allait suivre qu'à une suggestion sujette à discussion.

— Est-ce que c'est sécuritaire de faire comme ça ? demanda-t-il.

— C'est mieux que de marcher en pleine obscurité. En plus, dans le noir on risquerait de les rater s'ils n'ont pas allumé de feu, ajouta John en soupirant.

Ils reprirent à nouveau le chemin en sens inverse, portant attention à tout ce qui les entourait, essayant de voir la mince trace de l'antenne ou encore de la fumée montée dans le ciel. Plus le soleil descendait vers l'horizon, plus il devenait difficile de voir au loin. Ils décidèrent donc d'établir un campement de fortune pour la nuit. Stephen dut préparer le terrain pour allumer le feu de camp sur place tandis que John et Nathan allaient ramasser tout le bois qu'ils pouvaient trouver.

Quand tout fut prêt, le crépuscule s'installait dans la prairie. Malgré le crépitement du feu, ils percevaient au loin, plus au nord où se trouvait la forêt, les bruits des animaux nocturnes qui se préparaient pour la nuit. Il ne restait qu'à souhaiter que les animaux de cette époque craignent autant le feu que dans leur monde moderne.

Stephen s'installa dans un sac de couchage à proximité du feu. Il ressentait la chaleur des flammes trop près de lui, mais il n'osait pas trop s'en tenir éloigné. Les bruits environnants lui rappelaient qu'il était loin de chez lui, dans un environnement hostile qui ne devait qu'avoir envie de le dévorer.

Il avait confiance en John et Nathan, mais les faits restaient ce qu'ils étaient. Deux hommes contre la nature et une nature dont ils ne pouvaient pas prévoir la réaction à leur présence. L'homme avait toujours su modeler son environnement à ses besoins, mais ici, à cette époque, la nature avait le dessus sur eux.

— John, chuchota Nathan espérant ne pas réveiller Stephen.

John, qui était sur le point de sombrer dans le sommeil, se retourna vers Nathan.

— Regarde là-bas ! On dirait la lueur d'un feu, tu crois que c'est eux ?

John se releva rapidement, suivi par un Stephen plein d'espoir.

— Je ne vois pas qui d'autre pourrait faire un feu ici. Si c'était un feu de forêt, il serait sûrement plus gros que ça.

Le soulagement les submergea en apercevant une trace de la présence de leurs amis. Ils étaient tellement absorbés à scruter l'horizon qu'ils en oublièrent Stephen, qui s'avançait vers la lueur du feu qui pointait au loin. Avait-il dans l'idée d'aller rejoindre les autres ou simplement d'essayer d'apercevoir ce qui se passait là-bas ? Peu importe ce qui lui traversait l'esprit à ce moment-là. Un grondement se fit entendre sur leur droite, rappelant aux hommes qu'ils étaient là dans le but de le protéger. L'animal qu'ils entendaient était trop loin pour que le feu le rende visible, mais il semblait aussi assez près pour être un danger pour Stephen qui s'éloignait de plus en plus du cercle de lumière.

Le bruit de l'animal eut pour effet de stopper Stephen dans son élan, il se figea sur place, tentant de déterminer d'où provenait le son et à quoi il pouvait bien appartenir.

John, qui était désarmé à ce moment-là, sauta vers son sac et attrapa son arme. Nathan, qui était de garde, dirigea le canon de son fusil dans la direction d'où il avait perçu le son.

— Stephen, reculez lentement, l'enjoignit Nathan.

— Mais faites vite, ajouta John inquiet.

Stephen comprenait que la situation était urgente, mais ses jambes refusaient de lui obéir. Le grondement s'approchait, mais par chance, l'animal hésitait à l'attaquer. Un second grognement retentit un peu plus près de lui et il se tourna dans cette nouvelle direction, apercevant dans le noir, deux yeux qui brillaient à seulement quelques mètres de lui. Il réussit à faire un pas en arrière, les grondements se firent aussitôt plus forts et aussi plus nombreux. Il se savait cerné. Son unique porte de sortie était de rejoindre les autres derrière lui, bien à l'abri autour du grand feu. Il lui semblait que seule la faible lueur dans laquelle il baignait encore lui permettait un répit. Il tenta un second pas à reculons, il pouvait maintenant distinguer des formes dans les ténèbres. Il arrivait à percevoir cinq silhouettes qui l'observaient et elles approchaient tranquillement, comme si elles avaient tout leur temps.

Il fit un troisième pas derrière lui, s'apprêtant à faire volte-face et à courir se réfugier vers le feu quand son pied heurta un gros caillou. Il tomba assis par terre, les formes s'étaient assez approchées pour lui permettre d'apercevoir des animaux ressemblant à s'y méprendre à des loups. Des loups, il en avait déjà vu au zoo, mais dans son souvenir ils n'étaient pas de cette taille. Ceux-ci étaient plus gros que nos loups modernes, leurs pattes étaient plus courtes et plus fortes et la tête était plus massive que ce que l'on connaît de l'allure plus racée de ceux de notre époque.

Alors que l'une des bêtes s'apprêtait à sauter sur lui, il sentit une main se poser sur son épaule, suivie de la détonation répétée d'une arme automatique qui fit choir l'animal au sol. On entendit des gémissements de frayeur et de douleur parmi la meute qui battait en retraite. Nathan aida rapidement Stephen à se relever pour rejoindre la sécurité du feu de camp.

— Plus jamais vous ne vous éloignez d'nous, c'est clair, lui dit-il d'un ton ferme.

— C'est… c'est promis, parvint à articuler Stephen.

Stephen avait toujours perçu Nathan comme une personne calme et compréhensive. Même si la couleur de sa peau et sa taille imposante lui donnaient l'air d'un être particulièrement dangereux, jamais il ne disait un mot plus haut que l'autre. En réalité, il parlait très peu et quand il parlait sa voix était douce et aimable. Mais cette fois, il reconnut dans cette voix, celle d'un homme qui n'accepterait aucune transgression à ses ordres.

— Et merci, ajouta-t-il quand il se sentit en sécurité dans la lumière rassurante des flammes.

On n'entendit plus aucun bruit autour de leur campement tout au long de la nuit, malgré cela, aucun d'eux ne parvint à trouver le sommeil. Ils n'auraient su dire si c'était la crainte de voir revenir les loups ou encore l'excitation d'avoir enfin retrouvé les leurs.

* * *

Au campement de fortune installé aux abords de la profonde crevasse, on avait accueilli le retour de Mike accompagné de Mina et de Christopher avec soulagement, mais la perte de Matthew avait coupé court à leur joie de retrouver les autres. Ils avaient débattu un long moment pour déterminer quoi faire de la dépouille et finalement ce fut Erik qui dut trancher la question. Traîner un cadavre avec eux était potentiellement trop dangereux, comme l'avaient fait remarquer Kevin et Nick suite à leur aventure avec la licorne, mais pour Mina, Mike et Christopher qui avaient porté le corps jusqu'au camp, il en était autrement.

— Nous devons penser à notre sécurité avant tout et il y a une longue route qui nous attend. Êtes-vous vraiment prêts à risquer nos vies pour ramener le corps de Matt ? demanda Erik.

La position de l'appareil n'est pas précise, ça pourrait être plus loin que ce qu'on pourrait en penser. Je crois que nous devrions mettre toutes les chances de notre côté, avait ajouté Max.

— De plus, ça prendra encore combien de temps avant que nous trouvions une manière de traverser cette satanée faille ? Nous sommes divisés et bien que vous soyez mieux armés que nous, vous restez néanmoins plutôt mal en point. Nous allons enterrer Matthew ici et conserver sa plaque pour la ramener à sa famille, trancha Erik.

Christopher et Mike sortirent deux petites pelles pliables des sacs à dos qu'il leur restait et commencèrent à creuser. Mina, de son côté, s'occupait à nourrir le feu pour la nuit quand elle poussa un faible cri.

— Ses pendentifs !

Mike et Christopher la regardèrent avec surprise. Oui, ils savaient que Matthew portait à son cou une chaîne contenant deux pendentifs en titane, une corne d'abondance ainsi que le signe de l'infini. Ils appartenaient à ses fils, un cadeau que la mère de celui-ci leur avait fait quand ils les avaient retrouvés. Chaque fois qu'il partait en mission, ses fils lui remettaient leurs pendentifs avec la promesse de le leur rapporter. Comment Mina était-elle au courant de ça ? Aucun des deux hommes ne lui posa la question. Ils se contentèrent d'ouvrir le col de chemise afin de retirer la chaîne, mais elle n'y était plus.

— Il l'a peut-être laissée à la maison cette fois-ci, suggéra Christopher.

— L'as-tu déjà vu partir en mission sans ça ? lui demanda Mike.

Ils fouillèrent parmi ses vêtements, vidèrent ses poches ainsi que le contenu du sac à dos. Nulle trace de la chaîne ou des pendentifs.

— Il a pu les perdre à n'importe quel moment depuis que nous sommes ici et particulièrement à partir du moment où il a été attaqué par le tigre, dit Christopher.

Ils se résignèrent à enterrer Matthew. Mina pleura tout le temps que prirent les deux hommes pour ensevelir le corps. Jamais Erik n'aurait cru cette petite bonne femme arrogante aussi émotive.

De leur côté de la rivière, Kevin n'avait pas dit un mot depuis l'annonce de la mort de son frère. Il n'avait même pas versé de larmes, mais il restait prostré dans un mutisme que personne n'osait essayer de briser. Ils le laissèrent vivre son deuil à sa manière, s'occupant chacun de leur côté à se préparer pour la nuit sans rien lui demander.

Quand la nuit fut tombée, un homme resta de garde de chaque côté de la faille. De chaque côté de la rivière, le silence de la nuit était brisé par des sons intermittents, attribuables aux animaux nocturnes. Du côté de Mike, il entendit le grognement de bêtes qu'il n'aurait su distinguer d'un prédateur ou d'un autre animal, mais la distance où se trouvaient les bêtes ne l'inquiétait pas assez pour justifier qu'il réveille Christopher.

La nuit avançait et, comme les grognements s'intensifiaient, il entendit, provenant de la même direction, les détonations d'une arme automatique. Tous se réveillèrent, croyant qu'ils étaient attaqués par quelque chose.

— Qu'est-ce qui se passe ? cria Erik à Mike par-dessus la large crevasse.

— Quelqu'un a tiré, j'ai entendu beaucoup de grognements juste un peu avant.

— Est-ce que tu vois quelque chose d'où tu es ?

— Non, c'est le noir total. Mais je n'entends plus rien non plus.

Personne, hormis Joseph, ne parvint à retrouver le sommeil cette nuit-là.

CHAPITRE 16

À l'aube de la troisième journée, Christopher prit sur lui d'aller voir ce qui s'était passé au cours de la nuit un peu plus loin à l'est. Mike, qui aurait voulu l'accompagner, fut sommé de rester sur place par Mina. Sa blessure s'était infectée et il présentait une légère fièvre. Mina entreprit de nettoyer ses plaies et de lui refaire un pansement propre. Elle utilisa la totalité de sa réserve d'eau personnelle pour le soigner, il s'obstinait à lui répéter qu'elle devait en garder pour leurs besoins, mais rien ne l'arrêta. Sa première préoccupation était qu'il ne meure pas des suites d'une blessure mal nettoyée.

— Si nous avons besoin d'eau, nous avons toute une rivière qui coule juste à côté de nous, s'obstina-t-elle.

— Et c'est toi qui vas aller la chercher après ce qui est arrivé hier ? Ça m'étonnerait que quiconque veuille s'y risquer.

— Tu seras là pour veiller sur moi, comme tu l'as si bien fait jusque-là. Maintenant, c'est mon tour de m'occuper de toi, alors laisse-moi faire.

Mike la laissa le soigner sans plus ajouter un mot. Il était vrai que sa blessure le faisait souffrir et l'état dans lequel se trouvait sa jambe l'inquiétait. Il aurait préféré voir apparaître des traces de griffes nettes, mais les plaies étaient purulentes et son bandage de fortune n'y était probablement pas pour rien.

Avant qu'elle ne refasse son bandage avec de la gaze propre, il constata que ses plaies avaient été parfaitement nettoyées. Il devait avouer que la trousse de premiers soins que Mina traînait dans son sac était beaucoup mieux équipée que la sienne. Elle avait même pris soin de suturer la plus grosse des trois plaies qui étaient plus profondes. Les cinq points que lui avait faits Mina n'avaient pas été de tout repos, mais la douleur valait la peine si elle lui évitait une infection qu'ils ne pouvaient pas soigner ici.

Le temps que prit Mina pour s'occuper de Mike fut suffisant pour que Christopher parte à la rencontre de John et de Nathan. Il ramena les trois hommes avec lui, sains et saufs.

Des treize hommes qui avaient quitté leur époque pour venir s'aventurer dans le passé, il n'en restait que onze de vivants. Erik se demandait si la perte de deux des membres de l'expédition valait vraiment le prix d'une pareille excursion, qui finalement se terminait par un cuisant échec. Les deux échantillonnages rapportés par Mina et par Stephen pourraient peut-être répondre aux exigences de Clyde Owen, mais leur exploitation ne serait pas aussi aisée qu'il leur avait fait miroiter.

Max vérifiait la balise de localisation, voulant s'assurer que l'appareil spatio-temporel était toujours au même endroit. Après que Mike leur ait relaté avoir trouvé le corps d'Alex qui était parti à la dérive, Max eut peur que la machine ne soit disparue avec les restes d'Alex et qu'il soit maintenant plus loin qu'auparavant.

— L'appareil s'est un peu éloigné Erik, mais la distance ne semble pas tellement plus grande que je l'ai estimée hier.

— Ce qui signifierait environ combien de temps pour l'atteindre ?

— Je pense que si nous ne traînons pas en route, nous devrions l'avoir retrouvé avant la tombée de la nuit.

— Voilà enfin une bonne nouvelle. Je ne me sentirai soulagé que lorsque nous nous retrouverons tous en sécurité dans le laboratoire de Los Angeles.

Kevin qui n'avait parlé à personne depuis la veille au soir s'approchait d'eux. Il semblait avoir repris des couleurs. Le déjeuner l'avait aidé un peu, mais Erik était heureux de constater qu'il pourrait à nouveau compter sur lui.

— Vous pensez que l'appareil est toujours sur le corps d'Alex ? demanda Kevin aux deux hommes.

Erik comprit ce qui animait le jeune homme. Ramener le corps de son frère avec lui revêtait une grande importance. Et s'il était dans la capacité de le faire, il pouvait être assuré que le corps d'Alex reviendrait se faire enterrer auprès des siens.

— C'est une éventualité, mais pas une certitude, répondit Erik gravement. On ne le saura qu'une fois sur place.

— Pour le moment, ça me suffit, merci, Erik.

De l'autre côté du gouffre, les hommes commençaient à démonter l'antenne avec précaution. Elle leur serait encore d'une grande utilité pour trouver l'appareil au cours de leurs déplacements.

* * *

Alex se réveilla aux premières lueurs de l'aube. Tout son corps était ankylosé et endolori et il ressentait encore la fraîcheur de la nuit jusque dans ses os. Il n'avait toujours pas changé de position, les branches de l'arbre semblaient bien ancrées contre les parois à l'entrée de la rivière souterraine.

Il étira ses membres, les uns après les autres, pour ne pas chuter dans l'eau froide, ensuite il examina attentivement les parois de la falaise, essayant d'évaluer ses meilleures chances de grimper. L'escalade ne serait pas aisée à cet endroit, le mur avait un angle qui penchait vers l'intérieur, ce qui l'obligerait à se hisser presque uniquement à la force de ses bras. S'il pouvait atteindre le côté est de la falaise, qui semblait avoir un angle plus doux à la montée, il pourrait utiliser la force de ses jambes jumelée à celle de ses bras pour atteindre le sol ferme.

À part sauter à l'eau et nager jusqu'au bord du mur, il ne voyait pas comment il pourrait l'atteindre. De plus, au bord de l'eau, la pierre semblait trop lisse pour pouvoir commencer à grimper. Il estima aussi la force du courant contre lequel il devrait se battre et se dit qu'il y avait un trop grand risque pour lui d'être entraîné sous la terre.

Il devait envisager l'escalade du côté sud de la falaise. Il avait déjà grimpé dans des situations similaires, mais son état était moins pitoyable et là, il n'avait aucune protection en cas de chute. De plus, la faim le tenaillait depuis la veille et à part mastiquer des morceaux de racines, il ne voyait pas comment il pourrait l'apaiser. Il but de l'eau à même la rivière, pour le moment la soif n'était pas un problème.

Il avança le long du tronc afin de s'approcher le plus près possible du mur rocheux. Des bouts de branches brisées déchirèrent son pantalon et écorchèrent sa peau au passage, mais pour le moment, c'était le moindre de ses soucis. Il se mit à regarder les prises auxquelles il pourrait s'accrocher et évalua la distance entre chacune d'elles.

Une fois qu'il eût déterminé le meilleur itinéraire à suivre pour entamer son escalade, il refit le chemin des yeux plusieurs fois afin de bien mémoriser l'emplacement de chacune des prises. Il ne pourrait pas se permettre de rechercher des endroits où s'accrocher au cours de la montée, ses bras devraient soutenir la majeure partie de son poids tout au long de l'escalade qui promettait d'être longue.

Il brisa encore quelques racines de l'arbre qu'il mit dans sa poche de pantalon, juste à côté de l'appareil spatio-temporel. Il en garda une qu'il commença aussitôt à mastiquer, autant pour tromper sa faim que pour se donner une contenance. En vérité, l'expectative de l'escalade le troublait plus qu'il ne souhaitait se l'avouer. Il se soutint néanmoins contre la paroi de pierre et avec prudence il tenta de se mettre debout sur le tronc. L'exercice était à lui seul un exploit et sans avoir pu trouver un appui solide contre le mur cela se serait révélé impossible.

Il sentait le tronc d'arbre s'enfoncer un peu plus dans l'eau à l'endroit où son poids était concentré. Il espérait simplement qu'il continue de maintenir son poids, faute de quoi il se retrouverait à l'eau. Ses pieds étaient déjà trempés et la botte qu'il portait encore était complètement imbibée du liquide froid, mais il ne voulait pas la retirer, elle pourrait lui permettre d'avoir un meilleur appui contre la pierre que son pied nu.

Il glissa sa main dans la première anfractuosité qu'il avait distinguée en étudiant le mur de la falaise. Une fois qu'il fut certain de la solidité de sa prise, il étira la main gauche vers la seconde prise rocheuse. Il dut, à partir de là, commencer à soulever le poids de son corps à l'aide d'un seul bras, le temps que sa main s'accroche à la crevasse suivante.

Son ascension se fit lentement, car il prenait le temps d'assurer ses prises à chaque étape en essayant de ne pas penser à tout ce qui lui restait à monter. Sa concentration était fixée sur le moment présent, sur l'anfractuosité suivante ou sur la roche qui lui permettait d'avancer encore un peu plus. À chaque prise, il s'écorchait les doigts et ses bras commençaient à le faire souffrir. Il prit le temps de mastiquer son morceau de bois pour oublier son ventre qui criait famine et ses mains s'étaient mises à trembler avant même qu'il eût atteint le milieu du mur. Il réussit à glisser son pied nu dans une fissure, ce qui lui permit de se reposer un peu. La roche entaillait la peau de son pied, mais il avait besoin de prendre un peu de répit pour pouvoir poursuivre l'ascension. Il leva la tête pour essayer d'évaluer la distance qu'il lui restait à parcourir, mais avec l'angle que faisait le mur, il n'arrivait pas à distinguer où il se terminait.

Presque à mi-chemin de la paroi escarpée, sa main se posa dans un trou rempli de mousse et, en essayant de solidifier sa prise, il attrapa une racine à laquelle il s'accrocha solidement. En tirant dessus, il constata qu'elle paraissait assez solide pour soutenir son poids. Il voulut retirer son pied du trou où il avait pris appui, mais la roche entailla la chair tendre de son pied. La douleur lui fit serrer les dents et sa main gauche échappa la prise à laquelle il était accroché. Il ne se tenait plus que par la seule force de son bras qui essayait de se retenir au mince morceau de bois auquel il venait tout juste de s'agripper. Il se risqua à attraper une nouvelle prise avec son autre main tout en cherchant un appui solide avec son pied chaussé de sa dernière botte, mais il sentit ses doigts glisser le long de la racine. Celle-ci l'entailla profondément au niveau des jointures. N'arrivant plus à trouver la force de se soulever vers une différente prise, il tenta de se raccrocher à l'endroit qu'il venait tout juste de lâcher. Ses doigts, engourdis par les douloureuses entailles, glissaient encore et son corps fut projeté vers le bas avant qu'il n'ait le temps de se rattraper à quelque chose. En battant des jambes et des bras, il réussit à se redresser assez pour que ses pieds soient les premiers à toucher l'eau, mais dans sa chute, son torse percuta le tronc d'arbre. Le choc fut terrible, il dut se briser quelques côtes au moment de l'impact, il eut le souffle coupé et la douleur de sa chair entaillée s'intensifia au contact de l'eau.

L'impact fut si brutal que le tronc s'enfonça dans l'eau, brisant les branches qui lui servait d'ancrage contre la roche et il fut entraîné par le courant dans la rivière souterraine. Alex réussit à s'accrocher au bout des branches restantes pour remonter à la surface, mais il fut aussi entraîné avec le tronc. Il essayait de reprendre son souffle par de petites respirations saccadées que lui permettait la douleur qu'il ressentait dans la poitrine. Il avait l'impression que sa cage thoracique écrasait complètement ses poumons tant chacune de ses respirations intensifiait la douleur, mais il parvint à tenir bon. Il tenta de remonter sur l'arbre, mais les branches qui s'étaient brisées l'empêchaient de conserver une certaine stabilité et le tronc se retournait invariablement sur lui, et ce malgré tous ses efforts.

* * *

De chaque côté de la rivière, les hommes avaient pris la route qui les menait en direction du sud, comme l'avait indiqué la balise de localisation. Ils avaient bon espoir de retrouver l'appareil étant donné qu'il ne semblait pas avoir changé de position depuis la veille. Ils en déduisirent qu'il avait échoué quelque part sur le bord de l'eau. Même Kevin semblait confiant. L'idée de retrouver le corps de son frère en même temps y était pour beaucoup, car il espérait que ce dernier serait au même endroit que l'appareil.

Ils marchèrent ainsi pendant environ deux heures quand, du côté ouest de la rivière où se trouvait Erik, ils aperçurent un troupeau de rhinocéros laineux qui broutaient paisiblement à bonne distance. Par réflexe, Kevin et Nick empoignèrent leurs armes, prévenant la présence d'un quelconque prédateur à l'affût d'une proie. Mais le troupeau restait calme, ce qui semblait signifier qu'aucun danger ne les guettait.

Leur route se poursuivit sans anicroche. Ils voyaient régulièrement des troupeaux paître paisiblement dans la plaine et ils semblaient peu enclins à s'approcher de la faille. Ils marchèrent jusqu'à ce que le soleil atteigne son zénith et que la chaleur les accable. Ils décidèrent de faire halte, le temps de se reposer et de manger un peu. Les quelques réserves d'eau qui leur restaient furent partagées, ne laissant que des fonds de bouteille qu'ils gardèrent pour le reste de la route. Chacun grignota des morceaux de barres nutritionnelles afin d'en conserver pour plus tard.

Max proposa d'installer l'antenne afin de vérifier quelle distance ils avaient encore à parcourir pour atteindre leur but. Au cours des quinze minutes qui suivirent, l'antenne fut dressée, les hommes de l'autre côté de la faille avaient attrapé le tour de main pour la monter rapidement. Max vérifia si la direction à suivre était la même.

— Il s'est remis à bouger ! s'exclama-t-il.

Erik s'approcha de Max et lui demanda si l'appareil avait parcouru une grande distance.

— Non, je dirais qu'il vient de commencer à bouger. Sa progression est régulière, mais il donne l'impression d'être plus rapide que...

Max s'interrompit, les yeux écarquillés.

— L'appareil est sorti du périmètre du radar ? demanda Erik en voyant le point disparaître.

— Oui ! Non ! Le signal a tout simplement disparu ! C'est impossible, mon radar à une portée beaucoup plus grande que la distance où le point s'est évanoui.

— Comment expliques-tu ça ?

Max regardait toujours l'écran en s'avançant le long de la rivière, dirigeant l'appareil dans toutes les directions, espérant que ça changerait quelque chose.

— Il peut avoir disparu derrière un obstacle trop gros pour que les ondes arrivent à le détecter, c'est la seule explication plausible.

— Mais dans ce cas-là, il devrait rapidement réapparaître.

— Tout dépend s'il s'est à nouveau échoué, dans ce cas, on peut rester dans le noir complet ou encore le retrouver quand nous l'aurons dépassé. Mais en réalité, plusieurs possibilités sont envisageables... même les plus néfastes, ajouta Max en baissant la voix.

Erik réfléchit aux implications d'une telle nouvelle. Il se demandait comment les autres réagiraient à cette annonce et choisit de garder le silence.

— Je crois que pour le moment, nous devrions garder cette information pour nous. Il ne sert à rien d'alarmer tout le monde avant de savoir avec plus de certitude ce qu'il en est, dit-il à Max.

Ce dernier acquiesça, garder le moral de tout le monde était important dans leur situation. Peut-être que les hommes d'Erik réagiraient mieux que les géologues, néanmoins rien ne le prouvait.

— Mais si on ne le trouve pas rapidement, il va falloir penser à renouveler nos réserves d'eau et de nourriture, pensa Max à haute voix.

— Tant qu'on suit la rivière, l'eau ne sera pas un problème. Pour la nourriture, on peut toujours chasser, mais nos munitions ne dureront pas éternellement.

On démonta prestement l'antenne et chacun poursuivit son chemin de chaque côté de la faille, suivant la rivière vers le sud-est.

CHAPITRE 17

Alex se laissait porter par le courant, toujours accroché au tronc d'arbre. La douleur de ses côtes se faisait moins sentir, car la température glacée de l'eau engourdissait ses membres et son esprit. Il n'avait qu'une envie et c'était de se laisser emporter par le sommeil qu'il combattait avec de plus en plus de difficulté. Chaque fois qu'il tentait de remuer son corps engourdit par le froid, il avait l'impression que ses poumons étaient transpercés par les os brisés de ses côtes.

Plongé dans l'eau jusqu'aux épaules, la grotte n'offrait à Alex aucune lumière. Il était cerné par les ténèbres et le poids de l'humidité que lui retournaient les murs du tunnel souterrain l'envahissait. Tous ces éléments réunis ne lui laissaient que peu d'espoir dans l'avenir. Il n'avait aucune notion du temps qui passait, il savait seulement que le courant de la rivière continuait de le porter plus loin dans ses profondeurs. Tout ce qui le soutenait un peu, c'était l'espoir que cette eau le mènerait quelque part et qu'il pourrait rapporter l'appareil à ses amis.

Soudain, il sentit son pied nu effleurer quelque chose, mais il n'aurait su dire ce que c'était et par réflexe, il replia ses jambes pour les rapprocher de son corps. S'il y avait des êtres vivants dans ces eaux, comment savoir s'ils étaient dangereux pour lui. Il lui était impossible de se défendre contre un prédateur qu'il ne pouvait apercevoir.

Maintenant, il était parfaitement réveillé, tous ses sens étaient en alerte et il avait attrapé son poignard qu'il tenait fermement dans sa main droite. Il tenta encore maladroitement de grimper sur le tronc d'arbre qui continuait de rouler sous son poids, l'entraînant toujours un peu plus sous l'eau. Il sentit le bord édenté d'une roche qui lui érafla le dos, il étendit alors sa jambe pour essayer de s'y accrocher et avant même d'avoir déplié ses genoux, ceux-ci grattèrent le fond sablonneux de la rivière.

Heureux de toucher enfin le sol, il se releva difficilement sur ses jambes engourdies par le froid. Le fait de pouvoir finalement sortir son corps de l'eau lui donnait une impression de sécurité. Son chandail et son pantalon lui collaient à la peau et le faisaient grelotter. L'humidité de la grotte était tellement lourde que même s'il restait hors de l'eau pendant des heures, ses vêtements n'arriveraient pas à sécher complètement.

Il tenta d'avancer doucement, en s'assurant qu'il avait toujours pied. Ses mains s'étaient agrippées au tronc qu'il retenait sur place du mieux qu'il le pouvait. Il n'était pas prêt à laisser partir la seule chose qui pourrait lui permettre de quitter cette rivière en vie. En pensant au bois sous ses doigts, l'image d'un grand feu de camp qui diffuserait sa chaleur autour de lui l'envahit.

— Les allumettes, pensa-t-il à haute voix.

Il entendit ses mots se répercuter contre les parois de la grotte comme s'ils étaient plusieurs à lui répéter ses propres paroles. D'une main maladroite, il sortit le sac qui contenait les allumettes de sa poche de pantalon. Il prenait soin de le manipuler doucement de peur de laisser tomber ce sac de plastique qui avait permis aux petits bouts de bois couverts de soufre de rester au sec.

Il réussit finalement à extraire la boîte d'allumettes du sac et de ses doigts tremblants, il poussa le rabat tranquillement, tentant de s'assurer que l'ouverture était placée vers le haut. Quand il sentit que la boîte se trouvait à l'envers, il se hâta de la retourner du bon côté avant de l'ouvrir un peu plus grand. Il parvint à en sortir une allumette qu'il gratta sur le côté rugueux de la boîte. Il dut s'y prendre à trois fois avant que l'allumette ne s'enflamme, mais elle s'éteignait dès que le soufre se consumait. L'humidité ambiante étouffait la flamme, ne laissant pas au bout de bois le temps de prendre feu.

En désespoir de cause, il remit la boîte dans le sac de plastique qu'il ferma du mieux qu'il put, étant donné qu'il ne voyait strictement rien. Une fois qu'il fut presque assuré que le sac était à nouveau étanche, il remit le tout dans la poche de son pantalon qu'il ferma avec soin.

Dans la manœuvre, le tronc d'arbre avait dérivé, glissant hors de sa portée. Il tenta de le rattraper en avançant plus rapidement dans l'eau quand son pied buta contre un rocher. Il s'étala encore dans l'eau et dans la chute il sentit un morceau de bois effleurer son cuir chevelu. En avançant la main, il toucha le bois du tronc. Celui-ci avait échoué sur le fond d'un petit monticule.

Alex avança avec précaution, restant à quatre pattes dans l'eau, de peur de se blesser. Il avait atteint un tertre sablonneux où il n'y avait pas plus d'un pied d'eau et malgré l'humidité des lieux, l'air ambiant était enfin plus chaud. Il entreprit de tirer le tronc d'arbre sur le banc de sable et une fois solidement ancré, il s'y assit.

Ses vêtements étaient gorgés d'eau froide, alors, pour tenter de se réchauffer, Alex commença par retirer son t-shirt qu'il prit soin de tordre pour l'essorer le plus possible. Il l'étendit sur le tronc à côté de lui de façon à ce qu'il ne soit pas emporté par le courant qui passait à quelques centimètres sous la surface.

Méthodiquement, il se mit à palper son corps, tentant de déterminer l'ampleur de ses blessures. Il fit courir ses doigts sur ses épaules et glisser le long de ses bras, il sentait ses muscles se contracter à son propre contact. Il avait toujours été fier de sa musculature, loin de paraître énorme comme certains culturistes, ses muscles étaient développés pour la force plus que pour l'endurance, ce qui lui donnait une forme athlétique que prisaient les femmes avides de s'y blottir.

Il sentait sous ses doigts des légères blessures, mais aucune ne lui parut grave au premier abord. Les cicatrices étaient chose courante dans son métier, ceux qui n'en avaient pas étaient soit extrêmement chanceux ou plus généralement couards, mais ces derniers ne restaient pas longtemps à faire ce travail. Il entreprit ensuite de vérifier les blessures sur son torse ferme et glabre. Dès qu'il approcha ses doigts sur le côté gauche de son corps, il commença à ressentir les ecchymoses qu'il devait à sa chute. Quand il se mit à tâter ses côtes, la douleur lui parut insupportable, néanmoins, il essaya de voir l'ampleur des dégâts. Il serra les dents et effectua une vérification manuelle qui lui confirma qu'il avait au moins trois côtes fêlées ou cassées, aucun moyen de savoir la gravité des dommages. De toute façon, il n'y avait rien à faire pour ça et la douleur lui rappelait que la situation aurait pu être pire.

Il examina ensuite l'entaille sur son pied nu qui semblait la plus profonde. Il enleva la botte qui lui restait et retira sa chaussette, il prit soin de la rincer et de l'essorer à plusieurs reprises avant de s'en servir pour bander son pied blessé. Lorsqu'il se leva pour retirer son pantalon, il entendit le « plouf » caractéristique d'un objet qui tombe à l'eau, il vérifia aussitôt si sa botte était toujours sur l'arbre, mais sa main ne toucha que l'écorce du tronc. Il plongea prestement la main dans l'eau, essayant de trouver à tâtons où elle pouvait être tombée, mais il abandonna rapidement ses recherches. Elle pouvait très bien avoir été emportée par le courant et n'être tombée qu'à moins d'un mètre de lui, peu importait, dans cette noirceur il avait peu de chance de la retrouver.

Il retira donc son pantalon qui alla rejoindre le t-shirt sur le tronc de l'arbre. Il palpa ses jambes fermes, ses mollets développés et ses cuisses musclées qui montraient qu'il avait toujours pris soin de son corps, il n'y découvrit rien de particulier. Ensuite, il retira son slip et hésita. Qu'est-ce qui pouvait bien se tapir dans cette caverne, peut-être des chauves-souris ou bien une race de lézard friand du noir ?

Finalement, il préféra remettre son slip, qui sait ce qu'il pouvait advenir s'il laissait certaines parties de son anatomie à la discrétion d'un quelconque insecte malfaisant. Peu rassuré, il décida néanmoins que pour le moment le mieux qu'il pouvait faire était de prendre un peu de repos et essayer de réchauffer son corps en espérant qu'il n'arrive rien durant son sommeil. Il s'étendit le long du tronc, gardant les bras en croix sur sa poitrine, s'assurant de ne pas toucher à l'eau. Il s'endormit presque aussitôt, la fatigue ayant pris le dessus sur l'inquiétude d'un avenir incertain.

* * *

Les survivants marchaient depuis plus de quatre heures et le soleil commençait sa descente vers l'ouest lorsqu'ils atteignirent la fin de la faille qui se terminait abruptement, alors que la rivière poursuivait sa course sous la terre. Les deux groupes purent enfin se rassembler, mais la question qui se posait maintenant était : où se trouvait l'appareil ?

Max avait découvert ce qui bloquait le signal de la balise de localisation. La machine avait dérivé sous la terre, empêchant ainsi toute communication avec eux. Mais si l'appareil restait coincé sous terre, comment pourraient-ils le détecter à nouveau ?

Sans que personne ne le leur demande, Christopher et Nathan commencèrent à installer l'antenne. Les deux hommes se doutaient bien qu'ils ne devaient plus être très loin de l'appareil, mais la balise de localisation leur indiquerait la bonne direction pour le reste des opérations. Ils étaient fébriles à l'idée de retourner rapidement chez eux et rien ne pouvait ralentir leur enthousiasme. Il ne leur avait même pas effleuré l'esprit que la rivière avait peut-être englouti tous leurs espoirs.

Max, quant à lui, osait à peine les regarder s'affairer aussi activement. Il sentait que les deux hommes pensaient être arrivés près de la fin de leur périple. Il lança un regard anxieux à Erik, comme un appel à l'aide. Il ne voulait pas être seul pour affronter les autres si par malheur le signal ne réapparaissait pas.

Erik s'approcha de Max et lui mit simplement une main sur l'épaule en signe d'encouragement, car il avait compris à quoi pensait Max à ce moment. Si l'appareil avait été avalé par la rivière, les chances de le retrouver étaient quasiment nulles.

Max alluma son téléphone cellulaire et exécuta l'application de localisation, aucun signal n'apparut sur l'écran. Néanmoins, il dirigea celui-ci dans toutes les directions, lentement, comme s'il essayait de recevoir une communication, espérant que la position de la machine finirait par réapparaître. Mais il ne reçut aucune réponse de l'appareil.

— Toujours rien, confirma-t-il à Erik.

Ils se résignèrent à cette nouvelle réalité, ils avaient perdu tout contact avec l'appareil spatio-temporel.

Erik fit face aux autres et leur fit part de la situation. Il leur expliqua tout, sans omettre de leur dire qu'ils avaient perdu le signal depuis leur dernière halte.

— Vous auriez dû nous le dire, dit Mina avec colère en regardant les deux hommes. Nous étions en droit d'être mis au courant.

Joseph s'était effondré à cette nouvelle, assit sur une pierre la tête baissée enfouie entre ses mains. Quant à Stephen qui avait blêmi, son état ne semblait guère meilleur.

— Nous avions espoir que le contact n'ait été que temporairement coupé, lui répondit calmement Erik. Ce fut ma décision et je referais la même chose le cas échéant.

— Et si Alex était toujours vivant ? demanda Kevin avec optimisme. Il aurait pu s'éloigner avec l'appareil.

— J'ai vu son corps dans l'eau, Kevin ! cria Mina. Il est mort, il ne reviendra pas.

La colère de Mina s'étouffa dans un sanglot. Kevin se détourna des autres et s'éloigna d'eux, chacun respecta son besoin de s'isoler un peu. Un long silence s'installa parmi le groupe, ils avaient tous besoin de temps pour assimiler cette information. Ce fut John qui le premier brisa le silence.

— Bon, voilà la réalité à laquelle nous devons faire face. Allons-nous nous effondrer dans l'adversité ou allons-nous retrousser nos manches et réagir ?

Nathan et Christopher réagirent immédiatement aux propos de John.

— C'est vrai, on a déjà vécu des situations qui semblaient insurmontables par le passé, dit Nathan.

— Et on est encore là pour en parler, ajouta Christopher.

Ces paroles secouèrent Kevin qui pensa à Alex qui lui, n'était plus là pour en parler. Mais il se dit que son grand frère, s'il avait été parmi eux, les aurait secoués. Il voulait être à la hauteur de la confiance que ce dernier avait eue en lui.

— Si Alex était avec nous, commença-t-il, il nous aurait secoué les puces et nous aurait dit de réagir.

Tous furent surpris par les paroles de Kevin, même Mina releva la tête en pensant à ce qu'Alex aurait fait en pareille circonstance. Quant à Erik, un frisson de fierté le traversa en voyant la réaction de ses hommes. Il n'aurait pas pu attendre mieux d'eux.

— D'accord, on va commencer par s'organiser, dit Erik. Mike, tu vas t'occuper du feu, fais-toi aider par Joseph et Stephen. Nick et Kevin, j'aimerais que vous renouveliez nos réserves d'eau et John,

Christopher, Nathan et moi, nous irons chasser. On a tous faim et un peu de viande ne serait pas de refus.

En prononçant ces dernières paroles, il regarda en direction de la prairie où un troupeau de rennes avait été aperçu.

Les hommes qui partaient à la chasse prirent toutes les armes d'assaut avec eux, on laissa les pistolets aux autres par précaution, au cas où quelque chose surviendrait. Ils partirent dans la prairie en marchant tranquillement pour ne pas effrayer le troupeau trop tôt. Quand ils furent à moins de cinq cents mètres d'eux, ils se séparèrent en deux groupes. John et Christopher partirent sur la gauche alors qu'Erik et Nathan se dirigèrent vers la droite du troupeau. Nathan et Christopher restèrent à l'affût des environs, surveillant les prédateurs qui pourraient rôder et être un danger pour eux. Erik et John, de leur côté, observaient les bêtes, essayant de déterminer à quelle distance ils pourraient être sûrs de toucher mortellement une d'elles. Ils ne voulaient pas qu'un animal soit blessé et tente de s'enfuir dans la forêt de l'ouest. Ils n'étaient pas équipés pour effectuer une poursuite dans ces bois.

Les rennes commençaient à s'agiter, ils avaient déjà dû sentir la présence du danger que les hommes représentaient. Les hommes cessèrent aussitôt leur progression et attendirent que les bêtes se calment, leur laissant croire qu'aucun danger ne les guettait. Ils restèrent ainsi immobiles durant plus de vingt longues minutes avant de reprendre leur progression, avançant lentement, accroupis dans les hautes herbes. Les animaux qui s'étaient adaptés à leur odeur ne semblaient plus s'agiter à leur approche.

Arrivé à une centaine de mètres, John se releva rapidement et visa un mâle qui devait peser environ cent kilos. John, qui était un tireur émérite, tira l'animal en pleine tête. Celui-ci tomba au sol et le reste du troupeau affolé s'enfuit vers la forêt.

Les hommes accoururent vers la bête, restant toujours aux aguets d'un visiteur indésirable. Aucun d'eux n'avait oublié l'attaque soudaine du sanglier « tueur » aperçu le jour de leur arrivée.

Erik et John s'occupèrent immédiatement d'ouvrir l'animal et de lui retirer les organes de l'abdomen en faisant bien attention de ne pas gâter la viande avec son urine. Pendant ce temps, Christopher et Nathan surveillaient la forêt qui s'étendait à moins de deux cents mètres d'eux. Ils laissèrent finalement les restes sur place et transportèrent rapidement le renne en direction du campement, restant à l'affût des mouvements environnants. Le soleil était déjà bien descendu et le crépuscule n'allait pas tarder, ils espéraient atteindre le camp avant que l'obscurité ne commence à s'installer.

Pendant ce temps, Nick et Kevin s'occupaient de regrouper tous les contenants qu'ils pouvaient ramasser. Trouver de l'eau était chose aisée, la rivière coulait tout en bas, mais comme ils devaient descendre la falaise, il leur faudrait la remonter d'une quelconque manière. Ils remplirent donc un sac à dos avec tous les contenants vides qu'ils purent dégoter. Mina qui avait retiré le bandage de Mike ne pouvait plus rien faire tant qu'elle n'avait pas d'eau pour nettoyer correctement les plaies. Elle partit aider les hommes à recueillir l'eau de la rivière.

— Soyez vraiment vigilants, comme on a pu le remarquer hier, la rivière possède aussi une faune qui peut s'avérer fatale, leur dit Mina avec inquiétude.

Nick fit glisser son t-shirt sur son ventre, dévoilant son arme de poing qui était à sa ceinture, rassurant ainsi Mina.

— J'ai toujours rêvé de goûter à la saveur du crocodile. En plus, ça me ferait un nouveau sac de voyage, dit-elle sur un ton humoristique. Mais ses yeux ne riaient pas, rien ne vaut l'humour pour essayer de masquer ses inquiétudes.

— Tout ce que madame voudra, lui sourit Nick.

Comme la hauteur de la falaise était trop grande et que le seul point d'ancrage était trop éloigné, ils durent attacher ensemble les deux cordes restantes. La solidité du nœud fut testée et l'on noua une extrémité à un arbre qui semblait assez solide pour soutenir le poids de Nick.

Il entreprit sa descente progressivement, cherchant des points d'appui pour éviter les chocs qui pourraient affaiblir le cordage. Il regrettait amèrement son matériel d'escalade qui avait été enseveli avec le reste de leurs équipements, il leur aurait été fort utile en ce moment.

Une fois qu'il eût atteint le niveau de l'eau, il chercha une assise qui lui permettrait de remplir les contenants en toute sécurité. À quelques mètres sur sa gauche, un affleurement rocheux était visible, les légers remous de la rivière le couvrant de quelques centimètres seulement.

Il se balança à l'aide de la corde jusqu'à ce qu'il eût atteint l'épaulement rocheux et retira le sac qu'il portait sur le dos. Il commença à remplir les contenants en faisant attention de ne pas trop agiter l'eau, afin de ne pas attirer un crocodile qui pourrait traîner dans les parages.

Chaque fois qu'il enfonçait une bouteille, il sentait sous ses doigts les borborygmes du liquide s'infiltrant par le goulot étroit. Il se demanda s'il était le seul à ressentir le faible mouvement qu'il provoquait ou si une bête étrange était aussi à l'affût, croyant entendre le bruit d'un animal blessé.

Il avait déjà rempli la moitié des bouteilles et il n'avait encore rien aperçu d'inquiétant à la surface de l'eau. Il savait que les crocodiles étaient des créatures qui se déplaçaient discrètement, mais malgré cela, il se dit qu'il le verrait approcher d'une manière ou d'une autre, tant qu'il restait aux aguets. Quand il regardait dans la rivière, il ne parvenait pas à voir en profondeur, car celle-ci était sombre et légèrement brouillée. Mais en surface, une certaine régularité dans le clapotis de l'eau lui laissait croire que tout était normal.

Il s'apprêtait à plonger une nouvelle bouteille quand il entendit un claquement dans la rivière. Il se releva aussitôt et de sa main libre, attrapa la crosse de son arme, prêt à la sortir rapidement. Le bruit ne semblait pas s'être produit tout près de lui, mais les crocodiles étaient de bons nageurs silencieux. Il aperçut plus loin, un cercle concentrique à la surface, tel que le font les truites lorsqu'elles sortent de l'eau pour attraper des mouches. Il s'éloigna un peu plus du bord jusqu'à ce que son corps s'appuie contre le rempart de pierre que lui offrait la falaise, il observa, attendant de voir apparaître à nouveau des petits tourbillons à la surface de l'eau.

Après une quinzaine de minutes d'attente, rien n'était venu troubler le courant tranquille. Il se rapprocha lentement du bord, la main toujours sur son arme et il attendit encore quelques instants avant de recommencer à remplir les bouteilles.

Entre chaque contenant, il prenait le temps de sonder du regard l'étendue de la rivière, mais celle-ci restait tranquille, s'écoulant doucement pour disparaître dans l'ouverture rocheuse.

Quand il eut terminé sa tâche, il souleva le sac dans lequel il avait pris soin d'entasser tous les contenants, mais celui-ci s'avéra être beaucoup trop lourd pour qu'il puisse grimper avec ce fardeau. Il hésita un long moment sur la meilleure décision à prendre.

Devait-il faire monter l'eau par Kevin et Mina et grimper à son tour par la suite ? Cette éventualité était risquée, car elle le laissait à découvert sans aucune option de fuite si un problème survenait. Mais de l'autre côté, s'il attachait le sac et montait à bout de bras, il n'avait aucune protection pour le retenir en cas de chute et en tenant compte de la hauteur du mur, c'était une entreprise assez hasardeuse.

Mais comme la rivière était restée paisible depuis qu'il était descendu, le risque d'une attaque était moindre que celle d'une chute.

En détachant la corde autour de lui qu'il avait sanglée comme un harnais, il repensa à son équipement d'escalade qui gisait quelque part au fond de l'eau. Il noua l'extrémité de la corde avec soin après les bretelles du sac et sangla ce dernier afin que tout le poids de l'eau soit bien réparti. Il réfléchit encore un moment, le crépuscule approchait et s'abattrait sur lui plus rapidement que là-haut. Il n'aimait pas l'idée de rester perché seul sur le rocher dans la pénombre sans pouvoir avoir une bonne vue sur la rivière.

Il donna finalement trois petits coups sur la corde et vit apparaître la tête de Mina, loin au-dessus de lui.

— J'ai attaché le sac d'eau, remontez-le, lui cria-t-il.

Mina disparut un instant avant de lui revenir.

— Non, tu dois remonter avant, c'est trop risqué de rester là-bas trop longtemps.

— Arrêtez ça, vous devez le ramener et essayez de faire ça vite, lui répondit-il dans un cri qu'il espérait catégorique.

Il vit la corde commencer à se tendre et lentement, le sac se souleva de terre. Étant donné le poids considérable de celui-ci, l'ascension se fit doucement. Il imaginait Kevin, aidé de Mina, s'efforcer de remonter le sac, les bras tendus par l'effort. Il espérait qu'ils aient demandé l'aide de Stephen ou de Max, mais à la vitesse désespérante que prenait le chargement pour s'élever, il se doutait bien que ni l'un ni l'autre n'y avait pensé.

Lorsque le lourd bagage eut atteint près de la moitié de la falaise, Nick entendit des coups de feu provenant de là-haut. Son premier réflexe fut de sortir son arme et de tourner son regard vers la rivière, mais le bruit ne venait pas dans sa direction. Il entendit alors un énorme claquement dans l'eau en même temps que la corde le fouetta en le projetant contre le mur de pierre. Sous l'impact, l'arme lui glissa des mains et tomba à ses pieds.

— Bordel, pensa-t-il tout haut.

Le sac venait de choir dans la rivière et Nick parvint à rattraper la corde qui le maintenait avant que le courant ne l'emporte au loin. Il l'empoigna à deux mains en l'entourant autour de son bras pour la tenir solidement. Il s'empressa d'attraper son arme au sol et s'appuyant à nouveau contre la falaise, il observa les remous que la chute du sac avait causés. Les coups de feu se poursuivaient au-dessus de lui et les cris des hommes lui parvenaient étouffés. La situation là-haut le préoccupait, mais la sienne était à peine plus enviable.

Quand les coups de feu cessèrent, il entendait toujours des cris, loin au-dessus de lui. Il chercha au niveau de la falaise un endroit où il pourrait retenir la corde et trouva dans une anfractuosité, une pierre qui pourrait servir d'ancrage temporairement. Tournant le dos à la rivière, il entreprit de l'attacher le plus solidement possible l'extrémité qui pendait au bout de son bras. Il put alors se libérer de son emprise, laissant sa circulation sanguine se remettre à s'écouler normalement jusqu'au bout de ses doigts.

La corde était tendue et le courant tentait d'emporter avec lui le sac et son contenu. Nick commença à tirer et chaque fois qu'il y avait assez de mous, il l'enroulait un peu plus autour du rocher, empêchant ainsi le bagage de s'éloigner dans la rivière. Toute son énergie était concentrée à rapporter le sac près de lui, il penserait par la suite à ce qu'il pourrait faire pour le remonter là-haut.

Enfin, il aperçut une silhouette assombrir l'eau devant lui qu'il attribua à son chargement. Avant qu'il ait le temps de réaliser que le sac ne pouvait pas encore être aussi près, un crocodile l'attrapa par le bas de la jambe et tenta de l'attirer sous les flots. Sous l'impact de la chute, Nick percuta le bord de la roche sur laquelle il se tenait, mais il parvint à s'accrocher à la corde qui le reliait à la falaise, empêchant la bête de le traîner plus loin.

L'animal était énorme, il devait mesurer près de trois mètres de long. Sa mâchoire large et arrondie exerçait une telle force de pression sur sa jambe, que Nick se voyait déjà les os broyés.

La douleur des crocs de l'animal qui lui déchirait la peau était atroce, mais il savait qu'il devait tenir bon. Il tint la corde solidement d'une main et attrapa son arme de l'autre, mais le pistolet n'était plus dans sa ceinture, il tenta de regarder si celui-ci était tombé près de lui, mais sa vue devenait trouble. Il sentait qu'il était sur le point de s'évanouir, son esprit réagissant à la souffrance que le crocodile lui infligeait. Avec agitation, il tâtait le sol de sa main libre, espérant trouver son arme pour pouvoir se libérer de l'emprise de l'animal, mais elle ne rencontrait que de l'eau et de la roche. Il sentait que la corde glissait sous ses doigts et tenta en désespoir de cause de l'attraper à deux mains. Au moment où la bête lâcha sa jambe, l'espace d'une courte seconde, il crut que l'animal abandonnait, mais il la rattrapa aussitôt, assurant sa prise plus haut au niveau de la cuisse.

Nick hurla quand les crocs s'enfoncèrent profondément dans sa chair et sa main laissa glisser la corde qui s'échappait de ses doigts. Le crocodile l'attirait vers le fond à contre-courant et il n'avait pas d'autre choix que de se laisser emporter. Il savait que le but de l'animal était de le tirer au fond et de le noyer, pour ensuite dépecer son corps, mais lui serait déjà mort.

Dans un dernier élan d'espoir, Nick parvint à attraper son poignard attaché à sa ceinture de pantalon, mais l'arme restait coincée dans l'étui, refusant d'en sortir. Finalement, d'un simple coup du pouce, il détacha la sangle qui tenait le poignard en place et retira facilement l'arme de son étui. Il tenta d'atteindre les yeux du crocodile, mais sa vue était brouillée par la douleur et par les remous de l'eau. Il se projeta de côté et enfonça la lame profondément dans le cou de la bête qui relâcha aussitôt sa prise. Nick profita du répit pour remonter vers la surface et émerger de l'eau pour remplir ses poumons d'air. Il se mit alors à nager en direction de la falaise, se fiant à la position de la corde plus loin devant lui. L'animal l'avait entraîné à contre-courant, mais il avançait rapidement vers le cap rocheux qu'il souhaitait atteindre. Il tenta de rejoindre la falaise, laissant le courant porter son corps vers la droite afin de pouvoir s'accrocher à la roche avant d'être avalé par la rivière sous-marine.

Ses doigts s'agrippaient au bord de la roche, mais ceux-ci glissaient inexorablement, laissant le courant l'entraîner au loin. Il sentit sa jambe blessée frotter contre quelque chose de rugueux et réalisa qu'il s'agissait de la corde à laquelle le sac était toujours attaché. Il s'y agrippa de toutes ses forces, se tirant vers la falaise en espérant que le lien qui le reliait à la terre ferme tiendrait le coup.

Il tenta à nouveau de s'accrocher à la roche pour se hisser à l'aide de celle-ci, mais il ne parvenait pas à trouver une prise stable pour se tirer hors de l'eau, son corps glissant irrévocablement vers la rivière. Il y parvint finalement avec l'aide de la corde, priant intérieurement pour que celle-ci tienne bon. Il réussit à s'asseoir sur la roche plate, adossé contre le mur de pierre et prit quelques secondes pour respirer profondément. Il vit son arme juste à côté de lui, appuyé contre la pierre, la crosse pointant vers le ciel. Des cris lui parvenaient de là-haut et quand il leva la tête, il aperçut la silhouette de Mina qui lui faisait de grands signes en criant, espérant recevoir une réponse. L'épuisement le submergeait, le combat contre le crocodile et ensuite contre le courant de la rivière l'avait complètement vidé de toute énergie, il réussit néanmoins à répondre à Mina d'un signe de la main qu'il voulait rassurant. Mais il ne pouvait pas savoir que dans la pénombre de la faille, Mina ne percevait absolument rien.

Il voulut rattraper son couteau dans son étui pour examiner l'ampleur de ses blessures, mais il se rendit compte que l'arme n'y était plus. Il devait l'avoir laissée plantée dans la chair de l'animal, mais il n'en gardait pas un souvenir clair. Il vit alors, qui s'écoulait de sa jambe, une grande quantité de sang. Ses blessures étaient probablement plus graves que ce qu'il pensait. Il retira sa ceinture de pantalon et s'en servit pour se faire un garrot au-dessus de la cuisse. Sans pouvoir arrêter complètement l'écoulement sanguin, cela devrait avoir au moins pour effet de le diminuer. Il utilisa ensuite son t-shirt pour panser sa cuisse qui saignait abondamment.

Pour le moment, il ne pouvait pas faire plus, il prit quelques minutes de répit avant de penser à se relever pour rapporter le sac vers lui sur le rocher. Il ferma momentanément les yeux, le reste de son corps et de son esprit s'engourdirent et il sombra dans un profond sommeil peuplé de créatures maléfiques.

CHAPITRE 18

Les chasseurs rapportaient la carcasse du renne vers le camp, le soulevant chacun par une patte. John blaguait sur le fait qu'ils venaient peut-être de changer l'histoire en abattant l'ancêtre d'un des rennes du père Noël.

L'atmosphère était légère et l'idée d'un bon repas les rendait plus optimistes. Les guerriers sont des hommes simples qui ont les aptitudes pour relativiser les situations compliquées en une série d'actions déterminées. John était de cette trempe d'homme. Il savait qu'une solution finissait toujours par se présenter tant que l'on prenait le temps de rester calme et de réfléchir. Pour le moment, la situation se résumait à la nécessité de se nourrir.

À mi-chemin du camp, ils virent que le feu commençait à brûler, leur indiquant précisément la direction à suivre. Le crépuscule s'étendait dans la prairie et la lueur des flammes se voulait réconfortante.

Ils entendirent, un peu plus loin derrière eux, provenant de la forêt, le hurlement des loups.

— Pressons le pas, leur dit Erik. Je serai plus rassuré quand nous serons en sécurité auprès du feu.

En jetant un regard derrière eux, ils virent, dans la faible lumière du soleil couchant, une meute de loups sortir des bois et se diriger vers les restes de l'animal qu'ils avaient abattu. Erik pensa aussitôt qu'il aurait peut-être été plus prudent d'enterrer les viscères de leur proie. Mais ce qui était fait ne pouvait être changé. Ils pressèrent le pas tant qu'ils le purent, traînant avec eux le poids du renne. Ils entendaient les grognements des loups qui se disputaient les restes de l'animal et ils espéraient que l'odeur de la bête qu'ils transportaient ne les attirerait pas dans leur direction.

Plusieurs loups de la meute se lancèrent à leur poursuite, sentant dans l'air l'odeur de la chair fraîche. Nathan et Christopher, qui soutenaient les pattes arrière du renne, lâchèrent leur prise et épaulèrent leurs armes, se positionnant face à la meute. Erik et John poursuivaient le chemin vers le camp, traînant l'animal derrière eux, profitant du sursis que leur offraient les deux autres.

Les deux hommes, pour protéger la retraite d'Erik et de John, tirèrent en direction des loups qui s'approchaient dangereusement. Plusieurs d'entre eux tombèrent sous les tirs jumelés de Chris et Nathan, mais cela n'arrêtait pas les bêtes de la meute qui continuaient leur course. Ils étaient un peu plus d'une dizaine à les poursuivre. Une nouvelle pluie de balles décima encore quelques-uns d'entre eux, mais les chargeurs des deux chasseurs étaient maintenant vides et leurs armes de poing avaient été laissées au camp pour la protection de leurs amis restés sur place. Ils jetèrent par terre leurs fusils devenus inutiles et s'empressèrent de courir vers Erik et John, espérant pouvoir les rattraper avant que les loups ne les aient rejoints. Ceux qui étaient restés en arrière à se disputer les viscères du renne s'étaient joints à la meute, grossissant leur nombre.

Nathan, qui courait sans regarder derrière, fut soudain projeté au sol. La bête la plus proche venait de lui sauter sur le dos et elle essayait maintenant d'atteindre sa gorge, lui insérant ses crocs dans le haut de l'épaule. Il sentit le souffle du prédateur près de sa joue alors que l'animal tentait de déchirer des morceaux de chair. Son bras était paralysé par la douleur et de son autre bras encore valide, il se projeta sur le dos dans l'espoir d'écraser le loup sous son poids. Il vit alors une seconde bête s'élancer sur lui, mais sous le coup d'une détonation, l'animal en plein vol atterrit à ses pieds, le crâne éclaté. Alors que des coups de feu volaient au-dessus de lui, il vit Christopher sauter sur lui, son couteau à la main et terrassé le loup qui était toujours sous son corps et qui se débattait pour se sortir de son emprise.

— Vite, lève-toi, lui dit ce dernier en le soulevant par le bras.

Il entendait, plus loin, les voix d'Erik et de John qui les pressaient de revenir. Kevin accouru pour leur prêter main-forte, son poignard à la main, alors que les autres tiraient sur les quelques bêtes qui hésitaient encore à fuir. Ils parvinrent à rejoindre le camp tous ensemble, traînant le renne jusqu'au feu crépitant qui les attendait.

Mina, qui était restée au bord de la falaise, criait à l'aide. Mike, qui était assis devant le feu, incapable d'aller aider qui que ce soit à cause de sa jambe blessée, pressa Joseph et Stephen d'aller lui porter secours. Stephen se précipita à sa rescousse tandis que Joseph, terrifié, ne parvenait pas à détacher son regard de la direction des loups. Voyant que le géologue ne pouvait lui être d'aucun secours, Mike empoigna rapidement son bâton et claudiqua en direction de Mina que Stephen avait rejointe. Il était déjà trop tard, Mina, qui avait essayé de retenir seule la corde, l'avait laissée glisser entre ses doigts. De profondes brûlures lui parcouraient les deux mains et malgré la douleur, elle s'était précipitée au bord du gouffre pour voir ce qui se passait. Elle avait tenté à nouveau de tirer sur la corde, mais celle-ci n'offrait plus aucune résistance, le nœud s'était rompu sous le choc.

Elle s'était mise à crier, mais Nick ne l'entendait pas. Elle le voyait dans la pénombre de la falaise, essayant de hisser le sac qui avait chuté dans la rivière. Tout à coup, sans comprendre ce qui venait d'arriver, Mina le vit disparaître dans l'eau. Elle se mit à crier son nom, mais aucun son ne remontait du fond du gouffre que la noirceur envahissait un peu plus à chaque seconde qui passait.

Elle resta là, à crier le nom de Nick durant plus d'une quinzaine de minutes et ce fut Mike qui finit par réussir à la calmer et à la ramener auprès du feu. Il l'installa sur un sac de couchage et la laissa se blottir contre lui. Elle ne sanglotait plus, mais elle ne disait mot. Mike était inquiet de la voir ainsi prostrée, il aurait préféré qu'elle pleure ou tout au moins qu'elle parle. Elle se contentait de répondre d'un simple hochement de tête lorsqu'il lui demandait si elle avait besoin de quelque chose ou si ça allait.

Juste comme il avait cru qu'elle s'était assoupie, il voulut se relever pour aller aider les autres qui avaient ramené Nathan grièvement blessé, mais elle avait aussitôt réagi.

— Non, reste s'il te plaît.

Alors, il la reprit dans ses bras et continua de lui chuchoter à l'oreille des paroles rassurantes jusqu'à ce que tous les deux sombrent dans un sommeil profond.

Pendant ce temps, les hommes finissaient de dépecer l'animal pour faire cuire la viande. Stephen, qui était aussi revenu près du feu, essayait de s'occuper de la blessure de Nathan. Il aurait bien aimé avoir un peu d'eau pour la nettoyer, mais devait se contenter de quelques tampons d'eau oxygénée qui restaient. Par chance, la plaie ne semblait finalement pas trop grave ni trop profonde.

Les hommes firent un trou dans lequel ils mirent un grand lit de braise brûlante sur lequel ils couchèrent les pièces de viande. Durant ce temps, Erik fit le tour des membres de l'expédition pour constater leur état, quand il s'aperçut que Nick n'était pas auprès du feu.

— Où est Nick ? demanda-t-il à Kevin.

Kevin tourna la tête vers le gouffre, l'air fautif.

— Nous l'avons perdu, lui aussi. Mina l'a vu disparaître dans la rivière et il n'en est jamais ressorti.

Erik s'élança vers le bord de la falaise pour examiner la rivière qui coulait au fond du gouffre, mais la nuit s'était déjà installée et il ne parvenait pas à distinguer quoi que ce soit plus loin que le bout de son bras. Alors il revint auprès du feu où chacun s'installait pour la nuit, il prit le premier tour de garde. Max alla le rejoindre alors que tous étaient tombés dans un sommeil bien mérité.

— Est-ce que tu as pensé à ce qu'on pourrait faire pour retrouver l'appareil ? demanda Erik en voyant Max venir s'asseoir à ses côtés.

Il fallait à tout prix qu'ils parviennent à retourner chez eux, il avait déjà perdu assez d'hommes dans cette aventure. Max prit le temps de s'installer confortablement près de lui, l'air songeur.

— J'y ai songé et… L'option la plus risquée serait de suivre la rivière souterraine… Finalement, ça pourrait être notre seule option, mais…

Erik attendait que Max poursuive, mais ce dernier n'en fit rien, il semblait plongé dans ses pensées.

— Mais… ? interrogea Erik après un moment.

— Si la rivière aboutit quelque part comme je le pense, on pourrait grimper au sommet de la montagne pour y installer l'antenne et à partir de là, on aurait une plus grande dispersion des ondes.

— Mais ça implique qu'on doit s'enfoncer dans la forêt, dit Erik, pensif.

Erik réfléchit longuement, il pensait à ses effectifs. Mike et Nathan étaient blessés ; Nick avait disparu et était probablement mort à l'heure qu'il était ; Alex et Matthew étaient morts aussi et en plus, il devait compter avec des munitions en quantité très limitée.

— S'enfoncer dans la forêt avec la blessure de Mike et de Nathan, c'est presque impensable et j'hésite à séparer le groupe.

— Je ne crois pas que l'on ait beaucoup d'autres options devant nous. C'est la forêt ou la rivière, soupira Max.

— Dans les deux cas, les blessés seront une surcharge handicapante, ajouta Erik pour lui-même.

Max regardait dans la direction de la forêt et un frisson lui parcourut l'épine dorsale. Il avait l'impression qu'ils étaient observés par Dieu sait quel animal étrange et dangereux.

Il se souvint avec nostalgie du soir d'été où Clyde Owen lui avait pour la première fois, parlé de ce projet. L'idée lui avait semblé tellement grandiose qu'il avait insisté pour en être. Il avait alors adroitement convaincu Clyde qu'ils auraient besoin de lui sur place alors que n'importe quel technicien de son équipe aurait fort bien pu faire les calculs de retour aussi bien que lui.

Il aurait pu, avant le départ des membres de l'expédition, utiliser un système de triangulation pour les positionner à un endroit bien précis et préprogrammer l'appareil pour effectuer seul leur retour. Mais comme la machine avait été perdue, le résultat aurait été le même. Ils auraient été dans l'impossibilité de revenir, par contre, s'il était resté à leur époque, il aurait pu, à l'aide d'Ismaël et de Clyde, tout mettre en œuvre pour créer un nouveau dispositif spatio-temporel. Sauf que maintenant, il savait fort bien que les deux hommes, sans lui, étaient dans l'incapacité de construire l'appareil sans les paramètres qu'il avait mémorisés.

C'était ainsi qu'ils avaient décidé de protéger l'invention. Ils avaient divisé une série de paramètres cruciaux dans chacun de leur mémoire. Personne ne pourrait mettre à jour leurs informations sans avoir accès aux trois personnes en même temps.

C'était Clyde Owen qui avait eu cette folle, mais brillante idée. Ils étaient tellement inquiets que le procédé de voyage dans le temps tombe entre les mains de personnes sans scrupules qu'Ismaël et lui avaient décidé de déchiqueter toute la documentation. Une fois que tout aurait été détruit, il ne serait resté que leur appareil à protéger, mais Clyde trouvait que cette méthode était trop définitive et avec raison. Lorsque l'un des tests s'était mal passé, le système spatio-temporel avait été définitivement perdu alors jamais ils n'auraient pu reproduire la machine sans prendre encore plusieurs années pour rassembler à nouveau toutes les recherches qu'ils avaient déjà effectuées auparavant. Mais au lieu de cela, ils avaient repris les plans initiaux auxquels manquaient certaines informations que chacun de son côté avait accomplies, gardant ainsi le secret de la conception de l'appareil au sein même de l'entreprise.

Sauf qu'à cette époque, ils n'avaient jamais considéré le cas de figure qui se présentait maintenant. Mais si Ismaël et Clyde décidaient de reproduire l'appareil, même en y mettant des années de recherches, sans la présence de Max, il n'était pas certain qu'ils y arriveraient jamais. Parmi les paramètres de configuration qu'il gardait dans sa mémoire, la majorité était composée des formules mathématiques qu'il avait lui-même élaborées au cours des années.

Ils ne pouvaient donc pas compter sur l'aide de la RDAI pour venir les sortir du pétrin dans lequel ils se trouvaient tous. À l'heure qu'il était, ils ne pouvaient compter que sur eux-mêmes.

* * *

Alex se réveilla dans une noirceur absolue et durant un court instant, il fut désorienté, essayant de se rappeler où il était. L'écorce de l'arbre sur lequel il dormait érafla ses doigts déjà profondément entaillés, ce qui le ramena rapidement à la réalité. Il prit quelques instants pour se remémorer les derniers événements et penser à ce qu'il convenait maintenant de faire.

Les ténèbres qui l'enveloppaient empêchait Alex de garder les idées claires et il n'avait aucune idée du temps écoulé depuis son entrée dans la rivière souterraine et cela lui embrouillait l'esprit. Il s'assit sur le tronc et ses pieds nus touchèrent l'eau qui effleurait le fond sablonneux. Elle lui semblait moins froide que la veille, mais cela ne devait être dû qu'au fait que son corps s'était habitué à la température de la caverne. Malgré cela, la fraîcheur de l'eau lui permettait de se sentir alerte. La claustrophobie n'avait jamais été un problème pour lui, mais dans cet environnement qu'il ne pouvait pas percevoir, c'était toute autre chose que de rester coincé entre quatre murs bien définit.

Il se rappelait, au moment de son entrée à l'Académie, avoir été mis en isolement pour avoir fugué durant cinq jours. On l'avait retrouvé en compagnie d'une bande de voyous en train de dévaliser un magasin de friandises en plein centre-ville. Ils étaient tous défoncés et le magasin était à proximité d'un poste de police. Les policiers n'avaient pas mis plus de dix minutes pour arriver sur les lieux dès le déclenchement du système d'alarme. Ils s'étaient alors tous retrouvés au poste et c'était le père d'Erik, qui était son tuteur à l'Académie, qui était venu le récupérer au petit matin.

Il se rappelait que tout au long du chemin, ce dernier ne lui avait pas adressé la parole une seule fois, pas un seul reproche, et il avait pensé :

« Cet homme est un saint ! »

Il avait l'habitude des sempiternelles remontrances de ses parents à chacune de ses frasques, mais il n'en avait cure. Il écoutait sans broncher sachant très bien qu'ils ne mettraient pas leurs menaces à exécution jusqu'à ce qu'ils l'inscrivent finalement dans cette école qu'il avait haïe dès son entrée.

Mais l'instructeur Gustavson n'avait pas dit un mot et ne lui avait pas adressé un seul reproche. Quand ils avaient enfin atteint l'enceinte de l'école, au lieu de le ramener à son dortoir, il avait fait un détour pour lui faire visiter les cellules du camp.

— Tu vois mon garçon, ces cellules ne sont pas faites pour punir, mais bien pour permettre de réfléchir. Les dimensions de celles-ci permettent de rester concentré sur ce que l'on est et sur ce que l'on veut devenir.

Comme à son habitude, Alex avait acquiescé docilement comme si l'information était capitale pour lui, quand en réalité, il n'attendait que le moment de pouvoir enfin aller se mettre au lit.

— Aujourd'hui, tu dormiras avec toi et avec toi seul. Ainsi confiné dans cette cellule, tu prendras la décision de ce que tu veux vraiment. Cette décision tu dois la prendre pour toi et non pas pour les autres, parce que dans ce dernier cas, elle ne te sera jamais d'aucun secours dans l'adversité.

Et il avait pénétré dans la petite cellule qui mesurait sept pieds sur cinq pieds. Il s'était étendu sur le matelas à même le sol et s'était aussitôt endormi. C'était facile puisqu'il n'avait pas pris le temps de dormir depuis des jours. Mais à son réveil, il était toujours à l'étroit dans la cellule et n'avait pas d'autre chose à faire qu'à réfléchir. L'instructeur avait raison, mais évidemment Alex ne l'aurait jamais avoué à cette époque, il était à l'âge de la rébellion et de l'affirmation de soi.

À ce souvenir, ce qui l'avait marqué c'était la plénitude de sa concentration, il avait pris conscience de tout ce qui l'entourait, ce qui en réalité était quatre murs et un matelas. Mais il était entier avec lui-même, autant avec son esprit qu'avec son corps, il referma les yeux et s'imagina à nouveau dans cette petite cellule. Son esprit se calma, prenant conscience de son environnement, de l'eau qui coulait sur ses pieds, du bois qui courait sous ses cuisses. Il savait ce qu'il devait faire.

Tout en gardant les yeux fermés pour conserver l'impression des choses concrètes qui l'entouraient, il attrapa ses vêtements qui étaient encore humides et il enfila son t-shirt espérant que celui-ci aiderait son corps à se maintenir à une température plus supportable que la veille. Il remit son pantalon bien à plat sur le tronc d'arbre, il serait plus à son aise dans l'eau sans celui-ci. Il chercha sa botte, mais n'arrivait pas à la trouver. Il avait dû la faire tomber pendant son sommeil et il se souvint soudain que celle-ci était tombée à l'eau bien avant qu'il ne s'endorme. Il se dit alors qu'il pourrait toujours s'en passer, car une seule botte n'était en réalité pas d'une grande utilité.

Il se mit debout et laissa le courant de l'eau glisser sur ses pieds. Il voulait identifier dans quelle direction il devrait naviguer, mais cette fois, il aurait la chance de pouvoir s'installer en sécurité sur le tronc au lieu de se trouver entraîner par lui. Il commença alors à pousser le tronc sur le sable afin de le mettre en position de flottaison. Il avançait avec précaution pour ne pas trébucher sur un rocher et, ce faisant, il buta sur un objet mou qu'il reconnut être sa botte. Il la ramassa et attacha les lacets de façon à la retenir en bandoulière sur son épaule.

La sensation du lacet sur sa peau lui donna une idée. Il délaça la botte qu'il plaça tant bien que mal sur le tronc et attacha l'extrémité du cordon après une branche cassée de l'arbre. Alors il commença à s'éloigner doucement en prenant soin de ne pas lâcher le bout du lacet qui lui indiquerait où retrouver l'arbre.

Il finit par trouver des branchages qui lui permettraient de stabiliser le tronc. Il les rapporta vers l'arbre et à l'aide de sa ceinture de pantalon et du lacet qu'il avait récupéré, il réussit à attacher solidement les branches en position transversales au tronc, lui offrant ainsi une sorte de canot de fortune. Il pourrait, de cette manière, se laisser flotter en restant au sec, pour éviter l'hypothermie.

Une fois certain qu'il pourrait naviguer dessus, il poussa son canoë dans le courant et s'installa confortablement à cheval sur le tronc, les pieds trainants dans l'eau. Il se laissa dériver sans savoir où il allait ni quand il y arriverait, ignorant s'il pourrait un jour atteindre la fin de ces cavernes.

Il sortit de la poche de son pantalon un des morceaux de racine qu'il y avait mis plus tôt, il commença à mastiquer le bout de bois avec énergie, son ventre le faisait souffrir tant la faim le tenaillait. Il recueillit de l'eau dans ses mains jointes et parvint à boire un peu. Si cette eau n'était pas propre à la consommation, il était déjà trop tard pour lui depuis longtemps. L'eau le désaltéra, mais sa faim n'arrivait pas à se calmer. Il n'avait pas mangé depuis au moins deux jours. Il savait qu'il pouvait tenir encore plusieurs jours sans nourriture, mais son estomac lui criait toute autre chose.

Il se souvint des soupers en famille de son enfance, sa mère qui était très mauvaise cuisinière utilisait régulièrement des plats tout préparés qui avaient un goût de carton. Mais en ce moment, il s'en contenterait volontiers, même ce souvenir le faisait saliver d'envie.

Il lui revint à l'esprit le voyage qu'ils avaient fait en Italie alors qu'il avait treize ans. Ils avaient, son frère Kevin et lui, passé un été entier chez ses grands-parents. Ceux-ci, qui ne parlaient que l'italien, les avaient accueillis durant les vacances scolaires pour laisser à leurs parents un répit après la mort de sa petite sœur d'à peine un an.

Alex savait que le couple que formaient ses parents n'avait jamais été heureux, son père s'absentait de la maison aussitôt qu'il en avait l'occasion et il trouvait souvent sa mère qui pleurait toute seule, croyant que personne ne la voyait.

Sa mère avait dû être une belle femme dans sa jeunesse, mais les années de tristesse avaient fané l'éclat de cette beauté sous des cernes bleuâtres et un teint grisâtre qu'il attribuait au désespoir qu'elle traînait avec elle. Ses nombreuses grossesses avaient alourdi son corps et la perte répétée d'enfants qu'elle avait à peine eu le temps de mettre au monde avait achevé le travail des années beaucoup plus tôt que prévu. Elle ressemblait aujourd'hui plus à sa grand-mère qu'à sa mère.

Tout au contraire de celle-ci, son père était un bel homme qui prenait un soin excessif de sa personne. Quand il se baladait dans le quartier en lui tenant la main, il y avait toujours une multitude de femmes qui venaient le saluer, se dandinant dans des robes moulantes et aguichantes.

Cet été-là, chez ses grands-parents, il avait découvert toute la splendeur de l'Italie dans les bras d'une voisine qui l'avait initié aux plaisirs de l'amour charnel. C'était une belle Italienne à la longue chevelure avec des yeux noirs et profonds. Elle était la jeune épouse d'un riche entrepreneur qui s'absentait régulièrement pour son travail, ce qui leur laissait trop de temps libre.

À la fin de l'été, il parlait couramment l'italien, savait cuisiner des plats de pâtes dignes des vrais Italiens et connaissait tous les secrets nécessaires pour séduire et satisfaire le sexe opposé. Et depuis ce jour, il avait toujours été plus attiré par les femmes ayant dépassé la trentaine que par les filles de son âge qui semblaient effrayées dès qu'il s'agissait de sexe.

Mais avec Mina, c'était autre chose. Elle était une femme totalement indépendante, forte et fière. Quand ils se retrouvaient ensemble au lit, elle devenait tendre et sensuelle. Il savait bien qu'elle était tombée amoureuse de lui, il le voyait dans son regard dès qu'elle le regardait. Il connaissait assez les femmes pour ne pas s'y méprendre, mais cela ne l'avait pas effrayé, il savait qu'elle ne lui demanderait jamais rien. Elle était beaucoup trop fière pour avouer avoir besoin de lui.

En pensant à elle, Alex parvenait même à sentir le souffle de sa respiration dans son cou, comme lorsqu'il la prenait dans ses bras. Son souffle était comme une douce brise qui venait lui caresser la peau. Il souleva soudain les paupières, il sentait bien une légère brise sur sa peau et quand il leva les yeux, il aperçut un ciel d'un bleu clair qui s'éclaircissait avec le soleil levant.

— Enfin dehors, se dit-il.

Il était finalement sorti du souterrain. Il arrivait à voir les falaises qui enserraient la rivière qui s'élargissait devant lui et la hauteur des murs de pierre diminuait graduellement. Plus loin sur sa droite, il percevait une petite plage où il pourrait peut-être accoster. Il se coucha à plat ventre sur son canoë afin d'utiliser ses mains pour pagayer dans la bonne direction. Il ne voulait pas manquer cette plage, car il ne savait pas à quel autre moment il pourrait trouver un endroit aussi propice pour sortir de l'eau.

Comme il plongeait ses bras dans l'eau, il aperçut, venant dans sa direction, un tronc d'arbre qui, à la différence du sien, avançait à contre-courant. Il retira aussitôt ses bras et s'assura de faire le moins de mouvements possible. Il lui semblait bien que ce qu'il voyait ne pouvait pas être amical et comme il ne possédait que son poignard, il préférait grandement éviter un affrontement.

CHAPITRE 19

4e jour dans le passé

Mina rêva de Nick cette nuit-là, elle entendait son cri lointain l'appeler à l'aide. Elle se réveilla soudain, espérant que ce ne fut pas qu'un rêve, mais le silence régnait tout autour. Elle aperçut Kevin debout, de l'autre côté du feu, son attention semblait avoir été attirée par quelque chose de particulier. Elle suivit son regard qui portait vers la faille et elle entendit à nouveau des cris lointains qui se répercutaient faiblement contre les murs de pierre qui cernait la rivière tout en bas.

Il ne lui en fallut pas plus pour comprendre. Elle retira rapidement le bras de Mike qui l'enlaçait toujours et se précipita vers le bord de l'escarpement. Kevin, en la voyant réagir aussi soudainement, voulut la retenir, mais il comprit ce qui se passait et s'élança aussitôt à sa suite.

Ils se couchèrent tous les deux dans l'herbe dès qu'ils atteignirent le bord de la falaise, leurs têtes penchées au-dessus du vide. Nick était là, leur faisant de grands signaux avec ses bras dans la lumière naissante du petit matin. Mina se mit à sangloter à nouveau, ne cessant de répéter faiblement :

— Je suis désolée, je suis tellement désolée, c'est impardonnable, excuse-moi…

Elle sentit de l'hésitation de la part de Kevin quand il avança sa main vers son bras. Il voulait la rassurer, mais il s'était finalement ravisé. Il n'y avait rien qu'il pouvait faire pour l'aider à ce moment précis, elle avait laissé tomber Nick alors qu'il avait besoin d'elle, comme elle avait fait tout au long de sa vie avec les gens qui auraient dû compter plus qu'elle.

Toute l'émotion qui émergeait en elle faisait refluer certains vieux souvenirs qu'elle aurait préféré avoir oubliés. Elle revoyait le visage de sa fille lorsqu'elle n'avait que trois ans et qu'elle l'avait amenée vivre chez sa mère. Après sa séparation d'avec Rick, le père de Sophy, elle n'arrivait pas à voir comment elle pourrait jumeler l'éducation de la petite tout en poursuivant sa carrière de géologue. Son métier l'obligeait à s'absenter souvent, il lui était impossible de traîner une enfant avec elle. Sa mère s'occupait donc de l'éducation de la petite et Mina lui faisait parvenir régulièrement de l'argent pour subvenir à ses besoins. Elle allait passer les fêtes de Noël avec elles ainsi qu'une semaine de vacances dans le courant de l'été. Elle essayait aussi de trouver une fin de semaine de temps en temps pour aller les voir, mais c'était vraiment compliqué et assez rare, même trop rare.

En fait, elle savait très bien que tout ça n'avait été qu'un énorme mensonge qu'elle s'était raconté pour se donner bonne conscience. Quand sa mère était tombée malade, elle était retournée chercher la petite et l'avait ramenée chez elle. Elle n'avait aucune idée de la façon d'agir avec cette enfant qu'elle connaissait à peine, celle-ci était alors âgée de douze ans et traitait Mina comme une étrangère. Elle n'écoutait aucune de ses consignes, se laissait traîner partout dans la maison, vidait les boîtes de céréales et de biscuits des armoires sans jamais les jeter. Après trois semaines, n'en pouvant plus, elle l'avait inscrite dans un pensionnat pour jeunes filles, espérant qu'elle gagnerait un peu de jugement. Sophy y était restée quatre jours avant de fuguer pour se réfugier chez son père et depuis ce temps elle y était restée. Mina ne la revoyait que dans de rares occasions et jamais plus d'une journée complète. Elle savait avoir été une mauvaise mère et la honte qu'elle en ressentait l'empêchait de regarder les choses en face. Elle préférait penser qu'elle l'avait fait pour sa carrière et qu'aujourd'hui, les femmes n'avaient pas d'autres choix si elles voulaient avoir la possibilité de poursuivre leurs ambitions professionnelles.

Tout le monde commençait à rappliquer auprès d'eux. Mina essuya rapidement ses larmes du revers de la main, elle avait honte d'être perçue comme étant aussi vulnérable qu'elle l'était en ce moment. Pour se donner une contenance, elle prit les choses en mains. Elle commença par demander aux hommes de trouver une seconde corde ou autre chose d'approchant, qui permettrait de récupérer Nick.

Christopher retourna auprès du feu et fit encore une fois le tour de tous les sacs à la recherche de quelque chose qui pourrait les aider, mais il n'y avait toujours pas d'autres cordes dans l'équipement restant. Il avait tout étalé sur le sol et rien dans le mince barda qu'il leur restait ne pouvait leur être utile en ce moment.

— Je ne trouve rien dans tout ce que nous avons encore qui pourrait nous servir, lança-t-il dans un souffle.

— Okay, dit Mina. On peut utiliser les poteaux qui servaient à tenir l'antenne, ça pourrait peut-être suffire.

Max, interloqué, réagit violemment.

— Pas question qu'on touche à cet équipement. On en a besoin pour retrouver l'appareil.

— De toute façon, je ne pense pas que cet équipement soit assez solide pour supporter le poids d'un homme, ajouta Erik d'un ton calme. Avant de s'affoler, il serait plus utile d'évaluer toutes les options.

Kevin se leva et se dirigea vers l'arbre auquel était attachée la corde. Il défit le nœud avant de retourner auprès des autres.

— La corde est peut-être assez longue pour le rejoindre si on arrive à le soutenir à partir d'ici.

— Kevin, t'es vraiment génial, lança Mina avec espoir.

Finalement, il manquait encore une dizaine de mètres à la corde pour atteindre Nick. Beaucoup trop loin pour que Nick parvienne à l'attraper avec ses blessures.

— Et si je descendais, proposa Kevin. Nick pourrait me lancer l'autre extrémité de sa corde, alors on pourrait le remonter, lui et l'eau par la même occasion.

Erik évalua la proposition, mais trouva celle-ci relativement dangereuse. Si Kevin descendait, il ne resterait que trois hommes valides pour le soutenir, quatre tout au plus, si on comptait Max. Stephen et Joseph n'avaient ni la force ni l'endurance nécessaire pour leur être d'une aide vraiment utile.

— Non Kevin! C'est trop risqué. S'il n'y a pas d'autres solutions envisageables, c'est moi qui vais descendre, dit Erik sur le ton du commandement.

Les pourparlers allèrent bon train, chacun s'offrant à descendre, prétendant être moins lourd ou plus expérimenté dans l'escalade. Finalement, ce fut Mina qui mit fin à la discussion en commençant à attacher l'autre extrémité de la corde autour d'elle.

— Je suis la plus légère d'entre vous et ainsi vous pourrez à vous cinq supporter plus facilement mon poids que si c'est l'un de vous qui descendait.

— On doit envoyer quelqu'un qui peut se défendre, dit Mike. Mina, rappelle-toi quand tu es descendue la dernière fois.

— Alors je compterai sur l'habileté de John avec un fusil pour me protéger de là-haut, dit Mina butée. De toute façon, avons-nous réellement un autre choix ?

Mike et Erik regardèrent en direction de Joseph, qui lui non plus n'était pas très lourd, mais ce dernier serait bien incapable de réagir en cas de danger. Mina, bien qu'elle soit une femme, avait les nerfs assez solides et était assez agile pour que ses réflexes puissent faire la différence.

Erik prit une arme de poing et la glissa dans la main de Mina.

— Il y a neuf cartouches dans celui-ci, en cas de besoin, prends le temps de bien viser avant de tirer, lui conseilla-t-il.

— Merci, Erik, dit-elle. La confiance que ce dernier venait de lui témoigner la touchait profondément.

— Et surtout, essaie de ne pas trop t'agiter, on s'occupe de soutenir ton poids le long de la corde et de ton côté, laisse-toi faire. Ce sont les contrecoups qui pourraient en ce moment être dangereux, ajouta Mike, pas très satisfait de la décision d'Erik.

Joseph observait l'opération avec résignation, il avait honte de ne pas s'être offert à la place de Mina. Il savait très bien qu'il aurait fait l'affaire autant qu'elle, mais sa peur des hauteurs l'avait empêché de s'offrir. Stephen le poussa du coude en souriant.

— Ne t'inquiète pas, cette bonne femme est pire qu'un homme. Si j'étais un prédateur, j'aurais peur de m'y casser les dents.

Joseph sourit au commentaire un peu désobligeant de Stephen, mais il était vrai qu'il y avait beaucoup plus de témérité en elle qu'en eux deux réunit.

Ils descendirent Mina lentement le long du mur escarpé, Joseph et Stephen avaient été assignés à la surveiller durant la descente et Mina écoutait avec obéissance toutes leurs instructions. Elle avait montré un grand courage en se portant volontaire, mais suspendue au bout d'une corde, soutenue par cinq hommes, elle était beaucoup moins rassurée pour sa sécurité qu'elle ne l'aurait cru.

Quand Stephen l'avisa que les hommes ne pouvaient pas la descendre plus bas, elle observa avec attention le mur de roche pour y trouver un appui pouvant ainsi offrir un moment de répit à ceux qui la soutenaient. Elle trouva un emplacement où elle pourrait se tenir de manière sécuritaire, au moins le temps d'essayer de rattraper la corde de Nick.

— Donnez-moi quelques secondes, dit-elle. J'ai trouvé un emplacement où je pourrai prendre appui.

Elle essayait de donner à sa voix le ton de l'assurance, mais on y percevait un léger tremblement, même dans l'écho de la crevasse.

Nick, qui avait compris ce qu'ils tentaient de faire au moment où il avait vu que Mina commençait à descendre, voulut remorquer le sac à dos sur la roche auprès de lui. Mais sa jambe était tellement mal en point et il avait perdu tellement de sang qu'il n'arrivait pas à se mettre debout.

Quand Mina sentit que sa position était sécuritaire, elle regarda enfin en direction de Nick. Elle ressentit un léger sentiment de vertige et elle releva donc la tête et fixa la roche devant elle en prenant de grandes inspirations. Elle n'avait pas l'habitude d'être sujette au vertige, mais dans le cas présent, soutenue par quelques hommes au bout d'une corde, elle réalisait que la chute pourrait être fatale.

Une fois qu'elle sentit les battements de son cœur se calmer dans sa poitrine, elle reporta son attention sur Nick. C'est alors qu'elle aperçut le bandage de fortune qu'il s'était fait à la jambe et qui était imbibé de sang. Elle pouvait même distinguer une flaque d'eau rougeâtre sur une partie de la roche.

— Nick, est-ce que ça va ? lui demanda-t-elle, une pointe d'inquiétude dans la voix.

Sa voix ne tremblait plus, l'inquiétude qu'elle ressentait pour Nick avait pris le dessus sur la peur irrationnelle qu'elle avait ressentie quelques minutes auparavant. Comment avait-elle pu croire un instant que les hommes là-haut l'auraient laissée tomber au fond de ce gouffre ? Ils auraient donné leurs vies plutôt que de l'abandonner à une mort certaine, elle en avait pourtant déjà eu la preuve.

— Je n'arrive pas à me lever, répondit Nick en relevant la tête vers elle.

Son teint était livide, il avait perdu beaucoup de sang au cours de son combat et malgré son pansement, il en avait encore perdu dans le courant de la nuit.

— Okay, ce n'est pas un problème. Attends-moi, j'arrive.

Mina commença à détacher la corde qui la retenait aux hommes là-haut, elle entendit aussitôt Stephen et Joseph lui crier qu'elle ne devait pas le faire, mais elle ne les écoutait plus. Toute son attention était portée sur Nick qui avait besoin d'elle, elle était pour le moment l'unique personne qui pouvait lui porter secours.

Nick se sentait trop faible pour riposter et de toute façon il n'en avait pas envie. Il savait que sa situation était grave et que sans un peu d'aide il ne s'en sortirait pas tout seul.

Mina commença par trouver un point d'appui un peu plus bas où elle pourrait appuyer son pied. Quand elle l'eut trouvé, elle descendit un pied et s'assura que la prise était assez solide avant de se chercher un autre emplacement pour s'accrocher de la main droite. Elle poursuivit ainsi jusqu'à atteindre le niveau de Nick. Elle avait pris plus de vingt minutes à parcourir les quelques mètres qui la séparaient de la plate-forme rocheuse, mais elle avait préféré y aller doucement, mais sûrement. Il était tout à fait inutile qu'elle descende pour aider Nick et empirer leur situation en se retrouvant elle aussi blessée et coincée en bas.

Elle prit quelques minutes pour examiner l'état de la jambe de Nick. Elle retira sa veste et enleva aussitôt son t-shirt, laissant apparaître sa taille fine et sa poitrine ferme dans une camisole de coton blanc qui lui collait à la peau. Elle déchira le tissu de coton et l'utilisa pour bander le mollet de Nick, d'où elle pouvait voir que le sang s'écoulait encore. Sa cuisse ne saignait plus, elle choisit alors de ne pas retirer le bandage qu'il avait fait, pas pour le moment. Elle remit sa parka par-dessus sa camisole et alla vérifier la solidité de la corde qui était attachée à la roche dans une faille de la muraille.

— Il faudrait commencer par sortir le sac de l'eau, lui dit Nick. Mais si tu détaches la corde, tu remarqueras que le courant est très puissant.

Mina prit la corde et y mit un peu de pression, le courant était si fort qu'elle avait de la difficulté à l'attirer vers elle. Nick sortit son arme et regarda en direction de la rivière. La dernière fois qu'il avait halé le sac, il avait été pris par surprise par un crocodile, cette fois il serait prêt si jamais cela arrivait encore.

— Quand tu auras assez de mous, donne-moi la corde, à nous deux, ça risque d'être un peu plus facile, lui conseilla Nick.

— Bonne idée, je vais m'approcher aussi, ça va faciliter la pression…

— Nonnnnn ! reste avec moi contre le mur. C'est comme ça que j'me suis fait prendre hier soir. Je ne sais pas si on est plus en sécurité ici, mais au moins on aura le temps de voir venir.

Mina recula aussitôt, elle n'avait aucune intention de se placer en position de danger même si elle savait que John la surveillait dans son viseur de là-haut et que Nick avait son arme à la main.

Elle banda alors ses muscles et tira de toutes ses forces sur la corde, la tirant un peu plus vers elle. Chaque fois qu'elle avançait ses mains déjà douloureuses le long de la corde, celle-ci l'entraînait vers le bord du rocher.

— Je n'y arrive pas, Nick, c'est trop dur.

— Attends, aide-moi plutôt à me lever, on ne sera pas trop de deux.

Mina s'accroupit devant Nick et lui passa les bras autour de son torse. De sa main libre, il prit appui contre le mur de pierre et plia sa jambe valide sous lui afin de se relever. Mina s'était appuyée de côté contre le mur et poussait de ses deux jambes pour aider Nick à se redresser.

Dès qu'ils furent debout, ils prirent plusieurs minutes pour retirer le sac de l'eau. Là-haut, ils étaient tous aux aguets, essayant de voir ce qui pouvait se passer sous cette eau sombre, espérant qu'ils pourraient prévenir un autre accident dont ils n'avaient pas vraiment besoin pour le moment.

Une fois le sac à dos installé sécuritairement sur la roche, Mina entreprit de remonter le long du mur afin d'atteindre la seconde corde. Si elle parvenait à les attacher ensemble, ils pourraient remonter Nick et elle aussi. Elle ne se voyait pas tenter d'escalader le mur seule jusqu'en haut, elle n'était même pas certaine de pouvoir y arriver même si sa vie en dépendait.

* * *

En observant attentivement le tronc qui flottait dans sa direction, Alex aperçut deux yeux globuleux qui regardaient vers lui. Il y reconnut un animal ressemblant à un crocodile ou un alligator. Il n'avait jamais réussi à faire la différence entre les deux. Tout ce qu'il savait, c'était que l'un ou l'autre était tout aussi dangereux pour lui. Il retenait sa respiration, espérant que l'animal change de direction en s'apercevant que ce qui flottait n'était pas une proie, mais seulement un bout de bois. Au contraire de ses espérances, il vit immerger un peu plus loin un deuxième reptile.

Le premier crocodile était à deux mètres de lui quand il disparut sous les flots après avoir plongé. Tout en essayant de se tenir tranquille sur son canoë de fortune, il tentait de déterminer où se trouvait maintenant l'animal, mais l'eau ne lui permettait pas de voir à plus de quelques centimètres sous lui. Il observa le second crocodile qui soudain ouvrit grand sa gueule, découvrant une mâchoire ornée d'une série de dents tranchantes. Par contre, au lieu de poursuivre dans sa direction, il était attiré vers le fond, comme si quelqu'un ou quelque chose le tirait par la queue.

Alex pensa à l'autre reptile. Se pouvait-il qu'il ait été attaqué par son congénère afin de conserver sa proie pour lui seul ? Il ne connaissait pas assez les mœurs des crocodiles pour savoir si c'était une chose possible, mais il aurait été grandement reconnaissant de voir diminuer de moitié la menace qui pesait sur lui.

La bête se débattait, tentant de plonger pour se défendre contre son agresseur invisible, mais ce dernier ne lui laissait aucune possibilité d'inverser les rôles. Il vit soudain avec horreur, un énorme serpent émerger de la rivière. Il engloutissait le crocodile en le laissant glisser dans sa gueule, tout le long de son corps, comme s'il n'était qu'un vulgaire morceau de spaghetti.

« Qu'est-ce que c'est que ça ? » se demanda Alex.

Le serpent venait d'avaler un crocodile qui devait faire pas moins de trois mètres de long, il voyait le corps anguleux replonger sans fin dans l'eau abyssale. Quelles options avait-il pour se sortir de là ? Entre le crocodile qui était pour lui un ennemi mortel et un énorme serpent d'eau douce, il ne pouvait imaginer comment il pourrait atteindre la plage en toute sécurité.

« Je dois trouver une solution et je dois la trouver vite. » se dit-il.

La nage n'était apparemment pas une option viable et s'il laissait tout simplement le courant l'emporter il n'avait aucune idée jusqu'où il pourrait naviguer ainsi. Peut-être se retrouverait-il en plein milieu de l'océan avec on ne sait quelles autres bêtes étranges et sanguinaires. Il prit alors la décision de tenter le tout pour le tout. Il était possible, après tout, que le serpent soit repu de son énorme repas et, avec une chance incroyable, peut-être aussi que le second crocodile ait été effrayé par la présence du serpent qui semblait être pour lui un prédateur de taille.

Couché à plat ventre sur le tronc d'arbre, il se mit à pagayer de toutes ses forces à l'aide de ses deux bras. Il battait férocement des pieds pour essayer d'augmenter ses chances au maximum. Avec le courant qui le poussait en avant et la force de ses bras et de ses jambes qui dirigeaient son embarcation dans la bonne direction, Alex se retrouva rapidement à moins de cinq minutes de la plage. Mais la plage n'était pas inhabitée, il s'y prélassait un troisième crocodile qui était encore plus gros que les précédents.

Bien que l'animal soit moins habile sur la terre ferme que dans l'eau, Alex ne voyait pas très bien comment il pourrait le contourner. Il était certain que la plage était assez grande, mais la bête l'était tout autant. Il préféra alors tenter sa chance contre la falaise, à la limite de la plage. Le mur commençait à diminuer considérablement de hauteur à cet endroit et s'il parvenait à faire échouer son embarcation tout près de la pierre, il pourrait y grimper.

* * *

— Remontez le sac d'eau maintenant, cria Mina aux hommes en haut.

— Pas question, tu ne restes pas là plus longtemps, lui répondit Nick du haut de la falaise.

Aussitôt que Nick avait été remonté, ils s'étaient tous empressés de détacher la corde qui l'avait maintenu tout le long de la remontée. On avait ensuite retourné rapidement la corde à Mina avant que quelque chose ne lui arrive. John était toujours dans la même position, le canon de son arme braqué dans la direction de Mina, prêt à faire feu sur quoi que ce soit qui se présenterait trop près du rocher.

— On peut très bien vous monter tous les deux, lui cria Erik. C'est ça ou c'est moi qui descends te chercher.

Mina savait bien qu'Erik tiendrait cette promesse et elle se plia à ses exigences, mais elle était inquiète. Elle craignait que le nœud n'arrive pas à soutenir le poids du sac et le sien en même temps.

Elle prit alors soin de bien ficeler la corde après le sac en le ficelant tel que l'avait fait Nick auparavant, elle utilisa le reste de la corde pour s'attacher elle aussi de façon sécuritaire. Elle aurait préféré grimper devant le sac, mais elle savait que son corps ne supporterait pas ce poids sous elle.

Le sac commença à se soulever de terre quand elle entendit un claquement dans l'eau derrière elle. Le bruit fut suivi immédiatement par une détonation de fusil. En se retournant, elle ne vit rien. Elle n'avait pas été assez rapide pour voir sur quoi John venait de tirer, mais elle fut contente de sentir ses pieds se soulever enfin dans le vide.

CHAPITRE 20

Il y avait déjà cinq semaines que Sam avait quitté l'appartement de Laval, il avait vendu tout ce qu'il pouvait facilement troquer contre un peu d'argent. Il avait toujours soif, car étancher sa soif lui permettait d'oublier. Maintenant, il en était réduit à quêter de l'argent dans la rue, espérant ne pas tomber sur quelqu'un qui le reconnaîtrait, mais sa soif était plus grande que la peur.

Le matin, alors que les brumes de l'alcool s'étaient un peu évaporées, il marchait en direction du musée, épiant Roxane au loin lorsqu'elle entrait au travail. Il ne pouvait s'empêcher de l'observer jusqu'à ce qu'elle disparaisse derrière les portes du musée et alors, il prenait un moment, imaginant la tenir dans ses bras et sentir ses lèvres contre les siennes. Il repensait à sa barbe mal taillée, ses cheveux longs et emmêlés, aussi aux odeurs d'alcool qu'il traînait perpétuellement avec lui. La honte le submergeait et sa soif d'oublier le reprenait. Il retournait traîner dans les rues de Montréal en quête de bons samaritains qui lui offriraient assez de monnaie pour s'acheter une nouvelle bouteille d'alcool.

Le plus souvent, il s'offrait un vin bon marché qu'il se procurait dans un petit dépanneur du quartier. Depuis le temps, il ne goûtait même plus la saveur de l'alcool, son seul besoin c'était l'ivresse et à la vitesse à laquelle il vidait les bouteilles, celle-ci n'était jamais longue à venir. Mais il était toujours plus difficile d'obtenir de l'argent des passants lorsqu'il quêtait en titubant. Alors, quand il était trop ivre pour se tenir debout, il se trouvait un coin passant et s'installait par terre pour quémander. C'était plus facile aussi pour lui, ses jambes étaient souvent flageolantes.

Ce matin-là, Roxane était particulièrement rayonnante lorsqu'il la vit sortir de sa voiture. Elle était vêtue d'une robe d'été blanche à pois noirs assortie d'une paire de sandales de la même couleur. Il vit qu'elle portait autour de la cheville une petite chaîne nantie d'une fine breloque représentant l'infini. C'était lui qui la lui avait offerte quand ils avaient emménagé ensemble, il avait ainsi voulu lui dire que ce qu'il vivait ne finirait jamais. Comme il y avait cru à cette époque, il pensait que rien ne pourrait jamais les séparer, mais c'était compter sans la destinée... ou plutôt sans sa destinée à lui.

Il prit quelques minutes avant de réaliser que Roxane n'avait pas emprunté la direction du musée, mais qu'elle se dirigeait directement vers lui. C'était impossible qu'elle ait pu le reconnaître ainsi vêtu de vieux vêtements glanés dans les locaux de la société de Saint-Vincent-de-Paul. Ceux-ci étaient déjà sales et élimés, de plus, avec sa barbe abondante et ses longs cheveux hirsutes, il ressemblait à n'importe quel clochard de la ville.

Mais arrivée de son côté de la rue, elle s'arrêta devant un homme qu'elle embrassa sur les joues, comme si elle le retrouvait après une courte absence. Il ne le connaissait pas celui-là ! S'il travaillait au musée, c'était probablement un nouveau venu. À moins que...

Il le dévisagea intensément, la pointe de la jalousie le prenait au ventre. C'était un bel homme dans la fleur de l'âge, sûrement un scientifique si on tenait compte de sa tenue vestimentaire. Pantalon de coton pâle et chemise ouverte sur un t-shirt blanc, mais le tout lui donnaient un air décontracté. Ils passèrent tous les deux à seulement un ou deux mètres de lui, sans lui prêter attention et juste avant de pénétrer dans un petit resto du coin où l'on servait uniquement des déjeuners et des diners.

Il recula de quelques pas afin de se cacher aux regards des passants et pouvoir observer discrètement par la fenêtre du restaurant. Les deux amants s'étaient assis en face l'un de l'autre et parlaient avec légèreté, probablement de la dernière nuit qu'ils avaient passée ensemble. Écœuré, Sam tourna les talons et prit la direction du bord du fleuve. C'était définitif, maintenant elle l'avait bel et bien remplacé. Mais à quoi s'était-il attendu de sa part à elle ? Qu'elle resterait à l'attendre durant des années ? Elle était une belle femme et avait besoin de sentir les bras d'un homme aimant l'enlacer, ce que lui ne pouvait plus lui offrir, le confort, l'affection et la sécurité.

Il errait dans les rues de Montréal, demandant de l'argent à tous les passants. Mais c'était une mauvaise matinée ou c'était son attitude trop raide, trop en colère contre lui qu'il reportait sur les marcheurs qui les faisaient l'éviter. En passant devant un petit resto, il risqua de renverser un passant qui sortait avec son café dans une main et un sac de papier dans l'autre.

— Vraiment désolé, lui dit Sam d'un air apitoyé.

L'homme le regarda des pieds à la tête.

— Tenez, un bon café le matin c'est parfait pour commencer une excellente journée, lui dit l'homme simplement après quelques secondes.

Il lui remit son café ainsi que son sac de papier qui contenait un croissant aux œufs. Interloqué, Sam bredouilla un remerciement. Il n'était pas dans les habitudes des Montréalais de prendre conscience des gens qui les entouraient, surtout le matin quand ils semblaient pressés de se rendre au travail. Probablement qu'il avait à faire à un touriste ou à une personne de l'extérieur de la ville qui venait ici pour la journée. Il partit s'installer dans un parc pour déguster son petit-déjeuner, comme il l'aurait fait à l'époque où sa vie était encore normale.

Sur un banc, il trouva un exemplaire du Journal de Montréal de la veille qui traînait et dont les pages voletaient légèrement sous la petite brise du matin. Il le prit et commença à le feuilleter, lisant principalement les grands titres.

— Comme d'hab, les gros titres qui font vendre sont tout le temps en première page, lui dit un clochard assis sur le banc voisin.

— On s'en sort pas, les journaux ça reste une entreprise à but lucratif. Si ça ne se vend pas, ça finit par fermer ses portes, comme n'importe quelle entreprise, lui répondit Sam.

Il reporta son attention sur le journal et n'y trouva rien de vraiment intéressant. On y parlait de crime violent, un peu de politique, mais cette dernière n'était pas le point fort de ce média. À la page 39, on mentionnait une découverte étrange faite par un groupe d'Américains dans les Badlands.

UN AUTRE CAS DE FRAUDE ARCHÉOLOGIQUE

Un groupe de paléontologues américains auraient découvert, il y a quelques jours dans les Badlands dans le Dakota du Nord, un nouvel élément qui pourrait être attribuable à la série d'anomalies paléontologiques qui font la une des médias depuis quelque temps.

En effet, on aurait trouvé une fosse pleine d'ossements de loup qui datait de l'oligocène. Chose étrange, on y aurait aussi découvert les traces fossilisées d'une arme composée d'un alliage de métaux provenant d'une époque où l'homme n'existait pas encore dans nos contrées. Le métal, dans un état d'oxydation avancé, ne permet pas une description précise de l'arme, mais les traces laissées par le métal ne laissent aucun doute sur son utilité.

Certains fanatiques américains clament la présence des extra-terrestres sur le sol américain avant même l'apparition des premiers hommes. Le site de la découverte se trouve envahi de curieux provenant de tous les coins de la planète, attirés par la propagande grandissante sur les médias sociaux de preuves irréfutables de la présence d'homme de l'espace dans notre passé.

Les paléontologues, quant à eux, continuent d'examiner les preuves afin de déterminer avec certitude s'il s'agit d'un nouveau cas de fraude scientifique, comme dans le cas de la licorne du musée de Montréal et du smilodon du musée de New York dont les ossements provenaient tous de la même région des Badlands.

Sam était stupéfait. Quelle était cette histoire du smilodon du musée de New York, était-il question de celui qui y était exposé depuis des années ?

Il se mit à réfléchir à toute vitesse. La licorne, comme il le savait, n'était pas une fraude. Mais comment des ossements découverts depuis plus de trente ans pouvaient-ils tout à coup faire les manchettes comme étant un nouveau canular ?

L'idée des extra-terrestres était saugrenue, mais il était évident qu'il se passait quelque chose d'étrange et cette chose pourrait peut-être le disculper des soupçons qui pesaient sur lui au sein du monde paléontologique. Il revit Roxane assise au restaurant avec son nouvel amoureux et secoua la tête afin de chasser cette image.

Il voulait en savoir plus, mais impossible de se rendre au musée pour obtenir des renseignements, il était clair qu'il tomberait sur quelqu'un qu'il connaissait là-bas. Soudain, il sut.

Il avait connu Sylvain Dubois lors de ses études universitaires, ce dernier avait fini par abandonner la paléontologie au profit de l'histoire de l'homme.

— Je préfère savoir d'où nous venons, plutôt que de passer mes journées à déterrer des fossiles parlant d'animaux aujourd'hui disparus, disait-il à cette époque.

— Pourtant ces fossiles font partie intégrante de l'histoire de l'évolution jusqu'à nos jours.

— S'ils te parlent, c'est tant mieux, lui avait répondu Sylvain. Moi, ils ne me disent absolument rien.

Mais la découverte d'une possible civilisation datant d'une époque aussi lointaine ne pouvait pas avoir manqué d'intérêt auprès des historiens. C'était une découverte qui, si elle se révélait véridique, pourrait changer les livres de notre histoire. De plus, Sylvain, à l'époque universitaire, avait été un compagnon de beuverie fort agréable. Sa décision était prise, il devait en savoir plus et Sylvain était l'homme de la situation, il en était convaincu.

Étrangement, Sam passa la journée sans ingurgiter une seule goutte d'alcool. Il commença par trouver assez d'argent pour renouveler sa garde-robe, car il ne pouvait espérer se présenter auprès de Sylvain dans les haillons qu'il portait actuellement sur le dos. Il retourna dans les locaux de la société de Saint-Vincent-de-Paul située à la Place Jeanne-d'Arc dans le secteur Hochelaga-Maisonneuve. Il trouva là tout ce dont il avait besoin pour se présenter avec une apparence plus décente, à l'exception des chaussures qu'il ne trouvait pas à sa pointure. Mais qui regardait les pieds des gens de nos jours ?

Il lui revint en mémoire les petites sandales que portait Roxane. Il avait remarqué ses pieds parfaitement manucurés et la chaîne de cheville qu'elle portait le matin même. Bien entendu, regarder les pieds des femmes était une chose normale pour un homme, mais, peu lui importait, il devait faire avec ce qu'il avait. Il devait maintenant se faire une toilette décente.

En se rendant à l'Accueil Bonneau rue de la Commune, il trouva tout ce dont il avait besoin et une dame d'un certain âge prénommée

Gabrielle lui offrit ses services pour lui couper les cheveux et tailler sa barbe proprement. Après une longue douche brûlante et plusieurs couches de savon, il reprenait une apparence un peu plus présentable. Du moins, les mauvaises odeurs s'étaient dissipées.

Elle lui offrit un repas chaud avant d'accepter de le laisser partir. Elle espérait pouvoir le ramener sur la bonne voie pour qu'il retrouve un semblant de dignité. Bien sûr, il s'était bien abstenu de lui raconter son histoire, la laissant meubler elle-même la conversation. Les gens aiment parler d'eux-mêmes, ça les rend particulièrement heureux et Sam avait toujours eu la capacité de les encourager dans ce sens. C'était ce qui lui avait généralement apporté les bonnes grâces des personnes qu'il côtoyait.

Malgré les soins prodigués par Gabrielle, son teint était encore brouillé par des semaines de beuverie. Les cernes sous ses yeux lui donnaient l'impression d'avoir pris dix ans de plus, mais c'était une situation à laquelle il ne pouvait pas remédier pour l'instant.

Il ne lui restait plus qu'à retrouver Sylvain Dubois et, avec un nom québécois aussi courant, il savait que ce ne serait pas une chose aisée. Le meilleur endroit pour commencer ses recherches était au boulevard de Maisonneuve, la Grande Bibliothèque de Montréal lui donnerait un accès à internet. S'il ne pouvait pas retrouver Sylvain ainsi, il ne voyait pas comment il pourrait y arriver autrement.

CHAPITRE 21

Les survivants étaient tous assis autour du feu, dégustant silencieusement la viande tendre qui avait passé la nuit à cuire sur les braises brûlantes. Seule Mina avait pris le temps de s'occuper des blessures de Nick avant de commencer à manger sa part. Non qu'elle n'eut pas faim, mais elle se sentait responsable du bien-être des blessés.

L'état de Nick l'inquiétait, ses blessures au mollet étaient assez sérieuses, mais nettes. Elle avait réussi à tout bien nettoyer et à arrêter complètement les écoulements de sang. Les plaies à la cuisse, quant à elles, étaient assez profondes, la chair avait été déchirée et aussitôt qu'on desserrait le garrot, le sang se remettait à couler à flots. Si une veine avait été sectionnée, elle n'était pas certaine qu'avec les moyens à leur disposition, ils puissent faire quoi que ce soit.

Elle fit de son mieux pour lui refaire un pansement assez serré, mais elle n'aimait pas l'idée de lui laisser le garrot qui empêchait le sang de circuler et donnait à sa jambe une couleur inquiétante.

— On va essayer de desserrer le garrot graduellement, on verra ce qui se passera.

— Je suis désolé, lui dit-il. J'aurais dû être plus vigilant.

Elle vérifia sa température, il faisait un peu de fièvre, mais elle ne semblait pas trop grave, son épuisement était le plus préoccupant dans leur situation. Mina pensa que la présence d'un médecin avec eux n'aurait finalement pas été un luxe. Elle entreprit ensuite de s'occuper des blessures de Mike qu'elle n'avait pas terminé de soigner la veille avant le repas.

Quand ils eurent tous fini de manger, la journée était déjà très avancée. Il n'était pas question de prendre la route à ce moment de la journée, car ils n'iraient pas très loin et le feu qui brûlait leur offrait une certaine sécurité.

Nick et Nathan s'étaient assoupis, alors que Mike, de son côté, semblait assez en forme. Il utilisait toujours son bâton pour s'aider à se déplacer, mais ça allait de mieux en mieux.

Erik et Max s'étaient isolés des autres et Mina se demandait bien de quoi ils pouvaient parler aussi sérieusement. Elle se doutait bien qu'ils discutaient à propos de la position de l'appareil et elle se sentait choquée qu'ils les tiennent tous à l'écart. Cette machine était la préoccupation principale de chacun d'eux et il serait tout à fait normal qu'ils sachent tous à quoi s'en tenir.

L'espoir est un sentiment qui a toujours permis à l'homme d'accomplir des miracles. Quand il n'y a plus d'espoir, l'esprit peut sombrer dans la folie.

— C'est assez, s'insurgea-t-elle.

Elle se dirigea d'un pas décidé vers les deux hommes et se braqua face à eux, l'air en colère.

— On est tous en droit de savoir ce qui se passe, leur dit-elle. Plus question de nous cacher quoi que ce soit.

— Tout à fait d'accord, lui répondit Erik avec un sourire contrit. Mais peut-être qu'on devrait baisser le ton pour laisser se reposer nos deux éclopés, pendant qu'ils le peuvent encore.

Mina tourna la tête pour voir Nick et Nathan profondément endormis.

— Désolée, dit-elle en baissant d'un ton.

Ils s'approchèrent tous afin de pouvoir entendre ce qui allait suivre, s'apercevant qu'Erik et Max semblaient avoir autre chose à leur dire.

— Okay, commença Erik. Nous croyons avoir trouvé un moyen de retrouver l'appareil, mais la question que nous nous posons en ce moment c'est : comment s'y prendre ?

— Toutes les suggestions seront les bienvenues, ajouta Max qui ne voulait pas être en reste.

Max leur dit qu'il avait l'intention d'installer l'antenne au sommet de la montagne qui se trouvait juste au sud-est de leur position, en plein cœur de la forêt. Il leur expliqua que cela leur permettrait de retrouver l'appareil aussitôt qu'il sortirait de la rivière souterraine. L'idée de suivre sa trace sous la terre étant beaucoup trop hasardeuse, surtout après la mésaventure de Nick, la montagne était la meilleure option actuellement envisageable.

— Si je comprends bien, dit Christopher, l'antenne va balayer toutes les directions, mais si la machine reste coincée sous terre ou encore s'il est déjà hors de portée des ondes émettrices de l'antenne, qu'est-ce qui va se passer ?

— À cette hauteur, l'amplitude des ondes va être beaucoup plus grande que maintenant. Pour le moment, l'antenne ne nous permet qu'une cinquantaine de kilomètres parce qu'elle n'est pas assez haute pour avoir une étendue dégagée. Par exemple, la montagne, les forêts et même les dénivellations du terrain lui bloquent l'accès. Du haut de la montagne, l'amplitude s'étendra aussi loin que la vue peut porter, je croirais alors difficilement qu'il se retrouve hors de portée, sauf si l'appareil disparaissait dans les airs.

— Et s'il ne réapparaît pas, on devra penser à construire une embarcation et entrer dans la rivière souterraine, ajouta Erik. Mais cette alternative sera prise en tout dernier ressort.

— Où est le problème ? demanda Stephen. C'est une longue marche, c'est certain, mais c'est une solution assez simple.

Kevin, qui se tenait juste à la droite de Stephen, se tourna vers lui.

— À notre époque, la solution serait simple, mais ici et dans cette forêt particulière, combien de dangers vont encore nous guetter ?

Stephen eut la chair de poule en repensant à l'attaque des loups. Par deux fois, il avait eu affaire à eux et la seconde fois ils avaient été beaucoup plus téméraires que la première.

— Et que fait-on des blessés ? demanda Mina.

Max baissa la tête, comme si la réponse lui faisait honte.

— Pas question de les laisser derrière nous, reprit Mina en haussant le ton.

— Non, Mina… pas seulement eux, dit Erik.

Tous se regardèrent simultanément, essayant de deviner qui ils pensaient laisser derrière.

— En réalité, reprit Erik en voyant l'inquiétude se peindre sur leurs visages. Nous voulons profiter du reste de la journée pour trouver un endroit plus sécuritaire, ensuite nous partirons à trois ou quatre au maximum pour monter l'antenne là-haut.

Kevin pensa aussitôt qu'il n'était pas question qu'il reste derrière. Il avait toujours détesté, quand il était petit, rester à la maison avec sa mère qui ne souriait jamais, alors qu'Alex, qui était de huit ans son aîné, partait dès qu'il le pouvait.

Il faisait immanquablement ce qu'on attendait de lui, espérant ainsi s'attirer la sympathie des gens qu'il côtoyait. Tant à l'école qu'à la maison, il était appliqué dans ses études, faisait les travaux domestiques, rendait service aux voisins, surtout quand ils étaient plus âgés ou démunis. Tous s'entendaient pour dire qu'il était un enfant exemplaire, mais comme il ne demandait jamais rien, ils croyaient tous qu'il ne désirait rien. Il aurait tant voulu suivre son frère dans ses frasques, mais sa mère avait besoin de lui.

Quand il eut enfin atteint l'âge d'entrer à l'Académie, il crut qu'il était évident qu'il y entrerait, comme son frère, mais ses parents ne voyaient pas la chose sous cet angle. Alex y avait été envoyé parce qu'il était rebelle et que son père et sa mère ne savaient plus quoi faire de lui.

— Mais c'est complètement injuste, s'était-il écrié. Alex a été récompensé parce qu'il ne faisait rien de ce que vous vouliez et moi je suis puni pour avoir été obéissant ?

Ses parents avaient tenté de lui faire entendre raison, mais Kevin trouvait la chose trop injuste. Il avait toujours voulu suivre les traces de son grand frère et voilà que ses parents, pour des raisons sentimentales, le lui refusaient encore. Il comprit que la vie n'était pas une question de justice, alors il passa l'année à manquer ses cours, à fréquenter les voyous du quartier et à la maison, il ne faisait ni n'écoutait plus rien. Il se mit même à commettre des petits larcins jusqu'à ce qu'il se fasse prendre. Mais comme c'était sa première infraction, aucune plainte formelle ne fut déposée. Cela prit donc six mois à ses parents pour comprendre le raisonnement qui se faisait dans la tête de Kevin.

Sa mère l'avait pris à part, le visage triste et la larme à l'œil.

— Est-ce que tu fais ça parce que tu nous détestes ? lui demanda-t-elle.

Il avait alors pris sa mère dans ses bras. Il savait qu'elle était triste pour tous les enfants qu'elle avait perdus. Elle avait perdu son aîné au profit de l'armée, l'idée de perdre son dernier enfant la terrifiait.

— Mais non m'man, je ne vous déteste pas, voyons ! C'est seulement que je veux aller à l'Académie, je veux faire le même métier qu'Alex. L'armée, l'aventure, je veux que tu sois fière de moi. Tu ne vas pas me perdre, je serai toujours là pour toi, tu le sais bien, m'man.

Sa mère s'était mise à sangloter, mais la semaine suivante il entrait à l'Académie. De nouveau, à l'Académie, il était parmi les premiers de classe, il obéissait aux consignes de ses supérieurs, il ne prenait aucune initiative parce que c'était ce qu'on attendait de lui. Quand il comprit que ce qu'on lui disait et ce qu'on pensait, ce n'était pas la même chose, il se décida à réajuster son comportement. Ceux qui se démarquaient plus que lui n'avaient pas de meilleurs résultats, mais ils savaient prendre des initiatives. Malheureusement pour Kevin, il apprit à prendre des initiatives jusqu'à ce que l'une d'elles l'amène dans le lit de la femme d'un de ses supérieurs. Fini pour lui la carrière de militaire, il s'était frotté à la mauvaise personne, celle qui avait les pouvoirs et les contacts pour briser sa vie.

Quand Alex était entré en communication avec lui pour lui parler d'une mission qui pourrait l'intéresser, il savait d'ores et déjà qu'il allait l'accepter. Peu importe s'il devait affronter les pires dangers, il allait les affronter avec son frère.

Son frère avait maintenant disparu, il se devait de mettre toutes les chances de son côté pour parvenir à ramener son corps à la maison. Il devait, coûte que coûte, faire partie de la mission qui grimperait dans la montagne pour retrouver l'appareil parce que pour lui, la machine et Alex étaient étroitement liés. Il savait que son frère aurait risqué sa vie pour tenter de sauver l'appareil, il allait en faire autant.

La voix de John à ses côtés le sortit de ses pensées.

— Excuse-moi, qu'est-ce que tu dis ? demanda-t-il à John.

— Tu te souviens des chevaux-licornes dont tu nous as parlé ?

— Oh oui ! Comment les oublier. Pourquoi ?

— Regarde là-bas ! dit John en lui indiquant la plaine en direction du nord-ouest.

Kevin aperçut, à une centaine de mètres, un troupeau de licornes qui semblait paître paisiblement dans la prairie.

— Tu crois qu'ils sont une menace ? demanda Kevin avec surprise.

— Non, une solution, répondit simplement John en souriant à pleines dents.

— Comment ? Toi tu saurais comment en capturer un ?

— J'ai grandi sur un ranch, ces bêtes-là ne me semblent pas bien différentes de nos chevaux modernes.

Ils firent aussitôt part de leur idée à Erik. Ce dernier hésitait à s'aventurer dans une expédition dangereuse sans que ce soit une nécessité. Mais l'idée d'avoir avec eux une ou deux montures n'était pas pour lui déplaire. Il envisageait même l'avantage que leur donnerait ce moyen de transport pour atteindre plus vite le haut de la montagne et qui sait, retrouver l'appareil pour les ramener.

— Regarde Erik, ils sont loin des bois, ce qui élimine quasiment les possibilités d'attaques auxquelles on a eu à faire face jusqu'à maintenant, lui dit John.

— Et en plus, on pourrait plus facilement et surtout plus rapidement mettre tout le monde à l'abri, et c'est sans compter que la montagne serait plus rapide à gravir, ajouta Kevin d'un ton convaincant.

— Okay les gars, comment pensez-vous vous y prendre ?

John leur expliqua comment son père et ses hommes s'y prenaient pour capturer un cheval, il s'agissait de reproduire la manœuvre. Erik mit donc en œuvre le plan de John.

— Mike et Mina, vous allez rester ici pour surveiller les blessés. Mina, tu as toujours l'arme que je t'ai donnée ?

Mina lui montra le pistolet qui était à sa ceinture.

— Garde-la avec toi. On va avoir besoin de tout le monde pour cet exercice, dit Erik en jetant un coup d'œil inquiet en direction de Stephen et de Joseph.

Joseph aurait bien préféré rester en sécurité près du feu avec Mike à la place de Mina, mais il ne pouvait en faire part à personne sans passer pour un couard. Il savait qu'il n'était pas courageux, mais de là à l'exposer avec autant d'évidence devant tout le monde, et surtout devant Mina qui ne refusait jamais de risquer sa vie pour participer au bien-être de chacun. Il ne dit donc mot, mais il sentait son corps déjà rachitique diminuer de volume.

— Kevin et John vont faire le tour du troupeau pour s'interposer entre eux et la forêt la plus proche, juste au nord-ouest de notre position. Dès qu'ils tenteront de les approcher, nous devrons empêcher les bêtes de fuir dans une autre direction que la leur.

— Et comment est-ce qu'on peut les empêcher de venir vers nous ? demanda Stephen.

— Vous vous agitez de façon menaçante ! Agitez les bras dans les airs avec de grands gestes, leur dit John. Faites aussi beaucoup de bruit, les animaux vont préférer fuir du côté qui leur semble le moins risqué.

John s'était emparé des deux cordes qu'ils avaient et s'était empressé d'en faire des lassos. Il en donna un à Kevin et lui expliqua comment s'y prendre pour le passer autour du cou de l'animal. Quand ils furent tous prêts, John et Kevin partirent en avant en s'assurant de contourner le troupeau pour ne pas les effrayer prématurément.

Peu après, Erik, Max, Joseph, Stephen et Christopher avancèrent lentement vers les licornes, essayant d'effectuer un cercle sans trop s'éloigner les uns des autres. Erik et Christopher étaient à chaque extrémité, prêts à défendre les trois scientifiques en cas de danger.

Les licornes commencèrent à s'agiter dès qu'ils sentirent les hommes s'approcher et Joseph fit de grands gestes désordonnés en criant, ce qui mit aussitôt le troupeau en émoi. Les autres imitèrent Joseph et les bêtes fuirent directement sur la position de Kevin et John.

Les deux hommes s'étaient préparés à devoir courir, mais le troupeau semblait bien décidé à atteindre la forêt de l'ouest pour fuir le danger. En voyant les bêtes galoper vers eux, ils plantèrent leurs pieds solidement au sol, prirent leurs lassos bien en main et attendirent. L'attente fut de courte durée, le troupeau fondait sur eux, leurs cornes bien pointées dans leur direction, comme s'ils avaient l'intention de les encorner.

John n'avait pas pensé à cette éventualité, le risque avec les chevaux était de se faire piétiner, mais ces cornes qui venaient dans sa direction ne lui présageaient rien de bon. Il vit que Kevin avait pris une position latérale au troupeau, de la même manière qu'il avait fait la première fois et John l'imita. Ils attendirent.

Les cinq hommes tentaient de suivre le troupeau en courant, essayant de rejoindre Kevin et John le plus rapidement possible pour leur prêter main-forte avec la bête qu'ils espéraient capturer.

John voyait le troupeau fondre sur eux, il avait son lasso bien en main, les licornes l'évitaient alors qu'elles auraient pu le tuer à l'aide de leurs cornes à la pointe effilée. Il réussit à passer le lasso au cou de l'une des dernières bêtes du troupeau et donna aussitôt un grand coup vers le bas en coinçant la corde sous son pied. L'animal tomba au sol, incapable de se relever sous la pression exercée par John.

— On a réussi, cria John à Kevin. Mais ce dernier n'était plus à ses côtés.

* * *

L'embarcation d'Alex s'échoua sur un banc de sable à une vingtaine de mètres de la falaise. Il se demanda si la distance qui le séparait des rochers lui permettrait de garder pied ou s'il devrait nager. Il ne se sentait pas rassuré de s'enfoncer dans ces eaux, surtout avec la plage et son hôte qui n'étaient pas assez loin de lui.

Il se leva tranquillement et essaya de détendre un peu ses muscles, ses côtes l'empêchèrent d'en faire trop. Il avança doucement et évalua la profondeur de l'eau devant lui, mais après seulement quelques pas, il était déjà immergé jusqu'à la taille et la pente ne cessait de descendre.

— Je vais devoir tirer l'embarcation jusqu'ici, c'est le moins risqué, se dit-il.

Comme il se retournait vers son tronc d'arbre, il le vit dériver au large, emporté par le courant de la rivière. Il se trouvait maintenant coincé sur ce petit îlot de terre, au milieu d'une rivière remplie de créatures incroyablement dangereuses. Il aurait bien aimé se retrouver en ce moment avec les autres, dans le grand laboratoire, tous assis devant le fabuleux festin offert par Clyde Owen. Mina, installée à ses côtés, discuterait gaiement tout en remplissant son assiette de viandes tendres, de fruits frais et de pain chaud et moelleux. Il imaginait le plateau de sushis… du poisson, cette idée le ramena à sa triste réalité, il avait faim, il avait mal et il n'était pas armé dans un monde peuplé de dangers.

— Allez, c'est pas la première fois que tu te trouves dans une situation périlleuse, remue-toi.

Il repensa à une mission en Irak où il s'était entiché de la femme d'un dignitaire irakien. Une romance qui avait duré tout un merveilleux week-end dans une petite cabane hors de la ville. Elle était une excellente cuisinière, elle lui préparait des plats de riz, de légumes et de viandes accompagnées par des sauces dont les saveurs lui étaient étrangères. Tout ce qu'elle faisait…

« Arrête de penser à manger ! » se dit-il en prenant un nouveau morceau de racine dans sa poche de pantalon.

Il se préparait mentalement à se jeter à l'eau, mais avant tout il devait être prêt. Si jamais il arrivait à atteindre le mur de pierre, il devait savoir comment s'y prendre pour grimper et pour ça il devait trouver le bon point d'ancrage.

Il jeta un nouveau regard vers la plage et s'aperçut qu'elle était maintenant vide.

« Merde ! » se dit-il. Essayant de déterminer où pouvait se trouver la bête.

Il décida d'attendre encore un peu, pour voir si l'animal était à proximité. Il préférait devoir l'affronter sur la terre ferme que dans l'eau où il était dans son élément. Finalement, comme rien ne se passait, il se décida à se jeter à l'eau. Il avait aperçu dans la roche une faille dans laquelle il devrait pouvoir trouver des appuis pour grimper et elle était justement assez éloignée pour qu'il puisse se laisser porter par le courant jusqu'à sa hauteur.

Il venait à peine de commencer à nager quand il s'aperçut que le courant l'emportait dans le sens inverse. C'était comme si la rivière de ce côté du banc de sable ne suivait pas le même itinéraire que la rivière principale. Le courant l'entraînait directement vers la plage, il accéléra la cadence pour atteindre le rivage avant le retour du crocodile. Comme il approchait de la plage, il se rendit compte qu'il s'était trompé, l'animal y était toujours. Un petit taillis de feuillages l'avait tout simplement caché à son regard.

Cette fois, la panique le gagnait, il allait se retrouver coincé entre le crocodile et la rivière sans qu'il n'ait aucun moyen de se soustraire à une attaque sous-marine. Il atteignit donc le rivage, le couteau à la main, prêt à défendre chèrement sa peau. La bête n'avait pas bougé, elle était soit profondément endormie, soit elle se préparait à attaquer au moment voulu.

Alex s'empressa d'aller se coller contre la falaise. C'était une faible protection contre le monstre qui dormait tout près, mais dans cette position, le crocodile aurait de la difficulté à l'attaquer de front. Il avançait doucement, essayant de rester caché derrière le buisson tout en gardant un œil sur l'animal. À sa grande surprise, l'attaque arriva du côté de la rivière. Un second crocodile venait d'apparaître sur la plage et se dirigeait vers lui. Il n'y avait aucun doute sur ses intentions et il avançait plus rapidement qu'Alex n'arrivait à reculer, compte tenu du danger qui le cernait des deux côtés.

Sa seule chance de survie était le mur de pierre. Il devait impérativement trouver un emplacement pour grimper et pour le faire le plus vite possible. Son instinct de survie était tellement aiguisé qu'il en oubliait d'avoir mal aux côtes, mais il avait aussi oublié l'autre bête qui s'était finalement réveillée et qui avançait dans sa direction.

Il était pris au piège et il récita mentalement la seule prière qu'il se rappelait de ses cours de catéchisme. Alors, le couteau à la main, il essayait d'évaluer laquelle des deux bêtes serait sur lui en premier. Devant ses yeux ébahis, le crocodile qui avait élu domicile sur la plage s'attaqua à l'intrus qui venait de pénétrer sur son territoire.

Alex ne se fit pas prier pour déguerpir rapidement en direction des boisés qui longeaient la plage, profitant de l'altercation entre les deux bêtes.

* * *

Alors que Mina était seule avec les blessés, elle décida d'examiner à nouveau la jambe de Mike. Celui-ci semblait aller beaucoup mieux, mais elle préférait s'assurer que ses plaies guérissaient correctement. Elle alla chercher tout le nécessaire pour le soigner qui était resté près de Nick dont elle avait pris soin avant qu'il sombre dans le sommeil.

En la regardant se pencher vers Nick pour vérifier sa température, Mike ne put s'empêcher de penser à Émilie. La chevelure de Mina était d'un roux plus flamboyant que celle d'Émilie

250

qui était auburn naturel, mais la douceur des gestes qu'employait Mina pour s'assurer que Nick allait bien lui rappelait la tendresse qu'il portait à son amoureuse.

Il avait eu beaucoup de relations dans sa vie, mais aucune d'elles n'avait survécu à l'échéance des trois mois. Il vivait des passions torrides, mais les passions passent et il n'y a alors plus aucune raison de poursuivre. Émilie était à la fois son amoureuse, son amante, sa meilleure amie, sa confidente, finalement elle était son prolongement, comme si avec elle, il était chez lui.

— Oh, Émilie ! Si tu savais à quel point tu me manques en ce moment, chuchota-t-il.

Comme si le fait de le dire à voix haute lui aurait permis de l'entendre. Il y avait tellement de choses qu'il aurait aimé lui dire en ce moment même, mais il savait qu'il ne devait pas croire qu'il ne la reverrait jamais.

— Gardons espoir, ma biche. On va se retrouver.

Il détourna les yeux de Mina pour observer Nathan qui semblait vouloir dire quelque chose. Il se leva à l'aide de son bâton et s'avança vers lui pour comprendre ce qu'il disait.

— Nooon, pas ici, gémissait Nathan. J'veux pas…

Mike se tourna vers Mina qui s'était approchée elle aussi. Elle se pencha sur Nathan pour toucher son front.

— Il est brûlant de fièvre, dit-elle avec inquiétude.

— Pourtant il avait l'air de bien aller ce matin.

— Si la plaie n'a pas été nettoyée en profondeur, elle pourrait s'être infectée, ça expliquerait qu'il ait autant de fièvre. Qui s'est occupé de le panser ?

— Je crois que c'était Stephen, mais je n'en suis pas certain.

Mina hésita durant un court moment. Devrait-elle le réveiller et vérifier comment était sa blessure ?

— Je vais attendre leur retour, je voudrais savoir ce qu'on lui a fait. Pour le moment, on est mieux de le laisser dormir.

Elle alla prendre une bouteille d'eau et utilisa un morceau de linge qu'elle imbiba d'eau fraîche. Elle revint l'appliquer sur le front de Nathan tout en lui flattant les cheveux, espérant lui prodiguer un peu de sérénité. Ce dernier se calma et retomba dans un profond sommeil.

Après quelques minutes, elle retira le linge et l'imbiba à nouveau avec de l'eau fraîche et continua ainsi durant quelques minutes, rafraîchissant régulièrement la compresse qu'elle lui appliquait sur le front. Mike la regardait faire avec tendresse. Pendant toute la période de l'entraînement précédant leur départ, jamais il ne l'aurait cru capable de gestes aussi tendres. Il se dit qu'il devait l'avoir mal jugée.

Il s'éloigna d'eux, laissant Nathan aux bons soins de Mina. Il leva les yeux en direction de la plaine et essaya de voir ce qui se passait avec les licornes. L'idée d'une monture n'était pas pour lui déplaire, elle pourrait leur être d'un grand secours.

CHAPITRE 22

Retrouver Sylvain Dubois fut chose aisée. Il habitait encore l'appartement de sa mère sur le boulevard Honoré-Beaugrand, dans l'est de la ville. Même le numéro de téléphone n'avait pas changé, ce qui fit rire Sam.

« Toujours aussi conservateur. » se dit-il.

Sylvain était le genre de gars à ne pas jeter ce qu'il pensait pouvoir un jour se servir. Sam le taquinait régulièrement sur ce sujet à l'époque. Aujourd'hui, on savait qu'il existait un terme pour appeler cette maladie, un amasseur compulsif. Pour Sylvain, c'était les journaux et les revues spécialisées, sans parler des livres d'histoires et ce dernier aurait pu paraître normal sans les piles de journaux qui jonchaient sa chambre. Il se rappelait que certaines piles atteignaient la hauteur d'un homme.

Il hésita à retourner aux abords du musée. À cette heure, il savait que Roxane y serait encore, mais sa nouvelle apparence l'empêcherait de passer inaperçu. Sylvain lui avait donné rendez-vous à 19 h chez lui, ce qui lui laissait facilement une heure à tuer.

Il ne put finalement s'empêcher de prendre la route du musée, car l'envie de l'apercevoir était la plus forte. C'est avec elle qu'il aurait dû discuter de ce qui se passait, mais il savait avoir mal agi à son égard. Qui plus est, elle avait un nouveau copain, ce qui lui donnait un coup au cœur.

Au moins, elle n'est plus avec Marc, pensa-t-il sans y trouver un réel soulagement.

Arrivé près du stationnement, il vit rapidement la petite Civic blanche rangée bien droite entre les lignes jaunes.

Pour une fois qu'elle se stationne correctement, y fallait que je sois témoin de ça.

Mais si c'était bien elle qui l'avait conduite à ce moment-là. Quand ils partaient ensemble, Roxane insistait toujours pour que ce soit lui qui prenne le volant. Elle adorait se faire conduire. Penser qu'elle aurait laissé le soin à quelqu'un d'autre de conduire sa voiture lui hérissa le poil.

— Arrête Sam, se sermonna-t-il.

Les employés du musée commençaient tranquillement à quitter leur travail et Sam les observait sortir, scrutant s'il ne voyait pas Roxane parmi eux. Il vit un homme monter dans la petite Civic et quitter l'aire de stationnement, sans Roxane. Sam était stupéfait, mais en y regardant de plus près, il remarqua deux autres voitures tout à fait similaires sur place.

Après avoir attendu près d'une heure aux abords du musée, il n'avait toujours pas vu Roxane et il n'y avait plus non plus de Civic blanche sur le stationnement. Il fut surpris en pensant qu'elle aurait quitté son travail aussi tôt, car ce n'était pas dans ses habitudes. Peut-être était-elle malade, s'inquiéta-t-il.

Il se rendit à une cabine téléphone tout près et composa le numéro du musée.

— Pourrais-je parler à madame Roxane Dupuis, je vous prie ? demanda-t-il en masquant sa voix du mieux qu'il le pût.

— Désolée, madame Dupuis n'est pas là pour le moment. Voulez-vous que je vous transfère à sa boîte vocale ?

— Oui, merci.

Après une sonnerie, la boîte vocale s'enclencha et il entendit la douce voix si familière à ses oreilles.

— Vous avez bien rejoint la messagerie de Roxane Dupuis. Je serai absente du 23 juin au premier juillet inclusivement, vous pouvez me laisser un message ou communiquer avec Lucie Leclerc au poste #126. Merci.

Voilà qui expliquait qu'il ne l'ait pas vue sortir, elle devait être partie plus tôt pour ses vacances. Il regarda sa montre, il allait être en retard, il s'empressa donc de se diriger vers le métro Place-d'Armes.

Il devait emprunter la ligne orange jusqu'à la station Berri-UQAM et de là, changer de station pour prendre la ligne verte jusqu'au bout à Honoré-Beaugrand. Le trajet lui prit trente minutes pour atteindre sa destination. Il vérifia l'heure de passage de l'autobus 28, mais celui-ci venait de passer et le prochain n'arriverait pas avant près de trente minutes.

— Saloperie ! Je suis déjà en retard.

Sam décida de faire le chemin à pied. Il lui fallut un peu plus de quinze minutes pour arriver devant l'adresse de Sylvain. Il détestait être en retard, mais il ne pouvait pas se payer un taxi pour assurer sa ponctualité, comme il l'aurait fait autrefois. Il devait s'arranger avec les transports en commun, c'était la seule chose que son budget lui permettait.

Quand Sylvain lui ouvrit la porte, Sam fut surpris de remarquer à quel point ce dernier avait changé. À l'époque, c'était un grand maigre, plutôt nerveux avec une chevelure brune abondante. Il avait présentement devant lui un homme au crâne complètement rasé et dont la taille frisait l'embonpoint. Mais c'était à ses yeux qu'il le reconnut, un regard curieux et rieur à la fois. Il se dit que s'il avait eu de la difficulté à le reconnaître, il devait probablement en être de même pour Sylvain.

— Salut mon vieux ! T'as pas changé, lui dit ce dernier en l'invitant à entrer.

— Hey, toi non plus, je t'aurais reconnu entre mille, lui répondit-il poliment.

Sylvain éclata de rire.

— T'es toujours aussi poli qu'avant, c'est pour ça que ma mère t'aimait tant, lança Sylvain.

— Et comment va-t-elle ?

— Décédée.

— Mes sympathies ! J'en avais aucune idée.

— T'inquiètes ! Ça va faire bientôt deux ans.

Sam fut sidéré en entrant dans l'appartement. Un amasseur compulsif se détecte du premier coup d'œil en regardant l'état du lieu où il vit, mais ici, tout était en ordre. Et en ordre, le mot était faible ! C'était tout juste si les parquets ne reluisaient pas de propreté. En passant devant le salon, Sam aperçut des murs remplis d'étagères de livres, mais tout était rangé correctement. Il aurait même pu voir qu'ils étaient tous rangés par catégorie et en ordre alphabétique s'il y avait porté une plus grande attention.

Il suivit Sylvain jusqu'à la cuisine où les attendait une pizza toute garnie avec un extra de bacon.

— Excuse le désordre, j'ai pas pris le temps de ranger aujourd'hui, lui dit Sylvain en pointant le coin cuisine où il pouvait voir une assiette et un verre qui traînaient dans l'évier. Prendrais-tu une bière ?

— Tu te moques de moi ! s'esclaffa Sam.

— Quoi ? lui dit Sylvain surpris.

— T'étais le genre bordélique dans le temps. Et là, tu traites de bordel un couvert dans l'évier !

Sylvain éclata de rire devant l'expression de Sam.

Si tu savais… après la mort de ma mère, j'me suis fait soigner. J'étais un amasseur compulsif et j'ai dû consulter. J'ai failli être expulsé de l'appartement tellement c'était rendu grave. Du vivant de ma mère, elle compensait en ramassant derrière moi, mais après ça c'était devenu invivable.

Ils discutèrent ainsi durant un moment, parlant surtout de Sylvain. Après trois bières et une pizza entière, Sylvain se montra enfin curieux.

— J'ai été surpris par ton appel, mais j'imagine que t'es pas venu me voir pour parler de la pluie et du beau temps.

Sam avait été reconnaissant à Sylvain de ne pas lui avoir posé de questions se rapportant à la licorne, même s'il savait avec certitude que ce dernier était au courant de tout. Mais maintenant, jusqu'à quel point était-il prêt à s'ouvrir à lui sur ce qui avait suivi sa débâcle ?

Voyant son hésitation à lui répondre, Sylvain poursuivit :

— J'ai suivi sur les médias toute cette histoire de fraude et j'imagine que tu veux des informations sur ce qui s'est dit jusqu'à maintenant.

— T'as raison, t'es la première personne à qui j'ai pensé qui pourrait m'informer. Et tout ça sans me juger, ajouta-t-il.

— Ben, en réalité, l'affaire est assez capotante[5], dit Sylvain.

Sylvain commença par le début, en lui parlant de la licorne. Bien que Sam sache très bien ce qu'il en était de celle-ci, il le laissa parler. Il était plus facile de partir du commencement pour son âme

---

[5] Terme québécois indiquant quelque chose d'enthousiasmant, d'excitant, d'emballant.

d'historien que d'avancer par brides décousues. Alors d'un ton professoral, il lui relata tout ce qu'il avait lu et entendu jusqu'à maintenant.

— Quand ils ont découvert la corne d'abondance sur le tigre...

— Quelle corne d'abondance ? demanda Sam, surpris.

— Le gros smilodon qui est exposé au Musée de New York ! Un employé a fait tomber, par mégarde, certains ossements de l'animal et une croûte de calcification s'en est détachée et après ça, l'une des dents s'est ébréchée. Ils y ont trouvé un médaillon en titane qui avait la forme d'une corne d'abondance. Pas le genre de forme qu'on devine, comme quand on regarde un nuage ! Le métal avait été façonné de façon à représenter la corne d'abondance.

— C'est réellement étrange, l'homme n'était pourtant pas présent sur le continent américain à cette époque.

— Attends ! Après toute cette histoire-là, ton musée a décidé de faire un nouvel examen de la licorne, tu le savais ?

— Non, c'est la première nouvelle que j'en ai.

— C'que j'te dis là, je le sais de source sûre, même si ça n'a jamais été publié.

— Et...

— Ils ont découvert un morceau de métal profondément enfoncé dans l'os, placé tout contre la corne de l'animal. Difficile de définir ce que c'était exactement parce que l'érosion l'avait vraiment endommagé, mais ce qui est certain, c'est que ce n'était pas un métal pur, c'était un alliage, je ne me rappelle pas précisément lequel. Tu te rends compte ? Un alliage métallique qui remonterait avant même que l'homme ait conçu le premier outil.

— Ensuite... le pressa Sam.

— Les dernières nouvelles que j'ai, c'est au sujet d'un groupe de chercheurs américains, il aurait trouvé une fosse où étaient morts une assez grande quantité de loups. L'état des ossements laissait croire que ce n'était pas des loups modernes et les tests au carbone 14 ont confirmé que l'âge des os remontait à la même époque que ta licorne et du smilodon.

— Une meute de loups qui serait morte d'une catastrophe naturelle, ça pourrait être plausible.

— C'était la première hypothèse, mais sur les ossements, ils ont trouvé des marques de blessures étranges dont la majorité avait laissé des traces de métaux...

Sylvain laissa sa phrase en suspens, attendant une réaction de Sam qui restait muet, les sourcils en forme de point d'interrogation.

— Encore une fois, pas question de métal pur, on était encore face à un alliage métallique. Et parmi tous les ossements, ils ont trouvé, imprégnés dans la roche, la forme d'une arme qui ressemble à s'y méprendre à nos armes modernes. Et les traces sont toujours dans un alliage métallique.

— Et tu penses que c'est une fraude ?

— Si c'en est une, moi je tire mon chapeau à l'hurluberlu qui en est l'auteur. Les traces, l'oxydation, l'emplacement... j'te jure que ça a l'air tellement véridique. Toute la communauté scientifique et historique est sous le choc ! Plus personne ne sait quoi en penser ! C'est vraiment trop habile pour ne pas croire qu'il y a peut-être du vrai là-dessous !

— Et toi, tu penses réellement que ça peut être autre chose qu'une arnaque ?

— Attends, laisse-moi finir.

— Y'a autre chose ?

Sylvain sourit, il voulait faire son effet et il avait réussi. Il avait toute l'attention de Sam qui se demandait bien ce qu'il se préparait à lui dire.

— Ce matin, après ton appel, j'ai fait quelques téléphones auprès de vieux contacts que j'ai toujours dans le milieu.

— Et... le pressa Sam, impatient d'en savoir plus.

— Le même groupe que pour les loups a découvert quelque chose d'autre un peu plus loin, une seconde licorne, mais c'est pas encore officiel.

— Une autre licorne ? Comme la mienne ?

— La tienne, c'est rien qu'une licorne ! Celle-là est bien plus intéressante !

— En quoi ? dit Sam, un peu déçu.

— Parmi les ossements de l'animal, ils ont trouvé des ossements humains. Des vieux, très vieux ossements humains. J'attends encore que mon contact m'envoie les résultats des tests au carbone 14 pour en déterminer l'âge exact.

— C'est impossible !

— Il semble que non. Une race d'homme assez civilisé pour manipuler le métal aurait vécu avant l'apparition des premiers hommes sur le sol américain. Peut-être même avant les premiers hommes préhistoriques.

Sam resta pensif et Sylvain lui laissait le temps d'assimiler cette nouvelle. C'était tellement incroyable que ça frisait l'impossible.

— Comment est-ce que ça aurait pu passer inaperçu ? Ça fait longtemps que le parc National des Badlands est sillonné par des groupes de paléontologues !

— Aucune idée, mais t'as quand même découvert la première licorne américaine y'a quoi, seulement trois ou quatre ans ?

— Tu sais, toutes les histoires rocambolesques qui courent sur les pyramides égyptiennes et sur les sites incas et qui disent que la terre aurait été habitée par des êtres civilisés y'a plusieurs milliers d'années. Personne de sérieux n'a jamais cru à ça, mais maintenant. Tu imagines ?

— Tu sais, des bruits courent déjà !

— Quels bruits ?

— Que la terre aurait été visitée par des êtres venus d'autres planètes et qui nous ressembleraient. Les médias sociaux regorgent de désinformation, mais les fanatiques des OVNIS s'en donnent à cœur joie. Imagine ce que ça va être s'ils entendent parler des ossements humains.

CHAPITRE 23

Mike et Mina virent les hommes revenir vers le campement, tirant derrière eux une licorne que John tenait en bride.

— Ils ont réussi, se réjouit Mike.

Elle fronçait les yeux, essayant de distinguer combien ils étaient.

— Où est Kevin ? demanda-t-elle à Mike.

Mike porta attention à son tour au nombre d'hommes qui revenaient et il n'en comptait que six. Il compta à nouveau, essayant de distinguer Kevin parmi eux.

— Peut-être est-il juste derrière John, supposa-t-il.

Mina ne dit mot, tous les deux s'attendaient au pire. Ils savaient bien que d'aller attraper une licorne pouvait comporter quelques risques, mais ils avaient espéré que rien de bien grave ne se produirait.

Plus les hommes approchaient, plus ils étaient certains que Kevin n'était pas parmi eux. Ils distinguaient leurs visages sombres, la mine basse alors qu'ils devraient être réjouis d'avoir réussi a capturé l'animal.

Quand ils arrivèrent au camp, Erik leur relata ce qui s'était passé. John de son côté restait coi, il s'occupait silencieusement de l'animal qu'il attachait à un arbre un peu à l'écart du feu. La licorne se laissait faire, malgré qu'elle n'appréciait pas la proximité des hautes flammes que prodiguait le feu.

— On n'a pas retrouvé son corps, finit par expliquer Erik.

— Si on ne l'a pas retrouvé, c'est peut-être qu'il n'est pas mort, s'entêta John.

— Comment pourrait-on en être certain ? lui demanda Mina.

— S'il avait été piétiné par les licornes, on aurait retrouvé son corps mutilé, ces bêtes-là ne sont pas des carnivores. Elles ne traîneraient pas un poids mort derrière elles.

John caressait le cou de l'animal, essayant de l'apaiser. Il lui parla doucement à l'oreille aussitôt qu'il eût terminé son explication.

— Alors, s'il n'est pas mort, où est-il ?

— Comment est-ce que tu veux que je le sache, Mina ? Pour le moment, tout ce que je veux, c'est calmer cette bête-là. Après je vais partir à sa recherche. Il n'est pas question que je le laisse seul plus longtemps qu'il ne le faut. S'il est mort, je vous ramènerai son corps.

Mina observa l'air déterminé de John. Il semblait particulièrement affecté par la disparition de Kevin, comme s'il s'en rendait responsable.

— Tu sais que ce n'est pas ta faute, lui dit Mina en s'approchant.

— Mais ce n'est pas une raison pour le laisser tomber, lui lança sèchement John, l'arrêtant sec dans son élan.

Mina se ravisa et fit un pas en arrière. Il valait mieux le laisser seul, pensa-t-elle. Même Erik avait compris ce besoin. Il avait pris Mina par l'épaule et l'avait attirée avec lui plus près du feu, lui demandant des nouvelles des blessés. Elle se rappela soudainement la fièvre de Nathan et partit rapidement à la rencontre de Stephen, plantant Erik sur place sans rien lui dire.

Erik ne s'en offusquait pas, il avait toujours vu Mina comme une femme d'actions plus que de paroles. Elle devait avoir un objectif en tête et ne s'en détournerait pas tant qu'elle n'aurait pas obtenu ce qu'elle voulait. Il sourit intérieurement en la regardant marcher d'un pas rapide et décidé, espérant que Stephen ne souffrirait pas trop de son humeur.

John, de son côté, continuait de s'occuper de l'animal comme si c'était la seule préoccupation importante en ce moment. Erik regrettait amèrement l'absence de Kevin, il savait qu'ils souffriraient tous de sa disparition. Il devait néanmoins prévoir la suite des événements, c'était son rôle de mettre de côté toute émotion qui pourrait nuire au bon fonctionnement du groupe.

« Ne jamais laisser un homme derrière. » se dit-il en pensant à ceux qu'ils avaient déjà enterrés ou abandonnés.

* * *

Alex s'était enfoncé assez profondément dans les bois pour se sentir en sécurité. Il savait que la forêt comportait des risques, mais sur la plage, le danger était éminent et il s'en était sorti indemne uniquement parce que le premier crocodile ne l'avait pas aperçu. Il n'avait suivi que son instinct en protégeant son territoire, comme le faisaient tous les animaux depuis des temps immémoriaux.

À l'orée d'une clairière, il découvrit un petit buisson de baies sauvages et à cette vue, son ventre gronda sévèrement. Il ne savait pas si ses fruits étaient comestibles et hésitait à en manger, mais elles ressemblaient énormément aux bleuets. Il en prit une avec précaution et l'amena jusqu'à son nez pour en humer l'odeur. L'arôme était étrangement similaire à celle des bleuets. Il le mit alors dans sa bouche et se délecta autant à cause du goût du petit fruit que du fait de donner à son estomac de quoi se sustenter un peu. Il ramassa les baies en grande quantité, les enfouissant goulûment dans sa bouche, ne pouvant arrêter de manger. Le fruit et son jus lui faisaient un bien terrible et il dut se forcer à arrêter avant de se causer une indigestion. Il savait qu'il devrait manger doucement et un peu à la fois à cause de son régime forcé. Il décida donc de remplir ses poches avec la plus grande quantité de fruits qu'il put trouver.

Il marcha encore durant un moment, essayant de rester à proximité de la rivière pour retrouver son chemin, mais en s'éloignant le plus possible de la plage. Il aperçut sur le sol un étroit sentier sinueux où l'herbe était rare et tassée. Il lui vint alors à l'esprit de fabriquer un piège à lièvre tel qu'il l'avait appris dans ses cours de survie en forêt.

Alex se mit en quête de longues branches souples qu'il trouva facilement dans la forêt et se plaça sur le chemin laissé par les petits rongeurs, sous un arbrisseau. Il créa donc un piège à doubles arceaux à l'aide de la ficelle qui lui restait dans sa poche et camoufla le collet sous quelques branches de sapinage puis recommença l'opération quelques mètres plus loin. Il s'éloigna finalement des pièges et entreprit de se faire un feu à l'orée de la forêt sur un promontoire rocheux. L'espoir que, durant ce temps, quelques petits rongeurs se feraient prendre pour lui fournir un peu de protéines le revigorait.

Le soleil commençait à descendre dans le ciel quand il décida d'aller vérifier ses collets. Le piège le plus près était toujours en place et vide. Il espérait vraiment pouvoir attraper quelque chose avant de repartir le lendemain. Dans le second collet, un gros lièvre était accroché, les yeux exorbités sous la pression de la ficelle sur son cou. Il décrocha l'animal qui devait peser pas moins de quatre kilos et lui brisa le cou. Il replaça le collet pour la nuit.

L'odeur de la viande sur le feu le faisait saliver d'envie, mais il se forçait à attendre pour obtenir une chair tendre. Un grognement se fit entendre dans le bois derrière lui. Alex prit aussitôt son couteau et se mit en position de défense. Il vit, tapi dans la pénombre des arbres, l'ombre d'un loup au pelage d'un gris doux qui le guettait, grondant légèrement en reniflant l'odeur de viande avec envie. L'animal semblait être seul et les flammes devraient permettre de le tenir à distance. Ce ne pouvait qu'être l'odeur de la viande qui l'avait poussé à avancer aussi près du feu.

Alex ramassa les abats du lièvre qu'il avait mis de côté et les lança en direction de l'animal. Peut-être se contenterait-il de ces morceaux de viande et qu'il repartirait ensuite. En tout cas, c'est ce qu'Alex souhaitait, il avait envie de pouvoir dormir en toute quiétude cette nuit, son corps en avait bien besoin.

* * *

John tenta à plusieurs reprises de monter sur le dos de la licorne, mais la bête n'était pas prête à se soumettre aux besoins de l'homme. John savait qu'en temps normal, son dressage aurait nécessité plus de temps, mais l'urgence de la situation le poussait à prendre des risques. Il s'inquiétait pour Kevin, qui pouvait être blessé, abandonné en pleine forêt. Il ne voulait pas admettre qu'il puisse être mort, pas après ce qu'ils avaient tous traversé. Il y avait déjà eu trop de morts dans leurs rangs et John avait bien l'intention que Kevin ne vienne pas en agrandir le nombre.

Il détacha l'animal et le traîna avec lui dans la prairie. La licorne, qui ressentait un peu plus de liberté, voulut s'élancer au galop, mais aussitôt, John, mû par des années d'entraînement avec les chevaux, le cloua au sol en mettant son pied sur la corde qui lui servait de longe.

Stephen le suivait, incertain de l'attitude à adopter avec lui.

— Qu'est-ce que vous voulez ? lui demanda John, brusquement.

— J'ai pensé que ça pourrait servir, bredouilla Stephen mal à l'aise.

Il tendit un morceau de métal à John qui le regarda avec surprise.

— Je ne connais pas vraiment grand-chose aux chevaux, mais j'ai souvent vu dans les films qu'on leur mettait un mors dans la bouche. J'ai pensé que si on pouvait passer la corde dans les anneaux à chaque extrémité, il serait peut-être plus facile de le mater.

Le visage de John s'éclaircit. Comment n'y avait-il pas pensé aussitôt qu'il avait vu l'objet ? Il se promit de ne plus sous-estimer les scientifiques qu'il était chargé de protéger.

— Stephen, vous êtes un génie.

Satisfait du commentaire, Stephen lui remit l'objet et retourna auprès du feu, content de la réaction qu'il avait suscitée chez John. Il pensait qu'ainsi, l'homme serait plus enclin à le protéger s'il se sentait redevable envers lui.

John s'empressa de modifier le morceau de métal pour en faire un mors. La licorne n'était pas particulièrement heureuse de se sentir contrôlée de la sorte. John put enfin monter sur son dos. Bien que rétif au début, l'animal accepta finalement d'obéir aux réactions de son cavalier. John pensa :

— Voilà, je viens de dresser le premier cheval sauvage.

Sans en avertir personne, John s'élança avec la bête dans la prairie et prit aussitôt la direction du nord-ouest où il avait vu le troupeau disparaître la dernière fois. Il essayait de laisser assez de liberté à sa monture, dans l'espoir qu'elle tente de rejoindre les siens, ce qui le mettrait sur les traces de Kevin. Il devait faire vite, car il ne voulait pas laisser à Erik la chance de l'arrêter. Il savait que Stephen l'aviserait de son départ et sûrement qu'Erik comprendrait où il était parti et pourquoi il l'avait fait.

John avait raison quand il pensait que Stephen aviserait Erik de son départ. Ce qu'il n'avait pas prévu, c'était qu'Erik passerait sa colère sur ce dernier qui en fait, n'était que le messager. Stephen n'avait pas osé lui parler du mors qu'il avait trouvé, de peur que sa colère ne soit dirigée directement contre lui. Finalement, ce fut Mina qui vint le calmer en lui posant une main apaisante sur son avant-bras qu'il braquait en direction de Stephen de manière menaçante.

— Il n'y est pour rien, Erik, et tu sais très bien que tu n'aurais pas pu le retenir, lui dit-elle doucement.

Il se calma, remarquant que tout le monde les observait. Il n'aurait jamais dû s'énerver ainsi et il le savait, mais il craignait de perdre encore un autre homme. Il était essentiel qu'ils restent tous ensemble dorénavant, au moins jusqu'à ce qu'il leur ait trouvé un abri.

— Je ne voulais pas l'arrêter, mais j'aurais préféré qu'il soit accompagné, dit-il dans un soupir.

Kevin était le plus jeune membre de l'expédition et sa disparition leur semblait trop injuste. Alex n'étant plus là, c'était maintenant à Erik de veiller sur son petit frère, comme sur tous ses hommes. Il avait failli à sa tâche.

Malgré l'urgence de la situation, John profitait de la liberté que lui prodiguait sa monture. Dans sa jeunesse, sur le ranch où il avait grandi, ils avaient tous pris l'habitude de monter à cheval tous les jours. Il pouvait passer des heures entières avec ses frères et sœurs à se promener sur les terres familiales et dans les forêts environnantes. À l'école, certains copains les surnommaient les cow-boys, parce qu'ils ne rataient jamais une occasion de partir en randonnée.

Personnellement, John n'avait jamais été attiré par les rodéos, choses où ses frères excellaient, mais il y avait toujours eu un lien étroit entre lui et les bêtes qu'il montait. Quand son père lui avait offert son premier cheval, il n'était âgé que de sept ans. Tous les matins, avant d'aller à l'école, il prenait le temps de se rendre à l'écurie et parlait avec l'animal, il prenait soin de lui, ne laissant pas les palefreniers s'en approcher. Tout se passait entre le cheval et lui.

L'animal apprit rapidement à faire confiance au petit garçon et il lui fallut moins d'un an pour parvenir à le monter et à le diriger à sa guise. Il était fier d'avoir réussi à dresser son premier cheval et il savait déjà que c'était ce qu'il voulait faire en grandissant. À la fin de l'adolescence, il dut aller faire son service militaire, comme son frère avait fait avant lui et comme le feraient ses frères après lui. Mais avant la fin de son engagement, son père décéda et ce fut l'aîné qui hérita du ranch. Une bataille juridique s'ensuivit, mais son frère gagna contre le reste de la famille et cela dispersa les liens fraternels qui les unissaient.

Depuis ce jour, c'était la première fois qu'il remontait sur un cheval, il avait oublié le sentiment d'unité que le chevalier ressentait avec sa monture comme s'ils ne faisaient plus qu'un.

Il galopait aussi vite que sa monture le lui permettait, épousant chaque élancement de l'animal, ses muscles qui s'étiraient à chaque longueur de galop. Ses propres muscles retrouvaient d'instinct comment se tenir et comment bouger avec la bête.

En approchant de la forêt, il vit un petit attroupement de mammouths sur sa route. Il aurait aimé galoper parmi eux, mais en voyant que les mastodontes s'inquiétaient à son approche, il choisit de ralentir la cadence et de mettre sa monture au pas. La licorne semblait rétive à s'approcher de ces animaux qui devaient être trop énormes pour elle.

John chuchota à sa monture des mots apaisants, tentant de calmer les angoisses de l'animal, mais rien ne parvenait à le rassurer. La licorne se mit à se cabrer et à ruer. John tenta de la retenir en mettant plus de pression sur le mors, mais l'animal continuait malgré toutes ses tentatives. Il sentait que sa monture était sur le point de le désarçonner. Pour ne pas la laisser s'échapper, il enroula la corde autour de son bras et sauta à terre en tentant de la coincer sous son pied, afin d'obliger la licorne à se coucher.

Pour John, tout allait lentement alors qu'en réalité il ne s'était pas encore écoulé plus d'une minute. La licorne parvint à le déstabiliser et il tomba assis par terre. Il laissa la corde glisser entre ses doigts, mais réussi néanmoins à la retenir autour de son bras. Il était maintenant couché à plat ventre et l'animal l'entraînait dans les hautes herbes derrière lui. Sa monture était en état de panique et John ne savait pas s'il réussirait à l'arrêter.

Il sentit, plus qu'il ne vit, surgir un énorme tigre qui sauta par-dessus les herbes à la poursuite de la licorne. Voilà ce que sa monture tentait de fuir depuis un moment, John s'en voulut aussitôt de ne pas l'avoir laissée prendre la direction qui les aurait peut-être mis en sécurité. Maintenant, il était trop tard pour regretter. Essayant d'attraper son arme à sa ceinture, John laissa échapper la corde alors que le prédateur sautait sur sa proie, clouant l'animal au sol, enfonçant ses longues dents dans la gorge de la licorne.

Toujours couché à plat ventre sur le sol, John n'osait bouger, de peur que le tigre ne se retourne contre lui. Il parvint à retirer son arme avec maintes précautions. Il entendait les hennissements de douleurs émis par la licorne, ce qui lui indiquait que le tigre la maintenait fermement au sol, mais les sons devenaient plus faibles et le bruit des sabots qui s'agitaient cessa.

Quand il entendit le son de la chair être déchiré par le tigre, il eut envie de hurler, mais il savait que le moindre bruit de sa part attirerait l'attention du fauve. Il devait profiter de l'inattention du prédateur pour tenter de s'éloigner.

À quatre pattes, John commença à reculer avec précaution. Le bruissement du tissu de ses vêtements sur les hautes herbes lui semblait audible à des milles à la ronde. Quand, par mégarde, il écrasait une brindille qui craquait sous ses genoux, il s'aplatissait rapidement au sol, arme levée devant lui. Après quelques secondes d'attente, il recommençait à reculer en prenant plus de précautions qu'auparavant. En dix minutes, il avait fait à peine un ou deux mètres, mais il était prêt à y passer la nuit s'il le fallait, il devait à tout prix retrouver le camp sans être suivi par l'animal féroce.

Il entendit, tout à coup, un feulement derrière lui. Il réalisa que le tigre l'avait senti et qu'il le prenait de revers. Doucement, il se retourna et recula encore. Il était presque couché au sol, ses coudes s'enfonçaient dans la terre alors qu'il tenait son arme bien levée devant lui prêt à recevoir la bête et à l'abattre. Il reculait plus rapidement, il savait très bien que le tigre l'avait détecté et il l'attendait fermement.

Dans sa hâte à mettre le plus de distance entre lui et le prédateur, son pied heurta quelque chose de mou et sans même regarder derrière, il savait qu'il venait d'atteindre la position où gisait sa monture. Il devait vite s'éloigner. Peut-être que le tigre choisirait de ne pas le suivre et de continuer son repas en le laissant tranquille.

« Reste calme ! » se disait-il. « Recule doucement et contourne le corps du cheval tranquillement. »

C'est alors qu'il vit apparaître le tigre à quelques mètres de lui, la gueule grande ouverte dans un rugissement féroce, ses longues canines bien en évidence et sans attendre, il tira sur la bête qui tomba sous l'impact de la balle. Il sentit alors le feulement du premier tigre qu'il venait de déranger durant son repas.

« Ils étaient deux ! » fut sa dernière pensée.

* * *

Assis devant le feu, Erik avait décidé qu'ils attendraient le jour suivant avant de partir, laissant ainsi à John le reste de la journée pour retrouver Kevin. Il ne pouvait se permettre d'abandonner un autre homme derrière eux.

— Max, as-tu encore essayé de balayer les ondes ? demanda-t-il.

— Je le refais environ toutes les heures, mais on n'a toujours rien. Je t'avoue que je serais le premier surpris de le voir réapparaître de ce côté de la montagne.

— Bon ! et une fois qu'on aura retrouvé l'appareil, ça te prendra combien de temps pour nous faire revenir à Los Angeles ?

— J'aurai besoin de quelques heures pour paramétrer le trou noir et calculer son centre d'énergie, ensuite je devrai déterminer le diamètre de lancement et finalement, entrer les coordonnées d'atterrissage. À partir de là, les calculs seront effectués automatiquement par l'appareil.

— Donc, si tu restes au camp avec les autres, tu pourrais te préparer à tout calculer afin qu'on soit prêts à partir presque aussitôt qu'on sera revenus.

— Mais, vous avez besoin de moi pour détecter l'appareil, vous ne pouvez pas me laisser derrière, dit Max estomaqué.

— On va trouver un meilleur endroit pour vous mettre tous à l'abri. Je suis certain que dans ces montagnes, il sera possible de dénicher un abri dans lequel vous pourrez être mieux protégés qu'ici.

— Mais Erik, attends…

— Non, Max, ta survie est trop importante pour la risquer à parcourir la forêt. J'irai seul avec John. À deux sur la licorne, on y arrivera plus rapidement. Tu dois m'expliquer comment fonctionne le programme de localisation pour que je puisse m'en servir.

Max comprenait les arguments d'Erik et bien qu'il soit déçu de la tournure des événements, il sortit son téléphone portable et ouvrit le programme de localisation.

— Tu sais Erik, sans l'appareil, il m'est impossible de préparer quoi que ce soit ! Le générateur de trou noir est intégré dans la machine elle-même. Autrement, j'aurais besoin d'un accélérateur de particules et nous n'en disposons pas.

— Max, j'ai besoin de toi ici et en vie.

— Je sais !

Il commença par expliquer à Erik comment se servir du programme, ensuite comment suivre les directions que devraient lui indiquer les ondes reçues. Erik comprit rapidement le fonctionnement, mais fit néanmoins répéter les instructions à Max deux autres fois afin de bien les mémoriser. Il répéta les opérations trois nouvelles fois avant de permettre à Max de ranger l'appareil.

— Surtout, fais bien attention de ne pas oublier de l'éteindre après chaque utilisation. Les batteries n'ont pas une durée de vie illimitée.

Il lui remit la batterie supplémentaire qu'il lui restait dans sa poche et lui montra comment remplacer celle qui était déjà là.

— N'oublie pas d'éteindre l'appareil si tu changes de batterie, mais normalement, si tu dois la remplacer, le reste devrait se faire de lui-même.

Mina, de son côté, était satisfaite de l'amélioration de l'état de Nick. Elle avait presque retiré complètement le garrot et la blessure à sa cuisse ne s'était pas remise à saigner, de plus, sa température avait beaucoup baissé. C'était l'état de Nathan qui l'inquiétait un peu plus, car même si sa fièvre avait diminué, il avait du mal à avaler quoi que ce soit. Elle ne voulait pas le voir attraper une pneumonie ou un virus quelconque, mais quand on avait de la fièvre, c'était normal que notre système immunitaire soit affaibli.

Elle alla rejoindre Stephen qui était assis à l'écart avec Joseph.

— Stephen, as-tu remarqué l'état de Nathan ?

— Oui, j'ai vu que sa blessure semblait correcte. Aucun signe d'infection.

— Je te parle de la fièvre qu'il fait.

— J'ai remarqué qu'il frissonnait quand j'ai nettoyé sa blessure avec de l'eau propre. Pourtant, j'ai fait attention qu'elle ne soit pas trop froide, je ne comprends pas pourquoi cette fièvre semble vouloir persister.

— J'ai peur qu'il attrape quelque chose, ce n'est vraiment pas le temps qu'on se retrouve tous malades.

Stephen la regarda pensivement.

— Y ne manquerait plus que ça ! s'exclama Joseph, écœuré que les événements tournent toujours aussi mal.

Mina le toisa du regard, semblant vouloir lui faire comprendre que son commentaire était déplacé dans les circonstances.

— Tu sais, Joseph, plus je passe de temps avec toi et plus je pense que tu aurais souvent avantage à en dire le moins possible, lui dit-elle en retournant auprès de Nathan.

CHAPITRE 24

5e jour dans le passé

Les parfums de sapin et de terre fraîche vinrent chatouiller les narines de Kevin qui se réveilla, couché sur le dos. Les oiseaux gazouillaient gaiement tout autour de lui et en ouvrant les yeux, il vit passer à travers les branches les faibles rayons du soleil levant.

« Où suis-je ? » se demanda-t-il.

Il regarda nerveusement autour de lui. Il se trouvait dans la forêt et il était entouré de grands sapins aux cônes d'une couleur pourpre et aux épines d'un vert foncé. Il commença à s'étirer, mais il sentait son bras droit entravé, retenu par une corde. Son épaule l'élançait et il voulut ramener son bras contre lui, mais la pression qui la maintenait en l'air était trop forte pour parvenir à le déplacer. Il sentait que la circulation se faisait mal et ses doigts étaient gourds ainsi que toute sa main qui était endolorie.

Des pas dans l'herbe derrière lui le firent sursauter et il voulut attraper son arme, mais l'entrave retenait encore son geste. Il s'empressa d'utiliser sa main gauche, qui était libre de tout lien, pour l'empoigner et se retourna sur le ventre.

Il vit alors une licorne à la robe noire tachetée de blanc qui grattait le sol de ses sabots, repoussant les tas d'épines au sol pour trouver de l'herbe à brouter. Il remarqua que l'animal avait une longue crinière blanche, ce qui l'étonna, car il avait gardé, dans son

277

récent souvenir, que le troupeau de licornes, qu'il avait affronté la première fois, avait toute une très courte crinière.

Il suivit des yeux la corde qui le reliait à la corne de l'animal mythique et chaque fois que ce dernier essayait de relever la tête, Kevin sentait sourdre en lui une douleur atroce qui lui parcourait tout le bras.

— Alors c'est toi mon tortionnaire ! lui dit-il.

La licorne hennit en réponse à sa question et Kevin éclata de rire.

— Tu n'es pas très menaçant pour me retenir ainsi prisonnier.

Il tenta de se mettre à quatre pattes pour se défaire de ses liens, mais sa jambe droite refusait de bouger. Alors, en s'aidant de son bras et de sa jambe valide, il parvint à s'approcher doucement de l'animal. Aussitôt que la bête sentait la corde qui la retenait se relâcher, elle s'éloignait un peu plus, empêchant ainsi Kevin de se libérer de son entrave.

— Hé l'ami ! Donne-moi une petite chance. Je ne te veux aucun mal.

Kevin se demanda comment il était arrivé à cet endroit. Il fouilla dans sa mémoire et tout lui revint tout à coup. Il savait où il était, ou plutôt quand il était. Pour l'endroit, il n'en avait qu'une vague idée, étant donné qu'il y avait été traîné de force par la bête. Il revit en mémoire les événements de la veille.

Il était dans la prairie avec John, qui se trouvait à environ deux mètres sur sa gauche et ils s'étaient tous deux positionnés entre la forêt et le troupeau de licornes. Ils avançaient avec précaution en direction des bêtes et la chance était avec eux, car le vent soufflait vers l'ouest, dans leur direction et les animaux ne les sentaient pas approcher. Au moment où leurs amis commençaient à bouger, le troupeau s'était mis à piaffer d'inquiétude et Kevin avait vu Joseph faire de grands mouvements de bras qui les avait affolés. Il n'en avait pas fallu plus pour que les bêtes, prises de frayeur, s'élancent dans leur direction. Il avait alors senti le sol s'ébranler sous les sabots des animaux effrayés, éprouvant la même frayeur que deux jours auparavant, quand il avait eu la certitude de mourir piétiné. Tandis que le troupeau approchait, Kevin s'était efforcé de garder les yeux ouverts et d'affronter sa peur, les pieds bien campés au sol, le lasso à la main. Le réflexe qu'il eut fut de fermer les yeux à leur approche, comme si l'impact des bêtes serait moins dur s'il ne les voyait pas galoper vers lui. Il les ouvrit presque aussitôt en réalisant ce qu'il venait de faire et il vit les premières licornes fondre sur lui. Kevin souleva alors son lasso pour attraper la première bête qui passait sur sa droite. Il réussit du premier coup, mais il ne parvint pas à coucher l'animal au sol. Il fut bousculé parmi le troupeau qui le cernait et qui bloquait tous ses mouvements. La corde enroulée autour de son bras se resserra et il fut projeté au sol, il sentit les sabots de la licorne qu'il avait capturée passer tout près de sa tête. Il fut traîné sur le sol avec le troupeau qui galopait derrière lui. Kevin parvint finalement à tirer assez sur la corde pour s'approcher de l'animal et ainsi protéger sa tête, mais les sabots de la bête frappaient contre ses jambes à chaque enjambée. Il fit une nouvelle tentative pour prendre pied, essayant de s'accrocher au cou de la licorne, mais la course était trop rapide et les coups répétés qu'il recevait l'empêchaient de trouver un quelconque équilibre. Quand il pénétra dans les bois, l'animal avait perdu près de la moitié de l'avance qu'il avait sur les licornes de tête, car le poids de Kevin ralentissait considérablement sa foulée. Au moment où ils atteignirent enfin la queue du troupeau, Kevin relâcha la corde, mais celle-ci resta enlacée autour de son bras. Il fut traîné sur le sol et perdit rapidement conscience.

En touchant sa tête, il sentit du sang coagulé dans ses cheveux à l'endroit où il devait avoir percuté un arbre ou une roche, à moins que ce ne soit les coups répétés des sabots qui aient causé cette blessure. Il aurait dû se réjouir d'être toujours vivant après un aussi mauvais traitement.

Kevin tenta une nouvelle approche avec l'animal. Il avait déjà lu quelque part que les chevaux avaient la capacité de ressentir le danger. Alors si la licorne avait ce même instinct, il ne le considérait plus comme un ennemi, sinon il ne resterait pas aussi calme. Il s'approcha donc tranquillement en s'assurant de toujours conserver une bonne tension sur la corde, même si celle-ci le faisait souffrir, c'était sa seule chance de se rapprocher de la bête. Tout en avançant, il lui parlait doucement, afin d'apaiser les craintes qui pouvaient subsister chez l'animal.

— Allez, mon vieux ! T'as rien à craindre de moi.

Chaque fois qu'il lui parlait, les oreilles de la licorne pointaient vers l'avant, comme s'il était attentif aux paroles de Kevin.

Tenter de l'amadouer lui rappelait son chien, Rateux. Ce n'était pas vraiment son chien, car ils n'avaient jamais eu d'animal à la maison, bien qu'il l'ait souvent souhaité. Rateux était un chien errant et tous les enfants l'avaient surnommé ainsi parce qu'il chassait les rats et qu'on le voyait régulièrement passer avec ses victimes dans la gueule.

Rateux évitait la proximité des hommes, les enfants du quartier le persécutaient dès qu'ils l'apercevaient en lui lançant notamment des gros cailloux. En réalité, c'était un chien qui faisait peur. C'était une race bâtarde où s'entremêlait certainement un mélange de boxer et de rottweiler. Sa mâchoire inférieure était beaucoup trop avancée, donnant ainsi l'impression qu'il allait mordre. Sa fourrure, courte et foncée, était clairsemée de nombreuses cicatrices où aucun poil ne poussait plus.

Comme Kevin était un enfant timide qui socialisait difficilement avec les gamins de son âge, il s'était mis à discuter avec le chien quand il se rendait au parc. Il avait trouvé un coin isolé où les autres enfants venaient rarement jouer et il s'y réfugiait toujours, un livre à la main pour combler sa solitude.

Il s'était rapidement rendu compte qu'il n'était pas le seul à avoir découvert cette petite oasis de tranquillité. Il avait commencé à s'y rendre plus régulièrement et quand il le pouvait, il apportait quelques restants de table à Rateux. Le chien s'approchait de plus en plus chaque jour, s'habituant au timbre de sa voix. Avec lui, Kevin se permettait de dire tout ce qu'il avait sur le cœur et qu'il ne pouvait avouer à personne. Rateux devint donc son ami et son confident.

Après quelques semaines de ce régime, le chien avait commencé à venir suffisamment près de lui pour qu'il puisse oser le caresser. Au son de sa voix, Rateux apparaissait, il venait s'asseoir à ses pieds et l'écoutait avec attention. Cela avait duré presque deux années complètes et un jour le chien n'apparut plus du tout. Kevin n'avait jamais su comment il avait disparu, mais il avait, malgré tout, poursuivi son rituel pendant quelques mois en espérant voir son seul et unique ami réapparaître, en vain.

Maintenant, les choses étaient différentes. Il n'avait pas des mois devant lui pour laisser le temps à l'animal de s'habituer à sa présence, pas plus que de la nourriture en signe de bonne foi. Mais il voyait ses chances de survie et ses possibilités de retrouver les autres beaucoup plus grandes s'il arrivait à s'en faire une monture, car à pied, il serait une proie trop facile.

Il parvint finalement à atteindre les pattes avant de l'animal. Celui-ci commença à piaffer légèrement en sentant la présence de Kevin juste à côté de lui.

— Doucement, je ne te veux pas de mal, dit-il en posant sa main sur sa patte en la caressant tranquillement.

Il continua de flatter la licorne jusqu'à ce qu'il sente que celle-ci commençait à se calmer, s'habituant à être touchée par lui. Quand il fut certain que l'animal acceptait sa présence, il se releva lentement sur sa jambe valide, prenant légèrement appui sur son encolure pour s'aider. Une fois debout, il continua à le flatter doucement, lui signifiant ainsi qu'il était un ami et la bête tourna la tête vers lui et le flaira afin de sentir son odeur. Il savait que c'était un bon signe, notre corps sécrète des phéromones qui indiquent nos intentions et les chevaux ont l'instinct pour les sentir.

— T'es une belle bête, tu sais, lui dit-il tout bas près de son oreille.

Kevin continuait de lui parler doucement, en même temps, il commença à donner du mou à la corde et l'animal ne réagit pas. Il parvint à décoincer son bras droit qu'il tenta d'étirer tranquillement afin que la circulation se refasse normalement. Il sentait son bras légèrement ankylosé et rapidement les picotements dus à l'engourdissement diminuèrent progressivement.

Il recommença à flatter la licorne dans le cou et posa sa main engourdie sur la corne de l'animal qui réagit aussitôt en se cabrant avec agitation. Kevin essaya de le retenir à l'aide de la corde, mais son bras droit n'avait pas retrouvé ses forces et il dut compenser avec celui de gauche. Il aurait vraiment eu besoin de ses deux bras en ce moment. Se remémorant les conseils de John, il se projeta au sol près d'un arbre et parvint à enrouler la corde autour du tronc avant que l'animal ne soit à une trop grande distance. Le choc stoppa net sa course, mais la licorne n'appréciait pas d'être ainsi coincé et dans l'incapacité de fuir.

En prenant appui de son pied valide contre l'arbre, Kevin parvint à forcer l'animal à revenir vers lui. La traction faite par la licorne était forte et n'eût été de l'appui qu'il prenait contre le tronc, Kevin n'aurait jamais réussi à contenir la fougue de la bête.

— Ça va aller Pegasus. Tu aimerais que je t'appelle Pegasus ?

La licorne hennit bruyamment en secouant la tête pour essayer de se défaire de son entrave, mais la corde tenait bon.

— Non ? Juste Pégase alors.

Kevin la laissa se débattre quelques minutes afin qu'il comprenne bien qu'il ne pouvait se défaire du lien qui la retenait. L'animal finit par se calmer et Kevin recommença à l'attirer vers lui.

* * *

Au campement, dès l'aube naissante, les hommes d'Erik se préparaient à ramasser l'équipement qu'il leur restait. Max effectuait une dernière vérification sur le logiciel de localisation au cas où l'appareil émettrait de nouveau, avant qu'on commence à démonter l'antenne. Il était impossible de prévoir à quel moment ils auraient la possibilité de le consulter à nouveau. Mina et Stephen s'occupèrent de refaire les bandages des blessés qu'ils devaient nettoyer avant de les réutiliser, car ils avaient déjà épuisé tous les stocks.

— Je suis contente de voir que tu te portes mieux Nick, lui dit Mina. Tu commences à reprendre des couleurs, mais il ne faut quand même pas que tu marches sur ta jambe, ça pourrait déclencher une nouvelle hémorragie.

— Merci, Mina, mais comment veux-tu que je me déplace alors ?

— On va aller chercher ce qu'il faut pour te faire un brancard, dit Erik qui était juste à côté à faire le compte des armes et des munitions qu'ils possédaient encore.

Stephen s'approcha de Mina et lui fit signe de s'éloigner avec lui. Elle imaginait qu'il voulait lui parler de l'état de Nathan, mais elle ne comprenait pas pourquoi il tenait tant à s'isoler pour le faire. Elle le suivit, mais s'arrêta néanmoins à proximité du feu.

— On est mieux de ne pas trop s'éloigner, lui dit Mina. Je n'ai pas réussi à dormir de toute la nuit, j'entendais des animaux rôder autour du campement.

— Oui, je sais, moi non plus je n'ai pas réussi à fermer l'œil.

— Est-ce qu'il y a un problème avec Nathan ?

— Son état ne s'améliore pas et j'avoue que ça m'inquiète.

Stephen semblait très préoccupé par la situation. Mina n'avait pas réalisé à quel point sa fièvre pouvait être grave, étant donné que ses blessures n'étaient pas très profondes et qu'aucune infection n'avait été détectée.

— Pourtant il semblait bien tout à l'heure, je vous entendais discuter tranquillement, dit Mina.

— Sa fièvre a baissé, il en fait toujours, mais beaucoup moins qu'hier soir. Le problème qui me tracasse ce sont ses propos.

— Qu'est-ce que tu veux dire ?

— Je dirais qu'il ne sait ni où nous sommes ni quand... Il m'a parlé des bruits que nous avons entendus cette nuit.

— C'est normal, il faudrait être complètement sourd pour ne pas les entendre. Surtout que ça n'a pas arrêté de toute la nuit.

— Oui, mais je crois qu'il délire, à moins que ce soit un rêve qui lui semblait très réel la nuit derrière.

— Okay, viens-en au fait, s'il te plaît.

— Il m'a dit que les hommes nous avaient retrouvés et que je devais à tout prix rester près de lui. Et il était vraiment sérieux, à tel point que je me suis demandé s'il n'avait pas entendu quelque chose d'autre que nous.

— Non, arrête ! Les seuls hommes qui sont ici c'est nous.

— J'aimerais seulement que tu en parles avec Erik, c'est son supérieur alors peut-être que lui pourra le raisonner.

— Pourquoi ne pas lui en parler toi-même ?

— C'est à cause d'hier, tu comprends... dit-il penaud.

Erik est un homme juste, la veille, c'était l'inquiétude qui l'a mal fait réagir. Tu étais le porteur d'une mauvaise nouvelle, ce sont des choses qui arrivent aux meilleurs d'entre nous.

Stephen baissa la tête, il hésitait à parler à Mina de son implication dans le départ de John. Il savait que s'il ne lui avait pas donné le morceau de métal pour mâter la licorne, il n'aurait peut-être pas réussi à monter l'animal aussi vite et qu'il serait toujours avec eux. Maintenant, il était parti et Dieu seul sait où il pouvait bien être.

— Tu peux le faire à ma place, s'il te plaît, insista-t-il.

Devant l'air pitoyable que prenait Stephen, Mina accepta d'en parler avec Erik. Elle ne voyait pas le problème qui accablait autant Stephen, mais il était plus simple pour elle d'accéder à sa demande.

Erik s'inquiétait de l'absence de John. Il s'était convaincu que ce dernier reviendrait avant la tombée de la nuit. Les dangers de ces contrées étaient maintenant assez évidents pour ne pas rester loin d'un feu de protection et encore moins dans la noirceur. La seule raison qu'il arrivait à envisager pour expliquer son absence était qu'il ait retrouvé Kevin et que leur situation les ait empêchés de rentrer à temps. Néanmoins, il ne pouvait surseoir indéfiniment à leur départ, surtout si on tenait compte de l'état des membres toujours valides parmi eux. John était au courant de ce qu'ils avaient projeté de faire, il saurait donc où les trouver quand il reviendrait.

Il avait fini le décompte des armes et munitions et la situation était inquiétante. Ils avaient encore deux fusils d'assaut, mais les balles qu'ils leur restaient n'arrivaient même pas à en remplir la moitié des chargeurs. Quant aux armes de poing, il était parvenu à mettre trois balles dans quatre d'entre elles. Ce qui voulait dire qu'ils ne devaient gaspiller les munitions sous aucun prétexte.

Il vit Mina qui s'approchait dans sa direction, cela lui rappela qu'il devait s'occuper de faire une civière pour le transport de Nick, qui était incapable de se déplacer sur sa jambe. Il se dit que la licorne leur aurait été bien pratique pour transporter les deux blessés ! Mike était capable de se déplacer seul, mais son rythme allait assurément les ralentir considérablement.

— Mina, l'interrompit Erik avant qu'elle ait pu dire un mot. Peux-tu dire à Christopher de s'occuper de fabriquer un brancard pour Nick ? Il n'a qu'à demander de l'aide à Joseph et Stephen, pour le moment ce sont les seules personnes disponibles pour cette tâche.

— J'y vais tout de suite. Mais j'aimerais que de ton côté, tu ailles constater l'état de Nathan. Stephen est inquiet, sa fièvre ne tombe pas et il semble commencer à délirer.

— J'irai dès que j'aurai terminé avec Max, dit-il en partant aussitôt dans la direction de Max, coupant ainsi court à la discussion. Mais il fit soudainement volte-face, hélant Mina qui s'éloignait déjà. Il venait de se souvenir qu'elle aussi possédait une arme sur elle.

— Attends une seconde, Mina.

— Oui ?

— J'aurais besoin de l'arme que je t'ai donnée l'autre jour.

— Pourquoi ?

— Je fais le décompte de ce qui nous reste pour nous défendre.

— Alors prends en compte que j'en ai une sur moi, c'est tout, dit-elle, énonçant une évidence toute logique.

— Okay, mais j'ai besoin de savoir combien il reste de munitions dans la tienne.

— Combien est-ce qu'il y en avait quand tu me l'as remise ?

— J'en suis pas certain, c'est pour ça que j'ai besoin de vérifier.

Mina lui donna son pistolet, mais elle ne broncha pas jusqu'à ce qu'il lui remette l'arme entre les mains, après en avoir retiré quatre balles.

— Il te reste cinq balles maintenant et quatre dans chacune des autres armes, prends-en soin, après ça, nous n'aurons plus aucune munition !

Mina était presque surprise qu'Erik lui ait redonné l'arme, croyant qu'il aurait préféré la remettre à l'un des hommes. Elle ne se leurrait pas, elle était dans un monde entouré d'hommes qui ont la certitude que la femme n'est qu'une petite chose frêle qu'ils se doivent de défendre. Mais cette fois, Erik avait fait preuve de confiance envers elle en lui indiquant qu'il savait pouvoir compter aussi sur elle, autant que sur les hommes de son équipe.

— Merci Erik, dit-elle avant de se diriger vers Christopher. Elle était maintenant l'une des leurs.

* * *

Même s'il savait que le loup était à proximité, Alex était parvenu à dormir profondément. Son estomac, qui avait souffert un long moment de la faim, avait été rassasié avec la viande du lièvre qu'il avait mangé la veille et le sommeil qui avait suivi son repas l'avait terrassé. Mais au matin, il ne vit aucune trace de l'animal à proximité de son feu de camp. Il partit vérifier à nouveau ses collets et rapporta deux beaux lièvres de bonnes dimensions après avoir pris soin de remonter ses pièges au même endroit. Il hésitait à rester encore sur place une nouvelle nuit, mais il avait besoin d'un peu plus de repos avant d'affronter la longue marche qui l'attendait. Les derniers jours l'avaient épuisé et des réserves de viande supplémentaire n'étaient pas à négliger.

Il leva la tête et, observant les montagnes qui s'élevaient au-devant de lui, il pensa qu'il ne serait pas si facile de les traverser. Il avait bien réfléchi à la question. Si le sol ne s'était pas ouvert plus loin dans la terre, c'était probablement à cause des montagnes, ce qui signifiait qu'il les avait traversées en passant à travers les réseaux souterrains de la rivière. Donc s'il voulait rejoindre les autres, il fallait les traverser à nouveau, mais cette fois il devrait grimper.

« Manger, pour aujourd'hui c'est ma priorité. » se dit-il à haute voix.

Il entreprit de préparer les deux lièvres, en prenant soin de conserver à proximité les restes des deux bêtes, au cas où il aurait une nouvelle visite dans la soirée. Les lapins étaient empalés sur une longue perche de bois et cuisaient tranquillement, répandant une odeur réconfortante qui faisait encore saliver Alex. L'idée de pouvoir manger à sa faim le rassurait. Tout ce temps passé sous terre avec la faim au ventre était beaucoup trop frais dans sa mémoire pour ne pas reconnaître le plaisir d'un estomac satisfait. Il aurait bien aimé avoir avec lui les outils et le nécessaire pour faire sécher la viande, mais il devrait s'arranger pour trouver le temps de chasser au cours de sa montée.

En attendant que la viande soit cuite, il se mit à la recherche des pierres qu'il pourrait utiliser comme une arme en cas de besoin. Il pourrait se fabriquer une sorte de fronde et bien qu'il n'ait jamais expérimenté ce genre d'arme, il se dit qu'il apprendrait rapidement par la force des choses.

Tout près de la falaise, où le bord rocheux commençait, il tomba sur une pierre aux bords affilés. Celle-ci semblait assez solide et assez coupante pour lui servir à quelque chose.

Je pourrais peut-être m'en faire un tomahawk, comme ceux qu'utilisaient les autochtones ! C'est encore plus simple qu'une fronde et je n'aurai pas besoin de beaucoup de pratique.

Il mit la pierre dans sa poche et retourna vers le feu qui brûlait à proximité, mais en s'approchant de son campement, il entendit un bruissement parmi les branches de sapin. Il s'était mis trop à découvert en s'éloignant ainsi du feu.

— Ce sont les abats des lièvres qui les ont attirés ici. Imbécile que je suis.

Mais il était trop tard pour s'en vouloir, il devait agir rapidement. La pierre dans une main et son couteau dans l'autre, il attendit que les bêtes sortent. Sans faire de gestes brusques, il tenta de regagner le feu, les yeux qui l'observaient ne semblaient pas enclins à se montrer. Il profita de leur hésitation pour continuer de s'approcher doucement, il avait presque atteint l'enceinte protectrice des flammes et les bêtes ne s'étaient toujours pas montrées.

Il parvint finalement à atteindre le feu, prit rapidement un morceau de bois enflammé et balaya l'air entre lui et la forêt. Du mouvement dans les branches lui indiqua que les bêtes qui y étaient tapies prenaient la fuite, ou du moins s'étaient assez éloignées. Sans prendre plus de risque, il attrapa les abats du lièvre et les lança dans la direction d'où les branchages avaient bougé. Son bras ne fut pas assez sûr pour les lancer à une grande distance, ils s'accrochèrent dans les branches de sapin et retombèrent juste à la bordure des arbres.

Alex les vit tomber avec dépit. Les morceaux de lièvre étaient trop éloignés du feu. Il ne pouvait pas se permettre de se mettre à découvert. Le risque de s'approcher de la bordure du bois était un risque trop grand pour se faire attaquer. En même temps, les abats étaient trop près de lui pour qu'il se sente en sécurité.

— Vous n'aurez pas facilement ma peau. Si vous la voulez, vous allez devoir m'affronter, cria-t-il vers la forêt avec colère.

Mais les arbres environnants ne bougeaient plus et aucun bruit suspect ne vint briser la quiétude qui régnait autour du feu. Alex se dit qu'il n'était pas question d'aller chercher ses collets dans la forêt et cette situation le fâchait énormément. Il savait qu'il aurait encore besoin de se nourrir et bien que les deux lièvres aient été de bonne taille, il aurait besoin de plus de nourriture pour traverser la montagne et retrouver les autres. De plus, toute la ficelle qu'il possédait était restée dans les bois, il n'avait plus rien pour en fabriquer de nouveaux.

CHAPITRE 25

Il y avait déjà quatre jours que Sam campait chez Sylvain. Ce dernier lui avait offert de rester quelque temps pour attendre les résultats du squelette qui avait été découvert. Sylvain se doutait bien que Sam n'avait aucun autre endroit où aller. Il avait remarqué que ses vêtements étaient un peu élimés et, quant à ses chaussures, ils devaient avoir vu passer bien des hivers.

Il se rappelait qu'à l'époque de l'université, Sam était un tombeur et qu'il prenait toujours un soin particulier de son apparence. Son style savamment négligé ne cachait pas ses vêtements de bonne coupe. Durant cette époque, Sylvain avait fréquenté plus de femmes que dans tout le reste de sa vie, car Sam les attirait comme des mouches, et ce, sans faire aucun effort.

Mais le Sam qui était apparu chez lui quatre jours plus tôt était éteint, comme si la joie de vivre qui l'avait toujours habité avait disparu. Il était devenu trop maigre et ses traits tirés laissaient soupçonner des nuits incomplètes et inconfortables.

Maintenant qu'il reprenait du poil de la bête, ses joues s'étaient en peu remplies en mangeant ses trois repas par jour et même un peu plus. Les recherches qu'il effectuait avec Sylvain, en attendant les résultats du carbone 14, semblaient l'exciter comme du temps de sa jeunesse. Ses yeux s'allumaient parfois quand ils essayaient d'imaginer tous les cas possibles qui les avaient amenés là où ils étaient.

Il ne buvait plus, il refusait même de partager une bière avec Sylvain, prétextant être trop occupé pour s'engourdir l'esprit. Et bien qu'il soit loquace, il ne parlait jamais de femmes. Son ami se doutait bien qu'il y en avait une quelque part qui occupait ses pensées. Il le voyait partir soudainement dans des rêveries et ses yeux, dans ces moments-là, s'éteignaient à nouveau, comme s'il avait laissé derrière lui un morceau de son âme.

— Les résultats arrivèrent cet avant-midi-là.

— C'est positif, cria presque Sylvain tant il était excité.

— Et ça remonte à quand ?

— Ça concorde avec l'époque de ta licorne, entre 90 et 150 mille ans.

— Tu imagines tout ce que ça peut vouloir dire ! s'exclama Sam, les yeux pétillants d'excitation.

Sam et Sylvain avaient envisagé toutes les possibilités qui pourraient ressortir des résultats, peu importe quelle en aurait été la teneur. Mais Sam sentait enfin que son cauchemar touchait à sa fin, car s'il y avait eu manipulation, il pourrait finalement prouver que ce n'était pas de son fait. De plus, étant donné la qualité du travail qui avait été exécuté, la communauté paléontologique serait mal venue de lui en porter rigueur. Si on pensait à la longue période de temps où le smilodon avait été exposé avant qu'on découvre la supercherie, il était certain qu'il s'agissait là d'un travail d'expert.

Il pensa à Roxane qu'il pourrait alors revoir, sans qu'elle ait honte de lui.

« Non, tu ne dois pas penser à elle. » se dit-il dans sa tête. « Elle n'est plus seule en ce moment. »

Mais il n'avait pas l'intention de laisser les choses se passer ainsi et aussitôt qu'il pourrait rétablir sa crédibilité, il savait qu'il lui serait possible de la reconquérir. Et maintenant, ce n'était plus qu'une question de temps.

Sylvain, de son côté, trépignait de joie, son côté historien prenait le dessus sur toute autre préoccupation.

L'homme moderne qui aurait existé bien avant notre ère. Peut-être que c'est cette race d'homme qui est la cause de l'extinction des dinosaures finalement. Et pourquoi pas de la construction des pyramides d'Égypte aussi. Peut-être même qu'ils étaient assez avancés pour voyager dans l'espace. Tu imagines tout ce que l'humanité pourrait retirer de cette découverte ? Comment un homme aux mœurs civilisées a pu disparaître de la surface de la Terre pour ne réapparaître que des milliers d'années plus tard ?

Sylvain se voyait déjà réécrire l'histoire de l'humanité, alors que Sam ne rêvait que de démasquer le responsable de ce canular, car pour lui il ne pouvait en être autrement. Il était impossible qu'une découverte d'une ancienne civilisation disparue ne soit passée inaperçue aussi longtemps.

— Je dois sortir, dit soudain Sam.

Il ressentait le besoin de voir Roxane, peut-être même de lui parler. Il avait une envie folle de tout lui raconter et il savait qu'elle le comprendrait, ils avaient toujours été sur la même longueur d'onde avant…

* * *

Sam avait pris le métro en direction du musée en essayant d'imaginer ses retrouvailles avec Roxane. Peut-être lui sauterait-elle dans les bras en oubliant son nouvel amoureux ? Ce serait le meilleur scénario, mais le pire aussi pouvait survenir, elle pourrait simplement refuser de lui adresser la parole. Au fond, ce dernier cas de figure était aussi fort possible. Il avait été ignoble avec elle alors qu'elle ne le méritait pas.

— Roxane, pourras-tu un jour me pardonner ce que je t'ai fait ?

Peut-être était-ce trop, ou au contraire pas assez. Il devait trouver les mots justes pour qu'elle comprenne à quel point il était contrit. Les gens dans le métro le regardaient se parler à voix basse, mais il n'en avait cure. La situation actuelle requérait bien un peu de folie pour qu'il se lance au-devant d'elle sans plus d'explication.

« Peut-être aurais-je dû lui téléphoner d'abord ! » se dit-il.

Il se souvint alors qu'il avait tenté de la joindre quelques jours auparavant et que sa boîte vocale indiquait qu'elle était partie en vacances. Il essayait de se rappeler à quelle date elle devait être de retour, mais l'information ne lui revenait tout simplement pas.

Il avait presque atteint la station Berri-UQAM où il devait faire un transfert de ligne. Il sortit du métro et se mit à la recherche d'un téléphone public. Depuis l'avènement des téléphones cellulaires, il devenait de plus en plus difficile de trouver une cabine téléphonique dans cette ville.

Il trouva finalement ce qu'il cherchait et composa le numéro du musée sans plus attendre. Après seulement trois sonneries, il entendit la voix de la réceptionniste lui répondre.

— J'aimerais être transféré dans la boîte vocale de Roxane Dupuis s'il vous plaît.

Juste un moment, entendit-il. Mais au lieu d'entendre la sonnerie qui annonçait la messagerie, la réceptionniste lui dit à nouveau sur un ton excité.

— Monsieur Lorion, est-ce vous ?

Il avait oublié de modifier son timbre de voix et il raccrocha aussitôt la ligne.

— Espèce d'imbécile, tu n'avais qu'à dire oui.

294

Il chercha de la monnaie au fond de ses poches, mais il ne lui restait que l'argent nécessaire pour reprendre le métro en direction de l'est. Il hésita un moment, puis finalement s'en retourna, l'air abattu.

Il ne se rendit pas directement chez Sylvain, il erra quelques heures dans la Place Versailles, essayant de trouver une explication pour justifier son absence. Il n'était pas prêt à discuter de Roxane avec Sylvain, il préférait garder cette histoire enfouie au fond de lui. En parler à voix haute lui faisait peur, peur de rendre trop concrète une rupture qu'il n'était pas certain de pouvoir réparer.

Ce fut en passant pour la troisième fois devant un magasin de sport et de randonnée que lui vint en tête la meilleure explication. Il aurait pu simplement essayer de trouver des fonds pour préparer une expédition dans les Badlands ! L'histoire était tellement plausible qu'il s'en voulait de ne pas l'avoir fait en vrai. Mais à qui demander des fonds dans sa situation, c'était une autre histoire qui s'avérait trop compliquée.

En entrant chez son ami, Sam fut assailli par ce dernier qui lui parlait d'un ton si excité qu'il n'arrivait pas à comprendre ce qu'il disait. Mais parmi les propos décousus de Sylvain, il finit par isoler les mots « contact » et « Badlands ».

— Stop, arrête Sylvain !

Sylvain s'arrêta net, surpris que son ami ne soit pas aussi excité que lui à l'idée de partir pour les Badlands. Sam remarqua sa déception et il ne put s'empêcher d'ébaucher un sourire.

— Prends le temps de respirer un bon coup. Je n'ai absolument rien compris à ce que tu racontes, lui dit-il.

Sylvain prit un air contrit et reprit, plus tranquillement cette fois.

— Excuse-moi, je suis tellement excité. On va partir pour le Dakota du Sud, on s'en va rejoindre les paléontologues qui ont découvert les ossements.

— Comment ça ?

Sam était sidéré, l'idée qui lui avait effleuré l'esprit quelques instants auparavant et qu'il avait jugée impossible risquait de se concrétiser réellement.

— Je viens de parler à mon contact là-bas, c'est un des techniciens de laboratoire qui a travaillé avec le groupe de chercheurs américains. Il leur a parlé de toi et de ta licorne et ils savent que nous allons venir, ils nous attendent.

— Tu veux dire qu'ils nous attendent, toi et moi ?

— Oui, ils comprennent ton intérêt dans l'histoire et trouvent normal que tu t'y intéresses. Finalement, les Américains ne sont peut-être pas aussi indépendants et arrogants qu'on semble le croire au Québec.

— C'est merveilleux ça, mais on se rend là-bas comment ?

— Facile, je vais louer une voiture ! Mais avant de partir, il va falloir s'équiper un peu, en plus, tu as grand besoin de quelques vêtements pour ce genre d'excursion et je veux que tu nous représentes comme des gens préparés et sérieux.

— Et tu vas trouver les fonds où ? Tu sais que je n'ai plus un sou vaillant.

— À sa mort, ma mère ne m'a pas légué que cet appartement. Elle avait mis de côté un beau petit montant qui est plus que suffisant pour ce que nous voulons faire.

— Je ne peux pas te laisser dilapider ainsi l'argent de ta mère, c'est pour toi qu'elle l'a légué.

— Ne t'inquiète pas pour moi, j'y trouve aussi très bien mon compte. Je serai le seul historien à avoir participé à cette grande découverte. Si mon nom ne se retrouve pas dans les livres d'histoire suite à ça, c'est que je suis un imbécile.

* * *

Au cours des deux jours suivants, Sam et Sylvain n'arrêtèrent pas. Ils s'équipèrent en matériels de randonnée et d'outils pour effectuer des fouilles si le besoin se présentait, ce dont ils ne doutaient pas. On refit leur garde-robe, y incluant tout le nécessaire pour partir en exploration : bottes, pantalons, chemises, vestes et casquettes.

Le matin du troisième jour, tous leurs bagages les attendaient sur le pas de la porte. Une glacière avait été préparée la veille et elle comprenait tout ce qu'il fallait pour boire et manger sur la route. C'était principalement des sandwichs et des collations ainsi que plusieurs cannettes de cola.

Ils partirent récupérer la voiture de location et revinrent avec une Jeep Cherokee du modèle de l'année précédente qu'ils prirent le temps de remplir pour ne rien oublier. À midi, ils avaient atteint l'autoroute 20 en direction de Toronto et huit heures plus tard et des tas de cannettes de cola vides, ils arrivaient aux douanes à Sarnia/Détroit. Après vingt-quatre heures, ils arrivèrent enfin au Parc national des Badlands et dans l'heure qui suivit, ils étaient endormis dans leur chambre de motel situé sur la route 377.

Au petit matin, Sam et Sylvain étaient partis prendre un bon petit-déjeuner dans un resto du coin. Ils étaient en avance sur le rendez-vous pour aller rencontrer l'équipe d'Américains qui devait les attendre à l'entrée du parc national un peu plus tard. Le resto était déjà bondé de monde et ils avaient eu de la difficulté à y trouver une place.

— C'est toujours comme ça ici ? demanda Sam à la serveuse.

— Non, pas vraiment. Pas en pleine semaine, c'est certain, lui répondit la serveuse. Mais avec les nouvelles découvertes qu'ils ont faites, ça attire toute sorte de monde.

— Quelles nouvelles découvertes ?

— Y'a quelques jours, y'a les os d'un extra-terrestre qui ont été déterrés, paraît-il. Ça a fait les grands titres dans tous les journaux du pays.

— Un extra-terrestre ? demanda Sam quelque peu surpris.

— En tout cas, c'est de ça que tout le monde parle ici.

Après que la serveuse fut partie avec leur commande, ils avaient observé les personnes installées dans le restaurant. Il y avait toute sorte de gens qui étaient attablés, la majorité était rassemblée en petit groupe de trois à quatre et il y avait même des familles avec leurs enfants. Sam ne pouvait croire que toutes ces personnes étaient ici dans l'espoir de découvrir une race d'extra-terrestre.

En se rendant au lieu prévu pour la rencontre, Sylvain avait eu du mal à faire avancer son véhicule. Une foule de gens étaient installés un peu partout avec des tentes ou des roulottes, on reconnaissait parmi eux certains raëliens et d'autres étaient de simples curieux attirés par le goût du sensationnalisme. Ils virent même des prédicateurs clamer haut et fort que les ossements retrouvés ne pouvaient appartenir qu'à la race de Noé qui se serait échouée en Amérique après le déluge.

Ils réussirent finalement à s'approcher du site de fouilles et furent accueillis avec froideur par le gardien.

— Nous sommes attendus, lui dit Sylvain. Sylvain Dubois, j'ai rendez-vous avec Jonas Patterson.

Le gardien le regarda d'un air suspicieux, mais il fut soulagé après avoir reçu la confirmation de leur identité par radio. Il leur ouvrit la barrière qui permettait de tenir à distance l'attroupement d'hurluberlus.

— Vous avancez dans ce sentier, vous verrez des tentes un peu plus loin, leur indiqua le gardien. M. Patterson s'y trouve en ce moment.

— Merci beaucoup.

Ils trouvèrent facilement l'emplacement du groupe de chercheurs. Il régnait sur place, une atmosphère d'effervescence que l'on retrouve souvent sur les sites de fouilles quand un nouvel élément est mis à jour. Ils virent quelques personnes qui semblaient s'affairer à installer de l'équipement dans des jeeps. Sam et Sylvain s'en approchèrent.

— Nous cherchons Jonas Patterson, pouvez-vous nous indiquer où il se trouve, s'il vous plaît, leur demanda Sylvain.

— Ah, vous êtes les Canadiens ! Entrez sous cette tente, il y est en ce moment.

Sam et Sylvain regardèrent la tente qui devait provenir d'un surplus militaire, car elle était assez grande pour permettre une bonne coordination des opérations de recherche. Sa toile kaki rappelait les campagnes menées par l'armée américaine, tel qu'ils en avaient déjà vues dans plusieurs films, elle comportait deux tours de soutien et comptait six petites fenêtres alignées de chaque côté. La toile servant d'entrée était grande ouverte et ils la passèrent côte à côte.

En pénétrant sous la tente, Sam reconnut immédiatement Jonas, il savait que ce ne pouvait être que lui. C'était un bel homme de grande taille à la musculature imposante, ses cheveux châtain clair et ses yeux bleus lui donnaient l'apparence typique du Californien décontracté. Il l'avait déjà vu et pas plus tard que la semaine dernière, à Montréal avec Roxane.

— Sam !

Il se retourna en entendant son nom. Elle était là, vêtue d'un short kaki et d'une camisole de coton blanc. Elle portait des bottines de randonnées, ce qui indiquait qu'elle était ici pour participer aux fouilles. Pourtant Roxane était une femme de laboratoire et non pas une femme de terrain. Mais elle ne semblait pas du tout surprise de le retrouver ici, au contraire de lui qui était tellement médusé qu'il arrivait difficilement à trouver ses mots.

— Que fais-tu là ? finit-il par articuler.

Il avait posé cette question sèchement, non qu'il voulut être désagréable, mais plutôt parce qu'il s'en voulait d'être aussi mal à l'aise. S'il y avait bien une chose dont il n'avait pas envie présentement, c'était bien de travailler en collaboration avec Roxane et son nouvel amant.

— Je suis venue travailler avec Jonas sur le site, lui répondit-elle d'un ton qui se voulait purement professionnel.

La déception se lisait malgré tout sur le visage de Roxane. Elle ne s'était pas attendue à un accueil aussi froid de la part de Sam. Elle avait la nette impression qu'il ne désirait pas travailler à ses côtés, pourtant c'était pour lui qu'elle était ici, il ne pouvait pas ne pas s'en douter. Elle poursuivit sur un ton qu'elle tenta d'adoucir.

— J'étais contente quand j'ai su que tu allais venir te joindre au groupe.

— Étant assez étroitement concerné, je ne vois vraiment pas ce qu'il y a là d'étonnant.

« Qu'il aille au diable ! » pensa Roxane.

— Eh bien, j'ai autre chose à faire maintenant, je désirais juste te saluer et te souhaiter la bienvenue.

Elle tourna aussitôt les talons et sortit de la tente avant que Sam n'ait le temps de lui dire quoi que ce soit d'autre.

Sylvain avait suivi la petite discussion avec un grand intérêt. Serait-ce donc cette femme qui hantait les pensées de son ami depuis des jours. Elle était une belle femme, il le concevait, mais que s'était-il passé entre eux pour que Sam semble aussi guindé face à elle ?

Jonas avait porté intérêt à la conversation. Il ne connaissait pas Sam personnellement, mais Roxane lui avait beaucoup parlé de lui et bien que son français ne soit que partiel, il avait bien compris que la rencontre ne s'était pas passée selon les attentes de son amie. Il s'approcha néanmoins des nouveaux venus avec un sourire professionnel.

— Bonnjoûr, leur dit-il le plus poliment possible en français.

Sylvain s'était avancé pour lui serrer la main, tandis que Sam s'était contenté d'un simple hochement de tête. Ses yeux étaient encore rivés sur la porte de la tente.

— Vous savez qu'elle vous attendait avec impatience, lui dit Jonas dans sa langue natale.

Il n'en fallut pas plus à Sam pour s'excuser et sortir de la tente sur les traces de Roxane. Elle était debout près de la jeep à farfouiller dans une caisse, elle avait les mains tremblantes.

— Roxane, lui cria-t-il.

Elle se retourna et il remarqua immédiatement ses yeux humides.

— Pardonne-moi, lui dit-il tout simplement.

Il n'en fallut pas plus pour que Roxane éclate en sanglots. Les trois hommes qui travaillaient à remplir la Jeep, comprirent qu'il serait préférable de les laisser tranquilles un instant et s'éclipsèrent discrètement.

Étant seul tous les deux, Sam s'approcha d'elle doucement. Il ne savait pas trop comment réagir face à sa réaction, mais il n'avait qu'une envie et c'était de la prendre dans ses bras. Il se retint, sachant que ce serait déplacé, il était ici sur le territoire de Jonas et il était son invité.

— C'est la surprise Roxane qui m'a fait mal réagir. Je te croyais à Montréal.

— Non ! Ça va aller, dit Roxane en séchant ses larmes du revers de la main. Mais si je suis franche avec toi, j'avais espéré que me revoir t'aurait fait plaisir.

— Non Roxane ! Détrompe-toi. Je suis vraiment heureux de te voir, j'ai même essayé d'entrer en contact avec toi à Montréal. Mais tu étais déjà partie.

À cette phrase, Roxane ouvrit grand les yeux. Il avait voulu la revoir, elle en était sûre, il ne pouvait pas ne plus l'aimer.

— Tu sais Sam, j'ai essayé de te retrouver aussitôt que j'ai su pour le smilodon. Mais je ne t'ai trouvé nulle part. Après ça, quand ils ont découvert les traces de métal près des loups, Marc m'a mise en contact avec Jonas. Il le connaissait depuis quelques années, ils avaient travaillé sur une exposition au musée, mais c'était avant que j'y sois embauché.

— Ah, Marc…

— Tu sais, Marc est peut-être un peu imbu de sa personne, mais au fond c'est un bon gars. Il a compris que ça ne servait à rien d'espérer que je t'oublie, alors il a suivi le mouvement pour que je puisse t'aider.

Roxane hésita un moment, car elle n'était pas certaine des limites qu'elle devait se fixer, mais elle n'arrivait pas à s'empêcher de penser qu'elle devait tout lui dire.

— Tu sais, je ressens toujours la même chose pour toi, finit-elle par dire en le regardant droit dans les yeux.

— Et Marc et Jonas, ils se situent où dans tout ça ? lui demanda-t-il, surpris.

— Ils sont simplement des amis et des amis qui m'aident à découvrir comment faire pour rétablir ta réputation. Comme moi, Jonas pense que tu n'as rien à voir dans toute l'histoire de la licorne et…

Roxane ne parvint pas à dire un mot de plus. Sam l'avait embrassée, la serrant fortement entre ses bras, il y avait des mois qu'il ne pensait qu'à ça. Un léger raclement de gorge vint déranger leurs retrouvailles. Sylvain se tenait debout devant la tente.

— Désolé d'être importun, dit Sylvain. Mais je viens d'apprendre qu'ils ont découvert les ossements d'une autre licorne... avec des traces de métal dans la bouche.

— Oui, c'est justement là qu'on se rendait ce matin, dit Roxane, les joues rougissantes.

CHAPITRE 26

Kevin flattait l'encolure de la licorne, l'entraînant avec lui pour s'approcher d'une grosse roche. Il avançait en claudiquant légèrement, prenant appui sur l'animal afin de limiter le poids sur sa jambe qui le faisait souffrir, car il était incapable de plier son genou.

— Vient avec moi Pégase, tu n'as pas à avoir peur.

Il s'assit sur la roche et releva son pantalon pour regarder l'état de sa jambe. Il vit qu'elle était remplie d'ecchymoses. Son genou avait doublé de volume ce qui l'empêchait de se mouvoir normalement, mais il ne semblait pas avoir de blessures plus graves.

— Pégase, je vais avoir besoin de toi pour sortir de cette forêt.

Il prenait la peine de nommer l'animal par le nom qu'il lui avait donné chaque fois qu'il lui parlait, espérant qu'ainsi celui-ci finirait par reconnaître ce nom comme étant le sien. Il se releva et fit face à Pégase en le flattant dans le cou, laissant la bête sentir à nouveau son odeur.

— Pégase, je vais monter sur ton dos, tu comprends que je ne te veux aucun mal.

Il parlait doucement, d'une voix calme et claire, articulant avec précision chaque mot comme si l'animal pouvait le comprendre. Prenant appui sur le dos de Pégase, il grimpa difficilement sur la roche qui le mettait presque à la même hauteur que la monture. Il souleva sa jambe et la passa par-dessus son dos, mais la licorne n'apprécia pas cette nouvelle sensation et fit un léger écart de côté. Kevin tomba face contre terre, mais parvint à ne pas lâcher la corde.

« Ça va être moins facile que je le croyais. » pensa-t-il en éclatant de rire.

Il se releva doucement et remonta patiemment sur la roche. Cette fois, au lieu de monter à cheval sur son dos, il appuya son corps contre lui, couché à plat ventre de travers sur l'animal tout en conservant son appui sur ses jambes. Il continuait toujours de flatter la licorne, voulant l'habituer à supporter son poids. Kevin estimait que sa présence ainsi son poids serait moins invasif que s'il montait directement sur son dos sans autre préavis.

Pégase fit un mouvement vers l'avant en avançant seulement de deux pas. Kevin, qui était déjà couché sur lui, se retrouva les pieds dans le vide. Il continuait de caresser la licorne pour lui montrer qu'ils étaient amis. Tranquillement, il parvint à se déplacer dans le sens de la longueur tout en lui enlaçant le cou de Pégase en lui murmurant des paroles douces et apaisantes à l'oreille.

— Tu vois, Pégase, je ne suis pas si lourd que ça pour toi.

Il laissa passer quelques instants avant de se hisser plus haut et de glisser une jambe de chaque côté de son flanc. Il était maintenant assis sur lui. Pégase n'avait pas réagi et il prit la corde sous son cou pour s'en faire une sorte de courroie pour s'aider à tenir en équilibre.

— Pégase, j'aimerais bien te faire avancer doucement, mais je ne sais pas comment m'y prendre.

Pégase bougea lentement, sentant que la corde autour de son cou lui donnait enfin une certaine liberté de mouvement. Kevin s'accrocha alors plus solidement à son encolure afin de ne pas tomber sur le côté. Maintenant, comment faire pour que celui-ci aille dans la direction désirée, avec comme seule prise la corde sous son cou ? Il pensa placer la corde dans la gueule de l'animal pour s'en faire un mors, mais c'était prendre le risque que celle-ci soit sectionnée par les dents de Pégase.

Il réfléchissait à cette question quand Pégase commença à piaffer. Kevin se demanda s'il avait l'intention de le jeter à terre et il s'accrocha plus solidement à lui, espérant tenir bon si celui-ci décidait de se cabrer. Mais l'animal hennit et se lança au galop. Kevin s'accrocha, essayant de lui murmurer des paroles apaisantes, mais les soubresauts de la course hachuraient chacun de ses mots.

— Ho ! Pé-ga-se, dou-ce-ment.

Mais au lieu de se calmer, son galop se transforma en une course effrénée. Kevin comprit que l'animal devait fuir quelque chose. Il n'osait pas se retourner pour regarder derrière lui, de peur d'être désarçonné, alors il s'accrochait au cou de la licorne, essayant de serrer ses jambes contre ses flancs et laissant Pégase prendre le contrôle de leur fuite.

* * *

Christopher s'était fait accompagner par Joseph et Stephen. Ils se dirigeaient vers la forêt au sud du campement à la recherche de longues perches pour construire le brancard qui servirait à transporter Nick. Christopher savait que la forêt comportait certains dangers, mais comme il n'y avait aucun troupeau à proximité, il n'y avait aucune raison pour qu'un prédateur s'y terre à ce moment-là. Mais il préférait être néanmoins plus prudent que pas assez.

— Restez près de moi, leur dit-il, l'arme à la main.

Joseph, qui était terrorisé à l'approche de la forêt, comptait bien respecter la consigne. Il était bien placé pour savoir qu'une bête immonde et dangereuse pouvait surgir à tout moment. Il arrivait à peine à détourner les yeux de la lisière du bois pour aider dans les recherches, ses mains étaient moites et tremblantes, même le simple souffle du vent le faisait tressaillir de frayeur.

Stephen, de son côté, regardait au sol à travers les hautes herbes à la recherche de bois qui pourrait servir, il ne tenait pas particulièrement à s'approcher de la forêt, mais il était heureux de pouvoir se sentir utile. Depuis que John avait disparu, les remords le grugeaient à l'idée que sans le mors qu'il lui avait fourni, il n'aurait peut-être pas pu partir ainsi seul. Maintenant, il se doutait bien que si ce dernier n'était pas revenu, c'est qu'il s'était passé quelque chose de grave.

Arrivés à l'orée de la forêt, ils n'avaient pas trouvé ce dont ils avaient besoin et Christopher hésitait à s'aventurer dans les bois avec les deux scientifiques non armés. Si quelque chose survenait dans ces bois, il lui serait plus facile d'agir rapidement s'il était seul et qu'il n'avait pas à veiller sur d'autres personnes. Finalement, il prit la décision qui lui paraissait être la plus sage, compte tenu des circonstances.

— Restez ici, leur dit-il. Essayez de ramasser des branchages de sapin pour faire le lit du brancard pendant que je tente de trouver de longues branches. Je ne serai pas très loin, ajouta-t-il pour rassurer Joseph.

Il s'avança seul dans les bois, attentif aux sons qui l'entouraient. La lumière ne pénétrait à travers les branches que par de faibles rayons, donnant l'impression d'être en fin de journée alors qu'au contraire celle-ci ne faisait que commencer.

Il n'avait pas encore pénétré très profondément dans les bois lorsqu'il entendit un lourd craquement sur sa gauche. Il releva immédiatement son arme et plissa les yeux en tentant de déterminer d'où provenait le son. Il observait les arbres pour essayer d'apercevoir du mouvement dans les bois. Après quelques minutes d'attente, il n'avait détecté aucun autre bruit ou mouvement à proximité. Il reprit ses recherches, relevant régulièrement la tête afin de s'assurer qu'il n'y avait toujours rien qui bougeait ni qui venait troubler le silence environnant.

Il trouva enfin, à quelques mètres plus loin, de longues branches qui semblaient assez solides, parfaites pour réaliser un brancard capable de supporter le poids d'un homme de la corpulence de Nick. Mais pour rapporter les morceaux de bois, il avait besoin de ses deux mains et pour ce faire il devrait lâcher son arme et il hésitait à se départir, même momentanément, de ce qui pourrait faire la différence entre la vie et la mort.

Il scruta à nouveau partout autour de lui, la pénombre qui régnait parmi les arbres ne lui permettait pas de voir très loin devant lui, mais si une bête le guettait, il devrait avoir le temps de reprendre facilement son arme. Il glissa alors la sangle du fusil à son épaule et prit le soin de le positionner de manière à y avoir rapidement accès. Il se pencha, les yeux toujours rivés à hauteur d'homme afin de voir le danger arriver d'avance. Il ramassa six des branches qui lui semblaient les plus solides et se releva doucement, ne voulant pas faire de gestes brusques qui pourraient exciter un éventuel visiteur.

Il approchait de l'orée de la forêt quand il crut entendre des mouvements un peu plus loin sur sa gauche, à l'endroit où avait retenti le craquement précédemment. Il laissa immédiatement tomber son chargement au sol et attrapa son arme qu'il pointa dans la même direction. Les branchages tout près se mirent à s'agiter, son fusil était prêt. Il attendait de voir apparaître la bête afin de ne pas gaspiller inutilement ses munitions. Elle s'approchait, mais il ne voyait toujours rien, quand soudainement, sortant des buissons, il vit passer à quelques mètres seulement de lui, un lièvre qui détalait en courant.

Il venait tout juste de reprendre son chargement, tout en se moquant intérieurement de la frayeur que lui avait causée une aussi petite bête totalement inoffensive, lorsqu'il entendit un cri bref et strident qui provenait de la prairie.

— Shit ! cria-t-il en lâchant à nouveau son chargement.

Il s'élança vers la plaine tout en attrapant son arme et comme il atteignait la bordure du bois, il eut le temps d'apercevoir un ours énorme au museau très large et court qui poursuivait Stephen. Même à quatre pattes, l'animal était de la même hauteur que le pauvre géologue et d'un seul coup de ses grosses pattes massives, ce dernier fut projeté au sol, quelques mètres plus loin. Il ne voyait Joseph nulle part, il devait déjà avoir succombé aux griffes de la bête, mais il n'avait pas le temps de s'occuper de celui-ci, car l'ours rejoignait rapidement la position de Stephen. Christopher fut plus rapide que l'animal. Il épaula son fusil et tira sur lui, l'atteignant au flanc. L'ours sursauta sous l'impact de la balle, mais celle-ci ne le ralentit pas. Il attrapa la jambe de Stephen dans sa gueule et le traîna derrière lui comme une vulgaire poupée de chiffon, l'entraînant dans la forêt. Christopher se mit à courir vers eux le plus rapidement qu'il en était capable, essayant de rejoindre la partie des bois dans laquelle l'ours amenait sa victime qui hurlait toujours. Il tira encore quelques coups de feu dans sa direction, mais la bête poursuivait sa course, comme si les impacts de balles ne l'atteignaient pas. Dès qu'il se fut enfoncé assez profondément sous le couvert des arbres, Christopher cessa de tirer. Il devait garder ses munitions pour abattre la bête avant qu'elle n'ait raison de Stephen. Pour le moment, il ne pensait qu'à ne pas perdre sa trace.

* * *

Alex était assis devant le feu dont les flammes montaient à plus de deux mètres. Il s'était placé de façon à voir la forêt ainsi que les abats du lièvre qu'il avait si mal lancés. Il trouva un morceau de bois, parmi ceux qu'il avait entassés plus tôt pour entretenir le feu, qui était assez large et assez solide pour servir de manche à son tomahawk. Il utilisa son couteau afin d'en obtenir un manche d'une longueur maniable et effila le bout auquel il voulait attacher la pierre. Il se servit des brindilles souples qui traînaient autour de lui et qui lui rappelaient la consistance de l'osier, pour y attacher la pierre aiguisée.

Une fois son arme terminée, il regarda le résultat et se mit à la manipuler doucement pour commencer et avec de plus en plus de force, afin de s'assurer de la solidité des liens.

— C'est parfait, ça pourra toujours servir, se dit-il.

Entendre le son de sa voix le rassurait, il y avait déjà plusieurs jours qu'il était seul et n'avait entendu personne. Cela lui rappelait que, pas très loin, se trouvaient d'autres êtres humains qui avaient besoin de lui. Il se remit à penser à Mina, lui qui avait toujours fait attention de ne rien lui promettre, il était surpris qu'elle revienne fréquemment hanter son esprit.

Concentré dans ses pensées, il ne vit pas sortir des arbres le même loup que la veille. Il était facilement identifiable à la couleur de sa fourrure d'un doux gris au col un peu plus foncé. Mais il s'en voulut de ne pas avoir été assez attentif pour remarquer sa présence plus tôt.

— Tu dois te faire plus prudent, mon vieux, se gronda-t-il.

Mais le loup ne s'approcha pas plus près pas plus qu'il ne grogna. Il s'avançait prudemment des restants de lièvre qui traînait au sol, reniflant la nourriture tout en regardant l'humain assis près du feu. On aurait dit qu'il essayait de juger si Alex représentait ou non un danger.

La bête commença à manger avec précaution, le regard toujours rivé sur Alex qui ne bougeait pas et quand il fut certain qu'il ne risquait rien, il se jeta goulûment sur les abats. Il dévora tout ce qu'Alex avait lancé et des restes complets des deux lièvres, il n'en restait plus aucune trace.

Alex comprit que la pauvre bête était affamée, mais ne voulait tout de même pas faire partie de son prochain repas. Une fois repu, le loup s'éloigna à reculons vers les bois et aussitôt qu'il se sentit hors de portée d'Alex, il se retourna et disparut dans la forêt.

— Maintenant qu'il a bien mangé, c'est le moment ou jamais d'aller relever mes pièges.

Alex voulait s'assurer d'avoir encore de quoi nourrir l'animal si jamais celui-ci revenait. Il attrapa sa nouvelle arme dans une main et son poignard dans l'autre et pénétra prudemment dans les bois, à l'affût du moindre mouvement ou bruit suspect. Il devait à tout prix être revenu près du feu avant le coucher du soleil.

Il rapporta encore deux lièvres de bonne taille et prit le temps d'installer à nouveau ses collets, bien décidé à passer une autre nuit au même endroit, espérant se faire quelques réserves de viande cuite. Une fois qu'il aurait repris des forces, son périple dans la montagne lui semblerait moins insurmontable qu'il ne l'était en ce moment. Avant d'avoir atteint la lisière du bois, il entendit des bruits de pas derrière lui. Il s'arrêta, les armes levées, prêtes à être utilisées. Il vit le loup qui le surveillait à distance. Aussitôt qu'Alex s'arrêtait, celui-ci s'arrêtait aussi et repartait dès qu'Alex recommençait à avancer.

— Tu surveilles ton dîner, mon vieux, lui dit-il.

Au son de sa voix, le loup pointa ses oreilles, comme s'il comprenait que l'homme s'adressait à lui.

En arrivant à son campement, Alex prépara un seul des deux lièvres, choisissant de conserver le second pour le lendemain matin. Il pourrait lui être utile de nourrir son nouvel invité avant de quitter la protection du feu et de s'aventurer dans un territoire qui n'était pas le sien.

Quand il eut terminé de nettoyer les lièvres et que la viande fut en train de cuire, il se préparait à envoyer les restants de l'animal au loin, mais il se retint à la dernière seconde. Il était curieux de voir la réaction du loup s'il lançait les abats un peu moins près de l'orée de la forêt, oserait-il s'approcher autant de lui ?

Aussitôt la viande envoyée à mi-chemin entre le feu et la lisière du bois, Alex vit les branchages remuer. Le loup n'était pas loin, comme il l'avait supposé. Quelques minutes plus tard, l'animal était sorti à moitié d'un buisson, couché au sol, il observait les mouvements de l'homme. Alex faisait attention de ne faire aucun geste brusque qui pourrait faire penser qu'il s'apprêtait à l'attaquer.

Quand l'attention d'Alex fut attirée ailleurs, le loup en profita pour s'approcher rapidement des abats et commença à manger. Alex le regardait faire sans broncher. Une fois son repas terminé, le loup retourna à l'abri des buissons et se coucha, la tête hors des feuillages à la vue d'Alex. Soit il voulait garder l'homme à portée de vue, soit il commençait à s'habituer à sa présence.

La nuit venue, Alex fit un second feu tout près du premier et se coucha entre les deux. Le loup ne semblait pas vouloir l'attaquer, mais il n'était pas prêt à offrir à celui-ci un second repas aussi facilement. Il parvint à finalement trouver le sommeil, mais celui-ci était plus léger et le moindre bruit étrange le réveillait aussitôt.

* * *

Les coups de feu attirèrent l'attention de ceux qui étaient restés au campement. Erik pensa immédiatement qu'il était arrivé quelque chose de grave et sans attendre, ramassa le dernier fusil et se mit à courir en direction de la forêt. En seulement dix minutes, il était en vue de la bordure du bois et vit la tête de Joseph apparaître au-dessus des hautes herbes.

Une nouvelle série de coups de feu retentit, provenant cette fois du sombre couvert des arbres.

— Qu'est-ce qui se passe ? cria-t-il à Joseph en continuant d'approcher de lui au pas de course.

— Un ours…

Fut tout ce que Joseph eut le temps de lui dire avant qu'il ne s'engouffre dans les bois, en suivant la direction des coups de feu. Il tomba rapidement sur Christopher, qui avait toujours l'arme à la main et qui regardait en direction de la profondeur de la forêt.

— Est-ce que ça va ? lui cria-t-il.

— Non. On a besoin d'aide, vite !

Il vit Stephen, qui gisait sur le sol, sa jambe ensanglantée reposait à côté de lui dans une position impossible à tenir. Tout son corps était couvert de sang et il respirait difficilement. Mais au moins, il respirait.

— Il faut le sortir d'ici, pressa Christopher.

Erik n'osait toucher le blessé qui était inconscient et qui semblait très mal en point. Le déplacer pourrait être mortel, mais rester dans la forêt avec cette odeur de sang serait fatal pour eux trois.

— Un peu à droite d'ici, j'ai laissé des longues branches, lui dit Christopher.

Il n'en fallut pas plus à Erik pour comprendre les intentions de Christopher. Il le vit partir, l'arme à la main. Il ne prit que cinq minutes avant de revenir avec de longues branches de bois. Ils s'empressèrent de les lier ensemble pour en faire une civière.

— Il faut faire vite avant qu'il revienne.

— Qu'est-ce que c'était ? lui demanda Erik en l'aidant à soulever précautionneusement Stephen qui laissait échapper des gémissements de douleur.

— Un ours les a attaqués, juste en bordure de la forêt, j'étais dans les bois, je n'étais pas là, s'excusait Christopher.

Ils attrapèrent la civière de fortune chacun d'un côté et sortirent rapidement du couvert des arbres. Sans dire un mot, ils coururent en transportant Stephen et Joseph, qui les vit apparaître dans la prairie, les suivit sans demander son reste. Il avait vu l'ours arriver sur eux et il avait aussitôt perdu conscience. C'était probablement ce qui lui avait sauvé la vie. Il n'avait rien vu d'autre. Quand il avait ouvert les yeux, réveillé par les coups de fusil, il avait été surpris de voir Erik arriver dans sa direction en courant.

Quand ils parvinrent au campement, Mina laissa échapper un long cri d'horreur en découvrant l'état de Stephen. Son corps entier était couvert de sang et il était impossible de deviner la gravité de ses blessures. Mais sa jambe était dans une situation bien pire. Elle était broyée sur toute la longueur de la cuisse et elle semblait ne tenir en place que par quelques ligaments nerveux.

— Vite, amenez-moi de l'eau, leur ordonna Mina. Et une ceinture pour lui faire en garrot, ajouta-t-elle en se penchant au-dessus du blessé.

Nathan, qui était assis tout près, les regardait en disant :

— Ils l'ont tué, ils vont tous mourir pour ça.

Mais personne ne s'occupait de lui. Tout le monde s'affairait à répondre aux demandes de Mina le plus rapidement qu'ils le pouvaient. Mina commença par faire un garrot à Stephen, mais ce n'était pas suffisant pour arrêter l'écoulement de sang qui ne tarissait pas. Elle utilisa alors son manteau pour lui faire un pansement qui puisse stopper l'hémorragie avant que le pauvre Stephen se vide entièrement de son sang. Ensuite, elle aspergea ses blessures d'eau, en commençant par le haut du corps. Les traces profondes de griffes lui lacéraient le dos jusqu'à l'os, laissant certaines parties de peau pendre mollement autour des plaies. Dès qu'elle cessait de mettre de l'eau, le sang de Stephen recouvrait à nouveau son corps.

— J'ai besoin de plus de pansements, trouvez-moi quelque chose que je pourrais utiliser. Faites vite, les pressait-elle.

Elle observait encore l'état de sa jambe blessée, gardant difficilement les yeux ouverts devant ces mutilations. L'ours n'avait pas qu'enfoncé ses crocs dans la chair tendre, il avait littéralement broyé l'os. Le fémur était sectionné et des bouts d'os sortaient de la peau à de multiples endroits. Mina ne savait pas quoi faire, elle paniquait. L'état de Stephen était critique et elle n'avait ni l'équipement requis ni les connaissances nécessaires pour le soigner.

Elle passa toute la soirée et toute la nuit à tenter de prendre soin de lui et par chance, il ne reprit jamais connaissance. On entendait au loin le hurlement des bêtes sauvages attirées par l'odeur du sang, les bruits durèrent presque toute la nuit. Au petit matin, Stephen avait arrêté de respirer, ils enterrèrent soigneusement sa dépouille afin que les bêtes ne viennent pas finir le travail que l'ours avait commencé.

* * *

Pégase courut durant près de trente minutes sans ralentir l'allure et Kevin sentait les courbatures dues à sa position inconfortable. Mais il n'était pas question de relâcher son étreinte. Sa monture ne ralentit sa course que lorsqu'il eut rejoint son troupeau, qui broutait l'herbe fraîche d'un nouveau pâturage, situé encore plus à l'ouest du campement.

— Tu m'as traîné ici pour retrouver les tiens, dit Kevin, interloqué.

Il était néanmoins soulagé qu'aucun danger ne les ait rattrapés. Si sa monture se retrouvait dans une position dangereuse, la sienne ne serait pas plus enviable.

Comme le troupeau semblait calme, il courut la chance de mettre pied à terre, mais il ne lâcha pas la corde qui le reliait à sa monture. Il fit quelques pas prudents, essayant de retrouver une meilleure motricité, tant pour sa jambe enflée que pour le reste de son corps que la course avait malmené. Il parvint à marcher sans appui, tout en claudiquant encore un peu, mais c'était normal et il lui faudrait plusieurs jours avant que les enflures ne diminuent.

La journée avançait et il se sentait épuisé, il choisit de rester là pour la nuit. Il avait besoin de repos et il pourrait prendre le temps d'évaluer sa situation et les options qui s'offraient à lui. Il grimpa dans un arbre tout près du troupeau qui broutait toujours paisiblement, prenant bien soin d'attacher Pégase au tronc. Il voulait être certain que celui-ci ne prenne pas la fuite. Il grimpa avec difficulté à environ trois mètres du sol où il trouva une branche assez large pour y être à l'aise et arriver à dormir sans risquer une mauvaise chute. Il espérait que rien ne viendrait troubler la quiétude des lieux ni s'attaquer à sa monture. Pour le moment, il n'avait pas d'autres choix, car Pégase et lui avaient besoin de sommeil.

CHAPITRE 27

Les chercheurs de l'équipe américaine sortaient de la tente derrière Sylvain. Sam et Roxane reculèrent d'un pas, gênés par tous ces regards braqués sur eux. Jonas fut le dernier à sortir et remarqua la gêne de sa nouvelle amie, qu'il avait appris à connaître durant ces jours entiers passés ensemble.

— Assez de voyeurisme les gars, on a du boulot, lança-t-il joyeusement à son équipe.

Ils grimpèrent dans les véhicules et Jonas se tourna vers Sylvain qui se préparait à monter dans sa propre Jeep de location.

— Sylvain, venez avec moi, j'en ai long à vous raconter.

— Vous n'avez qu'à nous suivre, dit Sylvain, en lançant les clés à Sam.

Jonas observa Roxane monter du côté passager de la Jeep, aux côtés de Sam, il était heureux qu'elle l'ait enfin retrouvé. Il était tombé amoureux de cette fille passionnée qui n'avait de cesse de vouloir tout connaître. Il aimait sa façon de défendre l'homme qu'elle aimait contre tous et le fait qu'elle n'ait jamais cessé de croire en lui, même quand tous lui criaient le contraire.

— Si un jour une femme me regarde de la manière dont elle le regarde, je serais fou de ne pas l'épouser, se disait-il en l'observant.

Sam et Roxane se retrouvèrent seuls dans la Jeep. Ils commencèrent à rouler, sans trop savoir quoi se dire. Roxane jouait avec le bord de son short, ne sachant plus comment agir, tandis que Sam, qui conduisait les yeux rivés sur la route, n'osait pas tourner la tête pour la regarder, de peur de ne pouvoir retenir son envie de la tenir encore dans ses bras.

Finalement, ce fut lui qui brisa le silence qui régnait.

— Alors, Rox, raconte-moi tout ce que tu as appris jusqu'à présent, s'il te plaît.

— Okay, mais par où commencer ? dit Roxane d'une voix un peu chevrotante.

Surpris par le ton de sa voix, Sam lui jeta un regard du coin de l'œil, sans quitter la route des yeux. Sentant son malaise, il glissa doucement sa main sur la sienne et lui dit.

— Commence par me parler des ossements humains, si tu veux bien.

Et Roxane lui relata tout ce qu'elle savait sur ces ossements d'une voix plus assurée, mais il connaissait déjà presque tous les détails de ce qu'elle lui racontait.

— Depuis que la découverte des traces de métaux a fait la une des journaux, le site a été envahi par des gens d'un peu partout et ils ont dû engager du personnel pour sécuriser l'endroit.

— Oui, j'ai remarqué la cohue en arrivant ici ce matin.

— Si tu entendais tout ce qui se raconte parmi ces gens. C'est incroyable à quel point le monde se sert de ça pour promouvoir leurs croyances, et ce sans même connaître l'ensemble des informations sur la découverte.

— Qu'est-ce que tu veux dire ?

— La rumeur des ossements humains va bon train ici et si tu te promènes parmi eux, tu verras se dessiner quatre grandes tendances.

— Lesquelles ?

— Ceux qui croient aux ovnis disent que les ossements appartiennent à des extra-terrestres et qu'ils sont nos ancêtres directs. Ce n'est pas très clair, mais l'idée générale c'est que nous descendons d'une race extra-terrestre qui serait venue coloniser la planète.

— Oui ! Celle-là je l'ai entendue au resto ce matin même.

Roxane sourit, elle savait que Sam ne croyait pas à toutes ces fadaises.

— Ensuite, il y a les groupes religieux qui prônent le créationnisme contre la théorie de l'évolution. Alors les ossements sont ceux d'un descendant direct d'Adam et Ève, ou simplement celui d'Adam, le premier homme.

— Wow, ils n'y vont pas de main morte. Et les deux autres c'est quoi ?

— Il y a les fanatiques du complot gouvernemental qui disent que le gouvernement a envoyé des hommes dans le passé, mais leur théorie est plutôt brouillonne parce qu'ils ne semblent pas s'entendre sur les raisons pour lesquelles il aurait fait ça.

— J'avoue que je n'y vois non plus aucun intérêt. C'est le genre de truc qu'on retrouve dans les romans de science-fiction, alors dans ces cas-là tu n'as aucunement besoin de raison, rigola Sam.

— Finalement, il reste l'Atlantide, donc on se rapproche du déluge de Noé avec l'ancien continent qui a été enseveli sous l'océan et les ossements appartiendraient au seul rescapé de cette civilisation perdue.

— Tous plus farfelus les uns que les autres. Et parmi l'équipe des Américains, quelle est leur hypothèse ?

— Écoute Sam, je te jure que si c'est un canular, la ou les personnes qui l'ont monté avaient des ressources considérables.

— C'est à ce point-là ?

— Tout est trop parfait, jusqu'au moindre détail. On pourrait croire qu'une race d'hommes aurait existé voilà cent mille ans. Si l'évolution a amené l'homme où il en est aujourd'hui, pourquoi est-ce qu'il n'aurait pas pu arriver au même résultat il y a beaucoup plus longtemps ?

— Oui, je comprends ce que tu veux dire, mais ce qui ne s'explique pas, c'est, pourquoi maintenant ?

— Et pourquoi pas ? insista Roxane

— Réfléchis logiquement, Roxane ! Des ossements de dinosaures ont été découverts depuis longtemps et ils ont vécu bien avant cette époque. En plus, les Badlands font partie des sites les plus fouillés depuis des années ! Comment veux-tu que personne n'ait découvert quoi que ce soit à ce sujet auparavant ?

— Je pourrais dire la même chose à propos de ta licorne ou même de toutes les découvertes récentes qui ont permis de mettre à jour des ossements d'animaux que l'on n'avait jamais vus avant.

Cette dernière déclaration donnait à Sam un sujet de réflexion.

Ils arrivèrent les derniers à l'emplacement où l'on travaillait sur les ossements de la licorne. L'odeur des lieux rappelait à Sam la période où il travaillait sur le terrain. Il avait, depuis ces quelques années, oublié l'exaltation que procure une nouvelle découverte.

Les hommes avaient déjà commencé à retirer les bâches de plastique qui recouvraient les ossements et Sam s'approcha pour les aider. Dans sa hâte de découvrir où ils en étaient rendus, il en oubliait facilement qu'il n'était là qu'à titre d'invité.

Jonas s'approcha de lui et mit sa main sur son épaule.

— Pour le moment, on a seulement déterré le crâne de la bête et une partie de son cou, lui dit Jonas en indiquant la dernière bâche que ses hommes retiraient.

— Est-ce que vous savez déjà si la corne est intacte ?

— Oui, elle l'est. Les ossements de l'homme ont été trouvés justes ici, à deux pieds de l'animal, c'est ce qui nous laisse à penser que c'était probablement sa monture.

— Oui, j'ai entendu parler de traces métalliques dans sa gueule, dit Sam curieux.

— On suppose que c'était quelque chose qui devait servir de mors et comme l'homme était à proximité, c'est la raison pourquoi ne le pensons.

Jonas se tourna face à Sam, son air rieur avait été remplacé par une expression de profonde incertitude.

— Réellement, si toute cette histoire est fausse, elle est très bien ficelée. Mais entre toi et moi, j'ai peine à trouver ce que quelqu'un pourrait tirer de tout cela.

— C'est certain qu'à première vue, ça ne semble pas évident, mais si c'est ça, on va finir par en connaître la raison.

— Mais dans le cas contraire, aurais-tu l'esprit assez ouvert pour explorer la possibilité qu'il y ait vraiment eu une race d'homme qui aurait foulé cette terre, des centaines de milliers d'années avant nous ?

— Si je suis tout à fait franc, je ne crois pas. J'aurais besoin de beaucoup plus de preuves que ce que vous avez présentement. Et si vous aviez raison, comment expliquez-vous la soudaine disparition de cette race à la technologie aussi avancée ?

— Il y a plusieurs hypothèses sur le sujet ! Il y a eu une longue période de glaciation qui aurait pu avoir raison de ce peuple ancien !

— Donc si je suis ton raisonnement, si demain il arrivait une nouvelle ère de glaciation, nous n'y survivrions pas ?

— Peut-être pas si elle durait plusieurs milliers d'années.

— Nous ne survivrions pas tous, mais une grande partie de la race humaine y survivrait dans des climats plus cléments en se réfugiant vers le sud, ou vers le nord.

— Encore faudrait-il qu'ils aient les moyens de se déplacer.

— Tu veux me faire croire qu'un peuple ayant acquis les connaissances technologiques permettant la conception de l'arme dont j'ai vu la photo n'aurait pas été capable d'inventer au moins la roue ?

Jonas éclata de rire, cette fois Sam l'avait un peu coincé.

— D'accord Sam ! Celle-là je te l'accorde, mais il reste encore plusieurs possibilités. Je te demande juste d'essayer de garder l'esprit ouvert.

— Garder ouvert jusqu'à quel point ? Il y a, à vos portes tout près, une bande d'ahuris qui ne demande que ça, que nous ayons l'esprit ouvert.

Jonas lui sourit avant de retourner auprès de son équipe. Il voyait ce que Roxane voulait dire quand elle lui disait à quel point il pouvait parfois être borné. Mais au moins, il avait des arguments.

En voyant Roxane qui travaillait avec Julia à la recherche de traces métalliques, il se demanda en son for intérieur.

Et si c'était Roxane qui avait été accusée d'avoir trafiqué des résultats de recherche comme Sam l'avait été, aurait-il cru assez en elle pour la soutenir contre vent et marée comme elle l'avait fait jusqu'à maintenant ?

Jamais il ne poserait la question à haute voix, mais il savait très bien quelle était la réponse à cette question, car Sam venait de lui en donner la preuve. S'il était aussi digne de son amour à elle, jamais il n'aurait disparu de sa vie sans essayer de la revoir.

Sam reporta son attention sur le travail qui s'effectuait sur la licorne. Deux hommes travaillaient à poursuivre l'excavation de la tête et le cou de celle-ci, tandis que trois autres s'affairaient à retirer doucement la terre sur l'emplacement ou devaient se trouver les ossements du corps de la bête.

Roxane, avec Julia, examinait la terre autour à l'aide d'un détecteur de métal, tel que ceux que l'on peut observer sur les plages quand les vacanciers sont à la recherche de bijoux égarés.

Sam se dirigea vers elles, curieux de savoir ce qu'elles espéraient trouver.

— Avez-vous déjà trouvé quelque chose avec ça ?

Une seule fois, lui répondit Julia. Mais quand il ne reste que des faibles traces, on ne les trouve que s'il y a peu de terre par-dessus, mais par contre, s'il y en a une grande quantité, on pense pouvoir détecter quelque chose.

— J'imagine que c'est de l'arme dont vous parlez, quand vous dites avoir trouvé quelque chose avec ça !

— Oui, en déterrant les ossements des loups, il ne restait qu'une mince couche de poussière sur la roche où les traces métalliques étaient fossilisées. Mais si la roche n'avait pas été là, la poussière de métal aurait peut-être simplement disparu dans le sol avec les pluies.

— En supposant qu'elle n'y ait pas été déposée volontairement, ajouta Sam toujours sceptique.

Roxane lui lança un regard sévère. Elle pouvait concevoir que Sam soit certain que toutes ces trouvailles n'étaient que le fruit d'une énorme arnaque, mais elle aurait aimé qu'il ait un peu plus de considération pour tous ceux qui travaillaient avec l'espoir de trouver quelque chose de plus grand qu'eux-mêmes.

Julia fit celle qui n'avait rien entendu. Elle arrivait difficilement à concevoir le manque d'objectivité de ce Sam dont Roxane n'avait eu de cesse de vanter les mérites. Elle pouvait comprendre que chaque personne perçoive les événements à sa façon, mais ça ne l'empêchait pas de choisir de rester la plus objective possible.

— Aussitôt qu'ils auront réussi à mettre à jour la position précise de l'animal, on va utiliser l'appareil pour essayer de trouver les métaux qui pourraient indiquer la présence d'étriers. Si on se fie aux traces de métal dans sa gueule, il y a fort à parier qu'on découvrira aussi la marque des étriers ou de quelque chose de similaire.

Sam se contenta de hocher la tête sans rien ajouter. En tant qu'invité sur les lieux, il se devait de respecter le travail que chacun effectuait. Le regard de Roxane le lui avait bien fait comprendre et elle avait raison. Il était aussi un chercheur et savait qu'il devait mettre de côté ses sentiments personnels.

Le soir venu, ils soupèrent tous sur le site, Sam, Roxane, Sylvain et tous les autres membres de l'équipe de Jonas. Ils avaient préparé des steaks sur le barbecue, accompagnés de pommes de terre au four et de petites fèves vertes en papillote, le tout fut arrosé avec de la bière. L'atmosphère était à la détente et chacun y allait avec différentes anecdotes sur des expériences passées.

Jonas, raconte-leur l'histoire avec l'égyptien! Celle qui est arrivée quand tu avais participé aux fouilles à Gizeh, l'an dernier, demanda un des hommes.

Jonas releva la tête avec surprise. Il ne participait pas à la conversation générale, il était perdu dans ses pensées et n'avait pas suivi le cours de la discussion. Il n'avait qu'entendu son nom, ce qu'il l'avait ramené à la réalité.

— Tu parles de celui qui a voulu pisser sur la tombe royale? demanda Jonas.

— Imaginez ça! Jonas était installé au fond d'une salle, tout seul à prendre des notes, quand il voit rentrer un Égyptien qu'il ne connaissait pas. Un gardien de sécurité, ou quelque chose d'approchant, poursuivit l'homme en rigolant. Il le voit s'arrêter au pied du tombeau, comme s'il avait l'intention de se prosterner devant cette ancienne reine égyptienne, mais non, il le voit ouvrir sa braguette et sortir son arrosoir.

Et je me suis jeté sur la tombe pour la protéger, et comme l'égyptien était somnambule, il m'a pissé dessus, termina Jonas avec un petit sourire. J'étais dégoulinant d'urine quand les archéologues tchèques sont arrivés sur les lieux. En découvrant mon état, ils se sont mis à me crier après en tchèque. Je n'ai jamais su de quoi ils m'ont traité, mais j'ai quand même été expulsé du site sans même avoir le temps de me changer.

Tout le monde se mit à rire à gorge déployée. La boisson n'était pas étrangère à l'hilarité générale et les rires de Jonas se mêlèrent aux autres.

Quand la soirée se termina, tous les hommes étaient éméchés et ils regagnèrent rapidement leur tente. On entendait des ronflements aussitôt que l'un d'eux déposait sa tête sur un oreiller. On offrit à Sylvain et à Sam de partager la tente dans laquelle ils avaient disposé deux hamacs supplémentaires, dont on avait ajouté de grands coussins moelleux. L'offre fut acceptée. Dans l'état où ils étaient, il n'aurait pas été très sage de prendre la route, surtout une route qu'ils ne connaissaient pas bien.

Sylvain s'endormit rapidement. Il n'était pas habitué à passer une journée entière en plein air et en ajoutant un bon repas et de la bière par-dessus tout ça, le sommeil l'avait littéralement assommé.

Sam en profita pour sortir de la tente et aller regarder l'état du ciel. Des milliers d'étoiles étaient visibles dans ce ciel sans nuages et sans la pollution lumineuse des grandes villes, ce qui normalement devrait annoncer une belle journée pour le jour suivant.

— C'est un ciel superbe cette nuit, lui dit Roxane à quelques pas derrière lui.

Il se tourna vers elle, surpris, mais heureux qu'elle soit là. Inconsciemment, il avait espéré qu'elle sorte derrière lui.

— Tu sais que tu es toujours aussi belle, lui dit-il en s'approchant d'elle.

— Sous cet éclairage, tout le monde est beau.

— Non, tu rayonnes tellement que je pourrais détailler chacun de tes traits.

Il s'approcha tout près d'elle et lui prit la main.

— Cette nuit, j'aimerais te serrer dans mes bras. Cette nuit, je voudrais que le passé soit effacé et que tu ne sois qu'avec moi, lui dit-il avant de l'embrasser.

Ils firent l'amour à la belle étoile, doucement et tendrement, comme s'ils essayaient de se découvrir à nouveau. Ils passèrent le reste de la nuit collée l'un contre l'autre. Ensemble, ils discutèrent de ce qui se passait sur le site et comment chacun d'eux voyait la suite des événements. Soudain, Sam se leva sur un coude en regardant en direction des tentes.

— Dis-moi Rox, tu sais ce qui tracassait tellement Jonas ce soir ?

— Il cherche des nouveaux fonds.

— Des fonds, pour faire quoi ?

— Il veut faire une demande pour effectuer un relevé photographique à l'aide d'un satellite de la NASA ! Ça lui permettrait de détecter des sources de chaleur et de métaux au sol.

— Il ne voit pas un peu grand pour trouver de simples traces d'armes à feu ?

Roxane éclata de rire

— Non, ce qu'il recherche, c'est plutôt une grande structure métallique. Il espère découvrir les vestiges d'une ville ou bien d'un immense bâtiment. S'il y a bien eu l'existence d'une race ancienne qui pouvait modeler le métal, on peut s'attendre à ce que certaines de leurs habitations en contiennent beaucoup, un peu comme pour nos villes.

— Et il veut couvrir quelle superficie ?

— Au moins une cinquantaine de kilomètres… euh miles carrés, se reprit-elle pour se mettre au système de distance des Américains.

— L'idée est assez intéressante, mais ça doit coûter une fortune.

— Je ne connais pas les coûts de l'opération, mais ce dont je suis certaine, c'est que pour le moment, il n'a trouvé personne pour le subventionner. C'est pour cette raison qu'il désespère.

CHAPITRE 28

Au cours de la nuit, Kevin rêva de son frère. Dans son rêve, il était âgé de dix ans et s'était perdu dans les bois. Il avait peur, il avait froid et il avait faim. Il entendait tout autour de lui les bruits d'animaux sauvages qui le cernaient et il tentait de crier à l'aide, mais aucun son ne parvenait à sortir de sa gorge. Il entendait son frère l'appeler à travers les bois, il savait que celui-ci venait pour le secourir, mais que sa propre vie était en danger. Il voulait lui crier de faire attention, lui crier qu'ils n'étaient pas seuls et que le danger les guettait tapi dans l'ombre. Mais il ne parvenait qu'à émettre de sourds appels au secours, presque des chuchotements qui lui coûtaient un effort d'intense concentration juste pour essayer de faire sortir ce son de sa bouche.

Ce fut le chuchotement de sa voix qui le réveilla. Il faisait nuit et seule la lune éclairait faiblement les champs environnants. Les hennissements de Pégase attirèrent son attention. Il craignait qu'il arrive quelque chose à sa monture, car en ce moment, elle était son unique alliée. De plus, il comptait sur elle pour l'aider à retrouver les autres, jamais il n'y arriverait seul.

Il repensa à son rêve et se dit que l'apparition de son frère, dans ce rêve, devait représenter Pégase.

— Alex, dit-il en regardant vers le ciel. Si c'est toi qui m'as permis de trouver Pégase, aide-nous à retrouver les autres.

Il espérait que son frère réponde à sa prière. Kevin avait toujours cru que lorsqu'on mourait, on ne disparaissait pas complètement et il savait que si son frère le voyait de là-haut, il l'aiderait.

Est-ce un danger imminent qui l'aurait finalement réveillé ? Il essaya d'apercevoir ce qui se passait en dessous de lui et vit que le troupeau s'éloignait en direction de la forêt, s'enfonçant encore plus loin vers l'ouest. Mais les bêtes se déplaçaient calmement, ce qui signifiait qu'elles ne sentaient aucun danger et si Pégase s'énervait autant autour de l'arbre, ce devait seulement être parce qu'il voulait se joindre aux siens.

— Je te promets, mon beau, qu'aussitôt que j'aurai retrouvé tout le monde, je te redonnerai aussitôt ta liberté, dit-il à Pégase dans l'espoir que sa voix le calmerait.

Maintenant que le troupeau s'éloignait, Kevin pensa que Pégase serait une proie moins visible que parmi les siens. Un prédateur attaquerait plus un groupe qu'une bête seule ! Dans tous les livres que Kevin avait lus étant jeune, les animaux s'en prenaient aux proies faibles et blessées. Il s'en voulut de ne pas y avoir pensé avant, il aurait dû se tenir à l'écart du groupe de licornes avec Pégase. De toute façon, la question était maintenant tranchée, le troupeau s'éloignait, seul Pégase s'irritait de rester attaché à cet arbre.

Il hésitait à descendre de son abri pour partir tout de suite à la recherche des autres, il crut qu'il serait préférable d'attendre que Pégase se calme et que le troupeau disparaisse de sa vue. Si jamais Pégase s'énervait, il risquait de l'échapper et dans ce cas, il se retrouverait seul, à une distance inconnue de son propre groupe.

Il choisit de fermer à nouveau les yeux et le sommeil le rattrapa rapidement.

* * *

Aussitôt après avoir enseveli le corps de Stephen, tout le monde au campement se prépara à quitter les lieux. Ils ne pouvaient se permettre de reporter leur départ indéfiniment. Ils prirent soin d'installer Nick sur le brancard qui avait servi à ramener le corps de Stephen et ce devait être Erik et Christopher qui auraient la tâche de le traîner derrière eux.

La licorne de John aurait été bien pratique en ce moment, ainsi que John, à bien y penser. Leurs effectifs se limitaient maintenant à Erik et Christopher. Mike était en meilleur état que les autres, mais il était impensable de le laisser porter la civière avec eux, pas avec sa jambe encore invalide. Quant à Nathan, Erik réalisait qu'en ce moment il ne pouvait pas compter sur lui. Mina ne parvenait pas à faire descendre sa fièvre et ce dernier tenait des propos de plus en plus incohérents.

— Il devrait pouvoir marcher, lui dit Mina, mais j'éviterais de lui remettre une arme.

— C'est à ce point-là ? l'interrogea Erik.

— C'est seulement une impression, mais je n'arrive pas à déterminer ce qui se passe dans sa tête ni s'il sait réellement où nous sommes.

Erik n'avait pas beaucoup d'options devant lui. Pour l'instant, il avait besoin de quelqu'un de sûr et d'alerte pour ouvrir le chemin dans ces bois, de même qu'une autre personne pour fermer la marche.

— Mina, je peux être franc avec toi ?

— Oui, bien sûr.

— Actuellement, ça ne se présente vraiment pas bien pour nous et je vais réellement avoir besoin de toi pour ouvrir le chemin dans ces bois.

— Moi ? s'étonna Mina.

— Tu marcheras devant avec Mike. Je sais que tu peux te servir d'une arme et Mike est un peu limité à cause de sa canne. Je voudrais que tu le soutiennes si jamais il arrivait quelque chose.

— Et que vas-tu faire de Nathan et de Joseph ?

— Je n'ai pas le choix, ils devront marcher devant nous avec Max. J'ai remis une arme à Nick, c'est lui qui surveillera nos arrières à partir du brancard.

Tu crois que Joseph va tenir le coup ? Il n'a pas prononcé une seule parole depuis que vous avez ramené Stephen.

— Je n'ai pas le luxe de m'inquiéter de lui en ce moment. Ma priorité, c'est Max, sans lui personne ne pourra rejoindre notre époque.

— Et ce n'est pas un peu trop risqué de tous nous aventurer dans ces bois ?

— Est-ce que de camper dans les champs où l'on a été témoin d'autant d'attaques est vraiment préférable ? En réalité, j'espère trouver dans la forêt un endroit où vous pourriez tous être en sécurité. Nous irions beaucoup plus rapidement si nous n'avions pas à nous déplacer avec tous les blessés.

Mina réfléchit aux paroles d'Erik, il avait toujours l'intention de les laisser se débrouiller seuls. Au fond d'elle-même, elle comprenait son raisonnement, mais elle doutait que de tous se séparer soit leur meilleure chance de survie.

Jusqu'à maintenant, chacun des membres de l'expédition avait disparu après s'être retrouvé isolé du groupe. Le terme « disparu » n'était qu'un euphémisme pour ne pas dire mort.

Avant de partir, Erik remit les deux fusils qui lui restaient à Nick et à Mike. Il avait pris soin de répartir les munitions restantes entre leurs dernières armes à feu. Christopher et lui avaient chacun gardé un pistolet et Mina avait toujours le sien. Il en remit une à Max et eut un moment d'hésitation avant de donner la dernière à Nathan, à la grande surprise de Mina.

Nos munitions sont limitées, si vous devez vous servir de vos armes, attendez que votre cible soit bien en vue. Vous devrez essayer de l'abattre avec une seule balle, alors visez la tête et surtout, visez bien.

Ils partirent en direction de la forêt, au sud-est du campement et la marche se fit lentement, étant donné qu'ils se mettaient tous au rythme du pas de Mike qui avançait encore avec l'aide de sa canne. Mina marchait à ses côtés. Mike n'aimait pas la tournure que prenaient les événements. Seul devant avec Mina pour ouvrir la marche, il n'avait pas peur pour sa vie, il avait eu un entraînement militaire assez serré pour savoir que la mort peut survenir à tout moment, mais c'était pour Mina qu'il s'inquiétait. La simple idée de subir une attaque et de ne pas réussir à réagir assez vite pour la défendre le mettait dans tous ses états. Ils étaient ici pour les protéger et maintenant c'était ces mêmes scientifiques qui s'occupaient d'eux.

Derrière eux les suivaient Nathan et Joseph qui cernaient Max de chaque côté. Nathan marchait, l'arme à la main depuis qu'Erik lui avait remis le pistolet et on avait l'impression qu'il avait repris contact avec la réalité. Il ne disait pas un mot, mais restait attentif à tout ce qui les entourait. Il avait compris que son devoir était de protéger Max, et ce même au prix de sa propre vie et c'était bien ce qu'il comptait faire. Il était un soldat et avait été entraîné pour protéger les autres, il avait toujours su bien remplir ses missions et il ne comptait pas commencer à échouer maintenant.

Joseph marchait en regardant droit devant lui. Il était perdu dans ses pensées et celles-ci étaient aussi sombres que son avenir. Il avait compris que sa propre protection n'était pas à l'ordre du jour. Il l'avait réalisé quand il avait vu Erik passer en courant en direction de la forêt pour porter secours à Christopher. Mais du moment où il avait compris qu'il ne survivrait pas à cette malencontreuse aventure, la peur l'avait quitté. Il marchait simplement en attendant son heure, espérant que celle-ci soit sans douleur. Il n'adressait plus la parole à personne, se contentant de hocher la tête pour bien faire comprendre qu'il savait ce qu'on attendait de lui. Ils le traitaient tous comme un poids lourd, comme un paria qui ne leur était d'aucune utilité. Il savait que c'était exactement ce qu'il était ici, il n'était pas dans son élément. C'était simplement comme ça et il n'avait pas le choix de faire avec la situation telle qu'elle était.

Max transportait l'antenne dans son sac, comme si sa vie en dépendait. Il savait bien que sans celle-ci, ils n'avaient aucune chance de remettre la main sur l'appareil, mais il subsistait toujours un doute dans son esprit qu'il ne puisse jamais le retrouver. Il prenait conscience de sa position privilégiée dans le groupe, chacun risquant sa propre vie au profit de la sienne. Bien que cela le mette mal à l'aise, il en ressentait une certaine sécurité, même à l'approche de ces bois où le danger les guettait. Il n'osait le dire à voix haute, mais il se demandait encore s'il n'aurait pas été préférable d'emprunter le chemin de la rivière souterraine. Il savait bien que les crocodiles représentaient un danger certain, mais dans la forêt, les bêtes y semblaient plus nombreuses et au moins aussi cruelles.

Durant les trente minutes que dura la dernière marche des hommes dans l'espace dégagé que leur offrait la prairie, Christopher n'avait de cesse de se retourner, espérant voir apparaître au loin la silhouette d'une monture et de son cavalier. Ils avaient perdu plus d'hommes au cours de ses cinq journées que dans l'ensemble de sa carrière militaire. Il n'était jamais facile de voir disparaître un ami et il avait été fortement ébranlé par toutes ces disparitions, mais pour Alex, Matthew et Stephen, il avait pu constater leur mort et mettre en terre leur dépouille. À l'exception d'Alex dont le corps avait été entraîné dans les eaux de la rivière. Mais pour Kevin et John, à l'exception de leur disparition, rien ne prouvait avec certitude qu'ils étaient réellement morts. John pouvait très bien avoir retrouvé Kevin et il était possible que l'état de ce dernier l'empêchât de revenir aussi rapidement qu'ils le désiraient. Ils pouvaient très bien avoir perdu leur monture, ce qui nécessiterait une longue marche pour les rejoindre. Mais maintenant qu'ils quittaient la prairie, ces derniers arriveraient-ils à les retrouver s'ils étaient toujours vivants ?

Ne jamais laisser un homme derrière soi, cette fois, ils n'en laissaient pas qu'un seul, mais deux. Jamais Erik ne se retourna pour regarder en arrière. Il savait que c'était inutile. Il voyait que Christopher n'arrêtait pas de se retourner avec espoir, mais en tant que chef d'expédition, il devait garder ses priorités en tête. La mission qu'il s'était donnée consistait à rapporter l'appareil à leur époque, peu importait ce qu'il en coûterait. Il se rappelait très bien comment Clyde Owen lui avait raconté avoir sauvé son fils d'un mauvais usage de l'appareil, ils pourraient en faire tout autant avec tous ces hommes dès leur retour. Mais ils devaient impérativement le retrouver et le rapporter.

« Il n'existe actuellement qu'un seul appareil spatio-temporel et il en sera toujours ainsi. Max et moi nous en sommes assurés. »

C'était les mots exacts que Clyde Owen avait utilisés. Sans l'appareil, ils n'avaient aucun moyen de faire un retour en arrière.

Nick se sentait inutile. Il se laissait traîner par Erik et Christopher alors que ces deux derniers devraient plutôt s'occuper de défendre leur position. De plus, il les ralentissait, mais jamais Erik n'accepterait de l'abandonner et Mina s'en insurgerait aussitôt si seulement il osait proposer cette option. Il aurait bien aimé garder un œil sur Nathan. La fièvre de ce dernier ainsi que sa difficulté à avaler ne lui signalait rien de rassurant. Il avait déjà été en contact avec un homme atteint de la rage après une morsure de renard et celui-ci avait eu les mêmes symptômes, juste avant de mourir dans une longue agonie. Il avait peur qu'ils n'arrivent trop tard à leur époque pour lui administrer ce qui pourrait lui sauver la vie, mais en attendant, il aurait préféré le voir allongé sur cette civière que debout, laissant le mal s'insinuer de plus en plus dans son sang.

Arrivée à l'orée du bois, Erik proposa une halte pour se désaltérer et manger un peu. Seul Nathan refusa l'eau et la nourriture qu'on lui offrait.

* * *

À son réveil, Alex constata que le loup avait disparu. La sécurité des deux feux l'avait probablement protégé au cours de sa nuit, mais il était néanmoins déçu de se retrouver à nouveau seul. La compagnie de l'animal avait le mérite d'occuper son esprit et de le garder alerte. Il s'approcha avec précaution de l'orée des arbres et parvint à boire quelques gouttes de rosée. Il n'était pas question qu'il descende vers la rivière pour se désaltérer, il préférait encore affronter le loup que le crocodile. Il se souvenait néanmoins que cet animal avait une chair délicieuse à manger.

Avant de s'en aller, Alex prit soin d'éteindre correctement ses feux, afin d'éviter que ceux-ci ne s'étendent à la forêt. Il ne se voyait pas pris en plein bois avec le feu qui s'installerait tout autour de lui. Il ne servait à rien d'augmenter les dangers qui pourraient le guetter. Il ramassa ses maigres possessions, son tomahawk pour se protéger et son lièvre pour nourrir le loup s'il revenait à la charge au cours de son périple.

« C'est maintenant le moment de prendre la route. » se dit-il avec conviction.

Il pensa à Mina et à Kevin qui devaient espérer son retour depuis plusieurs jours, sans savoir s'il était mort ou vivant. Il se demandait si Mina arriverait à rester stoïque en le voyant apparaître après tant de jours d'absence, mais il en doutait, elle était une femme forte, mais quand même pas à ce point. Il l'imaginait facilement se jeter dans ses bras, remerciant le ciel de l'avoir gardé en vie.

— Mina, je te promets que lorsque je vous retrouverai, si tu sautes dans mes bras, nous deux on ne se quittera plus jamais.

Comme il aimerait sentir son parfum à cette heure-ci, elle avait une odeur particulière le matin quand elle se réveillait. Pas une odeur artificielle comme le parfum que l'on porte pour sortir le soir, mais plutôt un doux arôme de chaleur, comme dans une couverture douillette fraîchement lavée.

Il venait de se rendre compte qu'il entrait dans les bois sans prendre aucune précaution. Son esprit était complètement obnubilé par les souvenirs qui hantaient ses rêves.

— Reprends-toi mon vieux, chaque chose en son temps, se gronda-t-il.

Il se rendit à l'emplacement de ses collets avec plus de précautions, mais rien ne semblait rôder aux alentours. Aucun animal ne s'était approché de ses pièges pour tenter d'attraper ses lièvres au cours de la nuit, ce qui était bon signe, le loup devait avoir définitivement quitté les lieux.

Alex défit le collet et conserva la ficelle dans ses poches. C'était tout ce dont il avait besoin, les bouts de bois nécessaire à la confection des pièges étaient disponibles en quantité illimitée dans cette forêt. Il pendit le lièvre à la ficelle et fit un second nœud coulant pour y ajouter le premier. Il attacha ensuite l'autre extrémité à sa ceinture, laissant ses mains libres de leurs mouvements.

Au second collet, il découvrit un nouveau lièvre qui était toujours intact. Aucune trace de pattes n'était visible autour du piège. Il prit le temps d'attacher son troisième lièvre à sa ceinture et mit la seconde ficelle dans sa poche. Comme il s'apprêtait à ramasser son tomahawk, il entendit un animal grogner à quelques pas de lui. Le loup était revenu. Alex étendit le bras pour ramasser lentement son arme en observant la position de l'animal, mais le tomahawk n'était pas à ses pieds et il n'osait détourner le regard de l'endroit où était tapie la bête.

Le loup l'observait en grognant férocement et Alex voyait ses crocs apparaître sous ses babines retroussées. Ce n'était pas le même loup que la veille, celui-ci avait un pelage plus foncé que le premier qui avait une fourrure d'une teinte beaucoup plus claire et plus douce. Ou n'était-ce que la faible luminosité des bois qui trompait ses yeux ?

Alex tâtait le sol autour de ses pieds afin de retrouver le tomahawk, mais il ne touchait que la terre et l'herbe. Il mit la main sur un gros caillou qu'il ramassa, espérant distraire le loup, le temps d'attraper son couteau qui était dans son étui. Il devait agir vite avant que l'animal ne s'élance sur lui. Comme il s'apprêtait à lancer le caillou, le loup prit son élan et se précipita sur lui. Avant même que la roche n'ait quitté sa main, Alex vit fondre sur l'animal son ami de la veille, qui renversa son adversaire en plein vol. Malgré sa surprise, il profita de ce léger répit pour empoigner son tomahawk qui traînait près de lui, pendant que les deux bêtes s'affrontaient.

Alex ne s'était pas trompé. Il reconnaissait très bien le loup qui lui avait tenu compagnie la nuit dernière. Il reconnaissait la teinte plus douce de son pelage. En observant l'altercation entre les deux animaux, il remarqua que son loup était légèrement plus haut sur pattes et paraissait moins malingre que son adversaire. Il espérait que ce soit suffisant pour lui donner l'avantage. Après que son compagnon ait férocement mordu son adversaire au cou, laissant apparaître une coulée de sang dans son pelage, le plus petit des deux s'éloigna en reculant, les babines retroussées dans un grondement féroce, mais le loup d'Alex ne s'en laissa pas imposer. Il se baissa un peu sur ses pattes avant, prêt à s'élancer sur son adversaire en grognant lui aussi. Après avoir reculé de quelques mètres, le second loup se retourna et s'enfuit rapidement à travers les bois.

— Tu m'as sauvé la vie ! s'exclama Alex.

Une fois que la menace eut disparu, le loup se coucha au sol à moins de deux mètres d'Alex. Un léger filet de sang coulait dans le pelage de l'animal, mais celui-ci ne semblait pas s'en émouvoir.

Alex, qui espérait que la blessure n'était pas trop grave, mit son arme à sa ceinture et détacha de la ficelle qui y pendait. Il prit le lièvre qu'il avait attrapé la veille et tendit l'animal mort devant lui. Le loup releva le museau pour renifler l'odeur de la viande.

Au lieu de lui lancer le lièvre, Alex le tint à bout de bras et s'avança lentement vers son nouvel ami qui ne bougeait pas, l'oreille dressée et la truffe frémissante. Il ne gronda pas, attendant que l'homme lui donne son repas. Quand il fut à deux pas du loup, celui-ci se releva et Alex cessa aussitôt d'avancer. L'animal s'approcha doucement, avertissant l'homme de rester à sa place en grondant légèrement. Il attrapa sa proie avant de reculer de quelques pas pour déchiqueter la chair et dévorer la viande.

— Je vais t'appeler Vendredi, je crois que ça te sied bien.

* * *

Kevin se réveilla avec le lever du soleil, Pégase était toujours attaché au pied de son arbre, broutant paisiblement. Sa position inconfortable sur la branche épaisse de ce même arbre le laissait courbaturé. Sa jambe n'avait pas diminué de volume et il dut faire quelques exercices avec celle-ci afin de tenter de lui donner assez de mobilité pour entamer sa descente.

Il avait faim ce matin, c'était normal, il n'avait rien mangé depuis la veille et impossible de penser à chasser seul. Il se rappelait que la dernière fois, l'aventure avait mal tourné. Il apercevait quelques troupeaux dans la prairie, mais rien ne semblait troubler la quiétude des lieux. Il avait néanmoins hâte de quitter cet endroit pour retrouver les siens.

La nuit l'avait bien reposé et maintenant il savait ce qu'il avait à faire. Il prendrait la direction du soleil levant. La veille, si le troupeau avait fui en direction de l'ouest, comme il le supposait, il lui suffisait de poursuivre vers l'est. Il finirait par tomber sur ses amis, qui devaient se trouver quelque part dans la prairie. Il ne savait pas quelle distance il avait parcourue, mais il aurait bien aimé pouvoir grimper au faîte d'un arbre pour tenter d'apercevoir de la fumée. Avec l'état de sa jambe, il n'osait s'y hasarder, surtout qu'avec la forêt qui s'étendait devant lui, il risquait de ne voir rien d'autre que le sommet des arbres.

Il descendit doucement de son abri, prenant mille précautions afin de ne pas chuter lourdement sur le sol. Au fur et à mesure qu'il passait de branche en branche, sa jambe se faisait moins raide, l'exercice l'aidait à s'assouplir.

Au pied de l'arbre, Pégase ne broncha pas. L'approche de Kevin ne semblait plus le déranger, il s'était habitué à son odeur et l'acceptait parmi les siens. Kevin prit néanmoins soin de le flatter en lui parlant doucement, évitant de toucher à la corne de l'animal, étant donné la réaction qu'il avait eu la dernière fois qu'il y avait mis la main.

— J'espère que tu t'es bien reposé mon ami, nous allons avoir une longue route à faire aujourd'hui, lui murmura-t-il à l'oreille.

Pégase lui répondit par un hochement de tête, plus attribuable au chatouillement de la voix de Kevin à son oreille qu'à une réponse réelle. À la pensée que l'animal pouvait le comprendre, Kevin se sentait rassuré et choisit de le prendre comme tel. Il détacha la corde de l'arbre en s'assurant au préalable d'avoir une bonne prise sur celle-ci et Pégase enfin libéré de son entrave commença à s'exciter.

— Woooh! Doucement veux-tu! Laisse-moi le temps de grimper sur toi.

Kevin tira Pégase près d'une grosse roche qu'il utilisa pour réussir à monter plus facilement sur le dos de sa monture. Il fit les mêmes gestes que la dernière fois, se couchant à plat ventre en travers de Pégase avant de faire passer ses jambes de chaque côté de ses flancs. Il s'accrochait solidement à son cou, de peur que l'animal ne parte au galop avant qu'il n'ait eu le temps d'assurer sa position.

Avant de se redresser bien droit sur le dos de la licorne, Kevin passa la longe sous la tête de Pégase, afin de s'en faire une sorte de rêne qui lui permettrait peut-être de diriger un peu sa monture.

L'animal commença alors à avancer tranquillement au pas et Kevin testa l'efficacité de la bride. Après quelques essais infructueux, Pégase comprit ce qu'on attendait de lui et se tourna en direction de l'est, en progressant lentement.

CHAPITRE 29

Ils pénétraient dans la forêt avec appréhension. La lumière du jour s'atténuait au fur et à mesure qu'ils s'y enfonçaient. On se serait cru à la tombée du jour tellement les branches de sapins, serrées les unes contre les autres, couvraient le ciel au-dessus d'eux.

Mike et Mina, qui ouvraient le chemin, avaient peine à avancer. Dans les champs, la branche que Mike utilisait en guise de canne l'avait aidé à marcher, mais dans ces bois où le sol était jonché d'arbustes et de branches cassées, chaque pas devenait de plus en plus pénible et épuisant. Erik et Christopher, qui, jusque-là, avaient traîné la civière de Nick, furent obligés de demander l'aide de Max et de Nathan pour la soulever. Aucun sentier ne leur permettait de la traîner au sol et Nick était trop lourd pour être porté longtemps par deux hommes seuls.

Joseph se retrouva contraint de fermer la marche. Max lui avait remis le pistolet qu'il avait avec lui, mais Joseph ne savait pas viser. Même quand il était petit à l'école, il était toujours le dernier choisi pour former les équipes parce que tout le monde savait qu'il n'était bon à rien dans les sports.

Placé ainsi le dernier, il se retrouvait dans la position où on laisse le plus faible derrière, en espérant que le prédateur l'attaquerait en donnant le temps au troupeau de s'enfuir. Mais avait-il réellement le choix ? Il n'était pas assez fort physiquement pour aider au transport de la civière et sa seule chance de survie était de rester le plus près possible du brancard. Nick qui possédait un fusil d'assaut gardait l'œil alerte avec lui.

— Ne vous inquiétez pas Joseph, restez près de nous et il ne vous arrivera rien. J'y veillerai.

Joseph essayait de se consoler avec ces paroles, au moins une personne ici se souciait un peu de lui, mais en même temps, c'était celui qui était le plus mal en point.

Après un trajet de près d'une heure, la pente devenait de plus en plus escarpée, rendant leur marche encore plus difficile. Ils firent une halte sous les hautes branches d'un grand sapin et ils distribuèrent des portions de viande à chacun et un peu d'eau. Nathan accepta la viande, mais ne voulut pas toucher à l'eau. Il parvint à manger quelques bouchées, mais d'avaler était un supplice qu'il n'endura pas longtemps, il laissa le trois quarts de sa portion à Christopher.

— Arrête, tu dois manger toi aussi, lui dit Christopher inquiet.

— Laisse, ça passe pas, je mangerai plus tard quand on sera arrivé, lui répondit Nathan.

Par souci de justice, Christopher partagea les restes de Nathan entre tous. Nick refusa la sienne, prétextant qu'il n'avait pas faim, qu'il était plus important de nourrir ceux qui devaient encore travailler.

Aussitôt qu'ils eurent fini de manger, ils repartirent, le pas lourd. Mina et Mike avaient de plus en plus de difficulté à trouver des espaces assez dégagés pour faire passer les hommes avec le brancard. À certains endroits, ils durent le porter seulement à deux afin de pouvoir traverser les buissons et les arbres serrés. Soudain, ils cessèrent leur marche. Mina et Mike se trouvaient face à un énorme bloc de pierre qui devait monter à près de cinq mètres de hauteur.

— On va devoir le contourner, dit Mina.

Même en le contournant, la pente devient de plus en plus abrupte. Même pour nous deux.

Les autres arrivaient derrière eux avec le brancard.

— Pourquoi est-ce qu'on s'arrête ? demanda Nick qui essayait de voir ce qui se passait devant.

— On est coincés devant un mur de pierre, lui répondit Christopher.

Erik déposa le brancard et s'approcha du mur, la main sur le rocher, il avançait dans le sens où celui-ci semblait le plus haut.

— Que fais-tu, Erik ? lui demanda Mina. C'est de l'autre côté que nous devons penser à grimper.

— Non, attendez ! dit-il, poursuivant son examen du mur.

Personne n'osait dire un mot, se demandant ce qu'il recherchait ainsi.

— Je vais l'accompagner, dit Christopher alors qu'Erik disparaissait de leur vue.

Mais en disant ces mots, Erik revenait vers eux.

— J'ai trouvé ! leur dit-il.

— Trouver quoi ? demandèrent-ils.

— Une petite caverne, pas trop profonde, parfaite pour vous mettre en sécurité. En faisant un grand feu à l'entrée, vous n'aurez pas à craindre de visiteurs indésirables.

Ils suivirent Erik le long du mur rocheux et ils découvrirent une grotte assez creuse pour pouvoir tous les abriter. Joseph, par curiosité scientifique ou par peur de rester près de l'entrée, s'aventura tout au fond de la cavité. Il parla pour la première fois depuis la mort de Stephen.

— Venez voir !

Erik soupira en entendant Joseph les interpeler. Il aurait dû le surveiller afin qu'il reste à proximité des autres. Ils allèrent voir ce qui se passait pendant qu'Erik demeurait avec Nick afin de préparer un grand foyer.

— Qu'est-ce que c'est ? demanda Mina en voyant un tas d'ossements qui gisaient sur le sol.

— On dirait la demeure d'un prédateur et d'un prédateur assez actif d'après moi, répondit Mike.

Mina revint à grands pas auprès d'Erik.

— Tu le savais n'est-ce pas ?

— Oui.

— Et tu n'avais pas l'intention de nous en avertir ?

— Je ne voulais inquiéter personne.

— Maintenant, c'est assez ! rugit-elle. Tu ne peux pas prendre des décisions inconsidérées sans nous en faire part.

— C'est ma tâche de vous protéger et...

— Non, c'est fini tout ça. On n'est plus là pour récupérer des métaux précieux pour le compte de la RDAI, nous sommes ici pour essayer de sauver nos vies.

— Mina, laisse-moi terminer.

— Non, j'en ai assez d'être régentée sans savoir ce qui pourrait nous guetter. Tu dois nous mettre au courant avant de tous nous planter là.

— Je n'avais pas l'intention de partir cette nuit, je voulais m'assurer qu'il n'y avait réellement aucun danger pour vous tous. Mina, tu crois vraiment que mon but n'est plus votre protection ?

Mina ne dit plus un mot. Elle ne s'était pas attendue à recevoir le soutien des autres, mais au moins celui de Mike. Mais ce dernier vint lui mettre une main protectrice sur l'épaule et lui dit :

— Mina, je te jure...

Mina ne le laissa pas terminer sa phrase. Elle retira violemment la main de Mike de son épaule avant de rejoindre Joseph, qui était resté au fond de la caverne. Elle maugréait intérieurement, elle en avait assez de ne pas être mise au courant. Elle avait pensé qu'après lui avoir demandé son aide, Erik aurait été plus enclin à partager ses intentions, mais non, il restait avec ce paternalisme qu'elle lui avait toujours vu.

— Je ne sais vraiment pas ce que toi tu en penses Joseph, mais je crois qu'assez c'est assez, non ?

— Si tu le dis.

Max vint les rejoindre après qu'Erik l'ait renvoyé dans la caverne alors qu'il voulait aider à ramasser du bois. Il s'approcha de Mina, l'air un peu piteux.

— Tu sais, Mina, je comprends bien ce que tu ressens !

— Alors pourquoi ne dis-tu rien ?

Max prit le temps de réfléchir à ce qu'il allait dire avant de répondre à Mina. Il comprenait sa colère, mais pour le moment elle ne servait à rien et, la situation étant ce qu'elle était, ils devaient tous garder les coudes serrés.

— C'est que je comprends la réaction d'Erik dans tout ça.

— Moi aussi, bien sûr, il a l'habitude de donner des ordres et d'être aussitôt obéit. Mais nous ne sommes pas ses soldats, pas moi, c'est certain.

— Mina, on doit rester unis dans l'adversité et si pour ça je dois mettre de l'eau dans mon vin, et bien qu'il en soit ainsi.

— Aussi bien tout arrêter et commencer à prier pour que Dieu nous vienne en aide, se rebiffa-t-elle.

— Sans tout laisser tomber, une petite prière ne peut sûrement pas nuire, surtout si ça peut te calmer un peu.

— Me calmer ? dit-elle en repoussant Max qui tomba au sol sous l'effet de la surprise.

Nathan, qui n'avait pas arrêté d'observer ce qui se passait du côté de Max, arriva aussitôt qu'il vit ce dernier tomber par terre. Il attrapa

Mina par le cou et l'accota lourdement contre le mur de pierre, appuyant le creux de sa main contre sa trachée.

— Je savais bien qu'on devait se méfier d'toi. Les ennemis s'insinuent de partout, lui cracha Nathan à la figure.

Max se mit à crier après Nathan et Mike accourus le plus vite qu'il le put. Les yeux des Mina commençaient à se révulser dans ses orbites, elle n'arrivait plus à faire parvenir l'air dans ses poumons. Sa dernière pensée avant de perdre connaissance fut pour Alex qu'elle allait enfin rejoindre.

Mike se jeta sur Nathan en le renversant au sol, mais ce dernier le repoussa facilement. Il était possédé par une rage meurtrière que Mike ne pouvait contenir à lui seul. Nick arriva en claudiquant un peu avant que le forcené ne parvienne à rattraper Mina qui s'était effondrée sur le sol tout près de Max. Nick l'attrapa par le haut du pantalon et le tira vers lui. Nathan tomba lourdement sur lui et il poussa un cri de douleur. Mike se jeta dans la mêlée, afin de garder Nathan à terre, mais malgré tous leurs efforts, ce dernier se releva et sortit son arme qu'il pointa sur la tête de Mina.

— Nonnnn, cria Erik qui venait de rentrer dans la grotte en voyant Joseph qui visait Nathan de son pistolet.

Il était déjà trop tard, Joseph avait fait feu et Nathan s'était effondré sur le coup. Erik accourut vers lui, mais il ne put que constater le décès de ce dernier qui n'avait même pas eu le temps de voir sa dernière heure arriver.

Erik se pencha aussitôt après sur Mina et s'assura qu'elle respirait, difficilement, mais elle respirait.

— Va lui chercher de l'eau, ordonna-t-il à Max.

Il se releva et reprit lentement l'arme des mains de Joseph, qui était resté pétrifié, sans bouger.

Mike, occupe-toi de lui. Christopher et moi on va s'empresser d'aller enterrer le corps un peu plus loin avant qu'il ne commence à attirer les prédateurs par ici.

Joseph regarda Erik sortir le corps avec l'aide de Christopher, alors que Mike lui tenait le bras et tentait de le faire asseoir au sol. Joseph se mit à sangloter et s'effondra assis par terre. Mike ne savait pas trop comment réagir. Il était habitué à côtoyer la mort et comprenait que, pour Joseph, c'était quelque chose de nouveau, surtout que cette fois, c'était lui qui en était le responsable.

— Tu n'avais pas le choix Joseph, tu as sauvé la vie de Mina. Tu ne dois pas t'en vouloir, j'aurais fait la même chose si j'avais été à ta place.

— Mais tu ne l'as pas fait, dit Joseph en reniflant. Personne ne l'a fait, c'est moi, c'est juste moi. Je voudrais tant être dans mon bureau, être entouré de livres entre quatre murs bien sécuritaires, loin de tout ça.

— Ici aussi, nous avons des murs pour le moment, tu dois arrêter de pleurer. Max, donne-moi un peu d'eau pour Joseph s'il te plaît.

Mina avait repris connaissance, mais avait un peu de difficulté à avaler. Quand elle vit Nick, assis à côté d'elle pour s'assurer qu'elle allait bien, elle constata que le sang s'était remis à couler de sa blessure et commençait à souiller son pansement.

— Nick ! parvint-elle à articuler d'une voix rocailleuse.

— Je sais, lui dit Nick. On y pensera plus tard.

— Qu'est-ce qui s'est passé ? Qu'est-ce qui a pris à Nathan de me sauter dessus comme ça ?

Nick et Max baissèrent la tête, n'osant lui dire ce qui s'était passé après son évanouissement.

— Dites-le-moi, s'il vous plaît !

— J'ai tué Nathan, dit Joseph d'une voix neutre.

— Non, mais pourquoi ? Joseph, dis-moi que ce n'est pas vrai.

— Il n'avait pas le choix, c'était lui ou toi, dit Mike en la regardant dans les yeux.

Il délirait beaucoup, ajouta Nick. Je m'en étais aperçu un peu plus tôt, mais je n'aurais pas imaginé que ça irait jusque-là. Il a braqué son pistolet contre ta tête et Joseph l'a tué avant qu'il ne te tire dessus.

Mina se mit à sangloter. Toute cette histoire n'aurait donc jamais de fin, comme si leurs ennemis n'étaient pas en nombre suffisant, il fallait maintenant qu'ils se tuent entre eux.

— J'avais pourtant dit à Erik qu'il ne devait pas lui donner d'arme. Je savais que c'était une mauvaise idée, mais comme d'habitude, il a fait comme il voulait.

Personne n'osa lui dire qu'Erik avait essayé d'arrêter le geste de Joseph. Elle était déjà assez en colère contre lui sans savoir qu'il aurait préféré laisser Nathan la tuer.

Quand Erik et Christopher revinrent dans la grotte, Mina et Max s'occupaient de panser à nouveau les blessures de Nick dans l'espoir d'arrêter le flot de sang qui s'était remis à couler abondamment. Ils lui avaient installé un nouveau garrot pour endiguer l'hémorragie, mais ils ne pouvaient pas le lui laisser éternellement, mais pour le moment c'était la seule option.

Erik ne disait mot, mais tous voyaient qu'il était en colère et que celle-ci visait Joseph directement. Joseph aussi le réalisait et il se sentait encore plus coupable. N'en pouvant plus de se voir méprisé de la sorte pour avoir voulu sauver la vie de Mina, il se leva et regarda Erik droit dans les yeux.

— Dites-moi, qu'est-ce que je pouvais faire d'autre ?

Erik se leva face à lui, l'arme de Nathan à la main, il la tendit devant lui en visant Joseph et tira avant que quiconque n'ait eu le temps de réagir.

Kevin était parvenu à traverser la forêt sur le dos de Pégase sans encombre. Il entrait enfin dans la prairie, espérant avoir retrouvé celle où ils avaient atterri. Il ne voyait aucune fumée monter dans le ciel ni en scrutant vers le nord ni vers le sud. Il essayait de déterminer le dernier endroit où l'équipe s'était trouvée.

— Pégase, j'ai bien peur qu'on ne soit pas au bon endroit. Combien as-tu donc traversé de forêts en me traînant derrière toi ?

Il se mit à avancer tranquillement, suivant toujours la direction de l'est, espérant trouver la rivière qui lui indiquerait où il était. Après un moment, il aperçut une tache sombre à travers les herbes, mais il hésitait à s'y rendre. Il s'agissait peut-être d'un prédateur qui tentait de se cacher à leur vue. Mais si un animal se terrait là, Pégase aurait sûrement réagi. Il avança malgré tout prudemment dans cette direction, prêt à faire prendre le galop à sa monture. Pégase suivait docilement les ordres de son cavalier.

La première chose que vit Kevin fut la carcasse déchiquetée d'un congénère de Pégase.

— Ne regarde pas mon beau, c'est l'un des tiens.

Tout près de la carcasse de l'animal, il vit apparaître une chaussure. Il prit une profonde inspiration avant de s'approcher un peu plus, il ne pouvait reconnaître qui était l'homme démembré devant lui. Sa chair avait été déchirée et il ne restait de son visage que les os. Mais Kevin savait qu'il ne pouvait s'agir que de John, il n'y avait que lui qui aurait pu réussir à monter cette bête aussi rapidement.

Il descendit de sa monture et trouva l'arme de ce dernier, qu'il prit avec lui.

— Désolé, mon vieux ! Je ne peux plus rien pour toi, dit-il en arrachant les plaques d'identification à son cou.

C'était bien celle de John. Après ce qu'ils avaient vécu ensemble et surtout à quoi ils avaient survécu, il était déçu de ne pas l'avoir revu vivant. Il remonta sur le dos de Pégase et reprit sa marche en direction de l'est, l'esprit envahi par des pensées moroses. Et s'ils étaient tous morts, que ferait-il alors ?

L'idée de finir ses jours seul dans une époque qui n'était pas la sienne hantait son esprit. Le fait qu'aucun feu ne brûlait dans la plaine, la carcasse de John qu'il venait de découvrir, qu'est-ce qu'il pouvait encore trouver ? Il se le demandait bien.

* * *

Alex s'enfonçait toujours plus profondément à l'intérieur de la forêt, le loup le suivait de quelques mètres. Il laissait parfois moins de distance entre lui et l'homme, quand il le devançait, c'était souvent pour s'arrêter en grognant férocement. Dans ces moments-là, Alex attrapait ses armes dans chaque main et regardait dans la même direction que l'animal, prêt à affronter un nouveau danger.

Après avoir marché longtemps, il entendit le son de l'eau qui s'écoule doucement. Alex suivit le bruit, le loup toujours sur ses traces. Il venait de découvrir une source d'eau fraîche qui coulait dans la montagne, il s'y arrêta pour manger et se désaltérer, cette eau était bienfaitrice. Depuis qu'il avait quitté la rivière, il avait dû se contenter de boire le peu d'eau que lui offrait la rosée matinale. Vendredi vint aussi se désaltérer à la rivière pas très loin d'Alex. Il se coucha ensuite à proximité, attendant patiemment que l'homme lui donne sa pitance. Alex prit un lièvre entier et le déposa à quelques pas de lui, le loup s'approcha lentement, humant la viande à distance, mais gardant un œil inquiet sur Alex.

Alex fit attention de ne faire aucun geste brusque et continua de manger tranquillement tandis que Vendredi s'attaquait au lièvre sans le déplacer, signifiant ainsi à l'homme qu'il lui faisait confiance. C'est ainsi qu'Alex percevait les choses à cet instant-là.

Avant de repartir, Alex prit le temps de se désaltérer encore un peu. Le loup s'approcha à ses côtés et lapa l'eau de la rivière, tout en restant près de lui. Il avait décidé de suivre la source de l'eau aussi longtemps qu'il lui serait possible de le faire, il pouvait passer un bon moment sans manger, mais l'eau, il le savait, lui était indispensable, à lui tout autant qu'à Vendredi.

Sans y penser, il avança la main vers le cou du loup, celui-ci la regarda en grognant. Alex ne bougeait plus, il ne voulait pas laisser paraître son inquiétude face à cette réaction de défense. Vendredi cessa de grogner après quelques secondes et huma l'odeur de l'humain. Alex baissa la main, paume vers le sol et doigt replié. Contre toute attente, son ami le loup s'approcha d'un pas et déposa son museau froid contre sa peau.

— Nous sommes partenaires maintenant, lui dit-il en souriant.

CHAPITRE 30

Peu après avoir annoncé dans les médias les résultats confirmant que les ossements de l'homme découvert remontaient à plus de cent mille ans avant notre époque, Jonas trouva, auprès d'une entreprise privée, les fonds nécessaires pour subventionner la totalité des coûts requis pour la prise des photos satellites.

Le nom de l'entreprise bienfaitrice fut gardé sous silence, à la demande de son PDG. Les chercheurs n'y voyaient aucun inconvénient, c'était une demande courante pour les entreprises qui choisissaient de subventionner la recherche pour diminuer leurs charges fiscales. Pour Jonas, tant que l'argent était mis à sa disposition, il ne trouvait rien à redire. Les photos leur permettraient d'avancer grandement dans leurs recherches. Si des traces de métaux pouvaient être détectées ainsi, ils sauraient où effectuer leurs nouvelles fouilles.

Les arrangements pris avec la NASA prévoyaient le passage du satellite au-dessus du site pour la semaine suivante. L'argent fut versé aussitôt par Jonas, via un virement fait sur un compte de fiducie par l'entreprise privée, s'assurant ainsi que le montant alloué ne pouvait servir qu'aux recherches dans les Badlands.

Ils durent attendre deux longues semaines avant que les résultats leur parviennent sur une clé USB. Ils allèrent dans un laboratoire de photo professionnel pour obtenir des images de la meilleure qualité possible. Le lendemain, Jonas revenait sur le site avec une série de photographies représentant cinquante milles carrés de territoire à explorer.

— Si avec ça on ne trouve rien, c'est qu'on ne trouvera jamais quoi que ce soit de plus gros que ce que nous avons déjà découvert, leur dit Jonas en étalant les photos satellites sur la grande table.

Ils s'approchèrent en croisant les doigts, espérant trouver quelque chose qui confirmerait l'existence de l'homme dans un passé lointain.

Après plusieurs heures d'examen, rien ne fut détecté sur aucune des photos. Jonas, extrêmement déçu, décida que la journée était finie pour tout le monde.

— Prenez le reste de votre journée, je pense que c'est assez pour aujourd'hui. On a tous besoin d'un peu de recul.

— Mais Jonas, qu'est-ce qu'on fait pour la licorne, insista l'un des membres de l'équipe.

— Elle sera toujours là demain, aujourd'hui le cœur n'y sera pas.

Tout le monde ramassa ses affaires et se dirigea vers la sortie, seul Sam resta sur place, les photos encore à la main.

— Jonas, tu permets que je reste un peu, lui demanda-t-il. J'aimerais continuer d'examiner les photos.

— Reste autant que tu le veux.

Roxane et Sylvain hésitaient à partir, ils ne voulaient pas le laisser seul.

— Sam, qu'est-ce que tu espères découvrir avec ces photos ? lui demanda Roxane.

Je n'en sais rien, mais j'avais espéré obtenir certaines réponses. Si vraiment les photos ne nous montrent rien, je trouve que ça confirme la thèse du complot.

— Tu veux que je reste avec toi ?

— Non ! Partez tous les deux, je crois que j'ai besoin d'être un peu seul.

Sylvain haussa les épaules et sortit de la tente, suivi quelques minutes plus tard par Roxane, dépitée que Sam ne veuille pas qu'elle reste avec lui. Mais elle le connaissait assez pour savoir quand il avait besoin d'être seul.

* * *

Clyde Owen, le PDG de la RDAI, qui avait financé les photos satellites pour le compte de Jonas, était arrivé à l'aéroport de Sioux Falls en fin d'avant-midi. Il avait appris par Jonas que les photographies seraient disponibles ce matin-là. Anxieux d'en connaître les résultats, il s'était empressé de se rendre sur place dans l'espoir d'en obtenir une copie.

En entrant sous la grande tente, il y trouva Sam qui scrutait une photo à la loupe. Il fut surpris de ne pas y trouver Jonas, croyant que ce dernier se serait dépêché de consulter les clichés pour voir les résultats.

— Bonjour, lança-t-il.

Sam sursauta, il était tellement concentré sur l'examen des photos qu'il n'avait pas entendu l'homme entrer sous la tente.

— Bonjour, lui répondit Sam, qui se demandait qui était cet homme en costume trois-pièces sur un site de fouilles paléontologiques. Et vous êtes ?

— Pardonnez-moi ! Je me présente, Clyde Owen, je suis le PDG de la RDAI.

— La RDAI ? interrogea Sam qui ne connaissait pas cet acronyme.

— C'est nous qui avons subventionné la prise des photos satellites, ajouta Clyde, comme si cette information expliquait sa présence sur les lieux.

— Je suis le docteur Samuel Lorion. Je suis ici à titre de chercheur invité par monsieur Jonas Patterson.

Sam s'attendait à ce que l'homme demande à parler à Jonas, mais au contraire, il s'approcha de la table où étaient étalées les photos.

— Et vous êtes la personne responsable de l'examen des photos ?

— Non, toute l'équipe y a travaillé presque tout l'avant-midi. Maintenant, il ne reste que moi. En quoi pourrais-je vous aider ?

— J'étais dans les environs et j'ai pensé qu'il pourrait être intéressant de connaître les résultats de ces investigations.

— Il serait peut-être préférable que je joigne Jonas pour vous !

Clyde Owen feuilletait les différents clichés qui traînaient sur la table, comme s'il cherchait à y trouver une quelconque information.

— Ce n'est pas nécessaire, je passais par simple curiosité.

Il continua d'examiner les clichés, mais cette fois-ci il leur porta plus d'intérêt.

— Est-ce que vous avez vu quelque chose qui pourrait être intéressant pour vos recherches ?

— Pour le moment, il n'y a rien de probant.

— Quels types de métaux peuvent être détectés avec ces photos ?

— Tous les genres, pourvu qu'ils soient en assez grande quantité. Généralement, les métaux les plus faciles à trouver sont les plus courants, notamment les alliages qui ont été modifiés par l'homme.

— Et qu'est-ce qui représente une assez grande quantité selon vous ?

— Je dirais que si nous avions une structure de la taille d'une petite voiture, nous aurions de bonnes chances de le voir à l'œil nu. Vous constaterez qu'ici ce sont nos jeeps, mais l'image est très claire parce qu'ils ne sont pas recouverts de terre.

— Et qu'essayez-vous de trouver avec cette loupe ?

— Eh bien, je me suis dit que s'il y avait d'autres matériaux de plus petite taille enfouis sur le site, peut être qu'avec la loupe nous pourrions distinguer quelque chose.

— Disons par exemple, est-ce que quelque chose de la taille d'un appareil photo pourrait être visible ?

— Oui, probablement, mais il ne représenterait qu'un minuscule point sur l'image. Surtout qu'avec les années, l'érosion aurait grandement endommagé le métal.

— Et s'il s'agissait de métal qui ne s'érode pas facilement, disons comme le palladium ! Pourriez-vous avoir plus de chance de le trouver ?

— J'imagine que oui, mais ce n'est qu'une supposition. De toute façon, les métaux de ce genre n'ont été découverts que récemment.

— Mais le médaillon trouvé dans la dent du smilodon n'était-il pas justement en titane ?

— Vous êtes bien informé, ajouta Sam soudainement suspicieux.

— Il est normal que je m'informe de ce que la compagnie fait avec ses subventions, nous ne financerions pas des recherches qui ne seraient pas sérieuses.

Sam se demandait où cet homme voulait en venir. Était-ce normal qu'un PDG s'intéresse lui-même à des subventions qui ne devraient en réalité servir qu'à alléger leur fardeau fiscal ? Et l'homme qui se tenait en face de lui n'était pas du genre à s'intéresser à des tâches subalternes.

— Dites-moi, quel est votre intérêt réel pour ces recherches ? demanda Sam en relevant les sourcils.

— Comme je vous l'ai dit tout à l'heure, c'est purement instructif, se défendit Clyde.

Clyde Owen remit tous les clichés en place et se dirigea vers la porte avant que Sam n'ait le temps de lui poser d'autres questions.

— Je dois vous quitter, si je reste plus longtemps, je vais me mettre en retard pour mon rendez-vous. Heureux de vous avoir connu, s'empressa-t-il d'ajouter en poussant la toile pour sortir.

— Avez-vous un message pour Jacob ?

— Non, inutile de lui dire que je suis passé. Je ne voudrais surtout pas qu'il pense que je veux m'ingérer dans ses recherches.

Et il quitta la tente d'un pas rapide, laissant Sam sur ses interrogations. En reprenant la photo qu'il était en train d'examiner avec la loupe, il ne pouvait s'empêcher d'essayer de comprendre les intérêts d'une grande entreprise pour des ossements vieux de plus de cent mille ans.

Et s'ils avaient quelque chose à voir avec ces manipulations dans le temps ? Quels pouvaient bien être les intérêts d'une entreprise à monter une aussi grosse arnaque, un coup publicitaire ? C'était la raison la plus probable à laquelle il pouvait penser pour le moment. Mais une publicité dans quel intérêt au juste, un film pourrait facilement faire parler de lui justement s'il était précédé par une histoire aussi rocambolesque !

« Il faudrait que je vérifie de quel genre d'entreprise il est question. » pensa-t-il.

Mais l'idée lui trottait dans la tête, il venait peut-être de trouver la première pierre à son histoire d'arnaque, qui jusqu'à maintenant était la plus plausible. Il remit l'œil contre la loupe et continua d'observer la photo qu'il examinait juste avant l'apparition de l'homme au complet-cravate.

— Qu'est-ce que c'est que ça ?

Sam venait d'apercevoir un minuscule point sur le cliché. Pas un point lumineux comme il cherchait initialement, mais plutôt comme un brin de poussière cerné d'un halo embrouillé. Sa première réaction avait été de téléphoner à Roxane, mais il hésita à la dernière seconde. Roxane entretenait une relation particulière avec Jonas et Sam avait peur qu'elle veuille absolument le tenir informé, ne serait-ce que par loyauté envers lui, après tout c'était son site de recherche et ses clichés. Il prit le téléphone et appela Sylvain qui était retourné se reposer au motel.

— Allo, dit Sylvain, d'une voix endormie.

— Salut Sylvain ! Tu dois venir tout de suite me rejoindre, je crois avoir trouvé quelque chose, mais tu n'en parles à personne pour le moment, veux-tu ?

— Laisse-moi le temps d'enfiler quelque chose et j'arrive.

— Prends le temps qu'il te faut, mais fais vite, le pressa Sam.

Sylvain arriva trente-huit minutes plus tard et aussitôt qu'il fût entré sous la tente, Sam l'attira vers la table où s'étalaient les clichés.

— Ne touche à rien, mais regarde bien dans la loupe.

Sylvain se pencha au-dessus de la loupe et regarda les pixels agrandis défiler devant ses yeux.

— Qu'est-ce que je suis censé voir ? lui demanda-t-il vraiment intrigué.

— Regarde comme il faut, tu verras. Un petit point terne cerné d'un halo embrouillé.

— On dirait juste que la photo n'est pas totalement nette, mais il peut s'agir d'une simple poussière présente dans l'objectif au moment du développement.

— Et cette poussière n'apparaîtrait que sur cette seule et unique photo ?

Sam était exaspéré. Il était impossible que Sylvain ne voie pas clairement qu'il y avait quelque chose à trouver à cet endroit. Comment pouvait-il être aussi obtus ? Pourtant, c'était une personne habituellement logique et rationnelle. Sam mit donc sa réaction sur les effets du manque de sommeil.

— Dis-moi ce qui t'a attiré vers cette photo et surtout sur cette partie du site en particulier, lui demanda Sylvain.

— C'est un pur hasard, j'examinais à la loupe l'emplacement où j'ai découvert la licorne il y a trois ans. J'ai pensé que, si des traces de métaux avaient été trouvées dans les os de la licorne alors, peut-être y découvrirais-je le reste de l'objet qui avait causé le dommage aux ossements.

— Mais tu ne l'as pas trouvé à cet endroit. L'image sur ce cliché longe la rivière et c'est à plusieurs kilomètres de là. Ce n'est même pas sur la même photographie.

— J'ai été dérangé, c'est tout, quand je me suis remis à l'examen de la photo, je ne me suis pas tout de suite rendu compte que je n'avais pas le bon cliché.

— Et cet emplacement, qu'est-ce qu'il a de spécial ?

— À première vue, rien. Mais si je ne me trompe pas, c'est à proximité des ossements du smilodon exposé à New York. Ça n'a peut-être aucun rapport, mais j'aimerais bien aller fouiller de ce côté-là.

— Et comment comptes-tu expliquer à Jonas que tu veux aller fouiller un secteur en particulier après avoir passé la soirée à scruter toutes ces satanées photos ?

— On trouvera bien quelque chose. En attendant, allons dormir, la nuit porte conseil, déclara finalement Sam qui ne pensait qu'à la journée à venir.

Très tôt à l'aube, Sylvain et Sam pénétrèrent sur le site en passant devant la grande tente sans s'y arrêter. Personne n'était encore arrivé sur les lieux et l'homme de surveillance de nuit les laissa passer en voyant leur accréditation signée de la main de Jonas. Ils se rendirent directement à la position GPS indiquée sur la photo où Sam pensait avoir trouvé une trace de métal.

Sur les lieux, ils établirent un carré de recherche d'environ dix mètres carrés qu'ils délimitèrent avec de la ficelle. À l'intérieur de cet espace, ils devraient pouvoir découvrir ce que la photo semblait vouloir leur indiquer.

Ils commencèrent par utiliser le détecteur de métal en ratissant chaque centimètre carré du périmètre défini et chaque fois que l'appareil oscillait, même légèrement, ils installaient un petit morceau de bois dans le sol afin de trouver les espaces à creuser.

Une fois cette opération terminée, ils se retrouvèrent avec trois bouts de bois dans le sol, tous placés à de courtes distances les uns des autres. Le soleil avait déjà bien amorcé sa course dans le ciel et avant qu'ils ne commencent la tâche d'excavation ils prirent le temps de manger une partie du déjeuner qu'ils s'étaient fait préparer au restaurant, avant de partir.

Ils commencèrent ensuite à creuser, par tranche de quelques centimètres à la fois, prenant bien soin de passer la terre retirée dans un tamis. Par la suite, ils utilisèrent à nouveau le détecteur de métaux pour s'assurer que parmi les cailloux restants il ne subsistait aucun morceau de métal avant de les déposer en tas à l'extérieur du périmètre de recherche.

Quand ils atteignirent un mètre de profondeur, l'après-midi était grandement entamé. Ils désespéraient de trouver quoi que ce soit avant la fin de la journée.

— Tu crois qu'on aurait dû les aviser de ce que nous sommes en train de faire ? questionna Sylvain.

— C'est seulement que je ne veux pas leur faire de fausses joies. Si on ne trouve rien qui vaille la peine alors c'est que je me suis trompé, sinon il sera toujours temps de leur faire part de nos résultats.

— Oui, mais on est en train de passer outre à l'autorité de Jonas sur son propre site de fouilles.

— Je n'ai aucunement l'intention de m'approprier une découverte sur son site, ce que je veux c'est des réponses. Comme mes vues ne concordent pas avec celles de toute l'équipe américaine, j'aimerais mieux attendre de voir ce que l'on pourrait bien trouver.

Ils poursuivirent leur excavation et avant d'avoir atteint un mètre cinquante, ils avaient extrait un petit morceau de métal d'environ un centimètre de long par un quart de centimètre de large. Ils utilisèrent un nettoyant décalcifiant et une brosse fine pour nettoyer la pièce de métal.

— On dirait un médaillon en forme de 8, dit Sylvain intrigué.

— On continue de creuser, le détecteur indique encore quelque chose.

Quelques minutes plus tard, ils passèrent au tamis une fine chaîne qui semblait être composée du même métal que le médaillon.

— Un bijou ! Ce n'est qu'un bijou ! s'exclama Sam déçu.

— Tu crois que quelqu'un aurait enterré un corps ici ?

— À près de deux mètres de profondeur, j'en douterais. À moins que ce soit un cimetière très vieux, ou un assassin qui voulait être certain que le corps ne soit jamais découvert.

— Tu sais à quoi je pense, dit soudainement Sylvain sur un ton excité.

— À quoi donc ?

— Tu te rappelles le genre de pendentif qu'ils ont découvert dans la dent du smilodon ?

— Tu crois que ça pourrait avoir un rapport avec notre affaire ?

— Écoute Sam, les bijoux en titane ne sont pas très courants. Alors si celui-ci est aussi en titane et en plus, découvert dans le même secteur que le smilodon, je crois que nous avons là un sacré sujet de questionnement.

— Oui, tu as raison, on devrait retourner en ville et trouver un bijoutier qui pourra nous éclairer.

En montant dans la Jeep, Sam vit sur son cellulaire que Roxane avait tenté de le joindre à plusieurs reprises au cours de la journée.

— Tu devrais la rappeler, lui conseilla Sylvain.

— Non, pas tout de suite ! J'aime mieux attendre d'avoir quelque chose à lui annoncer. Je n'aime pas l'idée de lui mentir sur ce que nous sommes en train de faire.

Deux heures plus tard, Sylvain et Sam retournèrent sur le site afin de trouver Jonas. Ils avaient décidé qu'il était temps de lui faire part de la découverte du second médaillon de titane, avant que l'information ne s'ébruite. En entrant sous la tente, la première chose que Sam remarqua fut l'absence des photos sur la table de travail. Quand il était parti, la veille au soir, elles étaient encore toutes étalées bien en vue sur celle-ci.

— Salut, lui lança timidement Roxane. J'ai essayé de te joindre aujourd'hui.

— Bonjour, je suis désolé, mais j'avais oublié mon téléphone portable au motel, mentit Sam.

Il pensait qu'en présence de Jonas, ce petit mensonge pieux n'était pas très grave. Il pourrait s'excuser auprès de Roxane plus tard, quand ils se retrouveraient seuls tous les deux.

— Vous avez déjà rangé les photos ? demanda-t-il innocemment en s'adressant particulièrement à Jonas.

— Non, j'ai remis tout ce que nous avions à l'entreprise qui nous a financés.

— Mais pourquoi ? s'écria Sam avec trop d'empressement.

La réaction de Sam surprit Jonas, mais par politesse, il ne fit aucune remarque.

— J'ai parlé avec le président de l'entreprise hier soir. Étant donné que ces photos ne nous servent à rien, il m'a proposé de reprendre tout le matériel et de faire tout vérifier par ses avocats. Il espère ainsi trouver un moyen de convaincre la NASA de refaire l'expérience à plus grande échelle, mais à des coûts bien moindres cette fois.

Sam était stupéfait. L'homme qui s'était présenté la veille venait de prendre possession de toutes les photos. Qu'à cela ne tienne, il n'avait qu'à faire refaire le tirage par le studio de photo.

— De toute façon, vous avez encore le fichier envoyé par la NASA, ajouta Sam. Alors vous êtes toujours en possession des photos en cas de besoin.

— Non, je lui ai aussi remis la clé USB contenant tout le matériel. On a vraiment besoin d'agrandir notre zone de recherche et l'entreprise est prête à financer une nouvelle prise de photos, mais à moindre coût, évidemment.

Jonas regardait Sam, essayant de comprendre où celui-ci voulait en venir.

— Est-ce que c'est le même homme qui est passé ici hier soir ? demanda-t-il à Jonas.

— Qui est passé hier soir ? demanda Jonas qui ne semblait au courant de rien.

— Un homme qui disait s'appeler Clyde Owen. Il s'est présenté comme étant le PDG d'une entreprise dont j'ai oublié le nom. Je l'ai noté quelque part.

— La RDAI ? C'est bien Clyde Owen qui en est le PDG, confirma Jonas. Mais personne ne m'a avisé de sa visite. J'ai parlé avec les avocats de l'entreprise et ils m'ont envoyé un courrier pour ramasser tout le matériel.

— Qu'est-ce qui se passe ? demanda Roxane qui avait suivi l'échange avec beaucoup d'intérêt.

Sam leur raconta tout ce qui s'était passé depuis la veille et surtout pourquoi il n'avait rien dit avant ce soir.

— Tu aurais dû nous en faire part, Sam, s'indigna Roxane.

— Arrête Roxane, lui dit Jonas. Je comprends les intentions de Sam et je ne lui en porte pas rigueur. J'aurais probablement moi-même agi de la même manière si j'avais été dans sa position.

— Merci, Jonas, mais si j'avais su que cet homme s'emparerait de tout le matériel j'en aurais aussitôt parlé.

— Aucune importance, je vais communiquer avec eux dès l'ouverture des bureaux de l'entreprise et je leur dirai que je veux récupérer le matériel.

CHAPITRE 31

Joseph s'était effondré sur le sol au pied d'Erik, sans connaissance, alors que Mina hurlait juste à côté de lui. Aucune détonation ne s'était répercutée contre les murs de la caverne, un simple déclic s'était fait entendre, indiquant que l'arme était vide.

— L'arme de Nathan n'était pas chargée, dit Erik en baissant les bras de dépit. Il ne pouvait faire de mal à personne.

Mina s'accroupit auprès de Joseph, essayant de le ramener à lui. Celui-ci était surpris de la voir penchée au-dessus de lui, elle semblait s'inquiéter, mais il n'avait pas mal. Il aurait pensé que la douleur serait insupportable, mais au contraire, il ne ressentait rien du tout.

Personne ne soufflait mot, la surprise était générale. Même Christopher, qui s'était élancé trop tard pour arrêter son geste, s'était figé aussitôt qu'Erik avait appuyé sur la détente. Mais Mina ne pouvait garder le silence et dès qu'elle vit que Joseph était bien revenu à lui, elle tenta de le rassurer.

— Ne t'inquiète pas Joseph, l'arme n'était pas chargée. Tu n'as rien.

Et elle se releva et fit face à Erik.

— Espèce de sale con ! cria-t-elle à quelques centimètres de son visage. Tu aurais pu le tuer.

— Je te dis que l'arme n'était pas chargée, insista Erik.

— Et si son cœur avait lâché, as-tu seulement pensé à ça ? Non, comme d'habitude tu agis en soldat et tu ne penses pas…

Erik ne répondit rien, laissant Mina passer sa hargne sur lui.

— En plus, si Nathan est mort c'est ta faute, juste ta faute à toi. T'es un arrogant prétentieux qui ne pense qu'à sa petite personne, tu prends des décisions que tu supposes être le mieux, mais encore une fois tu gardes l'information pour toi tout seul, ne faisant confiance à personne ! T'as tué Nathan, même si ce n'est pas toi qui as tiré, c'est toi qui l'as tué en gardant le silence. Joseph a seulement réagi pour me sauver, il a fait un geste héroïque que personne n'aurait osé faire, mais le mal qu'il a fait à Nathan, c'est uniquement de ta faute. J'espère que t'en es conscient. Ta faute… juste la tienne.

— Mina, arrête, insista Joseph.

Joseph voyait le teint d'Erik pâlir sous les accusations de Mina. Il était presque inquiet que ce dernier ne s'effondre à son tour. Mais il ne souhaitait pas ça, il ne lui souhaitait pas de mal, malgré ce qu'il venait de faire. Cet endroit était tout simplement en train de les rendre tous fous, comme il avait rendu Nathan fou.

— Non, je n'arrête pas ! Ce qu'il vient de faire, c'était pour te faire sentir coupable. Cet imbécile voulait te faire porter le blâme de la mort de Nathan, dit-elle plus doucement en s'adressant à Joseph.

Erik se retourna pour sortir de la grotte. Il savait au fond de lui qu'elle avait raison, mais il n'avait pas voulu se l'avouer et le geste qu'il venait de poser était plus un geste pour reporter cette culpabilité sur quelqu'un d'autre que sur lui-même. Mina avait tout à fait raison et ses accusations étaient parfaitement justifiées.

— Je suis vraiment désolé, Joseph, dit-il tout bas, la tête penchée vers le sol.

Et il sortit de la grotte.

— Toi, ramène-le tout de suite, ordonna Mina à Christopher. C'est dangereux dehors, ce n'est pas le temps de perdre un autre homme.

Christopher obéit immédiatement, Mina venait de prendre les choses en main et personne ne semblait vouloir remettre son autorité en question. Il revint rapidement avec Erik qui se laissait faire.

— Maintenant, dit Mina, nous allons tous dormir. Mike va prendre le premier tour de garde tandis que Max prendra le second et je prendrai le dernier. Erik, toi tu dois dormir, Christopher aussi, une grosse journée vous attend demain. Joseph, tu dois manger quelque chose, je te trouve trop pâle.

Au matin, Christopher sortit de la grotte pour examiner la multitude de traces de pattes laissées sur le sol à l'extérieur de la caverne.

— Ils se sont beaucoup approchés malgré le feu, dit-il à Erik.

— La question à se poser est de savoir si le feu les tiendra éloignés assez longtemps pour nous permettre de faire l'aller-retour jusqu'au sommet.

— Il faut seulement s'assurer qu'ils aient assez de bois pour tenir le temps qu'il faut.

— Et il faudrait s'en assurer avant de partir.

— Oui, mais nous devons partir rapidement, nous ne pourrons pas voyager une fois la nuit tombée.

Christopher savait qu'Erik avait raison, mais le manque d'effectifs était un problème avec lequel ils devaient compter. Christopher estimait qu'il leur faudrait toute la journée et peut-être même un peu plus pour atteindre le sommet de la montagne. Une fois rendus là-haut, ils ne pouvaient pas prévoir quels chemins ils auraient encore à parcourir pour réussir à retrouver l'appareil.

— Prenons Max et Joseph avec nous, de cette façon, nous pourrons rapporter plus de bois et plus rapidement, conseilla Christopher.

Depuis ses excuses de la veille, Erik n'avait pas adressé la parole à Joseph, c'est à peine s'il osait le regarder. Il se sentait mal à l'aise de lui demander de l'aide.

Comprenant les appréhensions de son supérieur, Christopher s'avança vers la grotte.

— Je vais aller les avertir que nous avons besoin d'eux.

Erik le retint.

— Non Chris ! C'est à moi de le faire. Mike va nous préparer nos sacs durant ce temps, nous partirons aussitôt après.

* * *

Kevin avait passé une nouvelle nuit inconfortable, perché sur la branche d'un arbre qu'il avait choisi le plus éloigné possible de la forêt et de la dépouille de John. Il espérait que la présence de Pégase n'attire pas un dangereux prédateur. Bien qu'il n'ait dormi que d'un œil, le matin à son réveil, Kevin avait repris un peu de confiance en l'avenir. Avec l'aide de Pégase, il avait de grandes chances de retrouver ses amis avant la nuit. Il savait pouvoir se déplacer plus vite que le reste du groupe grâce à sa monture et maintenant qu'il était bien reposé, il était prêt à affronter une journée interminable qui, il en était certain, le mènerait auprès des siens.

— Allez, vient Pégase, on a encore une longue route devant nous !

Pégase lui répondit par un léger hennissement, signifiant qu'il avait compris que l'homme lui parlait. Il défit la longe de l'arbre et grimpa sur sa monture. Ils reprirent la route vers l'est, espérant ainsi atteindre la faille et la rivière qui coulait au fond de celle-ci.

Kevin devait absolument rejoindre la rivière avant de bifurquer vers le sud, sinon le risque de rater le groupe d'hommes était trop grand.

Pégase avançait au pas dans la prairie, la forêt qui s'éloignait plus loin derrière eux rassurait Kevin. Il savait que le danger venait presque chaque fois de ces bois sombres et dangereux, il était rassuré de ne pas devoir s'y aventurer seul pour le moment. Il savait aussi que le moment viendrait où il n'aurait pas le choix d'y pénétrer et peut-être que la forêt au sud était plus sereine que celle de l'ouest qui était peuplé de loups, de hyènes et d'une espèce de bête affreuse à laquelle il ne parvenait même pas à donner un nom.

Après seulement trente minutes à trotter sur le dos de Pégase, ils arrivèrent enfin au bord de la crevasse, à cet endroit précis, elle était vraiment beaucoup plus large que dans ses souvenirs.

— Je crois que nous sommes beaucoup plus au nord que notre position initiale, dit-il à Pégase.

Il voyait la montagne située au sud, mais celle-ci était tellement éloignée qu'il ne voyait qu'une partie de son sommet. Il reconnaissait la montagne qu'Erik et Max voulaient gravir pour installer l'antenne. Ils reprirent donc la route au pas, suivant la ligne sinueuse que formait la faille, espérant trouver les traces du campement qu'ils avaient occupé la première nuit.

Ce n'est que vers la fin de l'avant-midi qu'ils arrivèrent au premier endroit où ils avaient campé, il y voyait toujours les traces du feu qu'ils avaient entretenu la première nuit. Il prit quelques minutes pour descendre de sa monture et s'approcha du bord du précipice. C'était là que son frère Alex avait été la première victime de cet endroit maudit.

Il se mit à genou et récita une vieille prière qu'il se rappelait de son enfance, quand ses parents l'obligeaient à les suivre à l'église. Dès qu'il avait quitté, la maison pour entrer à l'Académie, plus jamais il n'avait mis les pieds dans une église, mais en ce moment, la quiétude de ce lieu saint lui manquait.

— Adieu, Alex, j'aurais tant aimé te ramener avec moi. Maman n'aura même pas un corps à pleurer cette fois. Dieu seul sait comment elle réussira à passer à travers cette nouvelle épreuve.

La pensée de sa mère lui fit étouffer un sanglot. Elle qui avait perdu tant d'enfants en bas âge, voilà que maintenant, ce sera à lui de lui annoncer le décès de son fils aîné.

Il remonta sur Pégase en espérant qu'en s'éloignant de ce lieu funeste, ces tristes pensées s'évanouiraient loin derrière lui. Il ne devait pas s'appesantir sur les malheurs qui étaient arrivés ni sur ceux à venir, il ne pouvait même pas garantir qu'il arriverait lui-même un jour à revoir sa mère.

Il fit avancer Pégase au trot et dans sa hâte d'atteindre le second campement, il en oublia que sa monture aussi pouvait avoir besoin de repos. Ils suivirent la rivière qui les amenait en direction sud-est, mais le bruit de l'eau qui coulait lui rappela douloureusement que Pégase et lui auraient bientôt besoin de trouver une source d'eau potable. Il était impensable d'apaiser leur soif dans la rivière, la faille était trop profonde pour qu'ils puissent l'atteindre et même s'il avait une corde, il ne pourrait pas y faire descendre Pégase.

— Une fois dans la forêt, mon beau, on trouvera une source pour s'abreuver, pour le moment il faut continuer tant qu'on le peut.

En milieu d'après-midi, ils atteignirent enfin la fin de la faille ainsi que le lieu du second campement. Kevin descendit pour vérifier si les braises dégageaient encore de la chaleur, il en doutait bien sûr, depuis le temps qu'il avait disparu, il était impensable qu'ils aient remis leur départ jusqu'à ce matin.

Comme il s'y attendait, les braises étaient toutes éteintes et aucune chaleur ne s'en dégageait. Ils étaient probablement partis la veille au matin, ce serait le moment le plus logique, à moins qu'ils aient quitté l'endroit l'avant-veille, ce qui impliquerait qu'ils n'aient pas attendu le retour de John avant de quitter les lieux.

En se relevant, il remarqua un petit tertre de terre qui s'élevait non loin de l'emplacement du feu, comme lorsqu'on enterre une personne.

« Quelqu'un d'autre parmi eux serait mort ici ! » se dit-il.

Mais à l'exception de la tombe fraîche, il n'avait aucun moyen de déterminer de qui il était question. Était-ce Nick qui avait succombé à ses blessures, c'était la réponse la plus plausible. Quand ils avaient quitté le camp pour aller capturer une monture, l'état de Nick ne promettait rien de bien positif.

— Donc, ça signifierait aussi qu'ils n'ont pas de blessé grave à traîner avec eux. Leur avance sera alors plus grande. Allez Pégase ! Il ne nous reste que peu de chemin à faire avant d'atteindre la forêt.

Il repartit vers la forêt qui n'était plus qu'à quelques minutes à cheval de sa position. Il prit plein sud devant lui et ne s'arrêta pas avant d'avoir atteint l'orée du bois.

* * *

Alex éteignit les braises du feu de la veille, sur lequel il avait fait cuire le dernier lièvre qu'il possédait. Comme à son habitude, il envoya les abats à Vendredi, qui attendait patiemment d'avoir son repas.

Il s'était installé tout près de la source d'eau, à un endroit assez dégagé pour y faire un feu en toute sécurité. Même le loup s'habituait à la chaleur, car au cours de la nuit, Alex le sentit s'approcher de lui et se coucher à moins d'un mètre d'où il dormait. Il n'avait plus peur de Vendredi, en lui sauvant la vie la journée précédente, il lui avait fait comprendre que dorénavant il faisait partie de sa meute.

Aussitôt que le feu fut éteint, il alla relever deux nouveaux lièvres qui s'étaient pris dans ses collets. La proximité de la source d'eau lui assurait de trouver assez facilement les traces des sentiers utilisés par les petits animaux de la forêt qui devaient obligatoirement venir s'abreuver.

— Notre repas pour ce soir est garanti, dit-il à Vendredi en lui montrant ses prises.

Ils reprirent leur ascension de la montagne. La journée précédente, ils avaient parcouru près de la moitié du chemin pour atteindre le sommet et Alex avait bon espoir d'y arriver avant la tombée de la nuit. L'homme et la bête continuaient de suivre le cours de l'eau et Alex restait attentif aux réactions de son nouvel ami. Il savait que celui-ci le défendrait encore, mais il devait aussi être prêt à sauver leurs peaux, s'il devait affronter d'autres ennemis.

CHAPITRE 32

Erik et Christopher avaient marché durant plusieurs heures, mais depuis un moment les deux hommes se sentaient suivis. Ils étaient attentifs à tout ce qui les entourait, les bruits ainsi que les odeurs.

— Je ne sais pas qui nous épie ainsi, mais je ne suis pas rassuré, dit Christopher.

— Je sais ce que tu veux dire, j'ai cette même sensation. Mais pour le moment, je n'ai rien vu qui pourrait confirmer cette impression.

Les deux hommes s'étaient arrêtés pour observer autour d'eux. Ils n'étaient plus qu'à environ deux heures de marche du sommet de la montagne et les rayons du soleil commençaient à se faire moins intenses.

— Tu crois qu'on a une chance d'arriver en haut avant la tombée de la nuit ? demanda Christopher.

— Pas si nous sommes suivis, comme je le pense. Mais j'aurais bien aimé l'atteindre aujourd'hui. Soyons très vigilants, il vaut mieux avancer moins vite, mais le faire sûrement.

Ils poursuivirent leur chemin quand Christopher aperçut une ombre à travers les arbres, il ne dit rien sur le moment, mais tenta de voir de quoi il pouvait s'agir. Ce qui les suivait avançait au même rythme qu'eux. L'animal semblait plus intéressé à les épier qu'à les attaquer. Il s'agissait peut-être d'un nécrophage qui cherchait des restes d'animaux morts pour se nourrir.

Christopher se souvint des hyènes dans la forêt de l'ouest qui avaient attaqué Nick et Kevin pour s'approprier la dépouille de la licorne, il pouvait très bien s'agir de ces bêtes. Mais une fois bien affamées, elles pourraient décider de les attaquer directement, faute d'avoir autre chose à se mettre sous la dent.

— Est-ce que tu as vu ? demanda Erik.

— Oui et j'ai peur qu'il s'agisse d'une sorte de hyène comme Nick nous avait dit avoir vu dans la forêt de l'ouest.

— Des hyènes ? Tu crois qu'elles pourraient nous attaquer ? Je sais que ce sont des animaux nécrophages, mais ici nous n'avons pas à faire avec le même genre de bêtes.

Toujours avec leurs armes à la main, ils observaient tout autour, mais l'ombre n'avait pas réapparu. Ils virent un énorme sapin aux branches basses et décidèrent d'y grimper, ainsi ils pourraient plus aisément essayer de découvrir ce qui rôdait sans nuire à leur sécurité.

Ils déposèrent leur équipement au pied de l'arbre et ne gardèrent que leurs armes avec eux. Ils grimpèrent avec précaution et atteignirent les quatrièmes et cinquièmes branches. Leurs mains étaient enduites de résine, mais c'était un bien maigre prix à payer pour garantir un endroit hors de portée de ce prédateur.

Ils n'attendirent pas très longtemps. Après seulement quelques minutes ils virent apparaître, sortant du couvert des buissons, un énorme lion à la fourrure sombre dont le dos comportait quelques pâles rayures. Sa crinière était beaucoup plus courte que celle de ces fauves qu'on voit souvent en Afrique. Quant à la taille de la bête, elle était plus grosse que tous les lions modernes qu'il avait eu la possibilité d'observer jusqu'à maintenant.

Le lion s'avançait en direction de l'arbre où ils étaient montés. Aucun des deux hommes n'osait prononcer une parole, de peur d'attirer l'attention du fauve. De nouveaux mouvements dans les buissons détournèrent leur attention, deux lionnes venaient d'apparaître, se joignant au mâle qui commençait à renifler leur équipement qu'ils avaient laissé contre le tronc de l'arbre.

Les deux hommes se lancèrent un regard, nul besoin de se parler pour comprendre que chacun s'en voulait de ne pas avoir pensé à laisser l'équipement plus loin de leur cachette. Mais le mal était fait et ils n'osaient toujours pas bouger ni parler. Ils restèrent assis ainsi, immobiles, tandis que les trois fauves s'occupaient de déchiqueter leur sac à grands coups de griffes dans l'espoir de trouver la viande qu'ils y avaient flairée.

Erik regardait avec grand désespoir une des lionnes se faire les dents sur l'un des poteaux de l'antenne. En quoi un poteau d'aluminium pouvait-il bien attirer l'intérêt de cette sale bête ? Ils avaient absolument besoin de conserver ce matériel intact. Au moins, pensa Erik, il avait encore le téléphone cellulaire de Max dans la poche de son pantalon. De toute façon, une fois rendu au sommet de la montagne, il pourrait toujours installer l'antenne au faîte d'un arbre pour pallier les dommages que la lionne infligeait à leur équipement. Une fois que les bêtes furent repues, elles s'allongèrent au pied du tronc et s'assoupirent.

* * *

Kevin avait pénétré dans la forêt et Pégase, qui marchait d'un pas moins assuré, n'était pas très heureux de se retrouver dans ces bois. Ils avançaient ensemble, le chevalier et sa monture, la respiration du premier cadencé sur le pas du second. Kevin cherchait des traces du passage de ses amis. Il avait découvert des sillons dans la terre, comme si quelqu'un avait traîné quelque chose de lourd derrière lui, mais tout à coup, les marques au sol avaient disparu. Parfois, il apercevait des branches qui étaient brisées, écrasées par terre, mais rien ne lui garantissait que ce fût le résultat du passage de ses amis.

Kevin tournait en rond depuis presque une heure, lorsqu'il entendit une détonation se répercuter dans la forêt. Parmi les arbres, le bruit venait de partout à la fois alors, suivant son instinct, Kevin se dirigea directement vers le haut de la montagne. Il bifurqua un peu à l'est, où la pente était plus douce et plus facile à gravir. Il pressa Pégase au galop afin d'arriver sur place le plus rapidement possible.

* * *

Dès leur réveil, qui n'avait même pas duré une heure, les lionnes se mirent à humer l'air à la recherche d'une proie. Elles avaient détecté quelque chose qui les attira de nouveau sous l'arbre qu'elles se commencèrent à renifler, en grattant l'écorce avec leurs longues griffes.

— Quelle poisse, elles savent que nous sommes là, chuchota Christopher.

Erik leva la tête vers Christopher et se contenta de mettre un doigt devant sa bouche, indiquant qu'ils devaient garder le silence. Mais malgré cela, l'une des lionnes s'accrocha au tronc de l'arbre et commença à grimper afin d'atteindre la première branche.

Les deux hommes, pris au dépourvu, décidèrent de monter plus haut afin de rester hors d'atteinte de la bête, espérant que celle-ci se décourage après seulement une ou deux branches. Mais au contraire, aussitôt que celle-ci eût atteint la première branche, la seconde lionne se mit elle aussi à grimper tandis que la première bête montait sur la seconde branche avec plus de facilité.

Erik la voyait s'approcher dangereusement de lui, mais il ne pouvait pas grimper plus vite, pas avec Christopher qui était devant lui. Il prit alors son arme et se prépara à faire feu sur la bête. Il attendait, entièrement immobile, qu'elle soit bien dans sa ligne de mire. La lionne venait d'atteindre la troisième branche et s'apprêtait maintenant à grimper sur la quatrième. Il ne restait plus qu'une branche d'écart entre la bête et Erik, entre le prédateur et sa proie. Erik, son arme pointée juste sous lui, était bien décidé à tenir le rôle du prédateur. Il respirait avec calme, ce qui le rendait d'autant plus dangereux.

La lionne semblait avoir flairé le danger imminent, car elle s'arrêta sur la quatrième branche, observant sa proie à travers les épines du sapin. Elle savait qu'elle était sur le point d'attraper son diner, mais le lion est un chasseur patient et il sait attendre le bon moment pour bondir sur sa victime.

Alors que la seconde lionne approchait aussi, celle qui était presque sur Erik bondit rapidement juste sous lui et s'élança aussitôt vers lui. Il fit feu, la touchant directement dans son flanc. Sous l'impact de la balle, la lionne culbuta vers l'arrière, ratant la branche où se trouvait sa proie et tombant lourdement sur le sol au pied du sapin. Elle était assez sonnée pour ne pas se relever immédiatement et Erik tira sans attendre sur la seconde bête. L'autre lionne recula lors de la chute de sa semblable alors que la balle sifflait au-dessus de sa tête. Erik profita de ce sursis pour grimper plus haut, tentant ainsi de distancer le prédateur. Il sentit la patte de l'animal atteindre le bord de la branche qu'il venait de quitter et s'empressa de se positionner à nouveau avant d'effectuer un nouveau tir sur la bête qui n'était plus que deux branches sous lui. Il visa le prédateur alors que qu'il prenait son élan pour atteindre la position qu'il venait de quitter, mais la lionne fut plus rapide que lui et la balle siffla dans les airs, arrêtant l'élan de l'animal.

Erik respirait maintenant avec difficulté. Il était conscient que dans sa position, Christopher ne pouvait l'aider sans risquer de le blesser. Il n'avait d'autre choix que de tuer l'animal avant que celui-ci n'atteigne sa position et il devait le faire au plus vite, car il ne lui restait que deux balles dans son arme. La lionne se décida rapidement et bondit d'un seul saut sous Erik et celui-ci fit immédiatement feu vers la bête sans l'atteindre. La balle pénétra dans le bois sans toucher la bête qui hésita avant d'effectuer son saut fatal. Cette hésitation permit à Erik de se positionner et de bien viser avant que la lionne n'ait le temps de prendre son élan. Mais l'arme n'émit qu'un déclic vide et Erik réalisa qu'il était en possession du pistolet qu'il avait repris des mains de Joseph et qu'il avait compté une balle de trop. Il lança alors l'arme sur la lionne, espérant ainsi avoir le temps de grimper plus haut et surtout plus vite.

Christopher, voyant ce qui se passait plus bas, avait arrêté son ascension. Il attrapa son arme et visa la bête, mais dans sa position, il n'arrivait pas à avoir une vue dégagée sur ce qui se passait et il avait peur d'atteindre Erik plutôt que la lionne. Il attendit, espérant avoir un bon angle de tir, mais avant que ça n'arrive, le pied d'Erik glissa sur une branche dans son empressement et il chuta en bas de l'arbre, tombant directement sur la lionne encore au sol.

La lionne blessée réagit prestement. Elle s'était vite remise sur ses pattes et se préparait à attaquer quand un long rugissement l'arrêta dans son élan. De dépit, elle secoua la tête et recula d'un pas en arrière, laissant la place au mâle dominant.

Le lion s'avançait vers Erik en se léchant les babines, laissant percevoir des crocs capables de le tuer facilement. Erik, qui était sonné par sa chute, n'eut pas le temps d'attraper son couteau avant que la gueule du lion ne s'ouvre béante devant lui. Il sentit l'haleine fétide de la bête avant d'entendre un coup de feu. Le sang de l'animal gicla sur lui, le recouvrant de bouts de cervelle ensanglantée. La lionne blessée prit aussitôt la fuite en voyant que le chef de meute était mort. Immédiatement suivit par celle qui était encore dans l'arbre et qui se jeta en bas de sa branche en tombant lourdement sur ses pattes avant de s'enfuir vers l'ouest.

Kevin descendit de sa monture, l'arme toujours dans une main, la longe dans l'autre avec Pégase qui piaffait d'inquiétude. Mais

Kevin prit le temps de vérifier que le lion était bien mort avant de s'assurer de l'état d'Erik.

— Kevin, Kevin ! n'avait de cesse de répéter Erik.

Christopher, qui descendait de l'arbre pour les rejoindre, avait les larmes aux yeux en voyant que Kevin avait survécu à sa mésaventure.

— Comme je suis content de te retrouver vivant, lui dit-il.

— Je vous ai finalement retrouvés grâce au coup de feu, dit Kevin.

— Où est John ? demanda Erik en regardant un peu partout autour de lui.

Kevin baissa la tête.

— Il était parti à ta recherche, qu'est-ce qui s'est passé ?

— Il ne m'a jamais trouvé. Je l'ai découvert mort à côté d'une licorne, morte elle aussi dans la prairie. Je crois qu'ils ont été attaqués alors qu'il devait être à ma recherche.

Erik et Christopher baissèrent la tête, ils gardèrent un moment de silence.

— Nous ne pouvons plus rien pour lui en ce moment, dit Erik en essayant de se relever.

Kevin et Christopher le prirent chacun par un bras pour l'aider à se mettre debout.

— Je crois que j'ai des côtes de fêlées, dit-il le souffle court sous l'effort.

* * *

Alex avait entendu l'écho d'un coup de fusil suivi rapidement par trois autres détonations. Ce bruit l'encourageait à poursuivre sa route, car il signifiait que les autres étaient toujours vivants et probablement aussi quelque part dans ces bois.

Il combattait la fraîcheur de la forêt en restant actif, ce qui réchauffait ses muscles. Quand il entendit retentir une nouvelle détonation, l'inquiétude lui fit presser le pas, comme s'il lui était possible de les rejoindre dans l'instant. Sentant l'urgence de retrouver ses semblables, il fut moins attentif au chemin qu'il suivait et glissa le pied contre un rocher acéré qui lui fendit la plante du pied de près d'un centimètre de profondeur.

Il alla tremper son pied dans l'eau glacée de la source, essayant de la nettoyer la plaie du mieux qu'il put. Il déchira un pan de son pantalon et s'en fit un rapide bandage, tentant de diminuer le flot de sang qui coulait de la blessure.

Mais malgré sa blessure relativement superficielle, il repartit rapidement pour continuer son chemin, il fut seulement plus attentif à l'endroit où il mettait les pieds, laissant derrière lui des traces de sang chaud sur le sol.

CHAPITRE 33

7e jour dans le passé

De l'intérieur de la caverne, on avait entendu la détonation de cinq coups de feu, semant l'inquiétude parmi les survivants. Ils n'avaient aucun moyen de savoir ce qui se passait et ils étaient tous conscients, particulièrement Mike et Nick, que le danger guettait leurs amis qui marchaient seuls dans ces bois. Le silence qui suivit les détonations pouvait tout autant signifier qu'ils étaient hors de danger ou qu'ils étaient morts.

— Comment est-ce qu'on pourra savoir s'ils ont réussi ? dit Max en mettant fin au silence.

— Quand ils reviendront, lui répondit Mike dans un soupir.

Le silence revint lourd, car aucun d'eux n'était d'humeur à entamer la conversation. Max s'éloigna des autres et s'étendit sur le sol à proximité du feu, espérant que ses rêves soient remplis des souvenirs d'une époque lointaine où la vie était belle et simple. Il lui semblait qu'il y avait déjà plusieurs semaines qu'il avait vu, pour la dernière fois, disparaître le grand laboratoire sous la brume du dôme. Chacune des secondes qu'il passait dans cet endroit ressemblait à des heures et ils vivaient à tout moment avec un danger imminent qui les guettait sans interruption. Il avait si peu d'espoir de survie en ce moment qu'il en vint à vouloir être déjà mort.

Il s'endormit sur ces pensées lugubres, dans un sommeil agité qui le fit se retourner sans cesse, dans un sens comme dans l'autre.

Mina regardait Max s'agiter alors qu'elle s'occupait de la blessure de Nick, celle-ci s'était à nouveau arrêtée de saigner sans le garrot, ce qui la rassura quelque peu.

— Dis-moi Nick, est-ce que c'est encore très douloureux? demanda Mina.

— Seulement quand je prends appui dessus, mais pour le reste je me sens bien.

— Tu n'as plus de fièvre et la couleur de la blessure est satisfaisante. Mais je serai vraiment rassurée quand on pourra t'amener à l'hôpital.

Nick la regarda dans les yeux, comme s'il essayait de voir à travers elle.

— Tu crois qu'ils vont bien, lui demanda-t-elle.

— Tu veux être rassurée, ou tu veux la vérité?

— Est-il possible d'avoir un peu des deux? lui répondit-elle avec un sourire sans conviction.

— Compte tenu des munitions qui leur restaient en partant d'ici, je ne crois pas qu'ils soient dans une position enviable.

— Et ça, c'est la vérité ou la partie rassurante?

— Le dernier coup de feu me laisserait croire que s'il est arrivé quelque chose de vraiment grave, au moins l'un des deux serait encore vivant. Ça, c'est la partie rassurante.

Nick sourit tristement à Mina qui tentait de lui rendre une mine rassurée. Mais Nick avait raison, le dernier coup de feu avait retenti comme un cri de désespoir à leurs oreilles, elle le savait bien. Mais s'ils n'avaient plus d'espoir à quoi se raccrocher, que leur resteraient-ils?

— Ne t'inquiète pas Mina, aussitôt que je serai sur pied, nous partirons tous ensemble et nous terminerons cette mission. Tant qu'il y a de la vie, il y a de l'espoir.

— Alors, repose-toi, tu en as besoin dans ton état.

Mina alla elle aussi s'étendre près du feu, espérant trouver un peu de réconfort dans le sommeil. Elle s'endormit en pensant à Alex, à la dernière fois où ils s'étaient aimés et une larme coula sur sa joue.

Joseph était chargé d'entretenir le feu, tandis que Mike restait près de lui à surveiller ce qui se passait de l'autre côté, à l'extérieur de la grotte. En ce moment, tout était tranquille, il n'avait rien aperçu qui puisse l'inquiéter depuis un bout de temps, mais il savait qu'à la nuit tombée les bêtes qui étaient venues rôder la précédente nuit reviendraient. Ils avaient pris possession d'un territoire qui n'était pas le leur. Ses prédateurs ne laisseraient pas impunément leur demeure à l'ennemi, quels qu'ils soient. Et l'ennemi c'étaient eux.

Depuis que Joseph avait entendu les coups de feu, il savait dans son for intérieur que les deux hommes étaient morts et que ça signifiait que jamais il ne pourrait retrouver le confort de son grand studio à Los Angeles. Il se demandait pourquoi il avait accepté l'offre de Clyde Owen, mais il savait bien pourquoi. Chaque fois qu'il y avait des expéditions, on faisait toujours très attention de l'exclure. On venait le trouver quand tout était fini afin de recevoir son avis d'expert sur certains minéraux, ses collègues reconnaissaient ses capacités, mais ne le voyait pas comme indispensable sur le terrain, mais plutôt le contraire, comme un poids à porter.

— Ils avaient raison, je ne suis pas à ma place hors du musée, pensa-t-il à voix basse.

Mike tourna la tête vers lui.

— Est-ce que ça va ? lui demanda-t-il, pensant que Joseph lui avait parlé.

— Non, en réalité ça ne va pas du tout. On évite tous d'en parler, mais la réalité c'est que nous allons finir nos jours ici et même que dans notre situation ce ne sera plus très long.

Mike fut surpris par le ton utilisé par le géologue. Joseph était plutôt du genre discret et quand il parlait c'était toujours d'une voix qui semblait ne pas trop vouloir s'imposer. Mais cette fois, son ton était catégorique. Il savait ce qui les attendait et il s'en était fait une raison. Il aurait bien aimé trouver les mots qu'il avait besoin d'entendre, mais cette réalité était véridique et Joseph était le seul à avoir osé la présenter ouvertement. Il admira le courage dont celui-ci venait de faire preuve.

— Tu es un homme bien Joseph, lui dit Mike. Et je crois qu'on a tous sous-estimé ton courage.

— Merci ! C'est gentil de me dire ça, mais je sais bien que je suis un trouillard et que je n'ai jamais eu aussi peur de toute ma vie. Je ne me sens pas prêt à mourir, surtout pas ici et comme ça.

— Le courage n'est pas l'absence de peur, mais bien celui de faire face à la réalité, quelle qu'elle soit, c'est ça le courage. Pour être un bon soldat, c'est une des qualités qui nous permet d'évaluer froidement le danger et de trouver des solutions qui autrement nous sembleraient impossibles.

— Et des solutions, est-ce que tu en vois ?

— Pas pour le moment, mais je ne perds pas complètement espoir.

Les deux hommes regardèrent le feu crépiter en silence durant un long moment sans ajouter un mot.

— Tu crois vraiment que le feu va tenir les animaux éloignés longtemps ? demanda soudainement Joseph qui avait besoin de briser le lourd silence qui l'oppressait.

— De toutes les époques connues, les animaux ont toujours craint le feu alors oui, je crois bien. Mais il faut s'assurer de le garder bien vivant et flamboyant.

— Et tu penses que nous aurons assez de bois pour tenir toute la nuit, reprit Joseph en regardant du côté des réserves de bois qui diminuaient.

Mike suivit son regard et fut surpris que leur réserve ait aussi rapidement diminué. Le matin même, ils en avaient rapporté assez pour tenir facilement toute une nuit et probablement un peu plus.

— Comment se fait-il qu'il ne reste plus que ça ? demanda-t-il à Joseph.

— Je crois que le bois que nous avons rapporté ce matin brûle beaucoup plus rapidement que nous l'aurions pensé. J'ai déjà lu quelque part que les résineux avaient la fâcheuse tendance à brûler plus vite que le bois des feuillus.

— Et comme nous avons ramassé que du bois mort il doit aussi être plus sec. Nous n'aurons pas le choix, on va devoir aller en chercher d'autres avant la tombée de la nuit.

Mike se mit debout en attrapant sa canne et fit un pas vers le fond de la caverne. Il se ravisa et se retourna vers Joseph.

— Tiens, prends ça ! lui dit-il en lui tendant un des pistolets.

Joseph tendit la main un peu tremblante pour attraper l'arme, il n'en avait plus tenu une depuis l'incident de Nathan.

— Es-tu sûr que ce soit une bonne idée ?

— Tu as fait tes preuves pour moi. Autant quand tu as réagi avec Nathan qu'en ce moment.

— Merci ! fut tout ce que Joseph parvint à dire.

Mike lui sourit avant de se diriger vers Nick qui dormait plus loin. Mais Nick ne dormait pas, il avait l'impression de n'avoir fait que ça, dormir, depuis qu'il avait été blessé. Il savait qu'en ce moment les autres avaient besoin de lui. Il ne restait que cinq personnes des douze qui étaient arrivées quelques jours plus tôt. Il n'arrivait même plus à savoir depuis combien de temps ils étaient arrivés dans cet enfer.

— Nick, est-ce que tu dors ? lui demanda Mike tout bas pour ne pas réveiller les deux autres.

Nick ouvrit les yeux, mais il n'y avait pas que lui qui était attentif à ce qui se passait, car Mina qui était couchée de dos non loin des deux hommes, ouvrit elle aussi les yeux.

— Qu'est-ce qui se passe ? interrogea Nick sans élever le ton plus haut que Mike.

— On a un problème et un problème de taille.

Nick se redressa aussitôt sur ses coudes et Mike s'accroupit pour s'approcher de lui. Mina essayait d'entendre ce que se disaient les deux hommes, mais leur voix ne lui parvenait que comme un doux chuchotement. Elle se retourna dans leur direction, les yeux entrouverts afin qu'ils ne se rendent pas compte qu'elle était à l'écoute.

Les ronflements de Max lui parvenaient, diminuant d'autant plus sa capacité à entendre, elle ne voyait plus que le dos de Mike. Mais quand elle le vit se tourner et regarder en direction du tas de bois, elle sut aussitôt de quoi il était question.

« Ils vont sortir. » se dit-elle.

Mais qui allait sortir ? se demanda-t-elle. Certainement pas Nick, pas dans l'état où il était. Quant à Mike, sa mobilité était encore trop réduite pour se risquer seul à l'extérieur de la grotte. Il restait seulement Max, Joseph et elle, mais la vie de Max était trop précieuse pour eux tous et Joseph, disons qu'il ne serait pas d'un grand secours.

Mike aida Nick à se lever et à s'approcher du feu à l'entrée de la grotte. Nick s'installa de manière à pouvoir garder l'entrée de la caverne à l'œil. Mike se préparait donc à sortir avec Joseph, ce qui n'avait aucun sens aux yeux de Mina. Elle savait qu'ils auraient besoin de son aide. Elle décida qu'il était de son devoir de les suivre discrètement, mais comment contourner la surveillance de Nick pour sortir sans que personne n'arrive à l'arrêter ?

Elle attendit que les deux hommes soient sortis et observa la direction qu'ils avaient prise. Elle savait qu'ils ne pouvaient pas aller très loin ni très vite à cause de la jambe de Mike et qu'elle les rattraperait facilement. Elle se leva avec précaution pour ne pas attirer l'attention de Nick et en rasant le mur de la grotte sans faire de bruit elle se glissa à l'extérieur.

— Mina, cria Nick en la voyant s'éloigner, mais il était trop tard, elle ne l'écoutait pas.

Mina avait sorti son arme et elle suivit les traces de Mike facilement à cause de la traînée que laissait sa canne dans le sol. Ce n'est qu'à environ 500 mètres de la caverne qu'ils firent halte. Mike scrutait attentivement les alentours, l'arme à la main, Joseph aussi avait sorti son pistolet, mais il espérait seulement ne pas avoir à s'en servir.

— Il faudrait trouver un moyen pour pouvoir rapporter assez de bois dans un seul voyage, dit Mike.

— Si on prenait cette grande branche de sapin qui est ici, on pourrait l'utiliser comme un brancard, proposa Joseph.

Ils placèrent la branche dans un endroit dégagé et commencèrent à y mettre le bois qu'ils pouvaient trouver. Des mouvements près d'eux attirèrent leur attention et ils cessèrent aussitôt leur activité. Mike qui avait repris immédiatement son arme, observait dans la direction d'où provenait les mouvements. Joseph qui était moins prompt à penser à son pistolet suivit le geste de Mike avec quelques secondes de retard. Il sentait ses tripes se tordre dans son ventre, s'attendant à voir bondir sur lui un animal féroce.

— Qu'est-ce que c'est ? demanda-t-il à Mike.

Mike ne répondit pas, il restait concentré sur ce qu'il sentait approcher. Peut-être s'agissait-il d'un simple petit animal herbivore, espérait-il sans se faire d'idée. Mais il ne s'attendait certainement pas à voir Mina apparaître à travers les branchages environnants.

— Qu'est-ce que tu fais ici ? dit-il en la voyant avancer vers eux.

— Je suis venue vous aider, dit-elle innocemment.

— Comment as-tu réussi à nous suivre ?

— J'ai contourné Nick, il était bien plus occupé à observer l'extérieur que l'intérieur, ricana-t-elle fière de sa manœuvre.

Joseph était content que Mina les ait rejoints, il se sentait rassuré, car il savait qu'ils pourraient rapporter plus rapidement le bois dont ils avaient besoin, plus qu'avec Mike qui devait toujours se déplacer avec sa canne.

— De toute façon, je suis là maintenant, aussi bien travailler ensemble.

Le ton était catégorique et Mike savait qu'il serait plus dangereux de la laisser repartir seule.

Le bois se ramassa plus vite, une troisième paire de bras valides faisait une grande différence. Mina avait trouvé une seconde branche de sapin où elle entassait une autre quantité de bois à transporter, leur assurant ainsi de ne pas avoir besoin de retourner en chercher avant le jour suivant.

Mina et Joseph tiraient chacun derrière eux les longues branches chargées du bois le plus vert qu'ils avaient pu trouver, mais le chemin à travers les arbres et les buissons n'était pas facile et ils devaient parfois contourner des bosquets pour pouvoir poursuivre leur route. Par chance, ils n'avaient pas eu besoin de trop s'éloigner de la caverne, mais Mike restait néanmoins vigilant à ce qui se passait autour d'eux.

Comme ils faisaient énormément de bruit en traînant le bois derrière eux, Mike ne vit qu'au dernier moment, un groupe de trois hyènes arriver sur eux. Il réussit à en tuer deux avant même que Mina ou Joseph ait réalisé ce qui se passait. La troisième bête s'apprêtait à bondir sur Mina et le premier réflexe de Joseph en réalisant ce qui allait arriver, fut de sauter sur elle pour la protéger de l'animal.

Sous l'impact de Joseph qui atterrissait sur elle, Mina tomba lourdement sur le ventre et sa tête frappa une roche qui lui fit perdre connaissance. Rapidement, Mike tira sur la dernière bête alors qu'elle attrapait Joseph en lui enfonçant les crocs dans l'épaule.

Mike ne parvint pas à la tuer sur le coup et il vit bondir par-dessus un buisson une lionne qui sauta directement sur la hyène qui couvrait Mina et Joseph. Il voulut tirer sur l'animal en visant la tête lorsqu'il sentit un second fauve le renverser sur le sol. Sa dernière pensée fut pour Émilie qu'il ne reverrait jamais et il mourut rapidement sous la morsure du gros félin.

Joseph sentait le sang couler sur son corps, il ne savait pas si c'était le sien ou celui de la hyène. Il était complètement écrasé sous le poids des deux bêtes et n'arrivait pas à bouger ses bras. Il pensa à l'arme qui était glissée dans sa ceinture et savait qu'il devait à tout prix tenter de l'attraper. Il essayait de conserver son sang-froid afin de ne pas perdre connaissance. La peur le tenaillait cruellement, mais pour le moment la lionne était occupée à se repaître des chairs du cadavre. Il avait l'impression que le temps n'avançait pas, qu'à chaque seconde il pouvait ressentir une morsure mortelle. Il parvint à bouger son bras droit, essayant que le mouvement passe inaperçu aux yeux du félin, il le glissa vers sa ceinture, mais le poids des bêtes l'empêchait de glisser sa main sous lui. Il ressentait chaque coup de dents que la lionne infligeait à la hyène et il entendait les os de celle-ci se briser sous la force terrible des mâchoires meurtrières.

Dans un dernier sursaut de désespoir, il poussa son corps vers l'arrière à l'aide de son autre bras et parvint à se dégager assez pour pouvoir atteindre l'arme salvatrice. Il réussit enfin à mettre la main sur la crosse du pistolet et à la libérer au moment même où il sentit les crocs de l'animal pénétrer dans son cou, tranchant sa jugulaire et laissant échapper la vie de son corps. Pour sauver Mina, il arriva à tirer une balle derrière lui pour atteindre la bête, mais il ne sut jamais s'il avait ou non, réussi à l'abattre.

* * *

Auprès du feu, Max fut réveillé par des coups de feu lointains. Il pensa aussitôt qu'Erik et Christopher étaient de retour, sains et saufs.

— Qu'est-ce que c'est ? demanda-t-il à Nick qui essayait de se relever.

Il remarqua qu'il était seul avec Nick dans la caverne et il fut assailli par un mauvais pressentiment.

— Où sont-ils ? ajouta-t-il en regardant lui aussi à l'extérieur de la grotte.

— Dehors !

Nick s'était mis debout et regardait à l'extérieur de la caverne, l'arme à la main, espérant voir les autres arriver en courant.

Un quatrième coup de feu retentit et le silence de la forêt s'installa. Nick voulait aller au-devant des autres, car il pensait qu'il n'était peut-être pas trop tard, mais son état et la protection de Max le retenait sur place. Il était désemparé. Ils ne pouvaient pas être les derniers survivants, pas après tout ce qu'ils avaient traversé et surtout pas quand ils étaient aussi près du but.

* * *

Plus loin dans la montagne, l'écho des coups de feu s'était rendu jusqu'à Erik et ses hommes qui avaient tous sursauté à ces déflagrations.

— Il faut retourner là-bas au plus vite, dit Christopher.

— Non, il faut terminer la mission, lui répondit Erik. La caverne les protègera, j'en suis convaincu.

Ils tournèrent tous la tête en direction de la provenance des coups de feu, espérant que Max et les autres étaient toujours vivants.

— Vous réalisez que si Max est mort, l'appareil ne nous est plus d'aucune utilité, dit Christopher.

— Mais si Max est vivant, il faut à tout prix lui ramener l'appareil et ça le plus rapidement possible, ajouta Kevin. Et avec Pégase, on a un avantage qui joue en notre faveur.

— On continue, trancha Erik.

CHAPITRE 34

Le jour suivant, Clyde Owen était de retour en Californie. Une boîte l'y attendait sur son bureau, renfermant toutes les photos satellites ainsi que la clé USB contenant les photographies originales. Satisfait que le matériel soit déjà arrivé, il avisa Brenda, sa secrétaire, qu'il serait au deuxième sous-sol pour la journée.

— Un certain Jonas Patterson a laissé un message pour vous ce matin, lui indiqua-t-elle.

— Et que voulait-il ?

— Il a dit vouloir récupérer du matériel qu'il vous avait fait parvenir.

Clyde Owen fut surpris. Pourquoi diable ce Jonas voulait-il récupérer les photos ?

— S'il rappelle, indiquez-lui que je me suis absenté hors du pays pour quelques jours, vous pouvez faire ça ?

— Aucun problème M. Owen.

Ce délai devrait leur laisser assez de temps pour pouvoir effectuer eux-mêmes leurs propres recherches. Il préférait que l'équipe de Jonas ne trouve rien avant eux.

* * *

Trois jours plus tard, Jonas apprit à Sam que Clyde Owen s'était absenté du pays durant quelques jours et qu'il ne pouvait être joint avant son retour.

— Voyons, c'est totalement grotesque, s'écria Sam en colère. De nos jours, qui donc ne peut pas être joignable.

— Peut-être est-il seulement en vacances, avança Roxane pour calmer Sam.

— Je l'ai vu cet homme et je te jure que ce n'est pas le genre à ne pas être joignable. C'est un calculateur, un manipulateur, il veut quelque chose et il le prend.

— Pourquoi est-ce que tu lui prêtes d'aussi mauvaises intentions ? lui demanda Jonas.

Sam se remémora l'intérêt que cet homme avait porté aux clichés et à toutes les questions qu'il lui avait posées. Il avait senti à ce moment-là chez le PDG un intérêt plus grand qu'une simple curiosité intellectuelle.

— Je ne lui fais pas confiance, il cache quelque chose.

— Qu'est-ce qu'on peut faire de plus qu'attendre ? interrogea Jonas.

— As-tu communiqué avec la NASA pour obtenir une nouvelle copie ?

— Oui, mais les frais qu'ils demandent sont trop élevés pour nous.

— Et as-tu tenté de joindre les avocats qui supposément doivent effectuer une demande auprès de la NASA ?

— La secrétaire de monsieur Owen me dit ne pas savoir avec quel cabinet d'avocat il a fait affaire.

— Ce sont toutes des excuses trop faciles. Est-ce que tu me permets de les appeler en ton nom ?

Jonas savait par expérience que les Canadiens et particulièrement les Québécois étaient des gens entêtés et qu'il serait plus simple d'accéder à sa demande que de débattre avec lui toute la journée. Il espérait seulement que Sam ne brouillerait pas la collaboration qu'il avait établie avec l'entreprise.

— Okay, mais fais attention ! Nous pourrions encore avoir besoin de leur soutien dans le futur.

— Ne t'inquiète pas, je n'ai pas l'intention de me mettre cet homme à dos. Tout ce que je veux, c'est lui parler.

Sam s'occupa au cours de la même journée d'essayer de joindre Clyde Owen, mais sa secrétaire lui dit qu'il était en réunion pour une partie de la journée. Il ne laissa aucun message, expliquant qu'il essaierait de le joindre plus tard. Il n'était donc pas hors du pays, comme on l'avait fait comprendre à Jonas.

— Ç'a été bref, lui dit Roxane surprise.

— Il n'est pas hors du pays, je crois que sa secrétaire filtre les appels de Jonas pour lui.

— Mais pourquoi est-ce qu'il ferait ça ?

— C'est ce que j'aimerais comprendre. Je peux te confier quelque chose, mais je préférerais que Jonas ne soit pas au courant pour le moment.

— Vas-y !

Sam lui raconta alors l'entretien qu'il avait eu avec le PDG de l'entreprise quelques jours plus tôt. Roxane écoutait attentivement tout ce qu'il lui disait sans l'interrompre. Une fois qu'elle fut certaine qu'il avait bien terminé, elle lui demanda :

— Et selon toi, qu'est-ce qu'il manigance ?

— Je n'en ai foutrement aucune idée, je trouve que ça n'a aucun sens. La seule raison qui pourrait paraître plausible, ce serait que son entreprise soit à la recherche d'un métal qui n'est pas connu, mais disons que les chances de découvrir de nouveaux métaux de nos jours sont assez limitées. Sauf peut-être s'il a pensé à une météorite, mais encore là, je crois que même sans le chercher sur les photos nous n'aurions pas réussi à le manquer.

— Et que comptes-tu faire maintenant ?

— Aller le confronter...

— Tu veux dire, en Californie ?

— Une fois sur place, il ne parviendra pas à m'éviter.

Sam venait de prendre sa décision, il sauterait dans le premier avion qui l'amènerait en Californie et se rendrait directement dans les bureaux de la RDAI. Face au fait accompli, ce Clyde Owen ne pourrait pas se défiler aussi facilement.

* * *

Sam se présenta dans les bureaux de la RDAI dès neuf heures du matin le surlendemain, la secrétaire le reçut cordialement, lui offrant un café.

— Qui dois-je annoncer ?

— Docteur Samuel Lorion, lui répondit Sam sur un ton qui se voulait solennel.

La secrétaire transmit l'information à son patron, attendant les instructions de ce dernier.

— Désolée monsieur Lorion, mais monsieur Owen est dans l'incapacité de vous recevoir aujourd'hui.

— Est-ce qu'il serait possible de me fixer un rendez-vous avec lui ?

Elle ouvrit l'agenda de ce dernier sur son ordinateur, l'écran était placé de telle façon que Sam ne pouvait rien y voir.

— J'aurais un créneau dans trois semaines, est-ce que ça vous irait ?

— Aucunement, j'ai besoin de le voir de toute urgence, mais je vous promets que je ne le dérangerai pas plus de cinq petites minutes, insista Sam.

— Je suis désolée, mais M. Owen est en réunion toute la journée et doit impérativement quitter pour se rendre à Hong Kong avant la fin de la journée.

— Il ne prend jamais quelques minutes pour manger ?

— Il a un rendez-vous d'affaires aujourd'hui, je suis vraiment désolée.

— Bon, j'attendrai ici, quitte à lui parler entre deux portes, se résigna Sam.

Il finirait bien par sortir de son bureau. Il pouvait très bien s'entretenir avec lui le temps qu'il se rende à son rendez-vous ou même à l'aéroport. Sam savait être patient, quand c'était nécessaire.

Brenda le laissa seul, le temps d'entrer dans le bureau de son patron. Elle avait bien constaté qu'il ne serait pas facile de se débarrasser de cet homme qui semblait tant importuner son employeur.

— Est-il parti ? demanda Clyde à Brenda.

— Non, voulez-vous que je fasse venir la sécurité ?

— Je ne crois pas que ce soit nécessaire, d'ici la fin de la journée il finira bien par entendre raison.

Tout au long de la journée, Sam vit défiler une bonne dizaine de personnes devant lui, certains entraient dans le bureau de Clyde Owen durant des périodes plus ou moins longues et d'autres n'y pénétrèrent même pas. Mais Sam avait au moins la certitude que ce dernier était toujours là. Il crut bien pouvoir l'attraper quand il sortirait pour son diner, mais finalement ce fut Brenda qui lui apporta son lunch. Sam commençait à désespérer, il avait faim, il avait envie d'aller aux toilettes, mais il avait l'impression que cet homme n'attendait que ça pour quitter l'immeuble.

Quand arriva l'heure où tout le monde commençait à quitter l'immeuble, Sam était encore là et Brenda désespérait de pouvoir rentrer chez elle. Elle entra dans le bureau de son patron.

— Monsieur Owen, ce monsieur Lorion, il vous attend toujours, que dois-je faire ?

— Ça va Brenda, vous pouvez partir, je l'accompagnerai moi-même à la sortie.

Clyde Owen s'était résigné à l'affronter, il savait que s'il parvenait à l'éviter aujourd'hui, il reviendrait certainement à la charge jusqu'à ce qu'il finisse par le rencontrer. Aussi bien en finir maintenant avec tout ça, de toute façon, son équipe au second sous-sol n'avait rien trouvé de probant dans aucune des photos qu'ils avaient scrutées avec attention.

Brenda sortit du bureau et alla directement ramasser ses choses. Sam la regardait faire avec surprise. Elle n'allait quand même pas le laisser attendre ici toute la nuit.

— Est-ce que M. Owen doit bientôt partir ? lui demanda-t-il.

— Il dit qu'il vous raccompagnera lui-même à la sortie, vous pouvez l'attendre.

— Merci, balbutia-t-il. Il avait réussi à obtenir un entretien, mais il n'y avait plus réellement cru.

Quelques minutes plus tard, la porte du bureau s'ouvrit devant un Clyde Owen souriant. Il regarda Sam et lui dit tout bonnement.

Je suis vraiment désolé de vous avoir fait attendre aussi longtemps, commença-t-il. Vous devez avoir faim à l'heure qu'il est, suivez-moi, je vous invite.

— Si vous me permettez, j'aimerais bien emprunter vos toilettes auparavant.

— Bien entendu, vous les trouverez justes là, au bout du couloir, dit Clyde en lui indiquant la direction à suivre.

Clyde attendit le retour de Sam et ils quittèrent l'immeuble ensemble. Tout au long du trajet jusqu'au restaurant, les deux hommes débitèrent des banalités au sujet du voyage de Sam jusqu'en Californie et ses impressions sur ce bel État qu'il visitait pour la première fois. Sam se prêta au jeu, attendant le bon moment pour attaquer le sujet qui l'intéressait.

Clyde Owen l'avait invité dans un restaurant près du centre-ville de Los Angeles. Le Wolfgang Puck était un restaurant réputé, situé dans les quartiers chic de Beverly Hills. On pouvait y croiser des acteurs de cinéma ou du petit écran selon les dires du PDG, mais Sam n'y portait aucun intérêt. Si l'intention de cet homme était de distraire son attention, il n'avait pas choisi la bonne méthode. Ils furent installés par le maitre d'hôtel dans une alcôve privée d'où ils pourraient discuter en toute intimité. Ils s'assirent chacun d'un côté sur une longue banquette en forme de demi-lune, séparée par une table ronde pouvant facilement accueillir six personnes. L'éclairage était tamisé, mais pas suffisamment pour l'empêcher de distinguer les expressions faciales de son interlocuteur.

Il devait être un habitué de ce genre d'endroit, car presque aussitôt qu'ils furent installés, le chef et propriétaire Wolfgang Puck vint saluer Clyde à leur table, leur conseillant le homard au gingembre. Après avoir commandé le souper au serveur et choisi une bouteille de vin avec l'aide du sommelier, Clyde Owen se décida à briser la glace.

— Qu'est-ce que je peux faire pour vous, monsieur Lorion ?

Et c'est à ce moment que Sam se dit qu'il était temps pour lui de sortir son joker.

— Demandez-moi plutôt ce que moi je peux faire pour vous.

Clyde fut surpris. Il s'attendait à des jérémiades afin de récupérer les photos qu'il avait finalement décidé de lui remettre pour en finir avec toute cette histoire. Mais jamais il ne se serait attendu à ce que Sam lui propose de faire quelque chose pour lui et la curiosité l'emporta.

— Alors, dites-moi ! Que pouvez-vous faire pour moi ?

J'ai découvert des traces sur l'une des photos qui pouvaient laisser supposer la présence de métaux. Je suis allé vérifier par moi-même si j'avais bien raison et c'est un fait maintenant prouvé. J'ai trouvé un médaillon en titane sur le lieu indiqué sur la photographie.

Sam laissa son annonce faire son effet et elle le fit. Clyde Owen était bouche bée. Son équipe avait ratissé toutes les photos à l'aide d'écrans géants et de loupes qui auraient dû leur permettre de détecter quoi que ce soit d'anormal, mais rien n'avait abouti.

— Un coup de chance ? demanda-t-il.

— Non, je sais quoi chercher et comment le trouver et je suis certain que vous n'avez encore rien découvert.

Il espérait avoir raison, c'était un coup de chance d'être tombé sur cette image au bon moment et c'était plus l'instinct du chercheur qui l'avait poussé à vérifier ce qu'il avait vu. Mais si, comme il le supposait, cet homme cherchait quelque chose de précis, il aurait besoin de cette information à moins de l'avoir déjà trouvée.

— Et vous avez l'intention de partager cette information avec moi ?

— Êtes-vous prêt à nous restituer tout le matériel que Jonas vous a fait parvenir ?

— Sans aucun problème.

Sam ne s'attendait pas à recevoir une réponse positive sans devoir débattre avec le PDG, mais que l'homme accepte aussi vite lui mit la puce à l'oreille. Il voulait savoir ce que cet homme cherchait dans ces photos, il se promit de ne pas lâcher la bride si facilement.

Clyde Owen, de son côté, se dit qu'il serait facile de faire des copies de tout le matériel et il s'en voulut de ne pas y avoir pensé avant. Mais les informations que pouvait lui fournir Sam pourraient enfin mettre fin à ses recherches, jusqu'à maintenant infructueuses.

— Vous savez que même si vous faites des copies, vous ne trouverez rien sans l'information que je possède, bluffa Sam.

— Donc vous voulez autre chose.

Clyde Owen connaissait assez l'avidité des hommes pour savoir que chacun d'eux avait un prix, mais il devait faire attention de jouer finement s'il ne voulait pas que cet homme devine quel prix il pouvait bien mettre sur cette information.

Clyde vida son verre d'un trait et se pencha légèrement au-dessus de la table. Il regardait Sam dans les yeux, son visage n'avait maintenant plus rien de souriant.

— Et quel est votre prix ?

Sam savait d'ores et déjà qu'il avait gagné. Du moment où Clyde Owen était prêt à mettre un montant d'argent sur cette information, il savait avec certitude qu'il n'avait toujours rien trouvé. Peu importait ce qu'il lui en coûterait, il finirait par accepter le prix que Sam voulait le voir atteindre.

— Ce n'est pas l'argent qui m'intéresse, lui dit Sam, se reculant sur sa chaise afin de bien montrer qu'il ne flancherait pas.

Clyde Owen se recula sur sa chaise, montrant ainsi qu'il n'était pas prêt à tout lui accorder.

— Et qu'est-ce que vous voulez de moi alors ?

— Je veux savoir ce que vous savez et aussi ce que vous cherchez.

CHAPITRE 35

Kevin et Christopher tentaient d'aider Erik à grimper sur Pégase, mais la licorne se montrait rétive à recevoir un nouveau cavalier. Erik, qui s'était fêlé trois côtes dans sa chute, peinait à monter sur le dos de l'animal, surtout que sans la collaboration de celle-ci, il savait qu'il n'y parviendrait jamais.

— Il faut qu'on réussisse à te faire monter, dit Christopher.

— Je voudrais bien, mais c'est à lui que tu dois le faire comprendre, répondit Erik en pointant l'animal du doigt.

Kevin s'interposa. Il savait que Pégase finirait par accepter son nouveau cavalier, mais l'animal avait besoin de s'assurer qu'il n'était pas un ennemi pour lui.

— Tu dois le flatter et lui parler d'abord, mais surtout, ne touches pas à sa corne.

— Pourquoi ça? demanda Erik en regardant Kevin avec curiosité.

— Je n'en ai aucune idée, mais la seule fois où j'ai fait cette erreur, il est parti à l'épouvante. Elle doit être plus délicate qu'il n'y paraît, un peu comme pour nos cheveux, si on tire dessus ça nous fait mal jusqu'à la racine. Mais ce n'est qu'une supposition, bien entendu.

Erik prit bonne note de l'information et commença à flatter l'encolure de Pégase, en prenant bien soin de ne pas s'approcher de son long appendice.

— Et qu'est-ce que je dois lui dire ?

— Ça n'a aucune importance, mais parle-lui doucement afin qu'il comprenne que tu es un ami.

— Essaie de faire vite, ajouta Christopher qui s'impatientait.

Erik qui ne savait pas trop quoi dire à l'animal se mit à lui réciter une histoire de guerre. Le sujet n'était pas très bien choisi, mais il la lui racontait d'une voix si douce que celle-ci prenait une autre dimension, même à l'oreille de ses deux compagnons.

— Continue de lui parler pendant que Christopher t'aide à monter. Pendant ce temps, je vais continuer de le flatter, lui dit Kevin avec espoir.

Pégase paraissait calme et la présence de Kevin était rassurante pour lui. De plus, la voix douce d'Erik ne semblait pas l'irriter. Christopher joignit ses mains afin de fournir un étrier à Erik, qui prit appui sur son épaule pour tenter d'épargner ses côtes endolories. Il parvint enfin à grimper sur le dos de l'animal sans que Kevin soit obligé de tenir la longe serrée. Pégase venait d'accepter de se faire monter par un autre cavalier que Kevin, qui ne put s'empêcher de ressentir une pointe de jalousie. Pégase était sa monture et son ami, c'était lui qui l'avait capturé, dompté et adopté.

— C'est complètement ridicule, Erik en a plus besoin que toi, se dit-il dans sa tête.

Il recula alors lentement, laissant l'animal se déplacer sous les ordres d'Erik et une fois qu'il fut certain que Pégase ne tenterait pas de le désarçonner, il lui remit la longe pour qu'il puisse diriger sa monture plus aisément.

Leur marche vers le sommet pouvait enfin se poursuivre. Ils avançaient au pas, Erik ne pouvant endurer un galop dans son état. Il s'était couché de tout son long sur le dos de l'animal, afin d'arriver à supporter la douleur lancinante que chacun des pas de Pégase provoquait dans son corps.

Après une heure de marche, Erik était complètement épuisé et sa respiration était plus saccadée. Ce fut Christopher qui décida de camper là pour la nuit. Ils devaient penser à se protéger.

Ils firent un premier feu afin de se défendre des prédateurs. Aucun des trois hommes ne pouvait être certain que les félins ne les avaient pas poursuivis discrètement attendant le bon moment pour les attaquer.

— On devrait tester la balise ici, proposa Erik. Tant qu'à s'arrêter, aussi bien vérifier.

— Est-ce que tu es à l'aise de grimper dans cet arbre pour installer l'antenne ? demanda Christopher à Kevin.

— Aucun problème, toi tu vas faire quoi durant ce temps ?

— Je vais faire deux autres feux, faire une sorte de périmètre de sécurité autour de nous.

Sa jambe ayant pratiquement repris son état normal, Kevin parvint à monter presque jusqu'à la cime de l'arbre, afin d'installer l'antenne le plus en hauteur possible. Il vérifia si tout était solidement ancré avant de redescendre avec précaution. Il prenait le temps d'assurer sa position sur chaque branche et passait ensuite à la suivante. Il n'avait nullement l'intention de dévaler les branches et d'arriver avec des membres brisés, le moment serait mal choisi de ne pas opter pour la sécurité.

— Okay, dit-il en mettant les deux pieds fermement au sol. Tout est fonctionnel là-haut, reste seulement à voir si on est assez haut pour que la balise détecte quelque chose.

Retenant son souffle, Erik mit en marche le téléphone portable de Max et, suivant ses instructions, il démarra le programme de localisation. Le logiciel se mit lentement en route, les trois hommes espéraient qu'ils pourraient enfin avoir une chance de retrouver l'appareil, ils avaient en ce moment besoin de cet espoir.

411

La première chose qu'ils remarquèrent alors ce fut le bip retentissant du téléphone indiquant qu'il captait quelque chose.

— On l'a, cria de joie Christopher.

— Est-ce qu'il fonctionne correctement ? demanda Kevin à Erik.

Erik semblait un peu méfiant lui aussi, était-ce possible que la balise indique une position qui ne soit pas à plus de cinq kilomètres d'où ils étaient.

— Comment aurait-elle pu remonter dans la montagne ? demanda encore Kevin.

— Je n'en sais rien, une espèce de geyser peut-être, proposa Erik aussi incrédule que les deux autres.

— Et si c'était Alex ?

Les deux hommes regardèrent Kevin avec compassion. Ils comprenaient bien que l'événement lui avait apporté un peu d'espoir, mais Mina avait bien vu, dans la rivière, le corps d'Alex dériver avec le courant.

— Kevin, arrête ! Tu sais bien que c'est impossible, lui expliqua doucement Erik du même ton qu'il avait utilisé pour amadouer Pégase.

Kevin n'avait qu'une unique envie pour le moment et c'était de sauter sur le dos de Pégase pour partir rapidement au-devant du signal. Mais il savait bien qu'Erik avait raison. Il était déraisonnable d'affronter seul les dangers de la forêt, alors que le soleil était sur le point de se coucher. Cela relevait presque du suicide. Il se laissa tomber au côté d'Erik, qui observait la progression du signal dans leur direction.

— Si ça continue, l'appareil nous aura rattrapés avant même que nous n'ayons eu à partir à sa rencontre, réalisa Erik.

— Comment peut-il être en mouvement comme ça ? interrogea Christopher.

— Un animal l'aura probablement attrapé quelque part. Il faut souhaiter que la bête ne l'ait pas endommagé.

L'appareil qui avançait dans leur direction quelques secondes auparavant venait de cesser de bouger, ils observèrent ainsi son comportement une bonne dizaine de minutes, mais l'appareil était toujours fixé au même endroit.

* * *

Alex et Vendredi progressaient dans la forêt à une bonne allure. La blessure au pied d'Alex avait arrêté de saigner et le bandage, bien que couvert de sang, lui permettait d'avancer sans trop ressentir de souffrance. Il avait longuement hésité à se détourner de la source d'eau qu'il suivait depuis déjà un long moment, mais les coups de feu qu'il avait entendus la première fois ne lui permettaient pas de déterminer avec certitude d'où ils provenaient. Le bruit qui se répercutait à travers les arbres lui indiquait plusieurs directions, mais sans savoir laquelle était la bonne.

Quand la seconde série de coups de feu retentit, il eut clairement l'impression que ceux-ci étaient à une moins grande distance que précédemment. Sa décision fut prise à cet instant. Il devait se diriger vers l'ouest, c'est de là que le premier écho avait retenti.

Lui et Vendredi durent marcher encore durant plus d'une heure vers l'ouest sans que rien ne leur indique s'il suivait réellement la bonne direction.

— Tant qu'on monte, c'est bien, le reste on verra par la suite, expliqua-t-il à Vendredi.

Le soleil déclinait et Alex hésitait entre la tentation de poursuivre sa route et celle plus prudente de s'arrêter et de faire un feu. Il lança un morceau du lièvre cuit qu'il avait dans ses poches et le tendit à Vendredi.

— On va encore faire un bout de chemin, on approche du sommet.

Évidemment, il ne s'attendait pas à entendre le loup protester, c'est lui qui ralentissait la marche de l'animal et non le contraire. Mais le loup gronda, s'avançant au-devant d'Alex en regardant dans la direction du sud-est.

— Qu'est-ce qui se passe ? chuchota Alex à l'animal.

Un loup apparut, sortant discrètement de derrière les arbres. Alex le regarda avec attention, il avait l'impression de reconnaître le loup que Vendredi avait affronté pour le secourir. Il semblait que celui-ci les avait suivis, mais depuis combien de temps marchait-il derrière eux et comment était-il possible que ni l'homme ni l'animal ne s'en soit rendu compte ?

— T'es cuit mon vieux ! Vendredi ne fera qu'une bouchée de toi.

Alex prit néanmoins son tomahawk dans une main et son poignard dans l'autre, prêt à venir en aide à son acolyte en cas de besoin.

Trois autres bêtes sortirent à leur tour de derrière les arbres, dont l'une d'elles paraissait plus grosse et plus féroce que Vendredi. Alex était inquiet, son loup ne pouvait venir seul à bout de ces quatre bêtes, il aurait tant aimé avoir avec lui une arme à feu, n'importe laquelle aurait fait l'affaire en ce moment.

— Qu'est-ce que tu proposes Vendredi ? Trois pour toi et un pour moi. Est-ce que ça te va ?

Alex était figé sur place. Il n'osait pas bouger, de peur d'envenimer les choses pour Vendredi qui grondait toujours férocement, semblant dire que l'humain était sa possession.

— Dis-moi ce que je dois faire ? demanda-t-il, n'attendant pas de réponse.

Vendredi se hérissa face à ses ennemis et gronda de plus belle, engendrant un mouvement de recul de la part de ses adversaires. L'hésitation de ces derniers était palpable et seul le plus vieux loup, qui devait posséder une grande expérience du combat, conservait une attitude agressive. Les trois plus jeunes bêtes se tenaient derrière leur aîné. Elles étaient intimidées par la férocité que montrait Vendredi.

Alex prit ses jambes à son cou et courut, il courut aussi vite que ses jambes le lui permettaient. S'il fuyait assez rapidement, il pourrait peut-être éviter un affrontement sanglant pour Vendredi, un combat dont l'issue était plus qu'incertaine.

Alors qu'Alex s'était mis à courir sans demander son dû, les trois plus petits loups s'apprêtèrent à s'élancer derrière lui, mais la réaction de Vendredi les en dissuada, il était évident qu'aucun d'eux ne passerait par là sans d'abord affronter l'animal.

Le vieux loup s'avança vers son adversaire, crocs sortis, grognant et bavant en direction du pauvre Vendredi qui ne semblait pas faire le poids face à cet ennemi redoutable, mais il tint bon, reculant légèrement. Les deux bêtes s'affrontaient du regard, grondant l'un contre l'autre et tournant en rond dans l'espace restreint que leur offraient les bois environnants. C'est à ce moment que les autres loups parvinrent à s'élancer sur les traces d'Alex qui n'avait que quelques longueurs d'avance sur eux.

Le vieux loup profita de la diversion de ses comparses pour sauter sur Vendredi, qui sentit les crocs acérés pénétrer dans sa chair. Le duel commença de façon inégale pour Vendredi, son manque d'expérience au combat ne l'avait pas préparé à vaincre un ennemi dont la pratique lui donnait un fâcheux désavantage.

Alex avait entendu un hurlement, il ne pouvait déterminer si celui-ci venait de Vendredi ou de l'un des autres, mais il ne pouvait se permettre de se retourner. Tout ce qu'il savait avec certitude, c'était qu'il devait courir. Il sentait que les loups s'étaient élancés derrière lui et il cherchait autour de lui un arbre susceptible de lui offrir un asile.

Son attention étant détournée du sol, il se prit le pied dans une racine qui le fit basculer et dévaler une pente abrupte. Sa chute fut brutalement arrêtée par un tronc d'arbre. Maintenant, il entendait les loups qui eux aussi dévalaient la pente, ils étaient sur ses traces et le rattraperaient rapidement.

Il se sentait un peu nauséeux, le choc de la chute l'avait quelque peu étourdi, mais il n'était pas blessé gravement, encore de nouvelles ecchymoses s'ajouteraient à celles qui couvraient déjà une grande partie de son corps.

Il prit appui contre le tronc de l'arbre pour s'aider à se relever au plus vite, mais c'est une branche basse qui lui permit de se mettre debout plus vite et en évitant les étourdissements. Il leva son regard vers le haut de la pente et vit le premier loup qui arrivait presque sur lui. Seul l'état du sol accidenté qu'offrait la pente abrupte le ralentissait.

Alex prit alors conscience que cette branche qui l'aidait à rester debout était sa planche de salut. Il devait grimper et il devait le faire vite. Dans un seul élan, il attrapa la branche et à la force de ses bras se souleva à son niveau. Il appuyait son torse contre celle-ci, ses jambes battant énergiquement l'air pour monter un peu plus haut. Il attrapa presque aussitôt la branche juste au-dessus et s'y hissa rapidement. Ce fut à ce moment que le premier loup arriva au pied de l'arbre, mais trop tard. Alex était déjà hors de portée.

Les loups grognaient en tentant de sauter contre le tronc, mais leurs griffes ne leur permettaient pas de s'accrocher à l'écorce du grand sapin. Par sécurité, Alex grimpa encore d'une branche. Celle-ci était plus grosse que les précédentes et lui donnait une meilleure prise pour s'asseoir.

Il s'inquiétait pour Vendredi, le vieux loup n'était pas parmi la petite meute qui l'avait suivi, ce qui indiquait que celui-ci avait affronté son loup. Il étirait le cou pour essayer de voir s'il ne pouvait l'apercevoir en haut de la pente, mais les branches des arbres lui cachaient la vue.

En désespoir de cause, il mit ses mains en cornet et se mit à appeler son ami.

* * *

Contre toute logique, Kevin ne pouvait s'empêcher de penser à son frère. Il savait bien que son corps avait été vu par Mina, mais tant qu'il ne l'aurait pas constaté par lui-même, tout ce qui pouvait alimenter le faible espoir que les autres se soient trompés l'assaillait.

— Vous avez entendu, demanda-t-il en tendant l'oreille.

— Quoi donc ? demanda Christopher.

— Je crois avoir entendu crier.

— Probablement l'écho d'un animal, essaie de te reposer, je vais monter la garde.

Erik dormait profondément, ses blessures l'ayant beaucoup affaibli, il ne se rendit pas compte de ce qui suivit.

— Encore, écoute !

— Repose-toi. Au matin, nous y verrons plus clair.

— Impossible, je ne peux pas.

Kevin se leva et avant que Christopher n'ait eu le temps de réagir, il détachait la longe de Pégase et sautait d'un bond sur son dos. Il partit au galop dans la direction qu'avait indiquée la balise.

— Il va bientôt faire nuit, c'est trop dangereux, lui cria Christopher, mais en vain, Kevin était déjà trop loin.

Christopher se rassit, il ne pouvait pas en faire plus, sauf peut-être prier pour qu'il n'arrive rien à Kevin. Que pensait-il trouver dans cette forêt, en pleine nuit ? Probablement rien de bon.

* * *

Kevin et Pégase galopaient à travers les arbres, les branches fouettaient le corps de la bête et celle de l'homme, mais il ne voulait pas s'arrêter. Il était certain d'avoir entendu l'appel d'Alex. Si ce n'était pas Alex, ce ne pouvait être autre chose qu'un homme en danger, dans les deux cas il devait impérativement arriver rapidement sur les lieux.

Il serrait fortement les rênes de Pégase, son arme à sa ceinture, oubliant que quelque chose pouvait surgir sur eux à tout moment. Il était saisi d'un moment de folie et il vit un peu plus bas devant lui au pied d'une longue pente abrupte, un homme qui descendait d'un arbre. Cet homme n'était nul autre que son frère, il avait su et il avait eu raison.

Il voulut crier son nom, mais il vit un loup qui s'approchait du pied de l'arbre d'où son frère descendait. Il sortit rapidement son arme et visa la bête. Il devait faire vite avant que son frère atteigne le pied de l'arbre.

* * *

Alex avait presque rejoint Vendredi au pied de l'arbre où il s'était réfugié. Ce dernier avait réussi à faire fuir les autres loups, effrayés par celui qui avait battu le chef de leur petite meute. Un coup de feu tonna. Il vit alors Vendredi s'effondrer sous l'impact de la balle, une large coulée de sang s'écoulait sur sa fourrure.

Surpris, Alex se retourna, cherchant la provenance du coup de feu. Il aperçut son frère, l'arme encore à la main. Il détourna aussitôt la tête et sauta au sol en hurlant, palpant le corps de Vendredi pour vérifier l'étendue de sa blessure. L'animal respirait avec difficulté et

418

Alex lui déposa la tête contre sa cuisse. Il le flattait en lui parlant doucement, tentant de rassurer son ami avec qui il avait passé tant d'épreuves. Il savait ce qu'il devait faire maintenant, mais ne parvenait pas à s'y résoudre.

Kevin, qui avait mis pied à terre, avait dévalé la pente pour s'approcha de son frère. Ce dernier leva la tête et le regarda, on pouvait lire la souffrance dans ses yeux. Enfouissant son visage dans la fourrure devenue poisseuse de Vendredi, il ne parvenait pas à comprendre pourquoi ce dernier, après lui avoir sauvé la vie, perdait la sienne de manière aussi injuste.

— Je suis désolé, mon vieux. Je ne voulais pas que ça se termine ainsi, lui avoua-t-il en pleurant doucement.

Résigné, il sortit son poignard et alors que les larmes lui embrouillaient la vue, il trancha la gorge de son compagnon pour abréger ses souffrances. Une longue plainte sortit de sa gorge au moment d'effectuer ce dernier geste pour l'ami à qui il devait la vie.

— Il était mon ami, fut tout ce qu'il dit.

Il pleura un moment. Kevin n'osait rien dire. Il laissait son frère à sa souffrance dont il savait être la cause.

— Aide-moi, lui demanda-t-il après un moment. Je voudrais qu'on l'enterre, je ne veux pas que son corps soit profané par les charognards.

Ils glissèrent la dépouille de l'animal dans un espace creux de la pente et ils couvrirent son corps à l'aide de gros cailloux qu'ils ramassèrent aux alentours.

Une fois que tout fut terminé, Kevin recula d'un pas, laissant Alex se recueillir sur la tombe de son ami. Après quelques minutes, il s'essuya les yeux du revers de la main et se releva face à Kevin.

— Content de te retrouver, mon frère !

CHAPITRE 36

Il y avait déjà plus de deux heures que Mike, Joseph et Mina étaient partis et qu'ils avaient entendu les derniers coups de feu. Il ne restait plus que Nick et Max dans la grotte, ainsi qu'un très faible espoir de revoir qui que ce soit d'autre. Le soleil descendait et bientôt la nuit s'installerait. Nick n'était pas certain que le bois qu'il leur restait serait en quantité suffisante pour tenir jusqu'au lendemain.

Nick savait qu'il se devait de garder Max en vie, c'était le dernier espoir qui subsistait, mais s'ils ne se risquaient pas à l'extérieur, il ne pourrait pas survivre sans un feu de protection, au moins pour la nuit.

— Max, prends ton arme et viens avec moi, commanda Nick.

— La nuit sera bientôt là, où veux-tu qu'on aille ?

— On doit ramasser du bois pour nourrir le feu, sinon on va en manquer.

Max voulut prendre l'arme qu'Erik lui avait remise, il y avait de cela des années maintenant, mais il ne la trouvait pas. Il se souvint l'avoir donné à Joseph alors qu'ils marchaient tous dans la forêt, afin que ce dernier puisse surveiller leurs arrières.

— Je n'ai plus d'armes, avoua-t-il piteusement à Max.

Nick le regarda avec surprise.

— Comment ? Tu n'as plus d'armes ? J'ai vu Erik t'en remettre une avant que nous partions.

— Je l'ai donnée à Joseph quand nous marchions dans les bois.

Nick poussa un soupir de dépit. Il ne leur restait que son fusil et les quelques munitions qu'il contenait.

— Bon, on va s'organiser comme ça. Toi, tu restes bien derrière moi et tu ne me lâches pas d'une semelle, l'avertit-il.

Ils sortirent de la caverne, s'assurant de garder le dos au mur de pierre. Max ramassa le bois qu'il parvint à trouver et quand il eut les bras bien chargés, ils revirent sur leur pas, prenant bien soin de rester contre la roche pour se protéger.

Rassuré que tout se soit bien passé, Nick proposa de recommencer, mais cette fois ils allèrent de l'autre côté de la grotte, longeant toujours le mur protecteur. De ce côté, ils réussirent à trouver plus de bois dont Max se remplit les bras. Ils revinrent vers l'entrée de la grotte, accompagnés par le bruissement du vent dans les branches, les arbres craquaient par-ci par-là et les rayons du soleil commençaient à disparaître.

Soudain dans le silence de la nuit tombante, ils entendirent une déflagration. Le son leur parvenait de beaucoup plus loin qu'auparavant et ils s'empressèrent d'entrer dans la caverne, le cœur plein d'espoir.

— Tu crois qu'ils sont toujours vivants ?

— Chose certaine, il y en avait bien un qui l'était. Mais tu as raison Max, gardons l'espoir qu'ils le sont et que nous les verrons revenir bientôt avec l'appareil.

— Oui et à notre retour, nous pourrons essayer de tout arranger, pensa Max à haute voix.

Nick regarda Max, se demandant ce que ce dernier avait voulu laisser entendre par là, mais il serait toujours temps de lui poser des questions plus tard. Pour le moment, la douleur l'empêchait de réfléchir calmement. Il avait besoin de s'asseoir et de reposer sa jambe.

— Max, tu es assez en forme pour monter la première garde ?

— Oui, tu peux compter sur moi.

— Laisse-moi dormir au moins deux heures et après je prendrai la relève.

— Mais tu as besoin de plus de sommeil que ça.

— Il ne faut pas tenir des gardes trop longues, au risque de s'endormir au cours de la nuit. On se relèvera chacun toutes les deux heures.

Nick remit à Max son fusil et s'endormit presque aussitôt qu'il eût déposé sa tête sur son manteau qu'il avait mis en boule. Il s'épuisait plus vite à cause de tout le sang qu'il avait perdu.

Max l'observait dormir, se demandant si son sommeil était agité par les mêmes images qui hantaient ses rêves depuis plusieurs jours. Depuis qu'ils avaient atterri dans ce monde étrange, il ne pouvait arrêter de penser que jamais il ne pourrait s'adapter à un monde aussi bestial et primaire. Avant son départ, il avait perçu cette aventure comme une simple expédition en forêt et où la seule grande expérience aurait été de découvrir des animaux qui avaient bercé ses rêves d'enfances. Mais dans ces rêves-là, les tigres à dents de sabre étaient aussi doux que les peluches que lui achetaient ses parents étant enfant.

Il fut soudain tiré de sa rêverie par des bruits inhabituels qui provenaient de l'extérieur. Il s'empressa d'attraper le fusil à deux mains et se leva en prenant soin de rester protégé du monde extérieur par les flammes qui s'élevaient devant lui. Il essayait de voir, dans la pénombre de la forêt, ce qui agitait les buissons qui cernaient l'entrée de la grotte. Il fronçait les yeux, tentant de percer les ténèbres qui s'étendaient hors du halo de la lumière du feu.

Nick, qui ne dormait toujours que d'un œil, fut aussitôt réveillé par les mouvements brusques de Max. Il sentait qu'il se passait quelque chose et il s'assied, tentant de percevoir ce qui avait alerté son compagnon. Il le vit faire un mouvement pour contourner le feu et l'entendit en même temps crier.

— Mina !

Mina sortait des buissons en boitant rapidement vers la grotte, le visage et le haut du corps couvert du sang mêlé de Joseph et des bêtes mortes. En la voyant, Max s'était précipité au-devant d'elle pour l'aider à parcourir les quelques mètres qui la séparaient encore d'eux. Avant que Nick ait eu le temps de se lever sur ses jambes, une énorme lionne, arrivant du haut mur de pierre qui surmontait l'entrée de la caverne, sauta sur le dos de Max.

Mina réagit rapidement et tira sur l'animal, essayant de ne pas blesser Max. La bête s'enfuit aussitôt. Mina n'était pas certaine de l'avoir atteinte mortellement, mais pour le moment, elle devait faire entrer Max au plus vite dans la caverne.

— Vite Nick ! Aide-moi, lui cria-t-elle.

Ils soulevèrent un Max étourdi par le choc et par l'effet de surprise. Ils entrèrent en se précipitant derrière la protection du feu et ils couchèrent Max sur le ventre afin de pouvoir constater l'état de ses blessures. Du sang imbibait déjà le dos de sa veste, mais Mina vit que l'animal n'avait pas eu le temps d'atteindre la jugulaire.

— Il faut vite lui retirer ses vêtements, car j'ai besoin d'évaluer l'ampleur de la blessure.

Max peinait à respirer et quand ils purent enfin constater son état, ils virent que l'attaque de la bête avait fait des dommages considérables de chaque côté de son corps. Les griffes s'étaient enfoncées profondément dans sa chair, causant des lacérations importantes d'où le sang s'écoulait abondamment. De plus, en le tournant sur le dos, Mina constata que son thorax commençait à prendre une couleur inquiétante.

— Je ne sais pas quoi faire, Nick, lui lança Mina en tentant de garder son sang-froid.

— Je vais chercher de l'eau et tout ce qui nous reste de linge.

Ensemble, ils passèrent deux heures complètes à nettoyer les plaies et à panser les blessures qui étaient visibles, mais son état était toujours critique. Mina pensait que des organes internes avaient été touchés, elle ne pouvait rien faire pour soigner ce qu'elle ne pouvait pas voir.

— Nick, va dormir. Je vais veiller sur Max et sur la grotte, lui expliqua Mina. Pour le moment, il n'y a rien de plus qu'on puisse faire.

* * *

Erik et Christopher entendirent Pégase approcher par la répercussion de ses sabots sur le sol. Ils furent soulagés que Kevin soit enfin de retour. Ils se demandaient si celui-ci avait retrouvé l'appareil.

Quand ils virent apparaître la licorne dans la lueur du feu, quelle ne fut pas leur surprise de trouver Alex, assis sur la bête, juste derrière Kevin !

— Alex ! s'écria Erik.

— Comment est-ce que c'est possible ? ajouta Christopher.

Kevin fit descendre Alex de la monture avant de le suivre. Il alla attacher Pégase à un arbre près du feu et prit le temps de le flatter en lui parlant doucement. Il avait eu du mal à aider Alex à grimper sur la bête, car l'odeur persistante du loup avait effrayé la pauvre licorne qui voulait fuir loin de cette odeur qui représentait le danger.

Kevin avait dû monter sur Pégase avant de faire grimper Alex derrière lui. La monture s'était montrée réticente, mais elle avait fini par se calmer grâce à la patience et à la persévérance de Kevin. Maintenant, il lui semblait important que Pégase comprenne qu'il lui était reconnaissant de tout ce qu'il avait fait pour lui.

Quand il s'approcha enfin du feu pour rejoindre les autres, Alex avait déjà commencé à raconter comment Kevin l'avait retrouvé.

— Mais, ce que je ne comprends pas, c'est comment tu as pu survivre à tout ça, lâcha Erik.

— Et comment Mina a pu nous confirmer qu'elle avait vu ton corps descendre la rivière ? ajouta Kevin.

— J'étais là, confirma Christopher. J'ai aussi vu son corps au fond du gouffre.

Et Alex leur raconta tout ce qu'il lui était arrivé depuis que le sol s'était ouvert sous ses pieds. Et quand il eut fini, il sortit l'appareil de sa poche et le déposa devant eux.

— Enfin, souffla Erik. Nous sommes sauvés.

Erik était soulagé. Ils n'étaient qu'à quelques heures de marche de la grotte et ils n'auraient été finalement absents qu'une seule journée.

Dès l'aube, nous repartirons vers la caverne. Avant la fin de cette journée, nous serons tous de retour chez nous. Mais nous devons tout de même rester vigilants et monter la garde à tour de rôle.

* * *

Nick se réveilla quelques heures plus tard. Il découvrit Mina qui s'était endormie en tenant Max dans ses bras. Il se releva sans bruit, le feu flambait toujours, mais moins intensément qu'auparavant, il devait y avoir un bon moment que Mina ne l'avait pas nourri.

Il alla prendre du bois dans les réserves et raviva les flammes afin que celles-ci puissent flamboyer à nouveau, dégageant sa chaleur sur sa peau. Il se tourna pour vérifier l'état de Max et s'aperçut que celui-ci était mort. Il se pencha sur lui pour prendre son pouls afin de s'assurer qu'il ne se trompait pas, mais avant qu'il n'ait eu le temps de le faire, Mina ouvrit les yeux.

— Il est mort, il est mort durant la nuit Nick. Je n'ai rien pu faire.

Mina prononça ces mots sur un ton las et désespéré, elle ne pleurait pas, elle n'avait plus de larmes à verser. Elle savait seulement que tout était fini.

— Il ne reste plus que nous Nick, nous sommes seuls dans un endroit dans lequel l'homme ne peut survivre.

— Mina, il y a toujours un espoir qui subsiste quelque part.

— Il m'est impossible de concevoir de vivre dans ce monde sauvage où nous ne sommes que des proies. Je ne peux concevoir de survivre en me terrant pour le reste de mes jours au fond d'une caverne.

— Nous ne savons pas encore ce qui est arrivé aux autres ! Gardons ça en tête.

— Même s'ils étaient vivants, qu'est-ce que ça changerait ? Nous ne retournerons jamais chez nous, jamais, jamais…

Nick la pria de le suivre, il devait la séparer du corps de Max. Ils devaient rapidement s'occuper de l'enterrer avant que son odeur n'attire de nouvelles bêtes près de leur cachette.

Il installa Mina près du feu, à l'endroit où il avait dormi et commença à creuser la terre au fond de la grotte pour y enterrer le corps de Max. Après quelques minutes, Mina vint lui prêter main-forte. Et sans qu'aucune parole ne soit prononcée, Max fut mis en terre et enseveli comme il convenait. Ils regardaient la tombe durant quelques minutes et finalement Mina dit :

— Adieu Max !

Et elle tourna le dos à la tombe pour retourner s'installer près du feu. Elle parvint enfin à pleurer, ses épaules étaient secouées de sanglots. Elle pleurait la mort de Max qui était leur seule planche de salut. Elle pleurait la mort d'Alex qu'elle ne reverrait jamais. Elle pleurait sur sa fille qui ne saurait jamais comment elle avait disparu. Elle pleurait sur tous les malheurs qui s'étaient concertés pour faire échouer cette folle mission.

Nick savait qu'il n'y avait rien qu'il puisse lui dire pour la consoler, lui-même avait le cœur rempli de chagrin et de rage. Il savait très bien ce qui les attendait et rien de ce qu'il pourrait dire ou penser ne changerait leur situation.

Il vint s'étendre derrière Mina et lui passa un bras autour des épaules, lui flattant doucement les cheveux qui étaient maintenant couverts de sang séché. Il répétait les mêmes gestes que sa mère employait dans son enfance lorsqu'elle voulait le consoler.

Mina le laissa faire durant un long moment et ses sanglots s'apaisèrent. Il crut un instant qu'elle avait enfin réussi à trouver le sommeil, mais elle se retourna face à lui et sans prononcer une seule parole, elle l'embrassa, doucement pour commencer, puis avec plus de fougue.

Nick fut surpris par son geste et une fugitive pensée le ramena à l'époque qu'ils avaient quitté, une époque où rien ni personne ne l'attendait à la maison. Il y avait déjà eu quelqu'un, mais elle en avait eu assez de souhaiter son retour, elle ne supportait pas l'idée qu'il ne revienne jamais. Il répondit au baiser de Mina avec plus de fougue qu'il ne l'aurait souhaité. Il savait qu'elle ne pensait pas à lui en ce moment, pendant qu'il l'embrassait, qu'il la caressait, qu'il la déshabillait, tout ce temps c'était à quelqu'un d'autre qu'elle pensait. Mais il aimait croire qu'une femme comme Mina aurait pu aimer un homme comme lui, un simple soldat, un homme d'action bien sûr, mais qui ne possédait pas les aptitudes intellectuelles des gens qu'elle devait normalement fréquenter. S'ils s'étaient connus à leurs époques, il aurait tout fait pour ne jamais la laisser partir.

À aucun moment durant qu'ils firent l'amour Mina n'ouvrit les yeux. Elle disait adieu à son Alex, elle faisait l'amour avec lui une dernière fois en pensée, il lui semblait l'entendre murmurer son nom pendant qu'il prenait son corps. Elle voulait que tout se termine en ce moment, au moment même où elle sentait la présence d'Alex contre elle.

Et elle s'endormit dans les bras d'Alex, d'un sommeil rassuré. Elle s'en allait le rejoindre, elle savait qu'il l'attendait quelque part, pas très loin.

* * *

Dès que les rayons du soleil commencèrent à percer le ciel à travers le sapinage, les quatre hommes étaient prêts à prendre la route pour retourner vers la caverne. Alex se faisait une joie de revoir Mina. Il était convaincu qu'elle serait heureuse de le retrouver vivant. Il s'imaginait la prendre dans ses bras, peu importait si les autres apprenaient ce qu'il y avait entre eux, il n'y avait qu'elle. Il affronterait plus tard les foudres d'Erik, car pour le moment il voulait seulement accourir vers elle.

Erik et Alex étaient montés sur le dos de Pégase alors que Kevin et Christopher les suivaient à pied, leurs armes à la main, guettant le moindre bruit ou mouvement suspect dans les bois environnants. Erik, assis sur la licorne devant Alex, tenait les rênes en lui parlant doucement, comme il l'avait fait la veille, afin de conserver son calme et sa confiance. Celui-ci était toujours rétif quand Alex approchait avec l'odeur de Vendredi qui imprégnait ses vêtements, mais la voix d'Erik parvenait à le rassurer.

Après quelques heures de marche, Erik demanda qu'on s'arrête un moment. Ses côtes le faisaient souffrir depuis leur départ, mais maintenant, il était au bout de son endurance. Kevin et Christopher l'aidèrent à mettre pied à terre, afin de ne pas empirer ses souffrances alors qu'Alex restait sur Pégase, prenant la relève en lui parlant doucement.

Une fois au sol, Erik fit quelques pas, essayant de voir s'il n'était pas préférable pour lui de poursuivre le reste du chemin à pied. Ils ne devaient pas être à plus d'une heure de marche de la caverne et ses côtes seraient moins douloureuses ainsi que sur le dos de sa monture, mais il ne voulait pas non plus ralentir l'allure de ses compagnons.

Soudain, Pégase se mit à piaffer au sol et à se cambrer. L'animal ne semblait pas rassuré, mais cette fois, l'odeur du loup qui couvrait le corps d'Alex qui était toujours sur son dos n'y était pour rien. Son cavalier parvenait avec difficulté à rester sur la monture, il tenait fermement les rênes et tentait de le calmer en tirant fortement sur les cordes des deux côtés.

Ils virent apparaître derrière les arbres un petit ourson, sûrement pas très âgé.

— Ce n'est qu'un ourson, dit Kevin.

— Mais où est sa mère ? demanda Christopher au moment où un féroce grognement se fit entendre dans son dos.

Le temps qu'il se retourne, il vit la mère qui arrivait derrière lui et qui le frappa d'un énorme coup de patte munie de longues griffes qui lui ouvrit la poitrine de l'épaule jusqu'à l'aine. Sous l'impact, le corps de Christopher se renversa sur Erik qui tomba au sol. Kevin tira sur la bête avec sa dernière balle. L'ours, qui avait à peine bronché sous l'impact, se tourna rapidement de son côté. Avant même que l'énorme animal n'eût rejoint sa position, Alex avait sorti son tomahawk et sautait du dos de Pégase pour atterrir sur celui de la bête. Il se mit aussitôt à frapper l'ours avec rage. L'animal blessé se débattait pour tenter de faire tomber son adversaire, mais Alex tenait bon et frappait, frappait encore et sans relâche. Kevin profita de la diversion que lui offrait son frère et s'empressa d'aller ramasser l'arme de Christopher qui gisait au sol où il avait été happé par l'ours.

Quand Kevin se tourna pour achever la bête, celle-ci gisait morte avec Alex sur son dos couvert de son sang et qui la frappait toujours sans s'arrêter.

— Alex, arrête ! C'est fini, lui cria Kevin.

Mais Alex n'entendait plus rien et Kevin dut s'avancer pour lui attraper le bras avant qu'il ne réalise enfin que l'animal gisait déjà mort sous lui.

— Christopher, s'écria-t-il alors.

Et il se précipita sur Christopher qui lui aussi était mort, le corps renversé en travers de celui d'Erik qui essayait difficilement de se sortir de sous la dépouille de son compagnon.

Avec l'aide de Kevin, ils réussirent à dégager Erik et à le remettre sur ses pieds. L'ourson s'était approché de la dépouille de sa mère en couinant, espérant que celle-ci se relève.

— Sans la protection de sa mère, il ne survivra pas longtemps, exprima Kevin.

— Nous ne pouvons nous permettre de gaspiller nos munitions, il ne nous en reste que trop peu, lui répondit Erik.

Alex s'approcha de l'ourson et lui asséna un violent coup de tomahawk sur la tête. À l'aide de son poignard, il trancha la gorge de l'animal qui gisait sur le sol inconscient.

— Voilà, c'est terminé, articula-t-il.

Kevin regardait son frère achever le petit ourson en pensant qu'il ne l'avait jamais connu ainsi. Son geste était calculé froidement. Un travail devait être fait et aucun sentiment n'était venu ralentir son geste. Il se demandait s'il devait s'en inquiéter quand son esprit fut préoccupé par l'état de Pégase.

— Où est Pégase ? demanda-t-il soudainement.

— Il est parti au galop aussitôt que j'ai lâché la corde, lui expliqua Alex.

— Mais nous avions encore besoin de lui.

— Nous sommes presque arrivés, le rassura Erik. Il est parti retrouver son troupeau. C'est le mieux que tu pouvais faire, de lui rendre sa liberté.

Ils couvrirent le corps de Christopher de gros cailloux avant de reprendre la route en direction de la caverne. Kevin était triste du départ de sa monture. Il aurait aimé avoir la chance de dire adieu à son ami. Ils avaient traversé quelques jours difficiles ensemble, mais il savait qu'Erik avait raison et il essayait de garder bonne figure en trottant aux côtés d'Alex et d'Erik.

Ils seraient enfin bientôt de retour chez eux, voilà ce que tous gardaient en tête en ce moment, le cauchemar touchait à sa fin.

CHAPITRE 37

Vendredi 22 juillet 2016

Clyde Owen observait Sam par-dessus la table, essayant de jauger l'homme. Pouvait-il faire confiance à ce Canadien ? C'était la question qu'il se posait, tandis que Sam dégustait une grande lampée de l'excellent Bordeaux qui accompagnait son repas.

Sam savait qu'il avait réussi son effet en voyant la réaction du PDG. Ce dernier hésitait à accéder à sa requête en lui fournissant les informations concernant les recherches dans les Badlands. Cela signifiait qu'il avait besoin de ce que lui possédait.

— Écoutez monsieur Lorion...

— Vous pouvez m'appeler Sam.

— Eh bien ! Sam, ce que je m'apprête à vous dire est vraiment très confidentiel et je crois que l'endroit n'est pas approprié pour entamer cette discussion.

— Et vous proposez d'aller où ?

— Nous pourrions nous retrouver demain à mon bureau, l'endroit est plus discret. À quel hôtel êtes-vous descendu ?

— Je ne me suis encore inscrit nulle part, je suis allé directement de l'aéroport à vos bureaux.

— Eh bien, l'entreprise possède un petit appartement au centre-ville, pas très loin de nos locaux. Si vous le voulez bien, je vous y invite pour la nuit.

Sam accepta l'invitation et le repas se termina sur des sujets plus généraux. Clyde lui posa plusieurs questions en rapport à son travail sur la licorne qu'il avait découverte quelques années plus tôt.

Le repas achevé, Clyde Owen l'accompagna à l'immeuble du centre-ville et lui laissa les clés avant de rentrer chez lui.

« Un petit appartement, c'est trois fois plus grand que celui que je partageais avec Roxane ! » pensa-t-il.

L'appartement était somptueux ! Il devait servir à l'usage d'invités de marque de l'entreprise et Sam fut flatté que Clyde Owen le lui ait proposé. De grandes fenêtres donnaient une vue imprenable sur le centre-ville de Los Angeles et Sam fut impressionné par le panorama de la ville du haut du quinzième étage de l'immeuble de luxe.

Dans le salon, orné de meubles alliant le côté rustique du bois et le modernisme, trônait une immense télévision à écran plat et dans le coin opposé, sur une table de bois travaillé se trouvait un ordinateur. Tout était là pour accommoder les visiteurs. L'installation de la cuisine offrait tout ce dont une personne pouvait avoir besoin et le réfrigérateur était rempli d'aliments variés. Sam y trouva tout le nécessaire pour se préparer un bon café.

Quand il entra dans la chambre à coucher pour aller dormir, il y découvrit une pièce moins spacieuse, mais décorée avec goût et douceur. Un grand lit king, recouvert d'un énorme édredon, trônait face à la porte-fenêtre et un meuble de rangement en bois permettrait facilement d'y faire tenir la majeure partie de sa garde-robe. Il jeta un coup d'œil à la salle de bain attenant à la chambre et il y découvrit un nécessaire de toilette pour hommes, ainsi qu'une douillette robe de chambre de ratine blanche.

Avant d'aller dormir, il s'offrit le luxe d'une douche bien chaude et s'emmitoufla dans la confortable robe de chambre. Il pourrait facilement s'habituer à vivre ici.

Le matin venu, comme prévu, Sam se présenta au bureau de Clyde Owen dès 10 h. Brenda eut un soupir de désespoir quand elle le vit à nouveau apparaître devant elle.

— M. Owen m'attend, ne vous inquiétez pas, je n'ai pas l'intention de camper encore toute la journée devant votre bureau, plaisanta Sam.

— Je le préviens de votre arrivée, monsieur...?

— Samuel Lorion.

Brenda avisa son patron par l'interphone de l'arrivée de Sam et sur ses instructions, elle le fit entrer immédiatement dans son bureau.

Sam pénétra dans le salon attenant à l'espace de travail de Clyde Owen. Ce dernier l'attendait en sirotant un café sur l'un des divans.

— Brenda, voulez-vous apporter un café pour monsieur Lorion, je vous prie ?

Sam s'installa sur le divan face à Clyde Owen et sur la table de salon trônaient bien en évidence une feuille de papier et un crayon.

— Avez-vous bien dormi, Sam ?

— Très bien et merci encore, pour votre hospitalité. C'est un appartement des plus confortables.

Ils poursuivirent sur des banalités le temps que Brenda apporte un café à Sam. Dès qu'ils furent seuls, il alla directement au but.

— Avez-vous pris une décision par rapport à ce qui nous concerne ?

— Vous devez savoir Sam que, l'information que vous me demandez est strictement confidentielle.

— J'en prends bonne note.

— Avant de vous inclure dans le cercle des initiés, j'aimerais vous demander de signer ce document de confidentialité.

Clyde lui indiqua le document qu'il avait déjà remarqué sur la table et Sam prit la feuille de papier avec méfiance. Il lut avec beaucoup d'attention chacune des clauses auxquelles la signature de ce document le soumettait.

— Et si je refuse de le signer ?

— Il me sera impossible de vous divulguer les informations que vous me demandez.

— Ne sachant pas de quoi il est question, je trouve difficile d'accepter les clauses de cette entente.

— Soyons franc, Sam. Nous parlons ici d'une technologie qui pourrait causer beaucoup de torts si elle tombait entre de mauvaises mains.

— Et dans les vôtres, est-ce vraiment mieux ?

Clyde ébaucha un sourire, Sam venait de soulever un point crucial.

— Même dans nos mains, elle est dangereuse. Mais nous avons pris conscience des dangers inhérents à cette nouvelle technologie et c'est la raison pour laquelle nous n'avons jamais publié cette découverte. Malgré que nous sommes conscients des risques énormes, nous avons fait une erreur et nous avons besoin de ce que vous savez pour tenter de la corriger.

— Donc vous admettez avoir besoin de cette information.

— Je l'admets. Mais j'ai une équipe complète qui travaille nuit et jour sur les photographies. Ils finiront bien par trouver tôt ou tard. Mais j'aimerais mieux tôt que tard.

Sam était pris dans un dilemme. S'il acceptait de signer le document, il se retrouvait complice d'une machination inconnue. Il savait très bien que si ce que Clyde Owen voulait cacher était un danger pour la population, il ne pourrait garder le silence.

— Sachez que ce que j'ai trouvé n'a été qu'une série de coïncidences. J'aurais pu la chercher durant des années sans jamais mettre le doigt dessus.

— Vous croyez donc que nous ne la trouverons pas sans vous ?

— Non. Ce que je dis c'est que vos chances de la trouver sont minimes et vous savez que j'ai raison.

Clyde regardait Sam avec attention, il avait l'habitude de bien savoir juger les gens qu'il côtoyait, mais cet homme restait une énigme pour lui. Il se retrouvait dans une impasse tant morale que technique.

— Et quelle serait votre solution pour régler notre problème ?

— Eh bien, je vous promets de signer votre document aussitôt que vous m'aurez divulgué l'information. Vous avez ma parole là-dessus. Mais seulement si je juge que la divulgation de l'information est vraiment dangereuse pour d'autres personnes que pour votre entreprise.

— Et comment puis-je m'assurer que vous tiendrez parole ?

— Je ne suis pas un fou, Clyde ! Je n'ai aucun intérêt à couler votre entreprise en révélant des secrets qui lui sont propres. Mais j'ai aussi une conscience qui me dicte où se trouve la limite entre le bien et le mal.

Clyde voulait tout refuser d'un bloc et mettre cet énergumène arrogant hors de son bureau, mais d'un autre côté, s'il disait vrai, il pourrait enfin connaître ce qui s'était réellement passé avec son équipe. Et l'information était une denrée précieuse et inestimable.

Sam écouta attentivement Clyde Owen lui parler de leur découverte, mais sans entrer dans les détails de la technologie. Il lui raconta toutes les expériences qu'ils avaient faites et de quelle manière ils en étaient venus à envoyer des hommes aussi loin dans le passé.

Sam était stupéfait, il ne trouvait pas ses mots. Se pouvait-il réellement que des hommes aient réussi à découvrir comment voyager dans le temps ? Mais en même temps, cela expliquerait bien des choses sur ce que le groupe de Jonas avait mis à jour dans les Badlands.

— Comment croire à tout ça ? Vous me dites avoir envoyé des hommes à plus de cent mille ans dans le passé et dans les Badlands en plus.

— C'est ce que je viens de vous expliquer, oui.

— Mais pourquoi avoir choisi les Badlands ? Nous savons tous à quel point ce territoire regorge d'ossements de prédateurs à l'époque dont vous nous parlez. Vous auriez pu choisir un terrain moins dangereux.

— Nulle n'était notre intention de les envoyer à cet endroit. Mais les mouvements des continents ont fait en sorte que le parc National des Badlands était situé plus au nord-est que sa position actuelle.

— Je n'arrive pas à concevoir que vous ayez utilisé cette technologie qui aurait dû être détruite aussitôt que vous avez découvert les implications que causaient ces voyages dans le temps.

— L'homme apprend de ses erreurs, vous savez Sam. Accepterez-vous de nous aider maintenant ?

Sam prit le stylo posé sur la table et apposa sa signature au bas du document.

— Même si je ne le signais pas, personne ne pourrait croire à toute cette histoire, dit Sam en éclatant de rire.

Dès que Sam eût apposé sa signature sur le document de confidentialité, Clyde put enfin respirer plus librement et il l'invita à le suivre aux sous-sols de l'entreprise. Dans l'ascenseur, Sam se tourna face à Clyde et lui demanda.

— Et plus précisément, qu'espérez-vous trouver sur ces photos qui soient d'une si grande valeur pour vous ?

— L'appareil spatio-temporel.

— Mais pourquoi ? Il sera inutilisable ! Les métaux s'oxydent avec les années et là on parle de milliers d'années.

— Ce n'est absolument pas le cas pour le titane et le palladium. En fait, durant toutes ces années, nous espérons pouvoir le remettre en état de marche.

— Vous voulez récupérer l'appareil pour voyager dans le temps ?

— Si vous avez une meilleure solution pour retrouver mon équipe autrement qu'en ossements, je vous écoute.

Sam garda le silence jusqu'à ce qu'ils eussent atteint le laboratoire du second sous-sol. Il fut impressionné par tout l'équipement audiovisuel installé dans la pièce. De grands projecteurs tapissaient tous les murs et il reconnut aussitôt les photos satellites qui y étaient affichées.

— C'est maintenant à votre tour de tenir parole, lui dit Clyde.

Sam examina tous les écrans, essayant de reconnaître l'ordre des photos. Tous les techniciens présents avaient cessé de travailler, attendant que Sam les informe de la marche à suivre.

— Vous pouvez m'afficher la photo 54A s'il vous plaît, demanda-t-il.

Un des techniciens s'approcha d'un des ordinateurs et pianota quelques touches et sur l'écran faisant face à celui-ci apparut le cliché que Sam reconnut.

— Vous pouvez l'agrandir ? demanda-t-il.

— Jusqu'à cinquante fois sans altérer la qualité de l'image, dit le technicien.

— Concentrez-vous sur le coin inférieur gauche et agrandissez la photographie au maximum.

Tout le monde s'agglutina devant l'écran, juste derrière Sam. Ce dernier examinait attentivement la photo à la recherche de la singularité. Même en étant grossi au plus haut niveau, Sam eut de la difficulté à retrouver ce qu'il cherchait.

— Voilà ! dit-il.

Ils essayaient de détecter ce que Sam indiquait, mais personne ne voyait rien. Il s'approcha de l'écran et mit son doigt directement sur le point où ils devaient regarder. Quand il se fut reculé, tous distinguèrent avec difficulté une minuscule tache à la couleur à peine plus claire que le reste de l'image et encore là, elle n'était pas vraiment distinguable.

— Comment avez-vous réussi à trouver ça ? demanda Clyde qui plissait les yeux pour mieux apercevoir le point indiqué par Sam.

— Regardez autour de la tache, cette anomalie semble légèrement floue, comme un halo, c'est ça qui m'a mis la puce à l'oreille.

Tous observaient en silence, tentant de s'imprégner de l'image qu'ils avaient sous les yeux. Un des techniciens s'approcha tout près de l'écran.

— C'est ça que nous devons trouver ?

— J'imagine que ce que vous cherchez sera un peu plus gros, car moi je n'y ai déterré qu'un petit pendentif en titane, leur précisa Sam.

— Nous allons garder cette image à l'écran, vous pourrez ainsi comparer avec ce que vous voyez sur les autres photographies, proposa Clyde.

Ismaël, qui était responsable des recherches, distribua à tous les techniciens une série de numéros représentant une liste des fichiers à vérifier.

— Je voudrais que vous soyez au minimum deux personnes par écran. Allez, les gars, nous allons enfin pouvoir le retrouver maintenant.

— Sam, participerez-vous avec nous à la recherche ? lui demanda Ismaël.

— J'espérais que vous me le demanderiez.

* * *

Durant les trois jours qui suivirent, Sam rejoignait l'appartement du centre-ville tard le soir et revenait au laboratoire très tôt le matin. Toute l'équipe était épuisée, mais l'espoir parvenait à les tenir éveillés.

À la fin du troisième jour, personne n'avait rien trouvé. Ismaël proposa de faire des changements d'équipe et de recommencer l'opération. De nouvelles photos furent distribuées aux différents groupes et on répéta les recherches.

Cette fois-ci, ils prirent presque cinq jours pour passer de nouveau à travers tous les fichiers, mais rien n'avait été trouvé.

— Vous savez qu'il pourrait être n'importe où, imaginez qu'il soit rendu en Amérique du Sud, dit Ismaël, découragé.

— Impossible, dit Sam. Les Amériques n'étaient pas encore rattachées ensemble à cette époque.

— Il nous faudrait quand même ratisser plus large, suggéra Clyde, pensivement.

— Jusqu'où ? demanda Sam.

— Selon ce que vous savez de cette époque, quelle serait la direction qu'ils auraient dû prendre ? demanda Clyde Owen.

— Tout dépend de leurs intentions, ou des dangers qui les guettaient, répondit Sam.

— Réfléchissez Sam, imaginez si vous étiez là-bas avec eux, que leur conseilleriez-vous ?

— Je crois que je me dirigerais vers l'ouest pour essayer de me rapprocher le plus possible de Los Angeles. Mais s'ils avaient l'appareil, pourquoi ne pas s'en servir ?

— Peut-être que Max est mort, suggéra Ismaël.

— Ou bien, ils l'ont tout simplement perdu, supposa Sam. Dans ce dernier cas, impossible de prévoir où se trouve l'appareil, mais normalement il ne devrait pas être très loin du point d'atterrissage.

— Okay, c'est décidé, je fais une demande pour ratisser plus à l'ouest du lieu où on les a envoyés, déclara Clyde.

Clyde quitta le laboratoire, bien décidé à démarrer le plus tôt possible les demandes pour de nouvelles photos. Comme il avait promis à Jonas de s'en occuper, sa requête pouvait facilement paraître normale. Et pendant que ce dernier s'occupait d'effectuer la demande, l'équipe du laboratoire effectuait un échange des fichiers à vérifier.

* * *

Roxane désespérait de voir Sam revenir dans le Dakota. Il y avait maintenant plus d'une semaine qu'il était parti et elle avait de plus en plus de difficulté à expliquer son absence prolongée à Sylvain et à Jonas.

Comme d'habitude, Sam ne s'occupait pas de ces détails. Il lui avait parlé d'un document de confidentialité qu'il avait dû signer avec le PDG de l'entreprise et que c'était la raison pour laquelle il ne pouvait pas lui expliquer les détails de ce qui se passait là-bas. Mais il lui avait dit qu'il restait encore pour les aider à faire certaines recherches et qu'il lui raconterait tout à son retour.

— Trouve une excuse valable pour justifier mon absence. Tu peux peut-être dire que je n'ai toujours pas réussi à rencontrer monsieur Owen.

C'était acceptable comme excuse pour une courte absence, mais pas pour plus de dix jours. Elle sentait les regards des deux hommes se poser sur elle depuis quelques jours, comme s'ils savaient tous les deux qu'elle leur cachait quelque chose.

— Qu'est-ce que tu fais, Sam ? Et qu'est-ce que tu cherches ? se demandait-elle sans fin.

* * *

Deux jours après le début des pourparlers avec la NASA, Ismaël demandait à Clyde de descendre au laboratoire.

— C'est urgent ! avait-il précisé.

Clyde se précipita dans l'ascenseur, il espérait avoir enfin de bonnes nouvelles. Il trouvait que la descente était d'une lenteur épouvantable ce jour-là, comme si le fait d'arriver plus vite pourrait changer quoi que ce soit à ce dont Ismaël voulait l'informer.

— Qu'est-ce qui se passe ? demanda-t-il aussitôt qu'il eût ouvert la porte du labo.

— On a peut-être trouvé quelque chose, annonça Ismaël souriant.

— Peut-être ? Vous pouvez me préciser quoi ?

— Venez voir, lui suggéra Sam qui était devant l'écran voisin à celui qui contenait l'anomalie découverte au départ.

Clyde s'avança et regarda avec attention la photo qui s'affichait devant lui. Il ne voyait rien, pourtant il se concentrait, mais aucune tache plus claire n'était visible, il en était certain.

— Et qu'est-ce que je suis censé voir ?

— Regardez ici, insista Sam en lui montrant un léger flou sur la photo.

— Oui, je vois bien. Mais ça ne signifie absolument rien.

— Écoutez bien ! lui dit Sam. Cette photo a été prise dans la montagne et dans les montagnes, on retrouve souvent des grottes très profondes.

— Et la roche cacherait l'appareil ?

— Si celui-ci se trouve dans la grotte, elle peut très bien cacher l'anomalie. Quand j'ai trouvé le pendentif, il était profondément enterré sous la terre, mais pas sous la roche.

— Et ?

— Et l'anomalie irradierait hors de l'entrée d'une caverne, tout simplement dit Sam exaspéré que Clyde ne voie pas l'évidence.

— Mais ce n'est qu'une supposition, ajouta Ismaël.

— C'est un peu mince, vous ne trouvez pas ! s'exclama Clyde.

— Et pour le moment, lui dit Sam, vous avez mieux à proposer ?

Clyde haussa les épaules de dépit, il avait espéré avoir quelque chose de plus concret entre les mains. Mais comme le mentionnait Sam, pour le moment ils n'avaient rien d'autre.

— Je retourne dans les Badlands. J'irai moi-même voir ce qu'il en est. Pendant ce temps, vous continuez les recherches tandis que vous, Clyde, vous essaierez d'obtenir les nouvelles photos le plus rapidement possible.

CHAPITRE 38

Les côtes d'Erik le faisaient terriblement souffrir, la chute de Christopher sur lui n'avait fait qu'aggraver la douleur qu'il avait aux côtes et il avait de plus en plus de difficulté à avancer. Ils ne devaient pas être à plus de quatre ou cinq kilomètres de la caverne. À certains endroits où les arbres étaient plus dégagés, ils étaient parvenus à percevoir un mince filet de fumée qui s'élevait dans le ciel.

Il savait que le moment était crucial, ils devaient à tout prix atteindre la grotte et dans son état, il ralentissait leur marche. Ses vêtements étaient couverts du sang de Christopher, ceux d'Alex n'étaient pas en meilleur état, le sang de l'ours le couvrait des pieds à la tête. L'urgence de la situation ne leur donnait pas le temps de rechercher une source d'eau pour se nettoyer de cette odeur de mort.

Il regarda alternativement Kevin et Alex qui le soutenaient chacun d'un côté, il savait qu'ils réussiraient à atteindre la caverne.

— Arrêtez-vous s'il vous plaît, leur demanda-t-il.

— Oui, c'est vrai, on a tous besoin de faire une petite pause, lui répondit Alex, compréhensif.

— Non, Alex ! Continuez tous les deux, je vous retrouverai plus tard.

— Non, dit Kevin catégorique. On ne peut pas te laisser.

— Vous le devez, insista Erik. Vous devez absolument rapporter l'appareil à Max.

— Alex, on peut le porter alternativement sur notre dos, on est presque arrivés ! On a vu la fumée s'élever plus très loin.

Alex regarda son frère. Il savait qu'on ne laisse jamais un homme derrière, mais parfois, on n'a pas le choix. Il prit alors l'arme de Christopher et la remit à Erik.

— Ainsi tu auras plus de chance de nous rejoindre là-bas, lui expliqua Alex.

Ils aidèrent Erik à s'asseoir contre un rocher, les mains de Kevin tremblaient.

— Si tu ne nous rejoins pas, nous reviendrons te chercher avant de partir. Sois prudent, lui dit Kevin.

Et il suivit Alex à grands pas vers la caverne, où les attendait Max.

Ils n'étaient pas partis depuis plus de vingt minutes lorsqu'ils entendirent quatre coups de feu retentir derrière eux. Kevin voulut revenir en arrière, mais Alex retint son geste.

— On ne peut plus rien pour lui, dit-il sur un ton résigné.

Alex lui tendit l'appareil et lui dit :

— Cours, rejoins Max et fais vite. Ne t'arrête pas et ne regarde pas derrière.

— Où est-ce que tu vas ?

— Ne t'inquiète pas pour moi, cours ! Il en va de nos vies à tous, réitéra Alex en poussant Kevin dans la direction de la grotte.

Il empoigna son tomahawk et son poignard, sachant que ce qui avait attaqué Erik serait bientôt à leur poursuite. Il suivit les traces de Kevin, mais plus lentement, attentif à ce qui se passait autour de lui. Son seul et unique but était de permettre à Kevin d'atteindre la grotte et de remettre l'appareil à Max, tout le reste n'avait plus d'importance.

Il fut surpris par le calme qui régnait dans la forêt. L'arôme de sapinage envahissait l'atmosphère, couvrant presque l'odeur âcre du sang qui l'enveloppait. Il pensait à Vendredi. Comme il aurait aimé l'avoir avec lui en ce moment, car la présence du loup avait été rassurante et réconfortante durant les journées qu'ils avaient passées ensemble. Mais qu'est-ce qu'il aurait fait de lui, une fois qu'il aurait rejoint les membres de l'équipe ? Il aurait été impensable de le ramener à une époque moderne où il n'aurait été qu'un chien de maison. Les minutes passaient lentement sans que rien ne vienne troubler la quiétude environnante. Les oiseaux gazouillaient en sautant de branche en branche et le vent soufflait doucement à travers les arbres. Il en vint à penser qu'Erik avait dû être attaqué par un animal isolé. Il pressa le pas sur les traces de Kevin, gardant toujours ses armes à la main et l'oreille aux aguets.

Soudain, il pensa au sang qui le couvrait. Il sentait l'ours et si son odeur masquait la sienne, les autres prédateurs l'éviteraient immanquablement. Kevin aurait été mieux protégé avec lui. Il se mit alors à courir en direction de la grotte, et ce, aussi vite que son pied blessé le lui permettait.

* * *

Erik était toujours assis contre le rocher, quand il entendit des bruissements dans les branches des sapins. Il s'accroupit, prenant garde de rester bien tapi derrière celui-ci, le dos contre la pierre lui offrant une certaine protection. L'arme à la main, il se tenait prêt.

Il vit sortir d'entre les arbres un énorme loup au pelage gris foncé, dont la fourrure était parsemée de cicatrices où l'on pouvait voir que des touffes de poils manquaient. Il aperçut dans son cou une blessure plus récente où le sang avait séché dans sa fourrure. Le loup lui faisait face, les crocs sortis en grognant férocement, mais le bruissement des arbustes indiquait qu'il n'était pas seul. Derrière lui apparurent trois loups plus petits qui se mirent à grogner avec lui quand ils aperçurent leur proie.

Erik pensa que le plus vieux des quatre prédateurs devait être le chef de la meute, il se dit que s'il le tuait, peut-être que les autres bêtes fuiraient. Il leva son arme avec précaution, ne voulant pas faire de mouvement brusque qui risquait de provoquer une attaque anticipée de leur part. Il visa la tête de l'animal. Le loup fit un pas prudent en direction de l'homme en accentuant son grognement. Erik n'attendait que ce moment pour tirer. La bête tomba au sol, le crâne éclaté.

Les trois autres loups, au lieu de prendre la fuite, s'élancèrent presque aussitôt sur lui et Erik tira le premier d'une balle dans la tête. Il toucha la seconde bête en pleine poitrine et celle-ci tomba sur lui dans son élan. Il s'empressa de tirer le dernier loup, le blessant au flanc, mais celui-ci, qui se retrouvait seul, conclut que le danger était trop grand et il s'enfuit en courant.

Aussitôt qu'Erik se retrouva débarrassé du danger, il sortit son poignard et acheva le loup qui gisait, encore haletant, sur lui. Comme il se préparait à repousser la dépouille, il vit apparaître l'espèce de gros sanglier meurtrier qu'ils avaient aperçu à leur arrivée. Erik n'osait plus bouger. Il ne savait pas si l'animal était ou non conscient de sa présence, mais il remarquait qu'il ne s'intéressait qu'au premier loup qui avait été abattu.

Il vit la bête commencer à se repaître de la chair de l'animal mort. Il déchirait la peau avec ses dents acérées, arrachant de grosses parties de viande. Erik avait toujours l'arme à la main et il osait à peine respirer. Devait-il le tuer lui aussi ? Il préférait épargner ses munitions qui pourraient encore lui être utiles. Il attendit, espérant que cette espèce de sanglier, une fois repu de son repas, s'en retourne par où il était venu.

Mais au contraire de ses espoirs, la bête s'approchait du cadavre du second loup. Erik avait la désagréable impression qu'il s'assurait que celui-ci était réellement mort, en plantant ses crocs dans le cou de la dépouille de l'animal. Il s'approcha ensuite d'Erik, qui n'ayant plus le choix, leva son arme. Il prit le temps de bien viser et tira directement dans la tête du cochon sauvage. Le déclic de l'arme vide se fit entendre, attirant par la même occasion l'attention de la bête qui se jeta sur lui, la gueule béante.

* * *

Kevin, qui courait toujours, faisait attention aux endroits où il mettait les pieds, mais suivant les conseils de son frère, il ne se retourna jamais pour regarder derrière lui. Il était presque arrivé au but, car il apercevait, un peu plus loin devant lui, quelques flammes provenant du feu qui protégeait l'entrée de la caverne.

Un gros arbre était couché au sol, en travers de son chemin. Il ne réfléchit pas plus longtemps et s'élança par-dessus l'obstacle, mais il atterrit de l'autre côté sur une roche qui le projeta par terre. Sa tête se heurta contre un arbre.

Quand Kevin reprit connaissance, il ne savait pas combien de temps il était resté inconscient. Un mince filet de sang avait coulé sur son front, qu'il essuya d'un revers de la main.

Son attention fut attirée par des bruits provenant de derrière l'arbre et il n'avait plus son arme à feu, mais uniquement son poignard. Il le sortit et resta étendu sur le dos, guettant le moment où l'animal bondirait par-dessus le tronc. Quand il sentît que la bête s'apprêtait à sauter vers lui, il se tourna sur lui-même et atterrit sur le côté, un genou à terre et l'autre sur son pied, prêt à attaquer pour terrasser l'ennemi avec son poignard.

Il prit son élan et vit Alex sauter par-dessus le tronc arrêtant net son geste. Alex l'aperçut au sol au même moment et lui cria.

— Vite ! Il faut courir !

Alex attrapa la main de son frère pour l'aider à se relever et le poussa devant lui, l'obligeant à presser le pas. Ils approchaient de la caverne et virent le feu d'où ne s'élevaient que de faibles flammes. Nick, qui se trouvait derrière, torse nu, tenait une branche enflammée à la main pour tenter de tenir à respect, une lionne hésitante à passer à l'attaque.

Alex accourait, son tomahawk élevé au-dessus de sa tête, en criant pour essayer de faire fuir la bête, mais une seconde lionne lui bondit dessus, arrivant d'un côté qu'il n'avait pas prévu. Il tomba à la renverse et il entendit le cri de Mina qui hurlait son nom.

Il leva son bras vers la lionne qui plantait déjà ses crocs à travers sa peau. Le tomahawk tomba au sol sous l'effet de la douleur cuisante que lui avait infligée la vilaine bête. Kevin, sans réfléchir, bondit sur le dos de la lionne et la cloua momentanément au sol. Il profita de son avantage pour lui planter son poignard dans le flanc. Malgré l'attaque, la lionne n'était pas prête à se laisser mourir aussi facilement et d'un grand coup de patte, elle atteignit les côtes de Kevin qui fut projeté au sol, ses vêtements se couvrant rapidement de son sang. La lionne délaissa sa proie pour aller à la rescousse de son alliée. Elle bondit sur Alex qui la reçut sur le torse. Il planta son poignard dans son thorax et qui profita de l'élan de celle-ci pour la projeter par-dessus lui à l'aide de ses pieds, afin qu'elle atteigne l'autre bête. Il se remit rapidement sur pied, attrapa à nouveau son tomahawk de la main gauche et se mit à frapper les lionnes. Il s'arrêta quand Mina arriva derrière lui et lui dit :

— Ça suffit, elles sont mortes !

Alors qu'Alex se tourna vers elle, les mains couvertes de sang, il la regarda dans les yeux et mit ses mains contre son visage. Durant l'espace de quelques courtes secondes, Mina pensa à ce qui était arrivé avec Nick et se demanda si Alex pouvait voir la culpabilité dans ses yeux. Mais, au contraire, il approcha son visage du sien et l'embrassa tendrement, puis avec fougue, heureux de l'avoir enfin retrouvée.

Nick fut surpris par la réaction d'Alex, mais il le fut encore plus par celle de Mina. Après ce qui venait de se passer entre eux, jamais il n'aurait pensé que c'était Alex qui avait été l'objet des pensées de cette dernière. Il décida néanmoins de les laisser tranquilles, le temps d'aller aider Kevin à se relever.

— Venez m'aider, Kevin ne va pas bien, leur dit Nick sur un ton inquiet.

Ils firent rapidement entrer le jeune homme dans la caverne en le portant chacun par un bras. Mina s'empressa d'aller chercher le peu d'eau qui leur restait pour tenter de le soigner, mais il n'y avait plus rien pour le panser ou le désinfecter. Elle s'inquiétait aussi de la blessure d'Alex, le sang coulait de son bras, goûtant jusqu'au bout de ses doigts. Celui-ci ne s'en rendait pas compte tant il était préoccupé par l'état de son jeune frère.

— Mais où est Max ? demanda-t-il soudainement, se rendant compte qu'ils étaient seuls tous les quatre dans la caverne.

— Mort, dit faiblement Mina.

Alex hurla. Son cri retentit à travers la forêt durant plusieurs secondes. C'était un cri de souffrance et de désespoir. Tout était fini pour eux, il n'y avait plus d'espoir et tous ses efforts n'avaient abouti à rien. Il s'approcha de Kevin et récupéra l'appareil que ce dernier avait mis dans la poche de sa veste. Il le regardait, le tournant en tous sens, comme s'il essayait de trouver un moyen de le faire fonctionner sans Max.

Après quelques secondes, il lança l'appareil avec violence contre le mur au fond de la caverne.

— Non, cria Mina, mais il était trop tard.

CHAPITRE 39

À l'aéroport de Sioux Falls, Roxane était accompagnée par Sylvain pour accueillir le retour de Sam. Elle lui avait fait promettre de ne rien dire à Jonas à propos du retour de son ami.

— Mais pourquoi tous ces secrets ? lui demanda-t-il

— Je n'en sais pas vraiment plus que toi, mais peut-être que Sam pourra nous expliquer.

L'avion de Sam atterrit enfin et il trouva Sylvain et Roxane qui l'attendaient à la porte d'arrivée. Il embrassa Roxane qu'il n'avait pas vue depuis plusieurs jours.

— Tu m'as tellement manqué, lui dit-il.

— Toi aussi tu m'as manqué, lui répondit Sylvain, voulant faire remarquer sa présence.

Sam éclata de rire et serra la main de son ami.

— Désolé vieux, tu m'as manqué aussi, mais pas au point de t'embrasser.

— Et maintenant, où veux-tu aller ? demanda Roxane en glissant sa main dans la sienne.

— Pour le moment, j'ai vraiment faim. Que diriez-vous d'aller manger une bouchée ? leur demanda-t-il.

Ils se rendirent dans un restaurant à proximité de l'aéroport où ils mangèrent, pendant que Sam leur racontait tout ce que l'accord de confidentialité lui permettait de dire. Ils le pressèrent de questions, mais après un moment il les arrêta.

— Je ne peux pas vous en dire plus, mais faites-moi confiance, c'est réellement très important.

Quand ils arrivèrent près du parc National des Badlands, Sylvain fit remarquer à Sam qu'il se trompait de route.

— Non, nous allons directement sur le site. À cette heure-ci, nous ne serons pas dérangés. Est-ce que vous avez apporté tout l'équipement pour camper là-bas, comme je vous l'avais demandé ?

— Oui, on a tout ramassé, Sam, mais de nuit, on va éprouver de la difficulté à se localiser, lui précisa Sylvain.

— J'ai les coordonnées GPS de l'endroit où nous devons aller et il est situé à l'extérieur du périmètre de l'installation de Jonas. Si on s'organise bien, il n'aura jamais conscience de notre présence ici.

Roxane secouait la tête. Elle détestait devoir mentir aux gens qui l'entouraient, surtout qu'elle ne pouvait pas connaître les vrais enjeux de ce jeu de cache-cache.

Arrivés au pied de la montagne, ils prirent soin de laisser le véhicule dans un endroit discret qui n'était pas visible à partir des sentiers.

— Nous allons faire le reste à pied, annonça Sam.

— Pas cette nuit quand même, lui rétorqua Roxane. Ce serait vraiment imprudent et quelqu'un pourrait se blesser.

Tu as parfaitement raison, en plus, je crois que nous sommes tous fatigués. Vous avez fait l'aller-retour de Sioux Falls dans la même journée, alors on dormira dans l'auto cette nuit.

* * *

Au matin, ils étaient tous prêts pour partir en excursion. Ils regardèrent les montagnes et Sam se dit qu'autrefois, elles devaient foisonner de végétation. La montagne qu'ils devaient gravir était aride et il n'y avait que de rares buissons clairsemés, ce qui devrait rendre leur recherche plus facile.

— On doit trouver une entrée dans le rocher. Je n'en connais pas la dimension, car l'angle des photos ne nous permettait pas de la distinguer, alors soyons attentifs.

Après seulement deux heures de marche, ils atteignirent la position voulue, mais ils durent marcher en rond encore durant quelques minutes avant de détecter une légère cavité dans le rocher.

— Tu crois que c'est ça Sam ? demanda Roxane.

— Je pense bien, mais c'est vraiment étroit. Prends le détecteur de métaux pour voir si tu y distingues quelque chose.

Sylvain attrapa l'appareil dans son sac et le tendit à Roxane. Celle-ci était plus habilitée que lui pour utiliser ce type de matériel.

— Est-ce que tu détectes quelque chose ? demanda Sam, anxieux.

— C'est difficile à dire ! Il y a un léger signal, mais rien qui ne soit vraiment probant. Il faudrait se faufiler à l'intérieur pour en avoir le cœur net.

— Tu crois qu'il y a des serpents là-dedans ? demanda Sylvain, craintif.

Roxane sortit de son sac un appareil à ultrasons qui devait faire fuir les serpents. Elle l'attacha au bout d'une longue branche et le glissa dans la fente. Ils n'attendirent pas longtemps avant de voir quelques anguleux reptiles s'enfuir par l'ouverture.

Sylvain s'éloigna aussitôt qu'il vit les serpents sortir du trou.

— N'y pensez même pas, il n'est pas question que j'entre là-dedans !

— Ne vous inquiétez pas, c'est moi qui irai, dit Roxane. Tous les serpents qui y étaient sont maintenant sortis.

— Es-tu certaine ? demanda Sam.

— Promettez-moi seulement de ne pas m'oublier là-dessous.

Elle se mit à plat ventre et se glissa tranquillement à l'intérieur, le détecteur de métal placé devant elle. Elle se faufilait lentement, vérifiant régulièrement les émissions du détecteur. Après environ trois mètres, l'appareil indiqua clairement qu'elle avait trouvé quelque chose. Elle parvint à se mettre à genoux, car à cet endroit, le trou s'élargissait.

— J'ai trouvé quelque chose, leur cria-t-elle en plantant un piquet à l'endroit précis où le détecteur lui indiquait la position du métal.

— Est-ce que tu crois qu'il est très creux dans la terre ? lui demanda Sam.

— Difficile à dire, il va falloir creuser et je vous promets que ce ne sera pas facile.

— Et pour les serpents, demanda Sylvain.

— Tant que l'appareil restera en marche, ils ne reviendront pas, le rassura Sam.

Roxane ressortit du trou à reculons, heureuse de retrouver l'air de l'extérieur. Elle n'était pas claustrophobe, mais l'exiguïté de la grotte n'était pas rassurante.

Ils creusèrent durant deux jours entiers, uniquement pour agrandir le tunnel de façon à pouvoir y faire le travail d'excavation. Maintenant, ils pouvaient travailler à deux à l'intérieur du trou. Ils commencèrent par creuser à l'emplacement indiqué, remplissant des seaux de terre qu'ils devaient ressortir avant de pouvoir poursuivre. Le travail était fastidieux et physiquement épuisant. Ils devaient toujours travailler le dos vouté, ce qui jouait aussi sur leur humeur.

Ils prirent trois jours pour atteindre une profondeur de trois mètres sans rien trouver.

— Es-tu certaine que l'appareil fonctionne correctement ? demanda Sylvain.

— Absolument, plus on creuse, plus il émet un signal clair et net.

Au début du quatrième jour, ils trouvèrent des ossements, des ossements humains. Roxane cessa aussitôt de creuser et regarda Sam, stupéfaite.

— Sam ! Dis-moi que ces os n'ont rien à voir avec les recherches de Jonas, s'il te plaît !

— Tu veux la vérité, ou tu préfères que je me taise ?

— Non, Sam ! Tu ne peux pas jouer dans les plates-bandes de Jonas. Ce serait déloyal, ajouta-t-elle.

— Ça, je peux être honnête, je ne joue pas dans ses plates-bandes. Je suis même prêt à te promettre qu'aussitôt que nous aurons trouvé ce que nous cherchons, tu pourras amener Jonas ici pour qu'il bénéficie de cette nouvelle découverte.

— Tu me le jures ?

— Absolument ! Croix de bois, croix de fer, si je mens je vais en enfer, rigola-t-il.

Ils passèrent le reste de la journée à déterrer les ossements et Roxane prenait bien soin de ne pas les endommager. Elle identifia chacun des os et les emballa correctement, avant de les ranger dans une boîte de plastique. Ces précautions rallongeaient le travail d'excavation, mais Sam lui avait promis qu'elle pouvait garder les ossements pour Jonas et il tint sa promesse.

Et enfin, sous les ossements humains se trouvait l'appareil. Sam était certain qu'il s'agissait de ça. C'était comme si les corps s'étaient couchés par-dessus afin de le protéger de quelque chose ou de quelqu'un.

— Qu'est-ce que c'est ? lui demanda Roxane une fois sortie du trou.

— C'est ce que nous cherchions, lui annonça Sam.

Sylvain, qui avait fini par accepter d'entrer dans la cavité, s'approcha pour voir de quoi il s'agissait.

— On dirait une boîte de fabrication humaine, leur dit-il.

— Sam, tu dois en faire part à Jonas. Tu m'avais promis que tu ne voulais t'attribuer aucun mérite dans cette affaire.

— Roxane, elle n'est d'aucune utilité historique ou paléontologique, je te le jure.

— Comment peux-tu en être sûr ?

— Regarde, il n'y a aucun signe d'érosion. Tu crois qu'un métal comme ça pourrait passer plus de cent mille ans sous terre sans en avoir subi les effets !

En disant cela, Sam sortait son téléphone portable de son sac et composait directement le numéro privé de Clyde Owen.

— Nous l'avons trouvée, fut tout ce qu'il lui dit.

— Rendez-vous à l'aéroport de Sioux-Falls, je vous envoie le jet de l'entreprise, lui répondit Clyde, tout excité.

— Parfait, j'y serai, dit Sam avant de raccrocher.

Il se tourna vers Roxane :

— Je repars pour Sioux-Falls à l'instant.

* * *

À l'heure dite, Sam vit atterrir le jet de la RDAI, mais l'attendait aussi, dans l'avion, Clyde Owen lui-même, accompagné du physicien Ismaël.

— L'avez-vous ? demanda Ismaël, aussitôt que Sam mit un pied dans l'avion.

— Bonjour, Ismaël ! C'est un plaisir de vous retrouver, dit Sam en sortant l'appareil. Je suppose que vous aimeriez examiner son état.

— Désolé Sam, je suis incorrigible, s'excusa-t-il, les yeux rivés sur l'appareil.

Tandis que le physicien examinait l'appareil en détail, ouvrant le boîtier et passant en revue l'état interne de celui-ci, Sam relatait à Clyde comment s'était déroulée la fouille.

— Nous avons trouvé d'autres ossements humains dans ce qui semblait être une grotte, lui annonça-t-il.

— Ce n'est pas vraiment surprenant, les probabilités que ce soit le cas étaient tout de même assez grandes. Mais j'aurais bien aimé savoir de qui il s'agissait.

— Parmi les ossements, il est certain qu'il y avait ceux d'une femme.

— Mina était en possession de l'appareil, dit Clyde à haute voix.

— Qui est Mina ? demanda Sam.

— La seule femme de l'expédition. Mais j'aimerais bien comprendre ce qui s'est passé là-bas pour qu'ils ne l'utilisent pas.

Clyde se tourna vers Ismaël.

— Alors mon vieux, est-ce qu'il est utilisable ?

— Je crois que oui, lui répondit-il.

— Vous croyez ?

— Eh bien, il y a des circuits qui sont abimés, comme si l'appareil avait subi de grands chocs, mais ce ne sont que des circuits secondaires. Il devrait être en état en quelques jours seulement.

Le pilote, qui venait de recevoir son autorisation de décollage, commençait à faire avancer l'avion sur la piste. Ils seraient rapidement de retour à Los Angeles et pourraient enfin remettre l'appareil en état. Après ils pourraient aller chercher les membres de l'équipe d'exploration.

CHAPITRE 40

Mina courut au fond de la grotte et attrapa l'appareil qui gisait par terre. Elle le fit tourner dans ses mains afin de s'assurer qu'il était toujours en un seul morceau. De l'extérieur, il semblait intact, mais comment savoir si le choc n'avait pas endommagé les circuits qui se trouvaient à l'intérieur de la boîte ?

Alex vint la rejoindre, s'approchant doucement d'elle. Il ne comprenait pas sa réaction soudaine à vouloir sauvegarder l'appareil à tout prix. Il lui dit à l'oreille :

— Il ne sert plus à rien, sans Max, nous n'arriverons jamais à le faire fonctionner.

Mina enserrait l'appareil contre sa poitrine, comme elle l'aurait fait avec un petit enfant, elle voulait le protéger des réactions que pourrait avoir Alex.

— Et s'ils réussissaient à le retrouver et s'ils parvenaient à revenir nous chercher, lui avait dit Mina dans un sanglot.

Alex l'enlaça tendrement, lui murmurant à l'oreille qu'elle avait raison, qu'il y avait toujours une chance qu'ils arrivent à les retrouver, mais au fond de lui il savait que la chose était impossible.

Nick maintenait la pression sur les blessures de Kevin, essayant de diminuer le plus possible le sang qui s'en échappait. Il avait besoin de Mina pour l'aider, les blessures ne semblaient pas mortelles, mais il aurait préféré que les saignements soient moins abondants.

— Mina, j'ai besoin de toi, lui cria Nick.

Mina repoussa délicatement les bras d'Alex qui se laissa faire, elle lui déposa un baiser sur les lèvres avant d'aller rejoindre Nick.

— Il faudrait s'occuper du feu, dit Alex en s'approchant d'eux.

Il venait de constater que le bois serait bientôt tout consumé et il n'en voyait pas d'autres dans la grotte.

— On n'a plus de bois, lui retourna Nick.

— Je vais en chercher, annonça Alex en ramassant son tomahawk.

Il s'avançait d'un pas décidé vers l'ouverture de la grotte, mais dès qu'il eût atteint le seuil de la caverne, il se mit à reculer lentement, une arme dans chaque main.

— Nick, viens vite, dit Alex tout bas.

Nick se tourna dans sa direction, se demandant ce qui pouvait bien encore leur arriver. Il vit, juste en face d'Alex, à moins de cinq mètres de distance, une espèce de hyène qui criait, lançant une sorte de rire macabre. Il ramassa son poignard et un morceau de bois au bout enflammé et rejoignit prudemment la position d'Alex, se plaçant à ses côtés.

Il n'avait de cesse d'observer l'étrange bête, celle-ci ne semblait pas être en position d'attaque, mais plutôt en état d'alerte. Il vit, un peu plus loin derrière elle, quatre autres hyènes qui s'approchaient lentement. Le temps qu'elles se positionnent aux côtés de leur congénère, deux nouvelles bêtes s'étaient jointes à la meute qui se mit à ricaner. Il comprit alors que ce cri strident était un cri de ralliement pour la meute de prédateurs.

— Qu'est-ce qu'on peut faire ? demanda Nick.

— Défendre chèrement nos vies et celles de ceux que nous devions protéger, répondit Alex en pensant à Mina et à son frère, grièvement blessé.

Mina, qui sentait que quelque chose n'allait pas, regarda vers les hommes. Ils étaient debout, côte à côte, en position de défense. Mais se défendre contre quoi ? Ils avaient déjà tué ou fait fuir les lionnes qui habitaient cette grotte, ne pouvaient-ils pas avoir un petit moment de répit pour une fois ?

Mina baissa son regard et aperçut enfin la menace, à travers les jambes des deux hommes, elle voyait plusieurs animaux à l'air féroce qui s'avançaient vers eux deux. À cet instant précis, comme elle aurait aimé être blottie dans les bras d'Alex très loin d'ici, dans le lit de la chambre d'hôtel qu'ils avaient occupé, il y avait en réalité si peu de temps, mais qui semblait si lointain pourtant.

Elle caressa le front de Kevin qui n'avait aucune idée de ce qui se passait à l'entrée de la caverne et l'enveloppa de son corps de manière à ce qu'il ne voie pas ce qui se passait. Pas tout de suite, il le saurait bien assez tôt. Elle sentait l'appareil blotti entre leurs deux corps et se dit que maintenant il était trop tard. Au même moment, la horde de hyènes qui étaient au nombre de onze s'avançait pour attaquer les deux hommes, seuls contre la meute, debout près du feu.

CHAPITRE 41

Autour de la grande table du laboratoire étaient assis Clyde, Sam, Ismaël ainsi que tous les techniciens qui avaient travaillé sur le projet. L'appareil trônait au centre de celle-ci, son métal à peine terni par les années qui s'étaient écoulées pour lui. Ils le regardaient, attendant la confirmation qu'il était à nouveau en état de fonctionner.

— Il est à cent pour cent fonctionnel, certifia Ismaël. Nous avons effectué tous les tests requis pour nous en assurer.

— C'est excellent, dit Clyde. Nous pouvons maintenant aller les chercher.

— Mais où et quand ? demanda Sam.

— Si nous voulons les sauver, eux et aussi la mission, nous pourrions attendre un jour ou deux avant de les récupérer, proposa Clyde.

— Mais vous n'avez aucune idée de ce qui s'est passé ! Êtes-vous prêt à risquer la vie d'une équipe de sauvetage et ça pour une mission qui n'a peut-être même pas abouti ?

— Vous suggérez que nous devrions les ramener tout de suite après leur départ ? demanda Ismaël.

— Ce que je dis, c'est qu'initialement, personne n'aurait dû se rendre là-bas.

Clyde regarda Sam un instant, les yeux agrandis, comme si une illumination venait d'éclairer son esprit et il se leva soudain, un grand sourire se dessinait sur ses lèvres.

— Il faut tout simplement les empêcher de partir, expliqua-t-il, comme si la solution s'imposait d'elle-même.

— Mais nous ne pouvons pas nous rendre là-bas, lui rappela Ismaël. Nous n'avons aucune idée de ce qui arriverait si l'un de nous se retrouvait face à notre homologue du passé. Suite à ce qui est arrivé avec les deux appareils qui se sont retrouvés au même endroit et qui ont été détruits, ça n'incite pas à tenter l'expérience.

À ce moment précis, tous les regards se tournèrent vers Sam et cela sans aucune exception.

* * *

Samedi 5 décembre 2015

Erik parlait avec Max, installé dans son cubicule, travaillant sur l'appareil spatio-temporel, quand son attention fut attirée par un bourdonnement qui provenait du fond de la pièce. Il tourna la tête, surpris. Il croyait pourtant être seul dans le laboratoire avec le mathématicien.

Il s'était retourné au moment même où un dôme de couleur verte commençait à disparaître, laissant à sa place un inconnu. L'homme était debout, seul au fond de la salle. Sans quitter le personnage des yeux, il envoya, du revers de la main, un léger coup sur le bras de Max.

— Quoi ? demanda-t-il.

En voyant qu'Erik observait quelque chose de particulier, Max sortit de son cubicule et suivit son regard. Il aperçut rapidement l'inconnu.

— Qui êtes-vous ? l'interpela Max avec colère.

Il ne connaissait pas cet homme et celui-ci n'aurait pas dû être présent dans ce labo. Comment avait-il réussi à pénétrer dans le local sans en connaître le code d'entrée ? Max parcourut la pièce des yeux, cherchant à savoir si l'étranger était réellement seul. Il était soulagé par la présence d'Erik à ses côtés. Si quelque chose de grave devait arriver, ce dernier lui serait d'un grand secours. Mais personne d'autre qu'eux trois n'était visible.

— Bonjour, dit simplement Sam. Je suis ici pour voir M. Clyde Owen.

— Qui vous a fait entrer ? demanda Max qui n'avait pas écouté ce que l'intrus disait.

Erik, qui n'avait pas encore prononcé un mot depuis l'apparition de Sam, retrouva enfin l'usage de la parole.

— Max, je crois qu'il est arrivé avec l'appareil spatio-temporel.

Max se tourna pour regarder Erik, comme s'il n'avait pas compris le sens des paroles de celui-ci.

— Quoi ? demanda-t-il, comprenant soudain ce qu'Erik venait de lui dire.

Il se retourna rapidement vers son cubicule, pour voir si l'appareil y était toujours. Il fut soulagé de constater qu'il était encore bien en évidence sur son bureau de travail.

— Mais qui êtes-vous ? demanda Erik en s'approchant de Sam.

Lorsqu'il fut à moins d'un mètre de Sam qui tenait l'appareil spatio-temporel à la main, l'esprit d'Erik fut assailli par une série d'images. C'était comme des souvenirs, mais des souvenirs d'instants qu'il savait n'avoir pas réellement vécus.

— Je suis Samuel Lorion, mais vous ne me connaissez pas. Je suis ici à la demande du Clyde Owen du futur.

— Attendez ! s'exclama Max. Vous êtes en train de nous dire que Clyde Owen vous a demandé, à vous, de venir nous trouver ? Et pourquoi vous ?

— Parce qu'il était certain que je ne me retrouverais pas face à mon moi présent, pas dans cette pièce.

— Et qui êtes-vous pour que Clyde vous ait inclus dans son cercle de confiance ? demanda Erik suspicieux.

— Je suis celui qui a découvert l'endroit où était votre machine à voyager dans le temps, lança Sam.

Max se sentait étourdi, que s'était-il donc passé.

— Vous avez retrouvé l'appareil où exactement et surtout quand ? demanda Max.

— Comment pouvez-vous avoir retrouvé l'appareil, nous l'avons pourtant récupéré, souffla Erik dans un murmure.

Mais personne n'entendit ce qu'il venait de dire, il était submergé par des souvenirs morcelés du voyage qu'ils devaient faire dans le passé, mais ce voyage n'avait pas encore eu lieu. Comment était-ce possible ? se demanda-t-il en lui-même.

— J'aurai le plaisir de tout vous expliquer, dit Sam. C'est exactement pour cette raison que je suis là, mais je n'ai pas l'intention de répéter la même chose tout au long de cette journée. Trouvez Clyde Owen et amenez-le ici !

— Venez avec nous, l'invita Max à contrecœur.

— Impossible, je ne bougerai pas de cette pièce. Qui sait quelle implication pourrait avoir ma présence hors cet endroit. Mon moi d'aujourd'hui est actuellement à Montréal et il faut qu'il en reste ainsi.

Max prit donc le téléphone qui était posé sur son bureau et appela sur la ligne directe du cellulaire de Clyde Owen. Pendant qu'il discutait avec lui, on vit Alex entrer dans la pièce, surpris par la présence d'un nouveau membre qu'il n'avait encore jamais rencontré. Il se préparait à aller se présenter lorsqu'Erik arrêta son geste.

Erik tentait de comprendre ce qui se passait dans son esprit. Qu'est-ce que cet homme faisait là et comment arrivait-il à faire entrer ses images dans sa tête ? Il ne voulait pas que l'emprise de ces souvenirs assaille les autres personnes dans la pièce, pour le moment, il croyait être le seul à avoir été affecté ainsi par la présence de cet étranger.

— Il est un inconnu pour nous et pour l'instant, moins il en sait et mieux ce sera.

Le ton d'Erik était tellement solennel qu'Alex n'osa pas poser de questions et alla s'asseoir à la table tout près, attendant la suite des événements avec intérêt. Mina entra quelques minutes plus tard avec son éternel café à la main. Elle aussi remarqua aussitôt l'étranger, qui s'était assis, seul d'un côté de la grande table. Les autres s'étaient installés de l'autre côté, face à lui, l'observant comme s'ils attendaient quelque chose de lui.

— Qu'est-ce qui se passe ici ce matin ? demanda-t-elle.

— Pour le moment, nous ne le savons pas encore, lui répondit Alex en se levant pour lui avancer une chaise de son côté de la table.

* * *

Clyde Owen pénétra dans le laboratoire un peu plus de trente minutes après l'appel de Max. Il n'avait pas trop compris les explications du mathématicien, mais le ton laissait entendre que c'était urgent. Il avait aussitôt quitté la maison pour se rendre dans le second sous-sol de l'entreprise, mais le trafic à cette heure l'avait quelque peu ralenti.

On se croirait au temps de l'inquisition, dit-il en voyant qu'une dizaine des membres de son équipe et de l'expédition étaient assis face à l'inconnu qui s'était introduit dans le laboratoire.

Personne ne sembla trouver un quelconque amusement dans la remarque de Clyde qui alla s'asseoir aux côtés de l'étranger.

— Donc c'est vous la cause de tout ce remue-ménage, lança-t-il à l'homme, sans préambule.

— C'est vous qui m'avez envoyé ici, lui annonça Sam.

— Moi ? Je ne vous connais même pas.

— Il vient du futur, se contenta de dire Erik. Je l'ai vu apparaître avec le dôme.

— Il dit avoir été expédié à cette date de son passé après avoir trouvé l'appareil spatio-temporel, ajouta Max.

Clyde se tourna vers Sam et attendit que celui-ci lui donne une explication qui rendrait plausible toute cette histoire. Sam se leva et déposa en plein centre de la table, le dispositif avec lequel il avait effectué son voyage. Max bondit aussitôt de sa chaise et se précipita dans son espace de travail afin de s'assurer que son appareil était toujours à l'endroit où il l'avait laissé. Il repensait à l'appareil disparu lors des premiers tests et se demandait si cet homme l'avait retrouvé par hasard.

Dès l'instant où la machine spatio-temporelle se trouva à proximité des autres membres du groupe d'expédition, ils furent tous mis en contact avec les souvenirs que l'appareil avait mémorisés de leur voyage. Christopher, Mina, Nick, Kevin ainsi qu'Alex virent et ressentirent le moment de leur mort. Mike quant à lui vit l'image d'Alex, disparaissant dans un énorme trou au moment où le sol s'ouvrait sous ses pieds alors que lui ne pouvait rien faire pour l'aider.

— Ce n'est pas notre appareil, le nôtre est encore sur mon bureau, confirma Max.

— Vous pouvez constater que celui que j'ai avec moi semble avoir subi quelques altérations dues au temps. Il a survécu à cent mille ans sous la terre.

En s'approchant de la table, Max vit surgir dans sa mémoire le moment du départ, l'atterrissage dans la plaine et l'attaque d'un animal sauvage près d'une forêt. Il fut le seul à réagir physiquement.

— Qu'est-ce qui se passe ?

— Qu'est-ce que vous voulez dire ? demandèrent Sam et Clyde en même temps.

Les autres regardèrent Max et une cacophonie s'ensuivit. Chacun relatant des impressions qui se présentaient dans leurs mémoires respectives. Seul Alex gardait le silence, car il y avait tant d'images qui défilaient dans sa tête qu'il n'arrivait pas à faire le tri. Tous ces souvenirs semblaient tellement réels.

Ce fut Ismaël qui ramena tout le monde au calme en se levant de sa chaise et en prenant la machine du futur dans ses mains.

— Est-ce que c'est possible ? L'appareil aurait emmagasiné les souvenirs de l'expédition qui n'a pas encore eu lieu aujourd'hui ?

Max s'approcha d'Ismaël et lui aussi regardait le petit engin que ce dernier tournait et retournait dans ses mains.

— Comment est-ce que ce serait possible ? demanda Sam à Ismaël.

Ismaël eut un grand sourire, il venait de comprendre ce qui se passait.

— Vous êtes tous en train de revivre ce qui est arrivé là-bas ! s'exclama-t-il. Nous savions que l'appareil affectait nos cellules mémorielles quand nous étions à proximité, mais qui aurait cru qu'il pouvait les affecter de cette façon ?

— Vous êtes en train de me dire que je me rappelle comment je suis mort ? demanda Alex qui parlait pour la première fois.

471

— Il semblerait que oui et comme vous y êtes tous décédés, vous devez avoir ce même souvenir en mémoire, répondit Ismaël.

— Pourtant je n'ai aucun souvenir de ma mort, dirent Max et Erik en même temps.

— L'appareil était avec moi tout le temps, leur fit réaliser Alex. Je me souviens de tout ce que j'ai vécu et je me souviens même de Vendredi.

Kevin observa son frère.

— Qu'est-il arrivé vendredi ? lui demanda-t-il.

— Vendredi est le nom que j'ai donné au loup qui m'a sauvé la vie à plusieurs reprises là-bas.

Kevin comprit tout de suite de quel loup Alex parlait. Il se souvint que c'était lui qui l'avait abattu, mais il ne se rappelait pas l'avoir fait. Il gardait en mémoire la réaction de son frère lorsqu'il s'était approché de lui.

Mina et Nick s'étaient tus. Ils s'étaient échangé un regard étrange. Ils savaient qu'il s'était passé quelque chose là-bas entre eux, mais tout ce qu'ils avaient en mémoire était le sentiment de remords qu'ils avaient ressenti en voyant Alex et Kevin revenir vers eux.

Sam profita de ce moment pour attirer l'attention de Clyde Owen et lui remettre une enveloppe cachetée où était inscrit son nom. Clyde reconnut aussitôt son écriture, ce qui tendait à prouver que cette missive avait bien été écrite de sa main.

Il ouvrit l'enveloppe et en sortit une mince feuille de papier et il reconnut celui qu'il gardait dans son bureau avec ses initiales en filigrane. Le message était court et simple :

« Ne partez pas ! Ne laissez personne partir dans le passé sous aucun prétexte, ils vont tous mourir. Sam vous expliquera. »

C'était bien son écriture, il ne pouvait pas en douter.

— Et le Sam qui doit nous expliquer tout ça, c'est bien vous ?

— Exactement.

Alors que Sam commençait son explication sur la découverte des ossements dans le parc National des Badlands dans le Dakota du Sud, tous les membres présents gardèrent le silence. Ils tentaient d'assimiler ce que ce dernier leur disait avec les nouveaux souvenirs qu'ils avaient en mémoire.

— Mais nous n'avons envoyé personne à cet endroit, ils doivent atterrir beaucoup plus loin vers le nord-est, lui dit Max.

— Vous devez tenir compte des mouvements des continents qui ont eu lieu après la dernière grande glaciation, lui expliqua Sam.

— Continuez ! Max, contentez-vous d'écouter pour l'instant.

Et Sam relata tout ce qu'il savait de leur expédition à partir des découvertes qu'il en avait faites. Quand il eut enfin terminé, Erik lui demanda :

— Comment pouvez-vous être certain de notre sort si vous n'avez trouvé les ossements que de trois ou quatre hommes ?

— À cette heure, je vous assure que vous êtes tous morts. Vous ne pourrez jamais rejoindre notre époque, vous n'êtes jamais revenus de là-bas, l'appareil en est la preuve.

Clyde réfléchissait à toute vitesse, car il comprenait les impératifs que l'étranger tentait de leur expliquer pour les empêcher de partir, mais lui, étant le PDG de l'entreprise, il devait tenir compte des objectifs financiers de l'opération. La RDAI n'était pas une œuvre caritative et pour le moment, les coûts de toute cette technologie se chiffraient en milliard de dollars.

— Et j'imagine que vous avez une alternative à nous proposer, lui demanda Clyde.

— Oui, ne pas partir, ne plus utiliser cet appareil. Même à une époque aussi lointaine, les modifications vont altérer notre présent. Ils l'ont modifié, si vous tenez compte du fait que nous avons découvert des ossements humains remontant bien avant son avènement.

Clyde n'était toujours pas convaincu, mais il se dit qu'il serait préférable de laisser croire à cet homme qu'il l'écouterait. Il verrait ensuite comment réagir, aussitôt qu'il serait retourné chez lui.

— Posez-vous la question, lui dit Sam. Est-ce que vous partiriez avec eux, sachant ce que je viens de vous raconter ?

Joseph qui était arrivé le dernier et qui ne gardait que très peu de choses en mémoire en avait assez entendu pour décider de ne pas participer à l'aventure. La rémunération était lucrative, certes, mais à quoi bon recevoir beaucoup d'argent si on ne pouvait pas en profiter ? Mais il n'osa pas être le premier à se désister, de peur de passer pour un trouillard.

Ce fut Erik qui, le premier, prit la parole, parmi tous les membres de l'expédition.

— À la lumière de ce que nous venons d'apprendre et des minces souvenirs que je garde en mémoire, je m'associe à cette décision. Je ne risquerai pas la vie de mes hommes dans une entreprise vouée inévitablement à l'échec.

Les trois géologues et Max acquiescèrent eux aussi. L'équipe était donc dissoute, Clyde n'avait plus personne à faire partir. Mais il serait toujours temps d'organiser une autre sélection d'experts plus tard, se disait-il en lui-même.

Alors que le groupe commençait à discuter entre eux, Sam en profita pour s'entretenir personnellement avec le PDG, car il sentait que celui-ci n'était pas encore convaincu. Il lui remit une nouvelle missive, mais en s'assurant que les autres ne s'en rendent pas compte.

— Qu'est-ce que c'est ? demanda Clyde à Sam.

— Je n'en sais rien, c'est entre vous et vous, lui répondit-il.

Clyde ouvrit discrètement le message, c'était le même papier que la première lettre et toujours son écriture. Cette dernière ne comportait qu'une seule phrase, mais elle le convainquit de ne pas renouveler l'expérience.

— Vous avez raison, Sam…

Sa voix se brisa dans le vide, Sam avait disparu, ainsi que l'appareil du futur qui était installé au centre de la table.

— L'avez-vous vu partir ? demanda Max surpris.

— Non, répondirent-ils presque tous.

— Je l'ai vu s'évaporer dans un nuage de vapeur verte ! C'était comme dans les tours de prestidigitation et l'appareil a fait la même chose presque aussitôt après, fit remarquer Joseph, ébahi.

Au moment où la machine du futur disparut, les souvenirs de chacun d'eux commencèrent à s'étioler, chacun ne conservant en mémoire qu'une vague impression un peu floue comme il arrive au réveil d'un cauchemar.

* * *

Samedi 19 décembre 2015, à Montréal

Ce samedi matin là, Roxane avait marché presque pendant deux heures entières dans la première neige de l'hiver, elle avait voulu être la première à laisser ses traces dans la poudre blanche qui couvrait les rues.

En entrant dans l'appartement, elle retira ses chauds bottillons beiges dont la couleur avait foncé aux endroits où la neige avait fondu. Elle n'avait qu'une envie en ce moment, c'était de rejoindre Sam au lit et de se blottir contre lui. Il adorait se faire réveiller doucement par ses caresses.

En pénétrant dans la chambre, elle vint se pelotonner contre lui. Sa peau encore fraîche de sa promenade sortie Sam de son sommeil. Il semblait bouleversé.

— Est-ce que ça va ? lui demanda-t-elle.

— J'ai fait un rêve étrange, mais il paraissait si vrai. Oh Roxane ! tu n'imagines même pas à quel point je t'aime en ce moment.

— C'est à ce point-là ! Dis-moi.

Et Sam lui raconta une histoire de voyage dans le passé qui avait mal tourné. Que l'événement avait bouleversé leur vie ainsi que l'amour qu'il savait avoir pour elle.

Roxane passa le reste de la matinée à le rassurer, lui serinant que ce n'était qu'un cauchemar et que le voyage dans le temps n'était qu'une invention de la littérature et du cinéma. Sam lui fit l'amour ce matin-là, trois fois. Comme s'il voulait s'imprégner de son odeur, de sa chaleur, de sa présence qui lui avaient tant manqué.

* * *

En même temps, en Californie

Clyde Owen était assis dans son bureau en haut de l'immeuble du centre-ville, il réfléchissait à une manière de rentabiliser cette fichue technologie. Les coûts de recherche et de développement étaient si élevés que s'il ne trouvait pas une solution rapidement, la RDAI risquait de s'enliser dans des problèmes financiers dont il n'était pas certain qu'elle pourrait se relever.

Il reprit la feuille de papier que lui avait remis Sam :

« Si tu envoies des gens là-bas, tu coules l'entreprise. »

Il comprenait que tout s'était mal passé, mais avait-il d'autres choix aujourd'hui ? Il avait tout envisagé et l'exploration des territoires avant l'arrivée de l'homme restait l'option la plus viable.

Sam lui avait parlé de l'endroit où il avait expédié l'équipe, soit, c'était un problème de n'avoir pas pensé que les continents n'étaient pas tout à fait rassemblés et que la géographie variait sensiblement. Mais s'il avait inclus dans le groupe un expert de cette époque qui les

476

aurait dirigés, tout se serait bien mieux passé. Il aurait aussi pu améliorer l'organisation de l'expédition afin que les membres sachent ce qui les attendait.

« Ce Samuel Lorion serait un atout qui garantirait le succès. »

« J'arriverai à convaincre tout le monde de faire partie à nouveau de l'aventure, si je peux leur assurer que cette fois, ils seront tous bien préparés. »

Il ouvrit son interphone pour appeler sa secrétaire. Brenda entra aussitôt dans son bureau, il lui demanda :

— Brenda, trouvez-moi les coordonnées d'un certain docteur Samuel Lorion. Il est Canadien et je crois qu'il réside à Montréal. Mettez ça en priorité, s'il vous plaît, ajouta-t-il.

DE LA MÊME AUTEURE

Édition Éphémère

Les Editions Lo-Ely

Les Editions de l'Apothéose

Première édition

WWW.EDITIONEPHEMERE.COM
© 2024 Édition Éphémère

ISBN : 978-2-9818130-3-9

Made in the USA
Columbia, SC
23 April 2024

34345230R00263